dtv

Ernst Augustins Roman in drei Teilen erzählt die Biographien von Drillingen, nach einem Hans-im-Glück-Muster jeweils von ihnen selbst berichtet: Stani, der Kaufmann, beginnt sehr früh mit scharfer Geschäftstätigkeit und endet in einem Imperium obszön überquellender Warenlager. Kulle ersteigt die ordensbehangene Stufenleiter des Militärs, bringt es mehr oder weniger tragisch bis zum General. Beffchen schließlich schneidet sich mit dem Sezier-Schneid des Chirurgen virtuos durch den gesamten Komplex der Medizin bis zum letzten Schnitt. Diese so vergnüglich boshaften Lebensläufe tragen in sich eine ganze abendländische Kultur- und Sittengeschichte gargantuesken Ausmaßes.
Der Roman «Mamma», der hier von Ernst Augustin neu gefaßt wurde, erschien zuerst 1970. Damals wurde der Roman als Geheimtipp gehandelt, erst die Neuausgabe erregte 2007 öffentliches Aufsehen und wurde im Feuilleton gefeiert.

Ernst Augustin, geboren 1927 in Hirschberg/Riesengebirge, studierte Medizin in Rostock und Berlin und arbeitete als Neurologe und Psychiater. Sein literarisches Werk wurde mit zahlreichen Preisen ausgezeichnet, zuletzt mit dem Mörike-Preis 2009. Ernst Augustin ist Mitglied der Bayerischen Akademie der Schönen Künste und der Deutschen Akademie für Sprache und Dichtung.

Ernst Augustin

Schönes Abendland

Roman

Deutscher Taschenbuch Verlag

Von Ernst Augustin
sind im Deutschen Taschenbuch Verlag erschienen:
Die Schule der Nackten (13344)
Mahmud der Bastard (13590)
Eastend (13653)
Raumlicht: Der Fall Evelyne B. (13741)
Der amerikanische Traum (13802)
Badehaus Zwei (13864)

FSC
www.fsc.org
MIX
Papier aus verantwortungsvollen Quellen
FSC® C019821

2011 Deutscher Taschenbuch Verlag GmbH & Co. KG,
München

Umschlagkonzept: Balk & Brumshagen
Umschlagbild: Inge Augustin
Satz: Fotosatz Reinhard Amann, Aichstetten
Druck und Bindung: Druckerei C. H. Beck, Nördlingen
Gedruckt auf säurefreiem, chlorfrei gebleichtem Papier
Printed in Germany · ISBN 978-3-423-13973-1

Ganz geschafft haben wir es nicht,
immerhin ein Modell gefertigt.
E. A. «Reparatur des Abendlandes»

Da ist ein Gang, der lange Zeit abwärts führt, bis man denkt, das ist das Ende – er führt aber immer noch abwärts, und die drei Männer müssen gebückt gehen. Am Ende führt ein Tor aus Eichenbohlen durch ein Gebüsch versteckt ins Freie? Man hätte auf diese Weise die drei Männer in Sicherheit bringen können; vielmehr befinden sie sich aber immer noch unter der Trasse, wo an diesem Punkt, drei Stockwerke höher – das gehört nicht ganz zur Sache – das Gerippe eines pferdeähnlichen Tieres aufbewahrt wird, als dessen Heimat bald Indien, bald Ägypten angegeben wird (einer besonderen Verkettung der Umstände zufolge ist zur Zeit draußen nicht bekannt, wo sich die drei Männer befinden).

Voran geht der Kaufmann, der hier noch auf gute Erscheinung achtet, in neapelgelber Weste, weißen Hosen aus Leder, die gepufft sind und vorn eine von Klauen gehaltene Metallzwiebel fürs Geschlecht tragen. Er hat als Auslösung (erfolglos, da das Vermögen des Verurteilten sowieso der Staatskasse zufällt) die ungeheuerliche Summe von zwei Millionen Goldgulden angeboten. Achthunderttausend Taler zu achtundsechzig aus der kölnischen Mark oder siebenhunderttausend Taler zu siebzig aus der feinen Mark, davon hätte man ja halb Demmin kaufen können. Umsonst, in dieser mißlichen Lage blickt er an sich herab, ist sich vielleicht seines unstatthaft männlichen Aufzugs bewußt – wo ist denn die Liebe hingekommen –, im letzten Augenblick fällt er etwa noch aufs Knie und bittet um Gnade.

Jahaha Gnade.

Als zweiter geht der General, der eher noch prächtiger gekleidet ist, im Halbpelz mit angehängten Marderschwänzen, seine Zwiebel ist eher noch größer, in Nachformung der Wirklichkeit mächtig mit Wolle ausgestopft, darunter schweben zwei Kartheken, also groß wie Kindsköpfe – da wird nicht gespart. Wenn er nun General sei, wurde er gefragt, welche Armee er denn befehlige? Wie? Anscheinend gar keine, Schlappsack! haben sie gerufen, weißt du nicht, daß du auf gute Erscheinung achten sollst, sag laut: Ich werbe hundert Panzerreiter an, sie sollen über sechs Schuh messen und drei Steine wiegen! (Gelächter). Sag: Ich will nur eine Infanterie – von Infante, das heißt Knabe, Knecht –, aber eine gute. Ein guter Witz. Sag: Karl der VI. erregte durch erstes Erscheinen mit Artillerie in Italien großes Aufsehen. Er stolpert, die Masse des Gesteins dröhnt: Bung!

Der dritte ist der Arzt ganz in Schwarz. Ihm wäre es am ehesten zuzutrauen, er hat sich monatelang auf alle Fangfragen vorbereitet, und als sie ihn dann fragen: Wie kommt es, daß *du* hier stehst. Bekümmert: Ein studierter Mann, das Bild eines Chirurgen (zugleich erhellt und verdüstert), weiß er darauf keine

Antwort zu geben. Und da er schweigt, tritt der Stockdiener hinzu, um dem Befragten die Nagelzange vorzuweisen. Daraufhin zeigt man ihm den Schraubstock mit den abgestumpften Spitzen. Und weil er noch nicht redet oder reden kann – er kann ja nicht gut sagen, daß er unverändert Liebe empfindet –, wird der Befragte zur Bank geführt, wo ihm zur Abschrekkung, Territion, einmal die Gewichte angelegt werden. Und dann, hat er alles gestanden?

Die Brüder Niemann, alle drei in höchsten Stellungen.

Schließlich gelangen sie vor das Tor aus Eichenbohlen, und wenn das Tor aufgeht ... tum tum. Wie furchtbar. Es hat Männer gegeben, die den bloßen Anblick nicht vertragen haben, starke Leute, Feldherren. Haben die Jungfer gesehen und sind gleich umgefallen. Und das ist nicht zuviel gesagt, wenn das Tor aufgeht, und dann, sehr groß, wohl über zwei Meter hoch, steht *sie* da! Oh, oh! Ihr Kleid ist eine gerade Walze, ihr Gesicht, hat sie ein Gesicht? Sie hat einen Kopf, der aus den Schultern wächst und vorn stark geschminkt ist, der Mund steht rosig vor, so daß man den Wunsch verspürt – wie es ja auch wörtlich heißt: die Jungfer zu küssen. Arrrgh, der Gedanke allein. Daß sie unten im Keller steht, zwei Meter hoch und geschminkt, da fallen die Männer um, mit den starken Herzen, wenn man nur den Namen nennt, da sind sie sozusagen schon tot. Wie denn aber in Wirklichkeit? Ein Fehler: Die vergoldeten Fußspitzen stehen allzuweit unter dem Rocksaum vor, so daß sie als Scheinfüße erkennbar sind; der wirkliche Fuß steht demnach weiter hinten.

Ein Profos, der rechts steht und der eine abgeplattete schwarze Filzkappe trägt (die mit zwei geraden Klappen über die Ohren reicht), sagt zu den drei Verurteilten: Jetzt tretet vor und begrüßt die Jungfrau.

Sie treten aber nicht vor. Man bemerkt, daß die Brüste umgekehrt gewölbt sind, das heißt, dort, wo sie konvex sein sollten, konkav, und man möchte schwören, daß in der Tiefe einige Schlitze angebracht sind.

Jetzt geht hin. Alle drei zur Jungfer, sagt der Profos und stößt mit dem Stock auf.

Tum tum.

Das ist aber nicht möglich, näher können die Männer auf keinen Fall heran, denn sie wissen ganz gut, wie es dem geht, der die Jungfer küßt. Die Arme hängen von den Schultern, eine mächtige Schmiedearbeit, darüber die kunstvoll gehämmerte Frisur mit den vier perlenbesetzten Hörnern genau wie eine Haarfrisur, und das ist – mein Gott! denken die Männer, das ist unsere Dame, unsere Madame (wie sie leibt und lebt). Bei alledem ist sie aber ganz prächtig anzusehen, von oben bis unten auf das Feinste ornamentiert, und teilweise dort, wo diese Arbeit durchbrochen ist, scheint das blanke Eisen durch. Der Profos stößt mit dem Stock auf, er weiß ganz gut, wie die Sache enden wird.

Tum tum.

Welches ist der General, der Kaufmann und der Arzt (sämtlich in höchsten Stellungen), und wer gibt wem den Vortritt. Nicht doch, sagt der Profos, er macht noch einen Spaß: Da könnt ihr alle drei zur gleichen Zeit, meine Söhnchen, die Dame ist nicht so, nur zu! Bis etwa vor das Eisenblech, es komme noch eine eiserne Stufe.

Jetzt geht hin und küßt die Jungfer.

Da gehen sie hin, alle drei, und küssen die Jungfer, und diese schnurrt ganz kurz in ihrem Inneren, hebt und schließt ihre Eisenarme mit den eisernen Ärmeln, die mit Hammer und Stichel fein bestickt sind: ähnlich einer Liebesumklammerung. Und während indessen alle drei Herren zugleich mit großer Leichtigkeit angedrückt werden, wachsen vorn langsam messerartige Sporne aus ihren Schlitzen, welche die Herren ins stolze Herz stechen.

– – –

Und wenn sie tot sind, wird sozusagen an der gleichen Stelle Frau Niemann (das ist das Wunderbare) drei Knaben zugleich gebären. Die Wissenschaft rechnet auf sechstausend Geburten einmal mit Drillingen, und ihrer Diagnose sind umfangreiche Feststellungen vorausgegangen: der übermäßige Leibesumfang, drei Herzen mit unterschiedlicher Schlagfolge, im Röntgenbild drei Köpfe und drei Wirbelsäulen, ferner wurde eine komplizierte Blutuntersuchung mit Genen, Antigenen und Antistasen angestellt. Bis man sich sicher zu sein glaubte.

I

Stani: Der Reiche

I

Ich bin der erste.

Mit meinem Kopf als leitendem Teil im Geburtskanal eingestellt. Während mein Bruder Kulle (oder der, der später einmal Kulle heißen wird) noch in Querachse steht, dadurch aber mit seinem verhältnismäßig größeren Durchmesser im Nachteil ist, – während ich mit meinem kleineren gleich durchrutsche. Vielleicht auch, weil ich so mager bin. Und man täuscht sich anzunehmen, so kleine Geschöpfe merken noch nichts – es ist eine weiche, eine flüssige Erinnerung, die ich nicht im Gedächtnis, aber tief innerlich im Bewußtsein trage: gleich durchzurutschen.

Ich bin immer mager gewesen. Ich liege im Bettchen, der Vorhang bewegt sich, ich werde herausgehoben und habe den Mund aufgerichtet, damit nichts danebengeht. So dumm bin ich nicht, daß ich nicht weiß, daß meine Brüder mir alles wegtrinken. Selig fallen sie zur Seite und schlafen, wenn sie ausgetrunken haben, ich sage aber, sie haben mich gar nicht erst austrinken lassen. Und eines Tages liege ich im Bettchen und warte, daß sie kommen (die beiden Zentnersäcke), statt dessen aber bewegt sich der Vorhang, und es kommt ein ziegelroter Mohrrübenbrei auf einem Teller, nein, sagt Mamma, jetzt iß! Und das Kleid hat sie fest zugeknöpft. Und am nächsten Tag kommt wieder der Ziegelbrei. Und am nächsten Tag.

Eines Tages kommt Gemüse. Geschabtes Fleisch. Pudding. Seid vorsichtig mit dem Himbeerpudding, sagt Mamma, denkt daran, ob er euch auch bekommt. Dann nimmt sie den Pudding vom Tisch, meine Brüder haben bis dahin aber schon längst ihre Portion weg, wie, kann ich auch nicht erklären, sie essen eben schneller als ich. Also sagt Mamma: Ich weiß nicht, der Junge ißt nicht, er ist zu mager, sieh dir deine Brüder an, das sind Kerle.

Nachts träume ich, zwei große Ferkel springen zu mir ins Bettchen, da schreie ich laut, bis Mamma aus dem Schlafzimmer kommt. Da, da, kleiner Mann, sie streichelt mich – es ist fast dunkel im Zimmer, und über dem Bettchen steht der weiße Vorhang, als sie sich darüberbeugt, aber was soll ich sagen, da kriechen sie heraus, zappeln plötzlich dick und rosig, und ich schreie, Kulle schreit, Beffchen schreit. So lange, bis Mamma aus dem Schlafzimmer gelaufen kommt, um uns zu beruhigen.

Da sind wir alle still geworden.

Mamma ist eine schöne Frau. Wenn sie mit uns nach Friedrichsthal fährt, hält sie uns alle drei fest im Arm, damit keiner auf den anderen eifersüchtig sein muß. Wir fragen: Mamma, warum hast du keinen Mann, und sie sagt, ihr seid meine Männer. Sie trägt ein rotes Kleid, in dem sie aussieht wie ein roter Apfel, und sie trägt grüne Schuhe, wie kleine grüne Käfer, und einen runden Hut aus Rabenflügeln, sie ist die schönste Frau der Welt.

In Friedrichsthal trinken alle Jungen Limonade, rote und grüne. Ich aber wandere über die Höfe und Laubengänge und über die Steintreppen. Die Sonne scheint, der Wind geht, und von der eisernen Brunnennymphe fließt oben in zwei Strahlen das Wasser heraus. Oh ja.

Und ein Vogel fliegt mit klatschenden Flügeln vorbei, das erschreckt mich jedesmal.

Eklig?

Das sind die Titten, erklärt mein Bruder Kulle.

*

Ich kann mich noch gut erinnern. Einmal erwischte ich ihn, wie er gerade ein Ei stahl, zufällig komme ich in die Küche, wo er einen Topf zwischen den Knien hält und quirlt. Zucker hat er auch dazugetan.

Ich frage: Kriegst du ein Ei?

Ja, sagt Kulle, schau mal! Er zeigt aus dem Fenster.

Was ist dort?

Ein Ei, sagt er, schau, draußen fliegt ein Ei. Ich weiß natürlich ganz genau, daß es nicht stimmt, und sage: Du Dummkopf, Eier können gar nicht fliegen. In der Zwischenzeit hat er es aber schon geschluckt, der kleine Hund, so daß für mich nichts mehr übrigbleibt. Der Kulle – was hat er nicht alles getan, mir die Hose runtergezogen, Stöckchen reingeschoben, aber dann mußt du dich wehren, du Feigling, das ist leicht gesagt. Da ist Beffchen, mein anderer Bruder, viel verträglicher, ein stiller, versonnener Bruder, aber eben auch etwas dusselig und in praktischer Hinsicht keine große Hilfe, besonders wenn es ums Geschäftliche geht. Einmal sind wir dabei, Pferdedung einzusammeln, ich arbeite gerade an der Ecke Bäcker/Wittenburger, also eigentlich noch in meinem Revier, weil mir die Bäckerstraße gehört. Wir haben uns die Reviere eingeteilt, ich zum Beispiel arbeite in der unteren, Beffchen in der oberen Bäckerstraße, aber er ist ja nie da. Sammle also gerade einen großen Dotter ein – das ist der erste Wurf, der immer am Kopfende liegt–, hebe den Dotter im ganzen hoch. Und er läßt auch sich glatt vom Pflaster lösen, schön gelb und trocken, nur an der Bodenseite etwas pappig. Da setzt jemand seinen Fuß auf meine Schaufel, Kulle! Ich hab ihn nicht kommen sehen. Ich sage: Was willst du, das ist doch nicht dein Revier.

Nein, aber deins auch nicht.

Also gut, ich entleere die Schaufel auf die Straße und bin schon weg, eindeutig in meinem Revier, da sagt Kulle: Warte mal, du kriegst noch was. Und steckt mir den großen gelben Dotter in den Kragen. Du kannst auch noch mehr haben, sagt er, das nächste Mal. Aber das habe ich ihm eigentlich nicht verziehen, ich erinnere mich noch sehr gut daran, wie wir ihn herauszogen – eine schrecklich unsaubere Angelegenheit –, wir haben ihn, glaube ich, erst nach vier Stunden gefunden, weil niemand auf die Idee kam. Fünf Jahre alt war er, als es passierte. Wie? Um das zu verstehen, muß man das Geschäft kennen, man erhält von den Schrebergärtnern vierzig oder fünfzig Pfennig pro Eimer, je nachdem. Wenn der Dung trocken und wenn kein Sand dabei ist, auch sechzig. Man kann zwei, drei Eimer pro Tag zusammenkriegen, je nachdem, wo man arbeitet. In der Bäkkerstraße ist es schlecht, dort kriegt man vielleicht einen halben Eimer zusammen, wenn man Glück hat, also zwanzig bis dreißig Pfennig, dafür kaufe ich mir meistens Negerbonbon, viel bekommt man ja nicht dafür. Dagegen Kulle! Ich habe einmal gesehen, was er in seinem Karton aufbewahrt, eine unerhörte Sammlung, Himbeerbonbon, Sauerdrops, englische Stäbchen, Eukalyptus, Liebesperlen, silberne und goldene und was nicht alles, sogar die teuren Likörtaschen. Ich sage zu ihm: Kulle, die dürfen wir noch gar nicht essen.

Nee? Und steckt sich eine in den Mund.

Das teure Zeug, rufe ich, das ist ja fast eine Sünde. Fünfundzwanzig Pfennig, bestätigt er und steckt noch zwei in den Mund, das sind ja, ich rechne nach, zusammen anderthalb Eimer. Stimmt.

Mir schmeckt's prima, sagt er.

Das meine ich nicht. Ich meine die Art und Weise, wie er sich immer das Beste nimmt, zum Beispiel den Abtrittsdünger, auf den ich wahrhaftig nicht neidisch bin, nur sehe ich nicht ein, mit welchem Recht er die ganze Grube für sich in Anspruch nehmen muß. Als ob er sie gepachtet hätte. Ich spreche von der Versitzgrube hinten im Hof, die streng unter Verschluß steht, aber eines Tages sehe ich da Kulle mit einer Stange am Deckel arbeiten, ich sage noch: Kulle, laß die Finger davon, du weißt, daß Mamma das streng verboten hat.

Er stemmt den Deckel hoch.

Um Gottes willen, sage ich, das stinkt ja schrecklich, paß bloß auf ... ich habe tatsächlich gesagt: Paß auf, daß du nicht reinfällst. Man sieht nicht genau, wie voll die Grube ist, meiner Ansicht nach einen halben Meter voll? Man müßte mal einen Stock hineinstecken, da sind mindestens, ich rechne, also mindestens hundert Eimer könnte man da ausschöpfen, das sind, ich rechne nach ... also bestimmt zwanzig Mark für jeden von uns.

Und dann sieht er mich an, mit diesem hellgrauen Blick, und sagt: Wieso für jeden? Daran werde ich mich erinnern, ich sage: Ein paar Eimer werde ich mir wohl holen dürfen.

Du kannst es ja mal versuchen, erwidert er.

Nicht, daß ich auf Abtrittsdünger erpicht bin, die Gartenbesitzer nehmen ihn gar nicht so gerne, weil er ungleichmäßig ausfällt, zu sehr mit Wasser oder Kehricht versetzt ist. Aber wenn Kulle jetzt mit seinem Handwagen loszieht, hat er jedesmal drei volle Eimer geladen, und das sind ca. Einsfünfzig jedesmal. Zieht durch die Gegend und brüllt: Gülle, Gülle, Gülle, Kohl und Rüben in der Fülle, Stickstoff und Salpeter, Kraft für jeden Meter! Gibt reichlich an, aber wenn er dann am Tisch sitzt, stinkt er immer noch. Ich sage: Das ist ja nicht zum Aushalten, meinst du, daß du uns so besser gefällst?

Das Ende eines heißen Sommertages, die drückende Stille, die Gräben, die neben der Straße laufen, vielleicht ein tiefer blauer Himmel. Als ich nach Hause komme, steht auf dem Küchentisch eine Schale mit Pflaumen. Ich gehe in den Hof, wo Kulle anscheinend gearbeitet hat, denn die Grube steht offen, und daneben liegt die Schöpfkelle, die er sich gebaut hat – ein Konserveneimer an einem langen Stiel. Von Kulle selbst keine Spur, dafür stinkt die Jauche heute ganz besonders, ich denke: Das Ferkel hätte ja wenigstens zumachen können, und haue den Deckel in die Betonfassung. Danach ist es auch nicht viel besser, so als ob ein Gebrüll aus dem Boden käme. Huiiih, die Schwalben, eine unnatürliche Bläue, heute werden wir ein Gewitter kriegen, denke ich.

Gehe schließlich wieder in die Küche, wo ich ein paar Pflaumen esse. Mamma ist auch nicht zu Hause, sie ist wohl mit Beffchen spazierengegangen, denke ich. Bis sieben Uhr habe ich solchen Hunger, daß ich die Pflaumen ganz aufesse, gehe in den Hof, wo noch der Handwagen steht, darauf stehen die drei Eimer, von denen einer halb voll ist. Das fällt mir auf, ich denke: Das ist merkwürdig.

Bin danach wohl wieder in die Küche gegangen oder ins Wohnzimmer, kann mich nicht mehr genau erinnern, die Pflaumen hatte ich ja schon aufgegessen. Ich bin *nicht* mehr im Hof gewesen, das ist sicher – das heißt, nicht bevor Mamma mit Beffchen zurückgekommen ist, also etwa um acht. Zu dieser Zeit habe ich vor dem Haus auf der Straße gespielt. Dann sind wir nach oben gegangen, und Mamma hat gefragt, ob Kulle nicht da sei. Wir haben oben bis neun gewartet, dann sind Beffchen und ich auf die Straße gelaufen, haben nach Kulle gefragt. Inzwischen ist es dunkel geworden. Mamma hat oben im Salon gewartet. Ich mit Beffchen auf der Treppe. Bis ich den Einfall hatte, da war es schon zehn.

Nein, einen Vorwurf kann ich mir beim besten Willen nicht machen, tut mir leid, ich meine, schließlich und endlich ist er mir ja doch noch eingefallen. Der Deckel.

Gottseidank.

2

Zu Ostern kommen wir alle drei in die Schule – jeder mit einer Schultüte –, Beffchen und ich kommen in die 1A, Kulle in die Parallelklasse 1B. Wir tragen neue grüne Lodenanzüge, und Mamma verabschiedet sich von uns im Schulhof. Nachher sitzt Beffchen vorne neben der Tür und weint. Ich sitze hinten auf der vorletzten Bank, mein linker Nachbar, der eine blau- und braunkarierte Kollegjacke trägt, heißt Winfried Selbach (Sohn des Zuckerfabrikanten Otto Selbach in der Marlistraße), mein rechter Fidi Fieber (Glaserei in der Wittenburger Straße), dieser ist ein kleiner spitzer, unfreundlicher Junge. Ich frage: Bist du gerne hier? Antwort: Vielleicht lieber als du. Genau vor mir, so daß ich seinen runden Kopf betrachte, sitzt Bruno Kryschpanik, dessen Vater bei der Zeitung ist. Und dann, endlich, erhalte ich noch einen Stoß in den Rücken. Das ist Lemmig, der Sitzenbleiber, der alte Knochen, damit du geradesitzt, sagt er.

Einmal lesen wir die Geschichte vom Schneider Böck, mit Buchstaben so groß wie Daumennägel, und der Lehrer fragt hinterher, was wir werden wollen. Fidi Fieber will Glasermeister werden, Winfried Selbach weiß es noch nicht, Bruno Kryschpanik will zur

Zeitung, Beffchen, der kleine Wanst, will Bäcker werden. Winfried Selbach hat es sich überlegt, er will das Unternehmen seines Vaters leiten. Gut, sagt der Lehrer, dann wollen wir jetzt die Geschichte vom Armen und dem Reichen lesen. Welcher – in diesem Fall Winfried Selbach – eine blau- und braunkarierte Kollegjacke trägt.

Das imponiert mir. Ich fliege am Seeufer entlang, der Strand ist fast leer, vor mir die «Villa Hamburg», auf die ich Kurs nehme. Ich fliege einen Richthofen mit roten Schwanzenden, den ich aus drei Brettchen angefertigt habe (rote Tinte), mit ihm umrunde ich den dicken Jungen, der vor der «Villa Hamburg» im Sand gräbt. Im Strandkorb sitzt eine Frau, die auf ihn aufpaßt, offensichtlich die Bonne.

Soweit stimmt alles.

Ich umrunde den Jungen einmal, indem ich den Richthofen einen Kreis beschreiben lasse, setze daraufhin zum Sturzflug an und lande unmittelbar vor seinen Füßen. Der Junge rührt sich nicht. Schließlich sagt er: Der kann ja nicht fliegen. Ich streiche die Startbahn glatt, führe die Maschine an den Kontrollpunkt, checke zweimal den Motor, indem ich leer durchtrete, dann pauke ich ihn plötzlich hoch und – broaarrhh – hebe knapp über die Mauer, einen Fuß, zwei Fuß, reiße die Nase der Maschine nach oben (drücke gleichzeitig scharf durch) und lasse den Vogel über den linken Tragflügel abkippen: Da habe ich ihn! Da sind wir bei *gutem* Wetter und *strahlendem*

Sonnenschein gut abgekommen, Wind Nordnordost, Nord. Ich ziehe einen weiten Kreis in gleichbleibender Höhe, und der Junge ist doch so dämlich, daß er sich im Sitzen mitdreht. Ich frage durch den Motorlärm: Bist du reich? Er zuckt die Achseln. Ich frage: Na, Menschenskind, ob deine Eltern reich sind. Damit meine ich die Kollegjacke, die er anhat, es ist die gleiche wie Winfried Selbachs, nur daß sie nicht blaubraun, sondern rot-grau kariert ist. Ja, ruft er dumm durch den Motorenlärm, weiß nicht, zuckt die Achseln. Die Frau, die auf ihn aufpaßt, blickt hoch, dann nimmt sie einen Roman und beginnt im Strandkorb zu lesen. Inzwischen entferne ich mich aber in Richtung Mole, und der Junge kommt hinterher.

Na? frage ich.

Ja. Ich glaube schon (daß sie reich sind), dann: Gib mir mal!

Ich sage: Was fällt dir ein, das ist doch kein Kinderspielzeug, vermindere indessen langsam die Geschwindigkeit, gehe tiefer. Sehen Sie die beiden roten Hebel, die drücken Sie jetzt beide, jetzt – und runter, runter, es sind noch ein paar Holper auszugleichen, da es sich um eine provisorische Piste handelt, dann steht der Vogel, aber exakt am Markierungskreuz. Hast du wenigstens aufgepaßt? O du liebe Güte, nach einer halben Stunde ist er soweit, daß er ohne Schaden auf die Startbahn rollen kann. Ich sage: Gott sei's getrommelt und gepfiffen. Es weht ein zügiger Wind vom See her, Nordnordost, der Junge schwitzt aber trotzdem, seine Jacke hat er schon ausgezogen. Nach einer Stunde kann er wenigstens abheben und sich – schwer genug war's ja, Mittag rückt schon näher – halbwegs anständig oben halten, ich meine ohne Stottern, und ohne, ogottogott, über die linke Tragfläche abzurutschen, wenn man's nicht kann, und er kann's sicherlich noch nicht. Nun umkreist er einfallslos zehn-, zwanzig-, dreißigmal das Flugfeld, wobei sich sein Gesicht – ja das ist ein merkwürdiger Anblick, ich beobachte, wie es bei jeder Runde breiter wird, etwa in einer Art erstaunter Bewunderung. Und als die Bonne, die im Strandkorb einen Roman liest, zum Essen ruft, entfernt er sich im Direktflug in Richtung «Villa Hamburg». Ohne sich noch einmal umzuschauen.

Winfried Selbach hat sie wohl bemerkt, die neue Jacke, die ich anhabe. Aber inzwischen trägt er selbst ein marineblaues Blouson, wie sie jetzt modern sind.

*

In der Pause tauschen die Jungen EWA-Kolonialbilder, das sind die großen, länglichen, die den EWA-Haushaltsartikeln beiliegen, das sind die besten. Bei EWA gibt es Hochglanzbilder, Torpedoboote vor Swakopmund oder Plantagen in Ombwe. Leider kauft Mamma nicht bei EWA, ich sage: Mamma, kauf doch mal bei EWA, da gibt es diese schönen Bilder, wie sie alle anderen Jungen in der Klasse haben. Und dann, ach ja, an das allererste erinnert man sich noch ganz genau, an das Dunkelgrün des Flusses und die Hausgiebel vor dem schwefligblassen Himmel: Dualla-Häuser am Togofluß. Weil es so schön ist, bietet Winfried Selbach gleich vier andere dafür an: Südufer des Tschadsees, die Balueberge (700–800 m), Kolastrauch mit Blüte und Kolanuß und einen Straßenfrisör in Viktoria, der Mann hockt im Sand und frisiert den Kopf eines Kunden.

Den behalte ich. Aber die drei anderen, die nicht viel taugen, tausche ich bei Fidi Fieber ein. Fidi gibt Doppelte Stück für Stück her, so daß ich für die langweiligen Balueberge ein sehr schönes Palaverhaus in Atakpame (Togo) kriege, für die Kolanuß eine Sandra (flach gehendes Küstenschiff) und für den Tschadsee einen Jaundemann mit Jaundefrau. Diese dagegen kann ich bei Winfried Selbach gegen eine ganze Partie Schutztruppen eintauschen, einen farbigen Unteroffizier, Küstenschiff im Bismarkarchipel etc., die nicht so gefragt sind, dafür kriege ich zwölf Stück im ganzen.

Zwölf, die ich auf den Markt bringe.

Ich sage zu Fidi Fieber: Was willst du denn, das sind prima Bilder. Ich tausche die Militärstationen Seewee und Kio gegen Bergdamara und Brücke am Ongwefluß und den Unteroffizier gegen Baobabs. Das sind Wollbäume, ein ganz ausgezeichnetes Geschäft, ich stelle fest, daß mir der Tauschhandel einigermaßen liegt. Einmal kommt Winfried Selbach und fragt: Du besitzt doch Lome. Allerdings, erwidere ich. Wenn du mir Lome gibst, sagt er – die Abtretung von Lome –, erhältst du die Togolagune und das Tafelland Omu.

Nein.

Was nein, fragt er, willst du mir nicht Lome geben?

Nein, sage ich, mir gefällt Lome. Mir gefällt das Hügelland und das dahinter liegende Opossumgebirge. Ich habe hier Yams, Bataten, die Postagentur und eine von Weibern betriebene Töpferei. Warum soll ich Lome aufgeben. Bist du so reich, fragt Winfried Selbach spöttisch, ich sage: Wie reich ich bin, wird sich noch herausstellen, eines Tages werdet ihr euch alle wundern.

So?

Ja, eines Tages kommt jemand und fragt nach dem Kamerunfluß – ich kenne den Jungen, es ist Richard Bormann aus der vierten Klasse –, anscheinend handelt es sich um ein seltenes Exemplar. Ach, sage ich, du meinst wohl den «Rio dos Camarões», wie die Portugiesen ihn nennen, den Fluß der Krabben. Wenn du so schlau bist, erwidert er, kannst du mir vielleicht sagen, ob du ihn hast.

Oh, das ist ein seltenes Stück, der Kamerunfluß, sage ich, es trifft sich, daß ich ihn tatsächlich besitze, aber das ist reiner Zufall, ich glaube nicht, daß ein zweiter so leicht zu finden ist. Natürlich hat die ganze Klasse scharf aufgepaßt und freut sich, daß ich einen Schüler aus der vierten Klasse auf den Arm nehme. Aber das tue ich gar nicht, wenn man aufgepaßt hat. Gut, sagt der Junge, ich nehme ihn. Das kann ich mir vorstellen, erwidere ich, allerdings wird er nicht gerade billig kommen. Und was willst du dafür haben, fragt er. Das, erwidere ich, werde ich mir überlegt haben, wenn du morgen früh wiederkommst.

Und als der Junge kommt – reichlich früh, nach der ersten Stunde, Latein –, stelle ich folgende Forderungen: Zunächst möchte ich sechs Stück Geräte und Waffen haben, nämlich Knieglocke der Massai, Nashornkeule (Massai), Beinschmuck aus Affenfell (Suaheli), geflochtenes Körbchen und Amulett eines Kafferndoktors.

Das ist ja nicht gerade billig, sagt er.

Nicht? sage ich, dann wirst du dich wundern, was noch dazukommt, nämlich Schurz eines Bariweibes, Kopfbedeckung der Lattuka, Zieraxt aus dem Maudaugebiet, Frauenkamm und Frauensandale von der Sklavenküste.

Dazu fordere ich fünf Affen: Rotäffchen, Goldstirn, Brüllaffe, Mandu und den traurigen Makak. Dazu noch ein Schwirrbrett, eine Haifischlanze und einen geschnitzten Spaten für Betelkalk aus Neuguinea.

Du bist wohl wahnsinnig geworden, der Junge ist aber nicht nur empört, eigentlich auch entsetzt, außerdem gar nicht in der Lage, die gewünschten Artikel zu beschaffen. Darauf kommt es auch nicht mehr an, denn inzwischen hat sich die Sache so weit herumgesprochen, daß sich ein gewisser Dieter Platzer meldet. – Weißt du eigentlich, fragt mich Winfried Selbach ganz fassungslos, wer das ist?

Aus der siebten Klasse?

Er weiß es nicht, ruft er, das ist der größte Sammler

der Schule, aus der *achten* Klasse. Wenn *der* sich meldet, hast du es geschafft. Mensch, *ein* Dusel, das ziehen wir ganz groß auf, das zelebrieren wir drüben beim «Schnörgen», laß mich mal machen, davon verstehe *ich* was, sagt mein Freund Winfried Selbach, und ich stelle es mir wunderschön vor, wie er das alles für mich aufzieht, mein Freund in gelben Handschuhen, in der blauen Jachtjacke, die er jetzt trägt. Und wenn schließlich dieser Dieter Platzer aus der achten Klasse an mich herantritt, ist alles geregelt. Klar? Dann fordere ich zusätzlich:

1 Lippenbär

1 Satansaffe (so heißt es in der Zulusprache: u-muutu we)

1 Melanesierpaar (der erstaunte Mann und die unglückliche Frau)

1 Mpongwe-Neger (der schöne Mpongwe von Gabun)

1 Geschorener Koto vom Niger

1 (sorgenvoller) Schulineger

1 (vergrämter) Hottentotte und

3 Buschmänner.

Dazu noch Beamte des Sultans von Tidore, die einen Tribut von Reis und Paradiesvögeln erheben. Dazu noch ein Gruppenbild der tiefschwarzen Banyang, die durch Jähzorn und Rachsucht gekennzeichnet sind. Und ihre Blätterrollen, Holzpflöcke, Elfenbeinrollen, dazu noch eine Avocadobirne (persea gratissima), einen Schnepfenstrauß mit Charaktervögeln etc. Natürlich kommt das Geschäft nie zustande, das war ja auch nicht zu erwarten – aber wir haben so wunderschön und lange und so ausführlich darüber verhandelt.

*

Nächstens werde ich bei Winfried Selbach eingeladen. Er wohnt am Wall 4, ich kenne das Haus, seine weißen Säulen sind schon von weitem vom Kanal her sichtbar, und dieser setzt sich auf dem Grundstück fort – im Sommer liegen hier tiefe grüne Schatten, oft bin ich daran vorbeigegangen. Mamma möchte, daß Beffchen mitgeht, der kleine Wanst, und ermahnt uns: Das ist ein reiches vornehmes Haus, kämmt uns zum Schluß die Haare und gibt jedem einen Kuß. Dann ziehen wir los, Beffchen und ich.

Es ist ein warmer Sommertag.

Wir kommen an das Gittertor, hinter dem die weißen Säulen leuchten – manchmal denke ich, besser, wir wären nie angekommen –, Winfried, etwas erstaunt, als ob er uns nicht erwartet hätte, trägt nichts als eine Turnhose. Wir haben ihm ein Buch mitgebracht (Beffchen übergibt das Buch). Er zeigt uns dafür die Segelschiffe, die in einem Glasschrank aufgestellt sind, etwa so groß wie meine ganze Kammer zu Hause. Er führt den Klößeesser vor, wenn er an einer Kurbel dreht, schiebt sich der Mann am laufenden Band Klöße ins Maul. Ist er aus Silber? Vielleicht hätte ich diese Frage nicht stellen sollen.

Nachher gehen wir zum Badesteg hinterm Haus,

der um diese Zeit schon im Schatten liegt; es ist heiß, der See ist dunkel, unbewegt, riecht etwas dumpf, wenn man taucht. Gehört euch der See? frage ich. Nee, nur zur Hälfte, Winfried sitzt im Sand, die Beine im Wasser, siehst du da drüben, er zeigt, das gehört zu Stellmanns. Wo? frage ich, aber das ist auch nicht nötig, daß ich danach frage. Stellmann ist die große Kornhandlung (der Silo am Ziegelsee). Ich grabe meine Beine ein, Beffchen sitzt hinter dem Steg, schläft offenbar, wir haben jeder eine Badehose von Winfried Selbach gekriegt.

Dann kommt jemand.

Linde, Winfried Selbachs Schwester, kommt herunter und steigt durch die dunkelgrüne Öffnung – ein großes Mädchen, fast schon eine Dame. Sie ist mißmutig, bohrt mit dem Fuß im Sand, mich beachtet sie gar nicht. Oder doch, sie sagt: Was ist denn mit *dem*, soll der hierbleiben? Na, sie dreht sich um, mir ist es ja egal.

Winfried Selbach deutet auf Beffchen, der hinter dem Steg sitzt: Da ist noch einer. Sie geht in die Büsche und zieht sich aus, hängt die Kleider rechts und links in die Zweige, tritt nachher sonderbar weiß aus dem Gebüsch, etwas bösartig allerdings, dreizehn ist sie wohl schon oder vierzehn. Sie sieht sehr hochmütig aus mit dem glatten weißen Körper, steigt ganz dicht neben mir ins Wasser, beachtet mich gar nicht, und Beffchen, das kleine Tier, hockt erschrocken ein paar Schritte weiter im Sand. Aber ich auch: Der glatte Bauch, die glatten Brüstchen, ich glaube, ich habe sie mir anders vorgestellt, jetzt sitzen da ganz unerwartet zwei kleine harte Krüge, ein sonderbares Gefühl. Wie abgeschnitten. Der See unbewegt, dunkelgrün, stumpf. Schließlich ist sie gar nicht weiter hineingestiegen, nur bis zum Knie, und wir hocken hier immer noch. Puh, ist das heiß, sagt Linde. Dann tauch doch unter, aber sie steht bis zum Knie im Wasser, darüber ist sie weiß, fast lila.

Nachher in Winfrieds Zimmer wird Kakao für uns gebracht, Winfried spielt mit Beffchen auf dem Fußboden, wo sie eine Autobahn gelegt haben. Während Winfried gerade unter dem Sessel liegt und Beffchen den Carrera fahren läßt – stecke ich schnell die kleine Windmühle unter das Hemd. Wenn ich sie unter die Achsel klemme, sieht man nichts, ich kontrolliere vor dem Spiegel: Nichts. – – Dann. Kurz bevor wir uns verabschieden, bin ich noch so klug und stelle die Windmühle schnell wieder auf ihren Platz. Winfried gibt unterdessen Beffchen die Hand, dann gebe ich ihm die Hand, alles ist in Ordnung.

Wir gehen hinunter, durch das weite Haus, auf der Treppe Teppiche, Teller an den Wänden. Unten fällt Beffchen ein, daß er seine Jacke vergessen hat, ich sage: Beffchen, du Schafskopf, mußt du denn alles vergessen. Aber dann dauert es ewig lange, und als er endlich wieder herunterkommt, hat er seine Jacke immer noch nicht gefunden. Ich sage: Du Schafskopf, muß ich erst selber suchen gehen, und in Winfrieds

Zimmer, das inzwischen schon dämmrig ist, liegt doch die Jacke mitten auf dem Sofa.

Ich denke: Na, der Schafskopf, und will wieder gehen, aber da steht jemand in der Tür, warte mal, mein Kleiner, sagt sie leise, ich erinnere mich, ich rieche den sanften süßen Geruch, das Bienenwachs, mit dem sie in diesem Haus den Fußboden einreiben. Ihr Gesicht kann ich nicht sehen. Wo hast du sie denn versteckt, sagt sie, unterm Hemd?

Was habe ich?

Komm mal her, sagt sie. Statt dessen kommt sie aber selber näher und tritt ganz heran, ein großes Mädchen, wie sie mich an die Wand drängt.

Du kleiner dreckiger – sagt sie, wo hast du sie denn, und greift mir unter das Hemd, was? Das weißt du ganz genau, willst du auch noch lügen. Also! Hast du sie vielleicht in die *Hose* gesteckt, und greift mir plötzlich in die Hose.

Aber ich habe sie gar nicht, rufe ich aus.

Was hast du nicht?

Die Windmühle.

Danke schön, sagt sie, das wollte ich nur hören, du Dieb, klaust hier einfach, läßt einfach was mitgehen, was! Dich werd' ich, und faßt mir ganz rigoros in die Hose. Aua, schreie ich. Du denkst wohl, du kannst hier einfach klemmen, und hat mir gleich die Hose runtergezogen.

Ich schreie: Aua.

Wenn du nicht sofort ruhig bist, zeige ich dich an,

sagt sie, deine Sorte kenne ich, mir machst du doch nichts vor. Nun will ich unter ihrem Arm durch, sie hält mich aber fest und sagt: Bleib doch stehen, und greift nach mir, dazu keucht sie und sagt: Laß doch, bleib doch noch, und als ich schon auf der Treppe bin, schreit sie:

Hilfe! –

Manchmal gehe ich auf einem Umweg vorbei. Sehe einen Ausschnitt des Rasens. Vielleicht Winfried auf dem Fahrrad oder Linde, seine Schwester, die auf der Schaukel auf- und niedersteigt, und jemanden, der sie abstößt, und denke, das hätte ebensogut *ich* sein können. Oder Linde, in einem weißen Kleid mit Freundinnen auf der Terrasse, nachher gehen sie zum Badesteg hinunter, ohh, denke ich, das ist so, als ob etwas abgeschnitten wird. Damals, als ich mit Beffchen nach Hause kam, sagt er:

Schau, was ich hier habe.

Ich rufe: Um Gottes willen, Beffchen!!

Er freut sich und zeigt die kleine silberne Windmühle.

Die hast du doch geklaut, rufe ich aus, Beffchen, wie konntest du das tun, jetzt werden wir doch *nie wieder* eingeladen!

*

Aber eines Tages werde ich selber reich sein, ich werde ein großes Haus besitzen und einen Garten und einen Bootssteg am See, ich werde den ganzen See besitzen und den Wald, der den See umgibt, und dann werde ich ein großes, schönes, reiches Mädchen heiraten. Da mußt du dich aber anstrengen, sagt Mamma.

Nicht weit von uns, am Ende der Schmiedestraße, hat Onkel Aaron seinen Laden. Im Fenster liegen Schmuckstücke, Gegenstände aus Silber und Elfenbein, alte Bücher, Fächer, Schals. Er ist ein alter Mann, nicht unser aber Mammas Onkel, um zwei Ecken herum, das Haus in dem wir wohnen – in dem er uns wohnen läßt – gehört ihm auch.

Wenn man in den Laden kommt, ist er dort schmal und dunkel, läuft tief unter dem Haus hindurch, wo sich hinten ein zweites Schaufenster befindet, das ist aber schon die Gerberstraße, und hier hängen alte Anzüge, getragene Pelze, Hüte. Mamma sagt oft: Paßt auf, der alte Onkel Aaron ist ein reicher Mann, wenn er einmal stirbt, wird er euch bestimmt etwas hinterlassen. Deshalb seid nett zum Onkel, freundlich und besucht ihn von Zeit zu Zeit, sagt sie. Aber wenn wir durchs Fenster blicken, steht er drinnen und schwenkt die Arme: Husch, fort, ihr Teufel, entsetzt betreten wir den Laden, verbeugen uns, seine blaßblauen Augen sind durch die Brille vergrößert. Anfassen dürfen wir nichts. Da ist ein Vogel, der Körner pickt und ein Liedchen singt, und eine Uhr ganz aus Eisen, wie ein Kirchturm. Und was ist das? Da wird er böse und scheucht uns weg, das ist nichts für kleine Kinder! Ich habe es gesehen: Die sieben Schönheiten des Weibes.

Einmal komme ich in den Laden, als er gerade hinten mit einem Kunden beschäftigt ist, ich sehe mich etwas um und denke, was ist denn das? Ein komisches Buch, auf der ersten Seite sind eine Menge Frauen abgebildet, und jede hat etwas Besonderes, entweder sind die Brüste besonders dick oder die Waden oder die Hüften. Die eine ist brünett, die andere rothaarig, schön frisiert sind sie alle: Die sieben Schönheiten des Weibes, ich denke, das muß ich in der Schule zeigen, das wird die Jungen interessieren, und reiße eine Seite vorsichtig heraus, so daß der Onkel nichts merkt. Fidi Fieber grinst blöde, der versteht natürlich nichts davon, Kolbow versteht auch nichts davon, ich gebe das Blatt meinem Vordermann Holthusen, der es neben sich liegenläßt, und als ich ihn ins Kreuz stoße, gibt er das Blatt nach vorn weiter; es geht bis zur ersten Reihe, dann geht es über den Gang und von dort wieder aufwärts bis zu Felgenhauer.

In der Pause erklärt Felgenhauer, er wolle es kaufen.

Das ist leider nicht möglich, sage ich, das Blatt heißt «die sieben Schönheiten», gezeichnet von – ich schaue nach – von Barthelmi Poggio, und gehört zu einem größeren Werk.

Er bietet fünfzig Pfennig.

Ich sage: Was sollen mir fünfzig Pfennig.

Oder sechzig.

Ich sage: Das mindeste wäre eine Mark, darunter kann ich es nicht machen. Am nächsten Tag gehe ich noch einmal zu Onkel Aaron, als er gerade hinten beschäftigt ist, das Blatt heißt «Diana und ihr Gefolge, von Satyrn überrascht», etwas massiv und füllig, eben Geschmackssache. Über diese Dinge kann man streiten, sage ich, schließlich kann ich nicht das ganze Buch mitnehmen. Felgenhauer zahlt für das Blatt eine Mark, außerdem kann ich noch zwei weitere anbieten, «die Freuden des Lebens» und «junge Frau bei der Morgentoilette», die ich in der Pause herumgehen lasse, auf die, sage ich zu Felgenhauer, legst du wohl keinen Wert mehr. Doch? Na, hoffentlich kannst du sie auch bezahlen, sage ich, gebe im übrigen die Freuden für eine Mark ab, die junge Frau muß aber einsfünfzig bringen. Die Lateinstunde kommt; es brennt wegen des trüben Wetters Licht, die Scheiben sind beschlagen, vorn liest Ali Bamberg den Livius, den er sosehr liebt – ob er etwas empfunden hat? Ich glaube nein.

Nächste Woche bringe ich eine Serie aus dem Klosterleben, «der Mönch in der Nonnenrolle», «Reichtum bringt fleischliche Wünsche» und «die Pfaffenhure», das sind keine großen Schlager und gehen insgesamt für zwei Mark an Fidi Fieber (der eben keine Ahnung hat). Winfried Selbach sagt, *er* hätte die Serie nicht gekauft, das hat ja auch keiner verlangt, entgegne ich, deshalb kannst du aber trotzdem den Mund halten, sage ich, du möchtest mir wohl das Geschäft verderben! Dafür bringe ich am nächsten Tag eine scharfe Sache, «die freiwillige Enthüllerin ihrer Schande», und weiß Gott, sie enthüllt nicht zu knapp (nicht wenig), wie man sieht.

Zwei Mark, ruft Felgenhauer. Ja langsam, ehe ich *das* durchgebe, darf ich darauf aufmerksam machen, daß das Blatt drei Mark kostet, es ist auf Pappe gezogen und lackiert – ich benutzte eine Weinflasche als Druckwalze. Und während Ali Bamberg den rhythmischen Livius liest als ginge er auf der Straße, verfolgt die Klasse das Blatt. Wie es wandert. In der Pause finden sich dann die Interessenten ein, Sorke, Bodechtl und Fichte, also, ich stecke das Blatt erst einmal weg, bin ein bißchen mißtrauisch (der eine schielt, der andere hat Plattfüße, der dritte ist taub).

Ich frage: Habt ihr denn überhaupt so viel Geld – denn das sollte mich wundern?

Sie stottern: Ja.

Ich biete *fünf* Mark, sagt Winfried Selbach.

– – –

Ach nee. Plötzlich ist Winfried Selbach zur Stelle und bietet fünf Mark. Nanuuu, wundere ich mich, Winfried? Sie? Also offen gestanden, von Ihnen habe ich das am allerwenigsten erwartet, Winfried Selbach, sage ich, mit dir geht es abwärts. Aber das ist natürlich nur Spaß, mehr ein Versöhnungsvorschlag, Selbach, altes Haus. Da haben wir seit langer Zeit wieder einmal zusammengesessen, ein regnerischer Nachmittag, draußen die graugrünen Kegel der Straßenlaternen, hier drinnen brennt schon Licht. Hast du denn noch mehr, fragt er. Klar, sage ich.

An einem dieser Tage betritt ein junger Mensch mit einem Buch unter dem Arm Aarons Laden in der Schmiedestraße, das Buch hat eine bestimmte Größe und Dicke und eine bestimmte Farbe. Was soll ich damit, fragt Aaron. Es ist ein Buch über Fische. Über Fische? Aber ja, ein Fischbuch, der junge Mensch möchte fünf Mark dafür haben. Fünf Mark röchelt Aaron kurzsichtig, das sei viel zuviel, inzwischen ist aber hinten von der Gerberstraße ein Kunde eingetreten, der etwas kaufen will. Einen Mantel oder einen Hut, und nachher ist der junge Mensch noch nicht fort. Bist du noch nicht fort! schnaubt der Geschäftsmann und schielt kurzsichtig über seine Brille, habe ich dir nicht gesagt, daß ich dein Buch nicht kaufen will! Dann ist es ja gut, dann nehme ich das Buch, das ich hierhergelegt habe (hier etwa), wieder mit und verlasse den Laden.

Unnötig zu sagen, wer der junge Mensch gewesen ist. Ich habe mir zu Hause ein gutes Versteck ausgedacht, das Mamma nicht finden kann, im Lokus oben auf der Wasserspülung. Und künftighin bringe ich eine gute Auswahl, auf Pappe gezogen und lackiert, ich bringe nacheinander «Treiben in einem Frauenhaus» in vier Partien, den «lüsternen Schäfer», das «Mädchen im Pelz», von Jan Hermessen, wohl eine Version der «Venus im Pelz» und noch einige andere mehr, ich eines Tages wieder einmal auf die Wasserspülung schaue, da ist das Buch fort. Verschwunden. Mamma hat das Buch entdeckt.

Ein großer Verlust?

Geschäftlich gesehen, ja. Vor allem vor Mamma ist mir die Sache peinlich, ich weiß nicht, wie andere es empfinden würden, aber ik schäme mik sehr, ik schäme mik sehr, je länger, je mehr, vom Grunde meines Herzens (S. 52 Pater Gerard in der Zelle der Jungfrau Ladière).

*

Wer also beschreibt mein Erstaunen, als ich eines Morgens in die Klasse komme – es ist Monate später – und jemand macht dort Ausverkauf; Die ganze Bande ist versammelt, jeder drängt sich vor, und zehn, zwanzig Blätter sind wahllos auf dem Fensterbrett ausgebreitet, ich denke: Nanu.

Die kenne ich doch.

Ich denke, ich werde verrückt.

Wem gehören denn die Blätter, frage ich entgeistert.

Mir.

– – –

Beffchen? Nanu, sage ich, und ich hätte schwören mögen, es seien meine. Tja, sagt Beffchen, wie man sich täuschen kann. Und da hat er wieder recht, man lernt nie aus, und besonders nicht, wenn es sich um den eigenen Bruder handelt, ich frage interessiert: Wo hast du die denn her?

Gekauft.

So? gekauft, ach? Das ist ja ein hochinteressantes

Blatt, sage ich, «sieben Weiber kämpfen um eine Hose», was soll denn das kosten?

Das kostet eine Mark.

Ach? Eine Mark? Ich stelle mich furchtbar dumm, und was ist denn das, ein satyrisches Blatt, «der im Schrank entdeckte Liebhaber», das ist ja auch interessant. Kolbow, der schon eine Mark in der Hand hält, um das Blatt zu kaufen, fragt mich, was ich davon halte. Aber sehr viel, antworte ich, wenigstens, wenn man Wert auf Liebhaber legt – von der Braut ist allerdings wenig zu sehen. Genauer gesagt, gar nichts, die Frage ist, ob du sie trotzdem kaufen willst, das solltest du mal überlegen.

Das gilt nicht, ruft Beffchen.

Aber, aber, beruhige ich ihn, das ist doch seine Sache. Vielleicht möchte er lieber das «Porträt einer Baßgeigenkünstlerin mit einer Brust», das ist doch auch was Feines, so eine Baßgeigenkünstlerin, besonders der Baß, dafür gibt man gern mal 'ne Mark aus.

Beffchen ärgerlich: Aber mit einer entblößten Brust. Ich erwidere: Eben! Wo ist denn die andere? Vielleicht fehlt sie. –

Nun wird Beffchen doch ärgerlich und will mich wegstoßen, in der Hand hält er einen «eisernen Keuschheitsgürtel» (Abb. nach Original im Museum Cluny, Paris) mit Gitter und Schloß und allem Zubehör. Ach Beffchen, rufe ich aus, was willst du denn damit, den kannst du doch gar nicht gebrauchen. Alles lacht. Ich sage: Du bist mir doch in Ehren hold / Du freust mich mehr als alles Gold, erneutes Gelächter, da fängt Beffchen an zu flennen. Aber Beffchen, rufe ich, du wirst doch nicht in Konkurs gehen.

Nein, sagt er wütend.

Wenn er aber jetzt mit dem «Abbild einer schönen und wohlgestalteten Dame» (16. Jhdt.) kommt, rufe ich: Ah, ah, ah, seht doch, schön und breit, fast quadratisch, und die Brust scheint wirklich sehr wohlgestaltet, ein richtiges Milchsofa. Das könnte ja eure Großmutter sein.

Er schreit: Willst du alles miesmachen!

Tja, Beffchen, sage ich, tut mir leid, Kritik muß sein. Es ist ja nicht *alles* schlecht, zum Beispiel gebe ich zu, daß diese Stickerin wirklich sehr «tief über ihre Arbeit gebeugt» ist, also wirklich, dafür kannst du glatt fünfzig Pfennig verlangen, erkläre ich. Dagegen erscheine mir auf den «Ehestandsfreuden» der Ehemann nicht genügend bei der Sache und zerstöre meines Erachtens die Bildwirkung, daraufhin bietet Felgenhauer für die ganze Sammlung fünf Mark.

Betrachten wir einmal, fahre ich fort, die «Frau, von der Liebe durchs Leben gepeitscht», na ja, auf den ersten Blick ein ganz gutes Thema, aber was fällt uns auf, schauen wir einmal genauer hin.

Beffchen schaut wie verrückt.

Ich sage: Du gibst dir nicht genügend Mühe. Was siehst du? Nichts.

Eben! erwidere ich, man kann nichts sehen, entweder ist das Bein im Wege oder ein Tuch oder ein Apfel oder sonst etwas, man *sieht eben nichts!* Alle lachen, aber danach will Felgenhauer keine fünf Mark mehr geben, und er hat recht, sage ich, das kann man wirklich nicht verlangen. Denn so, erkläre ich Beffchen, ergeht es dem, der seinen eigenen Bruder bestiehlt, das wirst du doch wohl nicht bestreiten. Beffchen flennt. Hoffentlich, sage ich, wird dir das eine Lehre sein – und nun will *ich* dir mal zeigen, wie man so etwas macht.

*

Es ist Nacht. Die Wände sind dick und feucht, etwas abgebröckelt. Das Bett aufgerissen, die schöne Gequälte – die, weiß Gott wie, in diese Umgebung gelangt ist – kniet in reizvoller Stellung und sucht nach dem Tier. Und zwar an der Stelle, wo es sich – das ist das Reizvolle – allem Anschein nach verkrochen hat. Dazu am Fenster der Bewohner von nebenan, halb von der Gardine verdeckt, vielleicht der Maler selbst, Jean Jacques Russel mit seiner Flohjagd (bei Kerzenlicht). Oder: Die Schöne ist vom Pferd gefallen, das heißt, sie hängt noch mit einem Fuß im Steigbügel, und die beiden neben ihr reitenden Herren können ihr Glück gar nicht fassen. Die Herren sind bestürzt. Sie tragen schwarze Fräcke und gelbe Zylinder und reiten auf Füchsen in einer glatten englischen Landschaft mit einzelnen Bäumen: *Nanettes Verhängnis* – sie stößt erstickte Laute aus, da ihr der Rock über den Kopf geschlagen ist, und die beiden Herren versichern einander später gegenseitig, sie hätten ihre Schönheit gesehen.

Hand aufs Herz, wer hätte dafür kein Interesse, ich meine für eine genaue und eingehende Betrachtung (wenn sie aus bestimmten Gründen geschieht), ich meine – die *Jungfernprobe!* Ach, da könnte man eine Stecknadel fallen hören. Auch scheint die Probe sehr angebracht zu sein, denn sie beseitigt, nach dem Gesicht des Prüfers zu urteilen, noch lange nicht die letzten Zweifel. Andererseits graust sich die Dame wohl vor gar nichts, hält eigenhändig die Kerze, als wollte sie sagen, geschenktem Gaul schaut man gern ins Maul. Insbesondere einem so wohlgebauten. Und die Dame deutet selbst mit einem auf den Beschauer gerichteten Blick das Ungehörige des Vorgangs an. Allerhand, oder ist es etwa *Trauer* um die verlorene Jungfernschaft, the irreparable loss, und handelt es sich vielmehr um die Wiederherstellung, la reconstruction de la pucelage, zum Beweis, daß der Verlust etwa doch nicht irreparabel gewesen sei? Es ist Nacht. Eine Kammer mit dicken und etwas feuchten Wänden, die Dame fröhlich dem Beschauer zugewandt, während unten jemand arbeitet, wie, ja, das ist kein Geheimnis. Jemand, der etwas kurzsichtig ist, näht den Schaden mit Nadel und Faden zu, die Kerze hält die Schöne selbst. Freilich auch etwas besorgt, tut es weh? Nein. Was zappelst du dann unentwegt, willst du nachher aussehen wie ein Portemonnaie, ha, da hält sie still und muckst sich nicht, die Wände sind dick und grau, ärmlich, aber was wollt ihr, hier geschieht doch etwas Feines. Ja, zum Donnerwetter, sage ich, indem das Ganze eben rekonstruiert wird.

Stille. –

Und dann bricht es los, gerade, daß man sich noch zu seinem Platz retten kann. Ah, ah, meine Herren, rufe ich, bitte einer nach dem anderen. Und nur Interessenten. Die Flohjagd geht an Felgenhauer, an Joachim Thaler der Sturz, an Fidi Fieber die gefährlichen Scherze für sieben Mark, weiß der Himmel, woher er das Geld hat. Es gehen weiterhin an verschiedene Käufer: der unermüdliche Liebhaber, die Herzogin von Urbino als Venus, Frau im Badekostüm, Einsegnung durch den Bischof während des Beilagers, zärtliche Überraschung, Störung zur Unzeit oder der mißbrauchte Schlaf. Und ein sehr galantes Blatt: Die Entstehung der Milchstraße, und die kauft Beffchen selbst. Für drei Mark.

Und der kleine Dussel ist am Ende ganz glücklich mit seinem Blatt.

*

Eine Kleinigkeit noch. Ein Betriebsunfall sozusagen, aber ironischer Art, weil ausgerechnet das Röschen mir hier Kummer bereitet. Es handelt sich um das Pastell eines hingelagerten jungen Mädchens (Henri Lasseque, auf dem ich sitzen geblieben bin), mit der zauberhaften und eigentlich auch ein wenig traurigen Unterschrift: Wer verlangt nach meinem Röschen.

Daran ist nichts Anstößiges, der Künstler hat sogar noch eine Rose dem Mädchen in die Hand gegeben, damit ja kein Zweifel aufkommt, sehr zart, sehr weich gemalt, mit fließenden Übergängen.

Wer verlangt nach meinem Röschen.

Nun, es hat eben niemand danach verlangt.

*

Eines Tages: Lateinarbeit. Eine ganz schwere Übersetzung, S. 78 Abs. 3, zwischen den einzelnen Manipeln war so viel Zwischenraum (gelassen), daß die Leichtbewaffneten, die den Kampf eröffneten, ebensoschnell vorgehen wie sich zurückziehen konnten, etwa eine halbe Seite. Rechts Fidi Fieber, der selber keine Ahnung hat, links Eberhard Böhm, der das Heft mit dem Unterarm abdeckt. Was bleibt mir anderes übrig, ich muß an die Schwarte, und kaum habe ich sie draußen und noch keine zwei Sätze geschrieben, als ich merke, Ali Bamberg steht neben mir! Fidi lutscht auf dem Finger, ich warte eine Weile, blicke aus dem Fenster, dann stecke ich die Schwarte in den Ärmel. Niemann!

Ich sage: Jawohl, Herr Studienrat.

Was hast du unter der Bank!

Nichts.

Niemann, sagt er, du hast eine Schwarte!

Aber Herr Studienrat, sage ich, ganz bestimmt nicht, Sie können ja selbst nachsehen. Ich öffne die Tasche und zeige alles vor, die Bücher, das Stullenpaket, den Komik auch, aber den sucht er ja nicht. Er sagt: Niemann, ich weiß, daß du eine Schwarte hast, wo ist sie, und greift doch selbst in die Tasche, und was findet er? Fast hätte ich einen Schreck gekriegt, aber dann sehe ich, es ist ja nur das Röschen, kein Grund zur Aufregung, und denke noch: Das ist ja wirklich harmlos (Henri Lasseque).

Anders der Lehrer, der ist schneeweiß geworden.

Was – ist – das!

Ich sage: Aber Herr Studienrat, was soll das sein, Pastell eines hingelagerten jungen Mädchens von Henri Lasseque, ein hübsches Blatt, nicht aufregend, aber flott gemalt. Ach ja, *den* Augenblick werde ich nicht vergessen, *den* Abscheu und die völlige Vernichtung des Mannes. Er liest laut mit entsetzlicher Stimme: Wer – verlangt – nach – meinem – Röschen! Leider niemand, das ist ja das Unglück, sonst hätte ich mir das alles ersparen können: Das ganze Kollegium versammelt, Ali Bamberg, der Direktor, Mamma, ich schäme mich sehr, je länger, je mehr, so ein Pech.

3

Mit sechzehn bringe ich meinen Freunden bei, wie man den Lancasterknoten bindet. Ich trage einen havannabraunen Anzug und eine Uhr mit Schutzarmband (am. Walzgold), woher ich das Geld habe? Abwarten. Ich zeige meinen Freunden, wie man beim Gehen die Hände nach außen hält, ich zeige den Sitz des Hutes, Strich in die Stirn. Wandere etwa am Vormittag – bin schon dabei – während des Deutschaufsatzes durch die sonnige Müllerstraße zum Bowling und biege um die Ecke, denke, hier ist die Welt zu Ende, nanu, wie heißt denn das Loch, Gröynengasse, die grüne Gasse, eine merkwürdige Bezeichnung. Ich frage die Dame, die aus dem Fenster sieht: Wo ist denn hier das Bowling.

Die Dame sieht mich eine Weile an.

Dann sagt sie: Hier bestimmt nicht.

Aber, erwidere ich, vielleicht können Sie mir zeigen, wo es ist.

Die Dame nickt: Das kann ich.

Kommen Sie nur herein, dann werde ich es Ihnen zeigen, sagt sie. Ich denke, was soll ich denn da drinnen, gleich am Eingang steht ein Lackschirm mit allerlei Vögeln, eine seidene Stehlampe. Die Dame ist sehr freundlich, faßt meine Hand und führt mich zu einem Sofa, hast du auch Geld, fragt sie. Ich weiß nicht. Oho, lacht sie, für nichts ist nichts, aber du bist ein hübscher Junge, ein paar Mark wirst du wohl haben.

Eine vielleicht, sage ich vorsichtig.

Ach du Frechdachs, lacht sie, so eine Unverschämtheit ist mir ja noch nie vorgekommen. Sie ist auch jetzt noch sehr freundlich, sehr elegant in dem lilafarbenen Seidenkleid mit schwarzen aufgesetzten Girlanden, sehr knapp, vielleicht etwas zu – wie soll ich sagen – nun, reichlich offen, in gewissem Sinne eben sehr frei. Ein sonniger Vormittag, draußen vor dem Fenster, vor der Gardine, geht jemand vorbei.

Willst du nicht dein Jackett ablegen, fragt sie. Nein. Ich muß mich auf das Sofa setzen, und dann bin ich doch etwas erschrocken, das Kleid läßt sich hinten öffnen und, hohoho, mitsamt der Wäsche ablegen, in einem Stück, das geht aber schnell. Darunter steckt ein rosiges Ungeheuer, das die ganze Stube verdeckt und unerhört breit ausladend ist, na, fragt sie, willst du mich mal anfassen.

Ich weiß nicht.

An der Hüfte. Wo das Bein in den Leib steigt, da ist sie wie ein Baum und steinhart, Junge, aber *stein*hart, riecht nach Puder. Brauchst doch keine Angst zu haben, sagt sie, tut nicht weh, das ist die einfachste Sache von der Welt, sie wackelt. Draußen gehen Leute vorbei. Ich denke, wenn ich's jetzt mache, habe ich's hinter mir, aber dann wird mir etwas flau, und ich denke: Nein, es geht nicht.

Ich bin nicht darauf vorbereitet.

Ach du Schreck, sagt sie – riecht stumpf in dem engen Zimmer –, der eine hat kein Geld, der andere ist nicht darauf vorbereitet, na bitte, Herr Graf, geben Sie Ihre Mark her, man hat nur Ärger mit euch Kerlen. Danach helfe ich ihr so gut es geht ins Kleid, und als ich ihr die Mark gegeben habe, wird sie sogar freundlich. Sie frisiert sich, riecht jetzt sehr gut. Weißt du was, sagt sie, komm doch mal mit deinem Freund vorbei, dann zahlt jeder von euch zehn Mark, und als ich schon draußen bin, ruft sie: Warte mal!

Warte mal, sagt sie, ich bin die Erna, weißt du.

*

Ich sage: Na, ihr Würstchen, wie war denn der Aufsatz, sie wollen natürlich wissen, wo ich gewesen bin. Wo wohl? Da kann ich wirklich nur lachen, wo soll ich denn gewesen sein? Wenn es mal schnell gehen soll, ihr Pisser, wohin geht man denn auf die Schnelle, sage ich, danach haben sie es immer noch nicht begriffen. Bei den Winken, ihr Knallköpfe. Wo? Wo sie öffentlich sitzen (in der Gröynengasse).

Bei den Huren?

Natürlich.

Mensch.

Ich grinse.

Na, sag doch mal.

Eine steinharte Schau.

Mensch.

Und die Brüste haben sie rot angemalt, damit man gleich weiß, wen man vor sich hat. Da kriegen sie den Mund nicht zu, und nach der Pause erscheint der lange Felgenhauer bei mir, ich sage: Dich hat's ja mächtig, Junge, mach mir bloß keinen Ärger. Abends um acht treffen wir uns Ecke Müllerstraße, wir gehen durch die Müllerstraße, dann durch die Eisenbahnstraße, durch die Schlachthausstraße. Es beginnt zu dunkeln.

Wo ist es denn nun, fragt Felgenhauer.

Langsam, sage ich.

Wir biegen wieder in die Müllerstraße ein, wo die Fenster ein rosiges Licht werfen, also los, Felgenhauer, sage ich, rein in die Müllerstraße. Viel ist ja nicht zu sehen, aber an einem Fenster späht Felgenhauer angespannt. Nichts. Wir gehen zum nächsten, und da ist es schon besser, da dringt Musik heraus, Radiomusik.

Mensch!

Ja, sage ich, da tanzen sie miteinander. Wer? Die Damen, erkläre ich, die femmes, die schönen Fräulein.

Nackt?

Ich nicke: Das ist ein Anblick, Felgenhauer lauscht angestrengt. Jetzt biegt ein Mann in die Straße ein, überholt uns, eine Schlägertype, geht die Straße hinunter bis zur Nummer vier, dort tritt er ein.

Der will wohl auch mal.

Es kommt aber noch besser, die Tür öffnet sich, und heraustritt eine Frau mit einer Tasche, kommt eilig die Straße herunter. Jetzt paß auf, flüstere ich, jetzt kannst du was erleben, Felgenhauer zittert, die Frau geht eilig mit ihrer Tasche vorbei, biegt in die Eisenbahnstraße ein. Die, sagt Felgenhauer erstaunt, als sie weg ist, die – die war ja. Na was denn? Die war ja uralt.

Die? rufe ich, Mensch, das war die Madame selber, die reißt noch Toten die Zähne aus, verlaß dich darauf, die macht dir eine Witwe, mein Lieber, da verlierst du die Schuhe. Es weht ein scharfer Geruch die Straße herauf, im ersten Stock lacht jemand hinter der Gardine. Wenn ick die anziehe, ha' ick een dünnet Trauerbeen. Eine Berlinerin, das sind die allerschärfsten, und dann geht die Tür auf, und heraus kommt eine Frau mit einer Tasche, also, ich gebe zu, sie war nicht mehr die Jüngste. Felgenhauer beginnt plötzlich zu laufen, erst in der Eisenbahnstraße hole ich ihn wieder ein und sage: Morgen werden wir es noch einmal versuchen, es wird schon gehen.

Meinst du? fragt er.

Einmal muß es ja doch sein, versichere ich ihm.

*

Am nächsten Morgen wollen sie wissen, wie es gewesen ist – ich sitze mit Felgenhauer auf der Bank, jeder raucht eine Zigarette.

Wart ihr da?

Wo?

Bei den Huren.

Wir grinsen beide.

Na und?

Na und, sage ich, da ist es gemütlich, nicht wahr, Felgenhauer.

Was? staunen die anderen.

Ja, sagt Felgenhauer, die Damen laufen nackt mit Eiern zwischen den Beinen, die dürfen sie nicht verlieren.

Mensch.

Und dürfen nicht mal mit der Hand nachfassen. Ich übersetze aus dem Lateinischen: Dem Feldherrn Pontus Marcius folgten solche Mengen von Huren, daß sein Heer beständig im Marsch behindert war, alles grölt, oder demzufolge sein Heer beständig ... nee wirklich, Kinder, sage ich, laßt mich mal, ich muß noch den Text präparieren. Nach der Stunde fragt Fidi Fieber, ob er auch mitdürfe.

Du? sagt Felgenhauer, du bist noch zu klein.

Ich frage: Wer bestimmt das hier.

Wer zu klein ist.

Doch hoffentlich immer noch ich, das wollen wir doch ein für allemal festhalten. Und dann meldet sich plötzlich Winfried Selbach, der auch mitmachen möchte, und dagegen habe ich gar nichts einzuwenden – wenn er das nötige Kleingeld mitbringt. Es ist acht Uhr. Leicht diesige Luft, etwas brandig. Wir gehen durch die Eisenbahnstraße, die Schlachthausstraße. Wo ist es denn nun, fragt Winfried Selbach. Abwarten. Zunächst sehen wir uns das Eckhaus in der Müllerstraße an, da rührt sich nichts, kein Licht, graue Wand, ein wenig schöner Anblick. Ich bin aber der Meinung, daß man auch die Kehrseite der Medaille gesehen haben soll. Das Magdalenenstift. Was, Jungens, da vergeht einem der Appetit, sie starren entsetzt die nackte Fassade an, die Mädchen, die man hier trifft, sind schon nicht mehr als solche zu bezeichnen – das sind diejenigen, die ins bürgerliche Leben zurückwollen, wird eine rückfällig, stößt man sie in die Donau, ganz gut, sage ich, wenn man das mal gesehen hat. Da bleibt Fidi Fieber stehen.

Was ist los.

Fidi will nach Hause.

Was? Fidi will schlappmachen, ich sage, du willst uns doch nicht im Stich lassen, alleine trauen wir uns doch nicht zur Erna. Da läuft Fidi los, die Müllerstraße hinunter, die Fromsbergstraße, erst in der Eisenbahnstraße können wir ihn wieder einholen. Siehst du, sage ich, jetzt hast du auch noch deinen Hut verloren, die Damen werden dich noch für einen Bruder Straubinger halten.

*

Wir sitzen im Vorderzimmer. Fidi Fieber und Felgenhauer auf Stühlen, Winfried Selbach und ich auf dem Sofa. Draußen ist spärlicher Betrieb, zwei Männer, dann noch jemand, ein älterer Mann, danach längere

Zeit nichts. Jemand geht aus dem Haus. Das ist wie beim Frisör, sagt Felgenhauer, der seinen Stuhl ans Fenster gestellt hat, Fidi sitzt mitten im Zimmer. Sicherlich ist jemand bei ihr, sage ich, keine Bange, Kinder, ihr kommt auch noch dran. Sie horchen, Felgenhauer riecht an der Gardine, die gelb ist, süß und fettig. Gegen zehn erscheint Erna erstaunt in einem seidenen Morgenrock in der Tür.

Nanu, sagt Erna. Wir sind alle aufgestanden.

Erna, sage ich, darf ich dir meine Freunde vorstellen, es sind Verehrer von dir und kommen dich besuchen. Sie schaut aber nur auf den kleinen Fidi.

Was ist denn das? fragt sie.

Ich sage: Das ist Fidi Fieber, und gebe ihm einen kleinen Schubs, aber freundschaftlich gemeint, und Fidi plumpst nach vorn; so sieht es fast wie eine Verbeugung aus.

Na, Fidi, sagt Erna gemütlich, kommst du mich besuchen.

Fidi, wackelt mit dem Kopf. Jetzt gib der Dame die Hand, flüstere ich ihm zu, sei ein bißchen nett, sollst mal sehen, wie sie dir einen flottmacht. Jawohl, sage ich laut, er möchte dir gerne etwas schenken und ein bißchen mit dir allein sein, nicht wahr, Fidi, das möchtest du doch gern.

Sie blickt zuversichtlich auf den Geldschein, dann sagt sie: Bitte, mein Herr, hier herein. Fidi will aber anscheinend noch warten, ist noch nicht ganz in Stimmung. Ich sage: Erna, gib doch mal den Likör raus, die Herren haben Durst, was? Da geht's rund, Leute, Stimmung, Stimmung, was, wieso nicht, ich sage: Der Likör ist ja so prima, Erna, der bringt uns so richtig in Schwung, was? Felgenhauer, schreie ich, Junge, bist du in Fahrt, nun geh mal mit der Erna Kaffee kochen, die zeigt dir schon, wie, hahahaha.

Auch nicht.

Kann ich gar nicht verstehen, unsereiner wäre doch heilfroh, also los, sage ich, jetzt hauen wir mal ordentlich auf den Putz. Musik. Erna, hast du keinen Radioapparat. Nein? Also, schadet auch nichts, wir machen 'ne eigene Band auf, Leute, seid ihr Große, seht euch – hahaha – seht euch mal den Selbach an, schiebt gleich mit der Erna los, Mensch, bist du ein Großer! Nein?

Auch nicht.

Tja, sage ich zur Erna, viel scheint sich heute nicht mehr abzuspielen. Macht aber nichts, die Herren zahlen trotzdem (Fidi hat ja schon), Felgenhauer zahlt fünf Mark. Winfried Selbach zahlt sogar zehn, nachdem ich ihm einen Wink gegeben habe. Als wir auf die Straße treten, hat es zu regnen begonnen. Jetzt ziehen wir uns alle erst mal die Hose hoch: Na Jungs, sage ich, das wär's ja mal wieder, was! Nebeneinander marschieren wir die Müllerstraße hinunter…, und nun hätte ich fast das Wichtigste vergessen, schiebt mal weiter, sage ich, komme gleich nach. Erna ist gerade dabei, sich zu waschen, als ich eintrete, ihr Körper sieht aus wie eine große gelbe Schweinsblase.

Ich sage: Ich bin's nur, laß dich nicht stören, Erna.

– – –

Ich sage: Ich kann ja warten, Erna.

Erna spült sich die Seife ab. Ich sage: Ist doch alles in Ordnung, was, Erna? Ich meine, die Jungens haben doch alle gezahlt.

Und? fragt sie.

Ich lehne gegen das Waschbecken und warte, dann sage ich: Bei dir dauert es vielleicht ein bißchen länger, aber die Hoffnung bleibt, ich meine: daß der Groschen noch fällt.

Du alter Hurenbock, schreit sie.

Ich halte die Hand auf. Nee, nee, sage ich, die Hälfte, siehst du, das ist ein braves Mädchen, und zum Schluß gebe ich ihr noch eine kräftige Ohrfeige, die ist für den Hurenbock, siehst du. Ich sage: Danke, Schickse.

*

Am nächsten Morgen wollen sie wissen, wie es gewesen ist. Ich rauche eine Zigarette.

Bei der Erna, meint ihr?

Ja, bei der Erna.

Ich wende mich an meine Gefährten, die ebenfalls Zigaretten rauchen, und sage: Sie wollen wissen, wie es bei der Erna gewesen ist. Wir lachen. Zunächst mal möchten wir eines feststellen, sage ich: Bei der Erna war es sehr schön. Selbach, Felgenhauer und Fidi Fieber lachen.

Und bei der Anna auch, sage ich.

Bei der Anna?

Ja, sage ich, manche geben ihr den Vorzug, nicht wahr, Felgenhauer.

Felgenhauer nickt: Die und die dicke Mata.

Die Mata? wollen sie wissen.

Felgenhauer nickt: Das ist ein mehr russischer Typus mit Stiefelchen, versteht ihr, Brüste wie Kartoffelsäcke. So! Er zeigt die russische Mata. Und die polnische Magda, auch mit Stiefelchen, beide streng verfeindet.

Mensch!

Daraufhin Fidi Fieber: Und die faule Louise, die ist vielleicht eine Nummer, die hat einen Trick.

Welchen?

Immer wenn sie – Fidi piepst vor Aufregung – wenn sie ... ich sage: Fidi, komm erst mal zu dir, wenn du sprichst, und erklärend zu den anderen: Der ist seit gestern abend nicht mehr zu sich gekommen. Die faule Louise, was?

Mensch.

Und die Ilona mit den Pumpfhosen, sagt Winfried Selbach. Du meinst wohl Pumphosen. Nee, Pumpfhosen, davon versteht ihr doch nichts, und die Handschuhminna, erzähl doch mal, die ist 'ne Nummer, trägt Soldatenuniform und hat eine rauhe Stimme, aber nur bis zum Bauch, die Marion ist Negerin, ist aber in Zwickau geboren. Die Tigerin von Celle. Die Schlange von Bremen.

Die Sau von Braunschweig.

Um acht Uhr abends, als ich meine Gruppe durch die Müllerstraße schleuse, sind noch mit von der Partie: Karlchen Schleger, Otto Dietling, Karl-Heinz Erl, Pepi Maschiol, Ernst Kartusch, Paul Hempel und Josef Leise und natürlich Fidi Fieber, der das alles schon kennt. Wir biegen in die Schlachthausstraße ein, es ist ein angenehmer, leicht diesiger Abend.

Wo ist es denn nun?

Abwarten, sagt Fidi Fieber.

Und biegen in die Müllerstraße ein, diesmal von der anderen Seite her, es weht ein rosiges Licht die Straße herauf. Was hier geschieht, erkläre ich, ist nichts Ungesetzliches, § 361 StGB bedroht nur denjenigen mit Strafe, der den polizeilichen Anordnungen zuwiderhandelt. Das bezieht sich auf Zeit, Ort und Gelegenheit, ich blicke Fidi Fieber an: Fidi kennt das ja schon zur Genüge, er nickt dankbar, ich fahre fort: Man schätzt die Zahl der Prostituierten in London auf sechzigtausend, in Sinagawa, einer Vorstadt Tokios, sogar auf hunderttausend. Die Zahl der hiesigen P. aber auf sechzig – betretenes Schweigen –, also los, Kinder, ruft Fidi, worauf warten wir denn noch, auf zu den Schnepfen! Alles grölt. Rein in den Hurenbetrieb. Hoho.

Ich sage: Vorsichtig, Fidi, immer vorsichtig, sonst darf ich dich vielleicht an eine gewisse Erna erinnern, die kommt und fragt, welcher von den Herren leistet mir denn Gesellschaft, was sagt man dann? Nichts? Ich sage: Mit der deutschen Frau müßt ihr derb sprechen, sonst versteht sie euch nicht, nennt die Dinge beim Namen, und denkt immer daran, daß ihr dafür bezahlt (zehn Mark pro Nase), dann wird's schon gehen. Ich rechne nach: Das sind siebzig plus dreißig netto, dazu zehn Mark Einstand für jeden Neuen. Vor allem merkt euch: Eine Dirne (Sponze, Fose) braucht ihr nicht zu befriedigen, der Schuster besohlt ja die Schuhe auch nicht zum Vergnügen. Alles grölt. Dies ist ein Geschäft wie jedes andere, erkläre ich, obwohl nicht ohne Romantik, hier spreche ich aus eigener Erfahrung, nachdenklich, die Stunden nach fünf, der Puff am Sonntag. Die Tür ist braun gestrichen, die Klinke mit einem Sonnengott verziert. Ich sage: Wer noch zurücktreten will, hat jetzt Gelegenheit dazu.

*

Ich hau der Erna eine runter und sage: Raus mit der Marie!

Ich sage: Raus mit der Pinunze!

Erna kreischt, ich halte aber nur den Daumen hoch, und das heißt: Kasse! Das versteht sie schon, das heißt Zahltag, Steine, Kies.

Ich sage: Danke, Schickse, und nicht vergessen.

Hau bloß ab. Aber das meint sie nicht so, zärtlich: Verdammter Kerl. Am Sonntagvormittag, wenn nichts zu tun ist, wenn die Straße ruhig, der Himmel blau und gemütlich, noch eine Stunde bis zum Mittagessen. Dann stehe ich an der Ecke oder gehe ein wenig auf und ab, habe mir einen Stuhl aufs Trottoir gestellt und trinke ein Bier, das mir Erna aus der Kneipe holt. Erna lehnt inzwischen aus dem Fenster, hat ihre schönen runden Arme auf dem Polster gekreuzt und döst. Träumt? Pennt nur etwas mit offenen Augen.

In meinem havannabraunen Anzug bedenke ich die Lage. Ich habe mir inzwischen noch einen schicken langen Mantel gekauft und eine Armbanduhr, amerikanisches Walzgold. Ich habe aber meine eigenen Sorgen: Beffchen ist der einzige, der noch nicht dran war, und ich weiß nicht, in letzter Zeit gefällt mir der Junge gar nicht, wird zusehends dicker. Oder nicht eigentlich dick, sondern fett und teigig, eben nicht gesund. Und ich glaube, es liegt *daran*, irgendwann, sage ich zu ihm, wird es bei dir nötig, Junge, sonst wirst du noch krank. Ganz verstehen kann ich ihn sowieso nicht, ich sage: Du hast doch dein Taschengeld, du kannst doch mal was springen lassen für diesen Zweck, wieviel steht dir denn zur Verfügung?

Hundert Mark.

So viel!

Ich sage: Beffchen, Junge, jetzt laß mich die Sache mal in die Hand nehmen, für *das* Geld kannst du schon etwas verlangen. Und eigentlich sollte ich ihn beneiden. Um das, was ihm bevorsteht. Beffchen marschiert wie im Traum, er hat einen dicken Mantel angezogen, sein Gesicht glänzt. Diesige Luft, gelbe suppige Laternen. Ich habe ihm vorgeschlagen, das Portemonnaie zu verwalten, denn man weiß nie genau, wie es ausgeht; aber das hat er ja abgelehnt, eigensinnig, wie der Junge ist, und als Erna nicht auf der Stelle öffnet, will er gleich wieder umkehren. Ich sage: Sei doch nicht so eigensinnig, sie wird eben beschäftigt sein, wir klopfen inzwischen nebenan, wo ein untersetztes schwarzhaariges Frauenzimmer ans Fenster kommt und behauptet, Erna schlafe noch.

Das ist aber dumm, sage ich, da ich hier einen Herrn für eine Extratour habe.

Louise (die faule Louise) rührt sich nicht.

Heh, rufe ich.

Eine Extratour kann ich auch machen, antwortet sie. So? sage ich zweifelnd, aber bei diesem Herrn ist es schwierig.

Sie nickt: Kann ich machen.

Na bitte, sage ich zu Beffchen, hier bist du auch gut aufgehoben, ich denke, wir wollen zur Erna, fragt er, wollen wir auch, bestätige ich, zur Erna oder zur Louise, die macht das genausogut, nicht wahr, Louise? Louise nickt – ich sage zu ihr: Du könntest auch mal den Mund aufmachen –, dann zieht sie sich ins Zimmer zurück und knöpft ihre Bluse auf.

Na bitte, sage ich zu Beffchen, besser konntest du es gar nicht treffen, mit der kannst du dir Zeit lassen, hörst du mich – den Jungen muß man sozusagen zu seinem Glück zwingen, man könnte meinen, er freut sich nicht einmal, wie er aussieht. In der Zwischenzeit gehe ich ein paarmal die Straße auf und ab, es ist still um diese Zeit, noch wenig Betrieb. Ich überlege, ob ich ein Bier trinke, gehe bis zur Müllerstraße vor, plötzlich steht Beffchen neben mir: Mensch, Beffchen, rufe ich aus, was machst du denn hier, bist du denn schon fertig?

Wie?

Beffchen antwortet nicht, rührt sich auch nicht. Steht mitten auf der Straße, ach du liebe Güte, denke ich, er hat nichts fertiggebracht, Beffchen, du Unglücksmensch! Hast du nichts fertiggebracht?

Er äußert sich nicht.

Paß mal auf, sage ich, jetzt gehen wir zusammen rein! Den Jungen kann man nicht allein lassen, ich schiebe ihn die Stufen hoch, durch die Tür mit seinem dicken Podex, hier rechts, wo Louise im schwarzen Leibchen auf dem Sofa sitzt. Was ist mit dir, heh! rufe ich, Louise (du faule Liese), schlafen kannst du nachher, kein Wunder, daß die Männer fortlaufen. Sie jault, als ich ihr in den Po kneife, aber wenigstens steht sie auf, ja Gottseidank, das hätten wir geschafft. Ich nicke Beffchen zu – ich weiß gar nicht, was du willst –, hier ist es doch ganz nett, mit den roten Vorhängen, von nebenan klingt ein langsames Klatschen, hörst du, so macht man das.

Und nun. Ja, was ist denn das, rufe ich aus, Louise beginnt tatsächlich den rechten Strumpf auszuziehen, nun sieh dir deine Louise an, sage ich zu Beffchen, das ist doch ein sehr nettes Mädchen, wenn es auch einige Zeit dauert, bis sie das rechte Bein gehoben hat, um den rechten Strumpf auszuziehen. Ich nicke Beffchen zu: Jetzt hilf ihr mal, sage ich, du siehst doch, wie sie herumfingert, da geht man hin und sagt: Verzeihung, Gnädigste, und hilft der Dame ein bißchen aufknöpfen, und du, sage ich zu Louise, könntest dir auch etwas mehr Mühe geben, verstanden, da lüftet man mal die Vorderseite und zeigt dem Gast die Brust, und der stellt sich furchtbar dämlich an, weiß gar nicht, was er damit anfangen soll. Mann Gottes, Beffchen, rufe ich aus, Breitapfel kommt aus dem Kleid, die schöne Büste, das schöne Geschwisterpaar. Aber der tippt nur mit dem Finger an, und nachher knetet er ein wenig daran herum, so doch bestimmt nicht! Das ist kein Gummiball, sage ich.

Na, ich gebe zu, so unrecht hat er nicht, viel Staat ist damit nicht zu machen – ein Ranzen, wie man sagt. Ich sage: Laß gut sein, Beffchen, die Dame knöpft das Mieder zu, das Vorspiel ist beendet. Da wäre nun das Geschäftliche zu ordnen, denn, inzwischen aufgewärmt, wird der Gast bereit sein, etwas springen zu lassen, zehn oder zwanzig Mark, sonst kriegt er nichts mehr geboten. Nicht wahr, Louise? Sie ruft: Nichts da! und läßt die ganze Pracht entschlüpfen. Aus.

So sind die Damen, erkläre ich Beffchen, deshalb laß das besser mich erledigen. Ich nehme mal zwanzig Mark aus seinem Portemonnaie, während sich die schöne Louise nebenan auspellt, sich in den Naturzustand versetzt, Beffchen! Inzwischen sitzen wir hier ganz gemütlich, angenehm entspannt, die Tapete ist rot, die Vorhänge, die eine künstliche Mitternacht erzeugen. Beffchen scheint auch ganz entspannt zu sein, läßt die Arme hängen, na dann prost, sage ich, austrinken, Beffchen! Er trinkt aus, nachdem er sich Likör übers Hemd gegossen hat.

Lustig gelebt, jung gestorben, nachher darf ich ihn noch ein Stück tragen, so aufgeregt ist der Junge, halt dich nur fest, sage ich, stütz dich ruhig auf mich, das kann jedem passieren. Aber dann wird es doch ganz hübsch. Also bitte, sage ich zu Beffchen, da hast du deine Dame, mit der fährst du nicht schlecht, Menschenskind, hast ja mehr Glück als Verstand. So, wie er dasteht und nicht piep sagt, aber schließlich ist es das erste Mal für ihn. Und *du*, sage ich, stell dich mal hin, und obwohl es eine Weile dauert, ist sie dann ein hübscher Anblick. Von nebenan klingt Grammophonmusik. Sie ist sehr weiß, wie Gips, ganz neu hier in der Straße, etwas faul ja, aber ich sage: Die ernährt sich gut, ißt viel. Jetzt geh mal zu ihr hin, und gib ihr einen Kuß. Das hat er nicht gehört. Ich sage: Jetzt geh mal ... nebenan spielen sie «roter Mohn».

Jetzt trete mal vor sie hin.

Tumtum.

Ach Beffchen, lache ich, die Dame ist nicht aus Gips, und stoße ihn ein wenig an, damit er auf Tuchfühlung kommt. Der arme Kerl sieht schon ganz angegriffen aus, kann man aber verstehen, wenn jemand so in Rage gebracht wird. Gesund ist das Mädchen auf alle Fälle, gut gewachsen, auch gute Beine, voller Schoß. Und als sie sich nach hinten fallen läßt, gleich ohne viel Umstände mit Beffchen aufs Bett – während des Gastes Sinne in Aufruhr sind – fragt sie eindringlich: Willst du mir nicht etwas schenken.

Fragt sie: Willst du mir nicht … oho!

Und während der Gast mit der freien Hand Gebärden der Freigebigkeit vollführt, findet sie (die Dame) in seine Hosentasche, siehst du, so. Findet zum Geldbeutel, um sich das Mehrfache dessen zu holen, was der Gast sonst vielleicht freiwillig gegeben hätte.

Ja sonst.

Nämlich, was die Geldfrage angeht, bin immer ich zuständig. Ich klopfe der Dame auf die hübschen Finger, nehme, damit wir uns richtig verstehen, das Portemonnaie lieber an mich; Beffchen kann man jetzt nicht trauen.

Der in der eigenen Liebeswut wie in einer Schlinge steckt. Mich braucht ihr wohl nicht mehr, he! Frivol? Eher ein bißchen gerührt, ich habe mich draußen auf einen Stuhl gesetzt, um wenigstens in der Nähe zu sein, wenn Beffchen, der kleine Kerl, mit seiner hellen jungen Kraft, wenn er soweit ist: Ein Plumps, ein Knall, ein donnerndes Entzücken, ach Beffchen, lieber Junge, plötzlich ist es da und ist groß und schön.

Nebenan ist jemand hingeplumpst.

Louise quiekt.

Ich denke: Nanu, ist er schon fertig? Und schaue durch die Tür, tatsächlich liegt Beffchen völlig erschöpft auf dem Rücken. Schon vollkommen in einem anderen Land, nicht wahr. Achgottachgott, nehmen Sie ihn bloß mit, jetzt ist er umgefallen.

Was?

Jetzt ist er ohnmächtig geworden, quiekt sie.

Unsinn, sage ich, was redest du! Fertig ist er, in aller Gemütsruhe fix und fertig, so gut möchte ich es auch mal haben – du dumme Kuh, eingeschlafen ist der Junge, kein Wunder bei der Strapaze! Mit dir! Und kann noch von Glück sagen, daß es ihm nicht geht wie dem Baron Scicioni, dem in diesem Zustand, ermattet und widerstandslos, wie er ist, alle Taschen durchkämmt werden, Briefschaften durchsucht, Börse ausgeschüttelt. Wenn er erwacht, ist es hell im Zimmer, die Nacht ist löcherig geworden.

Louise schreit: Aufstehen, du Büffel!

Es ist sieben Uhr morgens, und anscheinend ist um diese Zeit schlecht mit ihr Kirschen essen, steht da plötzlich in einem grünseidenen Mantel im Zimmer und ruft: Ich soll euch wohl erst rausschmeißen!

Und ich denke, wir kriegen noch Kaffee. Was, ruft sie, ich bin kein Hotel, verstanden. Beffchens Hose ist vollkommen zerknautscht, und das Hemd, auf dem er gelegen hat, wie das übel aussieht. Sein Jackett finde ich neben dem Waschtisch, die Schuhe sind naß, wovon naß? Beffchen faßt in die Hosentasche, ja, mein Lieber, sage ich, ich habe dich ja gewarnt, wenn das Geld alle ist, ist es *aus* mit der Liebe. Beffchen muß erst mal kotzen, ich stütze ihn, und Louise schreit: Ihr Schweine, macht bloß, daß ihr rauskommt, ihr Saustücke, und macht auch noch Miene, uns etwas über den Kopf zu gießen, natürlich, zu alledem noch mit Schimpf und Spott auf die Straße gejagt, die kühl ist und hell. Und als wir draußen sind, sage ich: Das wär's ja mal wieder, was, Beffchen? Das sollte eigentlich mehr ein Spaß sein, aber was sagt er?

Ich zeige dich an.

Was hat er gesagt?

Wenigstens ist das Portemonnaie gerettet.

4

Beffchen bleibt noch auf der Schule, weil er studieren soll. Kulle ist jetzt in Neustrelitz, kommt nur an Wochenenden nach Hause. Und ich – ich fange bei Schmenke & Co. an, Futtermittel.

Das habe ich noch nicht erwähnt, Kulle will Offizier werden, er hat sich an der Militärschule in Neustrelitz beworben, wo sie ihm hoffentlich die Flötentöne beibringen werden. Meinen Segen hat er. Man stelle sich Kulle in Uniform vor, aber man kann es sich vorstellen, nächstens wird er noch General!

Bis dahin werden wir wahrscheinlich immer noch unsere Futtermittel verkaufen.

Darf's noch was sein?

Nee, erwidert der Kunde.

Ich schlage vor: Hafermehl. Erbsmehl.

Er ist unentschlossen.

Wie ist es denn mit Biertreber, frage ich, Biermaische frischt?

Nee, wissen Se –, sagt der Kunde.

Oder Kartoffelschlempe? Wir haben hervorragende Kartoffelschlempe. Seit Anfang September bin ich jetzt bei Schmenke tätig, seit ich von der Schule geflogen bin. Mamma hat gesagt: Irgendeinen Beruf *mußt* du schließlich lernen. Diffusionsschnitzel gepreßt oder gesäuert? Hanfkuchen (ungeschält), Melasseschlempe vielleicht?

Nee, besten Dank, bedankt sich der Kunde.

Ich frage: Wie machen wir's denn diesmal, Herr Sandow, soll's denn auf Konto gehen? und rechne schnell im Warenspesenbuch eine Überschlagsumme aus. Aber bitte mit Skonto, sagt Herr Sandow. Ich bitte um einen Augenblick Geduld und suche im Ausgangsbuch, in der Verkaufstrazze, vergleiche mit dem Kassabuch. Da haben Sie aber vorige Woche ... sage ich, warten Sie mal, vergleiche im Debitorenbuch ... ich bitte noch um einen Augenblick Geduld, kreditiere im Gegenkonto, indem ich in aller Eile eine Rohbilanz des persönlichen Kontos von Herrn Sandow ziehe und feststelle, daß der Saldo nicht den Unterschied zwischen Aktiva und Passiva ausgleicht. Donnerwetter, da habe ich einen Fehler gemacht. Ich sage: Entschuldigen Sie, immer wenn es ganz schnell gehen soll, trage schnell den fehlenden Posten nach, so, jetzt stimmt's, alles in Ordnung. Ich begleite den Kunden zum Fuhrwerk, falls noch etwas benötigt werden sollte, Lupine entblättert? Nein? Nun, dann vielleicht ein andermal. Und dann kommt mein Chef, der Herr Schmenke, ein netter gemütlicher Mann, und sagt: Fabelhaft, wie Sie hier den Laden schmeißen, ich wüßte gar nicht, was ich ohne Sie anfangen sollte. Das ist wahr. Und am Ende des Quartals gibt es eine Gehaltserhöhung, ich leiste mir eine anständige

Garderobe, ein elegant eingerichtetes Zimmer. Und die Tochter vom Chef mit den hübschen Augen, die gelegentlich über den Hof kommt, mit den hübschen Beinen, die auf dem Traktor sitzt mit ihren fliegenden Haaren, die kann man ja auch in Kauf nehmen. Sie sagt: Ach, Herr Niemann, was sollten wir ohne Sie anfangen, und das ist wahr. Wie ich hier den Laden schmeiße und auf dem Posten bin, ich spreche Englisch und Esperanto: Toruch es Netor, im September werde ich Teilhaber.

Niemann!

Hier, Herr Schmenke.

Zum Donnerwetter, wo steck'ste denn.

Hier, sage ich schwach, hier bin ich.

Hab' ich dir nich' gesacht, du sollst den Kleiber schäufeln. Den? Ja den, brüllt Schmenke, hier wird nich' gebummelt, das kommt bei Schmenke nich' in Frage. Das habe ich schon gemerkt, nachdem ich den zweiten Tag Kleiber schäufele. Hier draußen an der Lankower Chaussee, wo die Schrebergärten an die offenen Felder stoßen, wo Johann Schmenke seine Niederlassung hat. Mit der Straßenbahn bis Ziegelwerder, dann zu Fuß noch eine Viertelstunde, wann muß ich denn dort anfangen, um acht? um halb acht?

Nee, um sechse, sagt er.

Da muß ich ja schon um fünfe raus, um halb fünf waschen, rasieren, Kaffee kochen, Brote fertigmachen, Aktentasche, es weht ein kalter grauer Wind die Straße herauf, wenn ich das Haus verlasse. Ich trage einen kleingemusterten Anzug, dazu braune Halbschuhe, Hut, und ich *will* mir ja Mühe geben. Ich lese: Brümmer, die landwirtschaftlichen Futtermittel. Schoppat, konservieren von Grünmais und Grünfutter. Und meine Schuhe sind schon dreckig, wenn ich den Hof betrete – vornean stehen große lehmige Pfützen, die im Winde ineinanderlaufen. Und wenn ich ins Kontor trete, sage ich frisch: Morgen, Herr Schmenke, ist der Hafer schon verkauft. Nee, sagt er langsam, ein beleibter Mann auf seinem Drehstuhl, und wenn er spricht, bewegt sich eine weiße Finne im Mundwinkel: Aber den Kleiber kannste gleich mal schäufeln, Halle vier. So sieht das aus, wenn alle Menschen noch tief schlafen, wenn Beffchen sich gerade auf die andere Seite dreht, schäufele ich in Halle vier den Kleiber.

Er brüllt über den Hof: Und gleichmäßig, nich' alles auf einen Haufen.

Gemacht, Herr Schmenke, wird tipptopp erledigt. Bis Mittag bin ich damit fertig, die Arme schmerzen, als wenn sie abgebrochen wären, ich bin nicht in der Lage, mir jetzt die Hände zu waschen. Mein Brot verzehre ich an Ort und Stelle. Dann kommt Schmenke in die Halle und fragt: Haste den Kleiber fertig.

Ja, sage ich, gerade habe ich mich hingesetzt.

Er stutzt und sagt: Dann kannst du ja mit der Melasseschlempe anfangen.

Mit der Melasseschlempe.

Ja, das ist eine besondere Schlempe mit starkem

Zuckergehalt, sie ist klebrig, hat einen merkwürdigen Eigengeruch, wie nasses Papier, aber unangenehmer. Dabei versuche ich meine Hose zu schützen, indem ich sie bis zum Knie aufkrempele, um zwei kommt Schmenke, und dann muß ich das Ganze noch einmal durcharbeiten, weil ich nicht tief genug bin. Meine Schuhe sind auch nicht geeignet. Also, sagte Schmenke, morgen bringste Jummistiefel mit, Mensch, nich' solche Püppchen, da läuft dir ja alles rein. Danach schäufle ich Futterkartoffeln in Halle zwei, ich habe mein Hemd ausgezogen, und die Hose ist bis übers Knie naß, danach die Runkelrüben in Halle eins. Die Roßkastanien (geschält), die Eicheln (ungeschält). Und danach, ja danach habe ich noch die Futtermöhren bis sechs geschäufelt,

das Fischfutter

und die Florentiner Maische.

Hast auch noch die Turnips, nee, die habe ich nich' mehr, und ich *will* auch nich' mehr. Die Hose, sieh doch die Hose an, sieh meine Schuhe an, die Aktentasche hat in der Melasse gelegen.

Und die Tochter ist auch nicht vorhanden.

*

Aber, sagt Mamma, irgendeinen Beruf *mußt* du schließlich lernen, wir werden mit Onkel Aaron sprechen. Vielleicht, wenn er nett ist, nimmt er dich in seinen Laden, und wenn du dich anständig benimmst, immer freundlich und hilfsbereit, wer weiß, vielleicht – Onkel Aaron ist ein ruhiger Mann, ein seltsamer Mann, der Onkel. Sitzt zwischen seinen unkenntlichen Bildern, den schwarzen Wanduhren und Spiegeln, manchmal unkenntlich er selbst, zwischen den weit voneinander entfernten Schaufenstern, wo es nach Wachs riecht, nach Leder, nach alten Polstern. Es kann sein, daß man auf ihn stößt, wo man ihn gar nicht vermutet, oder man denkt, da ist er, da sitzt er: Wenn du dich jetzt zusammennimmst, mein Junge, kannst du den Onkel vielleicht eines Tages, wenn er stirbt – – beerben.

Kommt er einmal nach vorn, sieht man schon, daß er sehr alt ist. Ihm kann man nichts vormachen. Bringt jemand eine Uhr, sagt der Onkel ohne Besinnen: dreißig Mark. Und er irrt sich nicht, er ist so dünn und faltig, einmal fragt er im Vorbeigehen: Wo ist die Nadel?

Ich verstehe nicht.

Er faßt mein Ohr und dreht es herum, bis ich darauf komme: Ahh, ohh, Onkel, wie kann ich wissen, daß du *die* Nadel meinst, er dreht aber mein Ohr ganz herum und sagt: Vergiß es nicht, sonst muß ich dich entlassen. Ich vergesse es nicht (seine dürre knochige Zange), hoffentlich vergißt *er* aber nicht den Profit, den ich ihm bringe – ich meine an den Damen, die hier zu Einkäufen hereinkommen und sich durch mein Äußeres angenehm beeinflussen lassen. Deshalb stellt er mich an den Eingang Schmiedestraße, wo der Putz und Schmuck ausliegen, die feinen Gegenstände aus Bronze und Neusilber, die seidenen Tücher, Handschuhe, Fächer und Dosen. Da bin ich wohl als schöner Ladendiener gerade gut genug, der gefällige junge Mann mit den angenehmen Manieren.

Wenn sie die Treppe herabsteigen, erkenne ich sie am Bein – der Laden liegt tiefer als die Straße – ich sehe den Schuh, in diesem Punkt lasse ich mir nichts vormachen, der Schuh verrät sie, der Sitz, der Spann, die Art, wie er einen Augenblick lang im Fenster schwebt. Ich sage: Guten Tag, gnädige Frau, meine Dame, ah, und wenn sie dann das Auge wendet – während ich Ketten und Brustgehänge eilig vorlege –, dieses porzellanblaue Auge, dann weiß ich schon, ah. Es können Tage vergehen, Wochen, ein Monat, aber an einem bestimmten Vormittag wird sie wiederkommen, um sich von mir das eine oder andere hübsche Ding vorlegen zu lassen, Rheinkiesel, Schildkrot, Glasfluß, was gerade in Mode ist. Kleine Sächelchen aus Perlmutt, etwas Horn, poliertes Holz, Muscheln. Sie hat vielleicht am Nachmittag ihre Teegesellschaft und möchte ein Geschenk mitnehmen, einen Glasberg, ein Häuschen aus Serpentin mit vergoldetem Dach. Sie geht in ihren Damensalon, in ihren Reformclub «Neue Bahnen» oder was immer diese süßen Damen am Nachmittag unternehmen, um sich mit Kaffee und Aperitifs zu versorgen, ich kenne sie, ich sage: Guten Tag, gnädige Frau, *meine* Dame, ah. Dazu muß man aber ein gewisses künstlerisches Verhältnis haben.

Ich trage jetzt ein schwarzsamtenes Jackett mit rehbraunen Aufschlägen, ich lasse die Haare lang wachsen und trage eine schwarze legere Schleife. Der schöne Ladendiener. Und ich glaube, der alte Aaron weiß sehr genau, was er an mir hat. Läßt mich vorne frei hantieren, während er hinten die getragenen Anzüge fertig mit Schlips und Kragen ins Schaufenster hängt. Ich bin jetzt seit Oktober bei ihm, aber so viel habe ich festgestellt, die Leute, die dort hinten eintreten, wollen eher verkaufen als kaufen. Auf der anderen Seite, überlege ich, wird der alte Aaron sein Geschäft schon verstehen, eine Art Warenstrom, denke ich mir, von hinten nach vorn, von der Gerberstraße langsam bis zur Schmiedestraße durch. Es sind zwanzig Meter, nachdem ich die Länge abgeschritten habe, vier Meter Breite, das sind? Achtzig Meter Ladenfläche eines langen unglücklichen Schlauches, wie aber, wenn man hier einen Durchgang schaffen würde. Eine Art Passage? Ein phantastischer Gedanke, die Leute spazieren hindurch, kein Kaufzwang, schauen hier und da, kaufen im Vorbeigehen das eine oder andere. Großartig, ich bin ganz aufgeregt, ich schaue mir den Zugang von der Königstraße her an, da müßte natürlich ein Schild hin, etwa – – ich sage: Bitte, rück doch mal ein Stück, und laß mich mal die Länge messen, und der Alte ist doch schon recht tattrig. Eben hat er mit dem Kopf gewackelt.

Im April erhöht er mein Gehalt auf siebzig Mark, so daß ich in der Lage bin, Mamma ein Kostgeld zu zahlen. Ein gutes Gefühl. Eines Tages stehe ich im Laden, es ist zehn Uhr, und ich habe gerade die Auslage dekoriert – die Sonne fällt voll auf ein paar besonders schöne Schmuckstücke, die ich ausgelegt habe. Da erscheint ein Paar Schuhe im Fenster, und oh, die sind gepflegt, davon verstehe ich etwas, sehr schlanker, glatter Schritt, hoher Spann. Und dann erscheint darüber der Rocksaum, der einen Augenblick lang im Fenster schwankt, Donnerwetter, eine Taille, ein Brustansatz, das sehe ich alles schon im voraus, der süße Teint, das Ohr. Das leise Parfüm, mit dem sie sich umgibt.

Und dann.

Geht die Tür auf.

Mamma!

Da sind Sie wohl überrascht, mein Herr, sagt sie lächelnd. Allerdings, gestehe ich, Mamma sieht aber auch hinreißend aus, geht lächelnd umher, hebt eine sechseckige Teekanne in Silber an, das ist Alpaka, gnädige Frau. Oh? Sie tut erstaunt, hebt ein Löffelchen an. Wenn ich Ihnen behilflich sein darf, gnädige Frau.

Ja, sagt sie, ich suche ein … sie sucht umher.

Ein Löffelchen, sage ich.

Sie klatscht vor Freude in die Hände.

Wir haben hier sehr hübsche Sachen, sage ich, sehr gefällige Arbeiten, sehen Sie dieses hier, ich zeige das Löffelchen. Oder wollen Sie etwas Verschiedenfarbiges, auch sehr hübsch und gefällig durch Inkrustationen am Stiel. Länglich. Ich zeige das Stück. Oder oval in Bernstein.

Dieses hier? fragt sie.

Das allerdings ist ersatzweise Kopal, berichtige ich höflich, sieht aber genauso aus. Oder statt dessen können Sie Jud oder Jett haben, und es gibt auch einige ganz gute Nachbildungen in Glas oder gehärtetem Kautschuk (Ebonit), verträgt aber keine Hitze.

Ach, sagt sie.

Wenn ich Ihnen raten darf, meine Dame, nehmen Sie vernickelte Ware, die beliebt ist wegen ihrer Dauerhaftigkeit. Auch sehr schön und vor allem sehr haltbar. Ich zeige ein Löffelchen mit facettierten blanken Flächen, sehr hübsch.

Was soll denn das kosten?

Für Sie, sage ich mit einer Verbeugung.

Aber Junge.

Ein Geschenk, meine Dame.

Sie lacht zärtlich, zieht aber die Geldbörse heraus, wieviel denn wirklich?

Zwei Mark.

*

Es kommt der Juli, es kommt der August, die Luft ist sanft, der Himmel weich über der Straße, hier unten im Laden ist es immer etwas dämmrig, immer Nachmittag, und der Sommer vergeht. Es kommt ein Tag im September, an dem es unaufhörlich geregnet hat. Gegen fünf verläßt Aaron das Geschäft, ich hantiere noch etwas in der Abstelle – Kunden werden nicht mehr erwartet. Danach sitze ich bis sechs hinten auf dem Sofa und beobachte, wie der Laden langsam im Dunkeln verschwindet. Da rührt sich nichts. Kein Kerl zwischen den Gestellen, keine Hand im Schrank, kein Auge. Die Kinderbettstellen haben einen säuerlich traurigen Geruch, ein bißchen Herbst, ein bißchen Wehmut, das Kasperli sitzt noch da, ist nur aufgeklebt. Jetzt kommt die Zeit, daß ich den Laden schließe und nach Hause gehe, es ist schon halb sieben. Ich lasse vorne das Gitter herunter und will also meinen Mantel nehmen, als draußen jemand gegen die Scheibe klopft.

Der Mann winkt.

Ich schüttele den Kopf (ich erzähle nur, was passiert ist).

Er zeigt auf den Laden. Ich sage: Wir haben schon geschlossen, aber das kann er natürlich nicht durch die Scheibe hören, ein großer und kräftiger Mann, sein Gesicht ist unter dem Hut nicht deutlich erkennbar. Dann, als ich die Kasse abgeschlossen und den Mantel angezogen habe, blicke ich noch mal zum Fenster: Er ist weg.

Ich nehme meinen Hut, ziehe meine Handschuhe an, gehe durch den Laden zur hinteren Tür, die ich noch nicht abgeschlossen habe, und denke, nanu. Das ist doch derselbe Kerl. Ein großer Mensch in einem langen Mantel.

Ich sage: Wir haben längst geschlossen, mein Herr.

Ich weiß, die Geschichte klingt etwas unglaubwürdig, und dementsprechend hat man mich ja auch beschuldigt, was war denn das für ein Mann? Was weiß ich, ich habe ihn nie vorher gesehen, kommt herein und stellt seine Tasche auf den Tisch. Also ich sage: Wenn Sie etwas verkaufen wollen, müssen Sie morgen früh wiederkommen, wenn der Chef da ist. Wie? Ich sage: Ich verstehe Sie nicht. Der Mann krächzt irgend etwas mit einem harten ausländischen Akzent, und dann kippt er mir die ganze Ladung auf den Tisch, Ketten, Spangen, Ohrringe, eine Unmenge Zeug. Talmi, wie ich sehe, ganz hübsch, ja, aber völlig wertlos. Nee, sage ich, damit können wir hier nichts anfangen, so etwas kauft heutzutage kein Mensch, ganz gut gemacht, wie ich sehe, aber doch alles Imitation. Straß nennt man so was.

Nun ja, lieber Mann, sage ich, wertvoll oder nicht wertvoll, darüber wollen wir hier nicht streiten (die Sulkindiamanten, ach, Sie meinen wohl Sultan, der Sultan von Ezemir), am besten, Sie stecken den ganzen Plunder wieder ein, lieber Mann, und gehen nach Hause. Wenigstens muß ich den Laden jetzt zumachen. Ich drücke ihm seine Tasche in die Hand und denke, nun geht er hoffentlich, drücke ihm noch seinen Hut auf den Kopf, denke: Was hat er für ein merkwürdiges narbiges Gesicht, schiebe ihn zur Tür, schließlich habe ich nicht den ganzen Abend Zeit. Ja, ich erinnere mich, ein großer kräftiger Kerl. Gesicht? Hmm, 'ne dunkle Brille hat er aufgehabt, mehr kann ich nicht sagen, zum Schluß zieht er einen Ring vom Finger, der ziemlich fest sitzt, aber dann kriegt er ihn doch noch herunter. Und was soll ich damit?

Das ist Gold, flüstert er.

Ja, das hat mal bei Gold gelegen, und zwar in Pforzheim, nehme ich an. Ich drehe das Ding herum, kein Stempel, es wiegt? Auf jeden Fall viel zuwenig, das ist Rauschgold, sage ich, das stammt aus der Fabrik, Katzengold, wie man sagt. Er will protestieren, aber das fehlte mir gerade noch, wenn ich als Fachmann gefragt werde: Walzgold mit einem stattlichen Bleikern, ich habe den Ring sogar abgewogen: Wiener Doublé würde ich sagen, mit Pechfüllung. Ich habe dem Mann zehn Mark gegeben, weil die Arbeit ganz hübsch war (zwei springende Hasen auf einem grünen Stein), und da konnte er noch von Glück sagen.

*

Aber Stani, Junge, ruft Mamma, welch ein allerliebster Gedanke.

Gefällt er dir, frage ich.

Man ist galant, man macht Präsente, mit den Damen kenne ich mich aus. Oh, sie sind wunderschön anzusehen mit ihren Dessins und Dessous, sie träumen, sprechen über Nachtmäntel, kaufen Spieltische, und plötzlich sind sie aus ganz fabelhaften Anlässen piquiert. Plötzlich simulieren sie Migräne, sind ungnädig obendrein, ganz unversöhnlich, rechts und links zugleich. Wenn ihnen etwas nicht gefällt, oder, schlimmer, wenn ihnen etwas gefällt. Brennen plötzlich ein Geschütz los.

Echauffiert, konsterniert, derangiert und außer Fassung.

Oh?

Und sind immer entschuldigt.

Aber Stani, Junge, ruft sie aus, der muß ja ein Vermögen gekostet haben. Gefällt er dir, frage ich. Da erschrickt sie heftig und fragt: Ist es Gold? Nun, erwidere ich lächelnd, es wird wohl kein Tinnef sein. O Junge, schreit sie, willst du dich denn unglücklich machen, Lügen ist ja schlimmer als Stehlen. Und was willst du sagen, wenn morgen früh der alte Aaron seine Ringe nachzählt und feststellt, daß der mit dem grünen Stein und den beiden springenden Hasen fehlt. Nun, ich denke, am besten, man läuft ihm nicht so bald über den Weg. Man ordnet im Schaufenster ein paar Sächelchen, zwischendurch kommt die eine oder die andere Kundin vorbei und man verkauft eine Kleinigkeit, schließlich geht man auch einmal nach hinten, wo der alte Onkel Aaron seine Ringe in der Kassette zählt: Entschuldige, Onkel, daß ich störe, er blickt hoch und zählt seine Ringe. Ich frage: Es fehlt doch hoffentlich keiner?

Nein, es fehlt keiner.

Bis auf den mit dem grünen Stein und den springenden Hasen, eine Entgleisung vielleicht, die durch mein damaliges Alter zu erklären sein mochte, eine romantische (blinde) Handlung? Ich weiß es nicht.

Und ich kann es mir auch gar nicht erklären, jedenfalls hätte er mich ja nicht gleich rausschmeißen müssen!

Der alte Miser.

5

Als ich mit achtzehn alle meine Ersparnisse zusammennahm, um nach Schweden auszuwandern, dachte ich: Ach Schweden, helles wohlhabendes Land hinter den drei Landzungen, deren rechte drei Bäume trägt und ein kleines weißes Haus (das Lornkäshaus). Ich dachte: Die See ist weit, die Schwedische See, die Baltische See, die Ostsee – wie wir sie nennen – die Finnische See mit der Insel Rüt, wo der Schiffsjunge Peter ein Bein verlor und zwei Tage durch das Eiswasser bis nach Wasa schwamm. Nach Schweden! Auf dem Boden liegen Berge und Wälder, die von den Seefahrern benannt werden: Der Admiralitätswald, der Selberbråwald. Der steile Berg von Lungsholm.

Man sagt, die See erneuert den Mann von innen und außen. Mit siebzehn fährt man aus, durch den Skager Rak, durch die reißende Jütlandströmung und den berüchtigten Maelstrom, vorbei an den furchtbaren Szillyinseln und in zweiundfünfzig Tagen bis nach Bengalen. Eine Reise mit Holger Wells. Oder mit den heißen schnellen Strömungen bis in die Japanische See (Jeff Buglar), wo das klar mit der Hand geschöpfte Wasser blau ist, an Flußmündungen grün, von kleinen roten Krabben durchsetzt: das Rote Meer. In den Kalmen, so nennt man die ruhigen Gewässer, sind die Menschen oft wahnsinnig geworden, und in den warmen Gewässern tritt das Meeresleuchten auf, das so hell ist, daß man dabei lesen kann. Wie bei Robinson Crusoe.

Also betrat ich eines Tages im September des Jahres 19.. mit meiner Kiste (mit den Initialen S. N.) die Laufplanke des Schoners «Aurora». Alle meine Ersparnisse in einer Tasche aus grauem, gummiertem Tuch. Ich trug einen englischen Überzieher, der Mann aus Leads, der nach Hull fährt. Deshalb aber weit entfernt, seine Zukunft in einem düsteren Licht zu sehen. Der Mann, der auf Sala-y-Gomez verschlagen wird und sich auf dem blanken Felsen vierzig Jahre lang von Seeigeleiern ernährt. Dieser Mann, seine Geschichte, das Schiff, das am vierzigsten Tage vorüberfuhr. Seine vierzig Steintafeln – für jedes Jahr eine – und die genaue Lage des Felsens nach einer Beschreibung des einzigen Überlebenden der «Nieuwe Amsterdam», achtundzwanzig Tage im offenen Boot. Alles das. Und ich erinnere mich ganz genau, ich habe jeden Tag aufgeschrieben. Wir hatten mal einen Passagier, wird es heißen, der kam eines Abends an Bord, danach hörte man nie wieder etwas von ihm. Frühmorgens, als die Reise begann, lag ein hübsches rosiges Licht auf dem Wasser, die Decksplanken waren weiß gescheuert, am Ruder stand Schiffer Brägen, ein freundlicher breiter Mann, der Matrose leerte gerade einen Eimer aus und winkte, und vom Heck winkte der Schiffsjunge Heini, die kleine fröhliche Krabbe.

So begann die Reise. Ein prächtiger Morgen mit gleichmäßigem Wind aus Nordnordost.

Etwa folgende Route: Wir hielten auf Falster zu, das wir nach zwei Tagen erreichten, dabei ließen wir links die Insel Moen liegen und gewannen die offene See – das wird am dritten Tag gewesen sein –, es war der dreiundzwanzigste September, und zurückblikkend: Was da noch zuletzt vom grünen Hügel herabflatterte, war die Wäsche des Lotsen.

*

24. Sept.

Der Kapitän hat mich heute gefragt, ob ich Geld habe, ich habe ausweichend geantwortet. Dann, beim Frühstück – offensichtlich freut er sich, wenn das Schiff mal ordentlich ausholt – fragt er mich nach meinen Geschäften.

Schnaps?

Nein, antwortete ich ausweichend.

Schnaps sei in Schweden billig, erklärt er, nun holt das Schiff gerade ordentlich über, und er freut sich. Dann: Schnaps müssen Sie kaufen. Dann stutzt er und fragt: Sie haben doch Geld? Ich glaube, ich habe vage genickt, ich werde ein unbehagliches Gefühl nicht los.

25. Sept.

Die See liegt rosenrot wie eine Kupferplatte, an Deck der Matrose mit Schrubber und Eimer – ein langsamer, ziemlich feister Mensch, der mir freundlich zuwinkt, und ich winke zurück. Hallo, Serge. Er heißt Serge Zĉaŝik. Es kommt ein Schwarm Stichlinge geschwommen, passiert unter der Reling durch, dann, wenn ihn deren Schatten trifft, macht er scharf nach rechts kehrt – wir schauen hier bis zu einer Tiefe von dreißig Fuß wie in einen gläsernen Kübel. Dort passiert ein Seehaase (ein brauner Rücken), aber ich glaube, er will mich verulken. Wo bist du denn zu Hause? Ragusa. Hört sich schön an (es heißt Meerengel), und wie heißt du denn, Serge Zĉaŝik hört sich auch schön an. Sersche Schaschik, ich erzähle: In Hamburg wurde ein Mann beim Ausschlachten von Walspeck an die Wand gedrückt, ich weiß nicht mehr genau, Hamburg oder Bremen, drei Stunden lang hörte man ihn unter der tonnenschweren Fettmasse rufen: Schschschschsch.

Wie heisch' denn? Warum gehsch' nich' weg?

26. Sept.

Ich glaube, dem Matrosen kann ich nicht trauen. Heute morgen kam er in meine Kabine, als ich gerade mein Geld nachgezählt habe. Nun nehme ich *nicht* an, daß er das Geld gesehen hat. Er steht in der Tür und kratzt sich den Schädel, als sei er etwas schwach da oben, und ich denke, wenn er fertig ist, wird er vielleicht verschwinden, damit ich das Geld besser verstecken kann. Aber er drückt sich in der Tür herum und geht nicht. Er flüstert: Hören Sie mal.

Was! frage ich.

Haben Sie ihm Geld gegeben?

Was für Geld, frage ich und denke, der hat doch nichts gesehen?

Er blickt den Gang hinaus, dann ungeduldig: Na, Brägen.

Nein, sage ich.

Er setzt sich aufs Bett, scheint zufrieden. Geben Sie ihm kein Geld, verstehen Sie mich, der versäuft es bloß – – aber nun geht er noch nicht: Hören Sie mal, wollen Sie Schnaps kaufen? Ich habe aber *keineswegs* die Absicht, welchen zu kaufen, auch nicht, wenn er in Schweden so billig ist. Ich dachte früher: Schweden, helles wohlhabendes Land, hier scheint aber jeder nur an Schnaps zu denken. Ich habe das Geld jetzt hinter die Holzverkleidung oberhalb des Bettes gesteckt, wo im Paneel die linke Füllung lose ist. Weiß auch genau, was ich danach getan habe, nämlich die Kiste wieder eingeräumt, danach einen Brief geschrieben, nein, erst bin ich zur Toilette gegangen, und dann habe ich Briefpapier aus der Kiste geholt und bin in die Pantry gegangen.

Und dann?

Dann bin ich in die Kabine zurück. – Noch etwas: Am Nachmittag hält mich der Kapitän an und sagt: Wissen Sie was, geben Sie mir Ihr Geld lieber in Verwahrung, und das Schiff holt gerade mächtig über, der Kapitän steht fest auf den Beinen. Dabei ist die Wetterlage ruhig, die See spiegelglatt und gläsern, wir befinden uns hier über einer Tiefe von fast achthundert Faden. Also, was ist es, das dieses Gefühl aufkommen läßt: Es gibt einen Punkt, an dem das Schiff zur Umkehr nicht mehr fähig ist, weil es vom Heimathafen bereits weiter entfernt ist als vom Ziel der Reise.

Ich frage mich: Ist dieser Punkt erreicht?

27. Sept.

Heute nacht plötzlich aufgewacht. Draußen in der Dunkelheit die Insel Babro, die völlig kahl ist. Aber irgendwie höre ich ein Geräusch, klitsch, klitsch, und bin davon aufgewacht. Dann klatsch, laut und fest. Hinten im Gang brennt Licht. Hast du jetzt genug?

Lassen Sie ihn doch.

Dann geht es wieder, klitschklatsch, dazu gurgelt jemand ganz erbärmlich im Wasser. Lassen Sie ihn doch, sagt Heini, er tut es bestimmt nicht wieder. Ähh, der Drecksack, hast du gehört, klatsch, willst du aufstehen! Klatsch. Steh auf, befiehlt Schiffer Brägen, das kann er offenbar nicht, denn er hält den Kopf unter Wasser und pfeift oder wie man das bezeichnen soll. Du besoffenes Stück, schreit der Schiffer und stellt sich auf Serge Zĉaŝik, der vor Angst laut pfeift. Aber das hört sich ja schrecklich an, sage ich. Ja. Der Kapitän spaziert hin und her und tritt kräftig auf die Unterlage (das Fleisch des dicken Mannes).

Das hat er davon.

Wovon? frage ich Heini.

Daß er dem Alten wieder Schnaps geklaut hat. Und

nun warten wir alle, Heini und ich, der Schiffer auf Serge Zĉaŝik stehend, und dieser selbst, ebenfalls wartend, ein Meerengel, eines jener plumpen Geschöpfe – Warmblüter, glaube ich –, das im Wasser schwebt, schwimmen kann man das ja nicht gut nennen, ein merkwürdiges und etwas widerliches Abenteuer, alles in allem. Die gelbe, fettige Beleuchtung, das Pfeifen, ich meine den Ton, den Serge Zĉaŝik von sich gibt und den die Seeleute «Singen» nennen. Hat er gesungen? Ja, wir haben die ganze Nacht darauf gewartet. Bis zum Morgen, bis sich draußen die See hob – da ist er dick angeschwollen, ganz weiß, und dann hat er gesungen. Oahhoahhoa. In Wirklichkeit ist es nichts als der entweichende Druck; an der Unterseite befindet sich ein Spundloch, welches in der Südsee oft Matrosen als Weibsersatz gedient hat.

28. Sept.

Ich glaube: Manchen Leuten helfen wirklich nur Prügel. Am ehesten gefällt mir eigentlich noch Heini, er zeigt mir die großen Schirmquallen, die in dieser Zone stehen. Wie eine Wiese, unheimlich geradezu, denn das Wasser ist hier tot und tief, siehst du, wie sie pumpen. Wie sie ihren blassen Mantel schwenken, das ist der Mund. Später, als ein paar Hechte, Flösselhechte, erscheinen, deutet er: Ein Schlammbeißer, mit Bart und Reusen (eine untersetzte Lippenquappe), so tief schwimmend, daß man ihn kaum erkennen kann. Das Maul voller Gesträuch, der sieht ja grauenhaft aus.

Ha, sagt Heini, in Irland habe ich einen Fisch gesehen, der war wohl einen Meter lang und sah wie ein Gespenst aus, wie ein Skelett.

Aber ich habe in Portugal einen Fisch gesehen, einen Panzerfisch, also wohl gut zwei Meter lang und außen wie eine Feile. Der riß einem glatt die Hand ab.

Ich habe mal einen Fisch gesehen, sagt Heini, den sie Aalmutter nannten, er sah wie ein Aal aus, war aber gut drei Meter lang.

Wo soll denn das gewesen sein, frage ich.

In Portugal.

Der Kerl lügt wie gedruckt, aber *da,* in diesem Augenblick – jawohl, da kamen sie. Großartige Burschen, zehn, zwanzig, dreißig, blank, stark und groß. Ein riesiger Schwarm Kabeljau. Portugiesisch Cavelhao. Kam direkt auf uns zugeschwommen, schaut doch: So viele! Mein Gott, so viel Kabeljau. –

29. Sept.

Heute morgen scheint die Sonne durchs Bullauge, eine helle, gelbliche, etwas kühle – eine schwedische Sonne. Ich bin sehr froh. Als ich an Deck steige, liegt voraus ein flacher Küstenstrich, backbord (also linker Hand) eine Insel, sie heißt Skengerö und hat eine runde grüne Kuppe und ein Haus aus roten Steinen. Das ist Schweden! Hurra, das ist Stockholm! Nun kann es nicht mehr weit sein, durch den schärenreichen Busen, durch den mächtigen Ausfluß des Mälar in die Salzsee. Die Küste fingert sich auf, und man passiert eine Unzahl Inseln, Landzungen, felsige Verbindungen zwischen den Inseln. Hier muß der Schiffer aufpassen.

Nach zwei Stunden erscheint landeinwärts ein Haus auf einem Hügel, danach kommt offenes Wasser. Ist das Stockholm (Steg Hilma), der Holzhafen, den man schon aus großer Entfernung erkennt? Die Hafenfront, die Straßen und die fischäugigen Kinder unter dem fliegenden kühlgrünen Himmel? Wo sind die blauen Fahnen mit dem gelben Kreuz? Und der Kapitän, der am Ruder steht, macht auch nicht den besten Eindruck – Serge stützt ihn. Ich frage: Fahren Sie hier im Kreise herum? Wenigstens habe ich nicht den Eindruck, Kapitän, daß Sie sich in Ihrer Sache sehr sicher sind. Und wahrscheinlich hat er zuviel getrunken, schwankt etwas, dann sagt er: In zwei Stunden sind wir im Furusund.

Im Furusund! rufe ich aus, soviel ich weiß, gibt es überhaupt nur zwei Wege, einen bei Sandhammer und einen bei Landsort (an Dalarö vorbei). Jawoll, brüllt der Kapitän, Sie können ja so fahren, aber dann fahren Sie im Kreise herum, so daß Sie im Furusund herauskommen, wenn Sie bei Sandhammer hineinwollen, oder umgekehrt bei Sandhammer, wenn Sie bei Landsort einfahren. Nee, bei Furusund. Siebzehnmal, schreit er, habe ich die Route gefahren, siebzehn Reisen mit Butter und Fisch, Ölkuchen und Stangeneisen, da werde ich mich wohl auskennen. Und Holz, wovon es weiß Gott genug gibt, die allergrößten Schiffe stehen im Hafen, dreihundert allein vor dem königlichen Schloß, kgl. Slottet, wie viele werden dann wohl im ganzen Königreich sein! Gegen Mittag ist er so ermüdet, daß er nach unten gebracht werden muß, danach übernimmt Serge Zĉaŝik das Ruder, danach Heini Küpper. Dann wieder Serge Zĉaŝik, bis die Sonne untergeht, zu meinem Befremden aber sowohl im Westen als zeitweise auch im Osten. Und als es dunkel zu werden beginnt, glaube ich rechter Hand die Insel Skengerö auszumachen. Das ist unmöglich, dann müßten wir ja schon wieder heraussein, sagt Serge Zĉaŝik, zeigt nach rechts und nach links, und dann zeigt er nach hinten –

Und da.

Gegen den blaßgelblichen Himmel – weithin über das Meer sichtbar – mit achteckigen Kastellen im Wasser und einer Hafenfront mit Luken und Kränen – auf dem majestätischen Strom, plötzlich auf breitem freien Gewässer, so dicht, daß man im Vorbeifahren in die Fenster greifen könnte, erkennt man das englische Linienschiff Royal Sovereign und den Zweidekker Henry. Es schlägt vom Dungartstoppen. Mitternacht.

*

In Stockholm, 30. Sept.

Aber immer der Reihe nach. Ich wohne im Hotel Nyäs, mein Zimmer – oder Kammer würde man bei uns sagen – ist blitzsauber, daran fehlt es nicht. Aus dem Fenster (das sich oben und unten gesondert öffnen läßt) sieht man hinter dem Hof auf eine blaue Bude und einen trichterförmigen Kohleneinlauf. Und es ist so laut, als ob dauernd eiserne Wagen über das Pflaster rollten, man kennt das Hotel Helgoland oder Hotel Torstensson oder das berühmte Kungsholm oder das Ladugårdslandet, dort schaut man auf die blauen Hügel. Schweden ist flach? Eben nicht. Aber dafür ist es nicht so teuer, dem Hausdiener gebe ich eine Krone, damit er mein Gepäck holt, hundert Kronen stecke ich mir ein (wir werden ja sehen, wie weit die reichen) und sage mir: Na, denn los, alter Junge, steuern wir mal ein paar imposante Straßen und Plätze an, bis wir schließlich auf dem großen Markt landen, der geschichtlich bemerkenswert ist. An der Stelle, wo Christian II. einmal einhundert Kaufleute hinrichten ließ, besichtigen wir die neue Börse, einen imposanten Bau, verweilen eine geraume Zeit, und ehe wir uns versehen, ist's schon Mittag – die Glocke schlägt von der nahen Hauptkirche – und wir suchen uns, denke ich mir, ein Speiserestaurant, in dem es hauptsächlich Fisch gibt, Seelachs, Eier, Hering mit allerlei pikant zurechtgemachten Sachen. Dazu ein Schnäpschen, alles in allem nicht gerade billig, nehme ich an, aber gut. Am Nachmittag geraten wir dann an den Fuß des Schloßberges, wo die Statue Gustavs III. steht, und halten uns hier eine Weile auf. Die Geräusche gedämpft, aber nicht so, als ob unsere Ohren verstopft wären, vielmehr führen wir das auf den Schnaps zurück, den wir mittags hatten – und den man in Schweden aus kurzen Stielgläsern trinkt. Gehen ein wenig umher und trinken anschließend noch einen Genever, besichtigen einige stattliche Gebäude, die uns auffallen, die Seeassekuranz, die Reichsbank, die Getreidebörse, schließlich ist es Abend, schon sechs Uhr, und ich denke, wir werden uns, weil es der erste Abend ist, ausnahmsweise ein Essen in Stortorg leisten, wo wir vielleicht ein oder zwei Schnäpschen trinken, bis wir endlich so großer Stimmung sind, daß entweder – – also, entweder habe ich zuviel bezahlt, oder der Kellner hat mir nicht herausgegeben, ich verstehe ja kein Schwedisch, jedenfalls stelle ich am nächsten Morgen fest, daß meine hundert Kronen weg sind. Wieso? Man kann mich prügeln, ich weiß es nicht.

Eine ungefähre Erinnerung habe ich an zwei oder drei Männer und eine Frau oder zwei Frauen, die mit mir am Tisch saßen, inmitten eines ungeheueren Lärms, als ob sie eiserne Wagen über das Pflaster rollen ließen. Und als ich aufwache, rollen sie noch immer, es ist schon hell im Zimmer, mein Gepäck ist auch angekommen, steht vor dem Bett. Meine hundert Kronen? Also, die habe ich doch tatsächlich auf den Kopf gehauen. Donnerwetter, denke ich, das ist mir einmal passiert, das passiert mir nicht noch mal.

*

Am nächsten Tag, also heute, gehe ich auf Arbeitsuche. Ich stecke mir noch einmal hundert Kronen ein, die bis nächste Woche reichen müssen, und suche ein deutsches Handelskontor auf. Davon gibt es, soviel ich weiß, mehrere in der Smalandsgatan, in der Bryggagatan, Lillie Wattugatan, Karduansmakaregatan und am Kartavägen, teilweise auf Inseln, die ihrerseits wieder unterschiedlich zu erreichen sind. Ich gehe also die Storkyrkobr hinunter, dann durch die Westerlanggatan zwei, drei Straßen hinunter, bis ich schließlich auf ein Schild «Deutsches Branntwein Kontor» stoße.

Das Büro ist im ersten Stock, meiner Kammer im Nyäs nicht unähnlich, insbesondere was den Krach auf der Straße oder im Hof angeht. Vorn steht ein Schreibtisch mit Aktenbock, im Hintergrund erkenne ich ein Bett, dort befindet sich auch das tiefliegende Fenster. – Zum Hof? Ich sage auf deutsch, flott: Guten Morgen, Herr Chef, ist der Branntwein schon verkauft (und wenn nicht, will ich gerne dabei behilflich sein). Der Mann ist klein, etwa fünfundzwanzig Jahre alt, offensichtlich hat er noch niemanden erwartet. Er stutzt und fragt:

Kaufen Sie den Branntwein?

Das gerade nicht, erwidere ich frisch, aber vielleicht können Sie einen Verkäufer gebrauchen, ich lege eine Mappe mit Papieren vor, ich habe Sprachkenntnisse, Englisch, Deutsch. Er nickt. Ausführung aller Arbeiten, Spedition, Expedition, Kreditwesen.

Er nickt und bringt eine gerade braune Flasche.

Ich habe, fahre ich fort, Erfahrung mit deutschen Firmen, vielleicht könnte sich die eine oder andere Verbindung ergeben. Er nickt, und ich sitze hier eigentlich ganz munter in meinem braunen Cheviot – und denke hier an gewisse persönliche Kontakte, und ich meine *persönliche.*

Er fragt: Kaufen Sie den Branntwein?

Nicht so schnell, Herr Chef, antworte ich spaßhaft, vielmehr käme es mir darauf an, zunächst eine geeignete Tätigkeit in der Branche zu finden, und das scheint er zu verstehen, denn er nickt und schenkt mir ein großes Glas Branntwein ein, der nicht übel ist, auch im Nachgeschmack gut im Mund liegt. – Wenn Sie verstehen, was ich meine, sage ich, z.B. eine Kaution?

Wohlverstanden, erkläre ich, zu gegebener Zeit.

Er nickt. Nachdenklich. Schließlich gießt er mir noch mal nach, eine kräftige Portion, die ich jetzt zu mir nehme, und von der sich sagen läßt, daß sie – ja, Freunde – ganz gut im Magen liegt, zumal ich an diesem Morgen noch kein Frühstück genossen habe. Und nachdem ich das Ding – das Glas – gekippt habe, blickt mich der Mann, der mir gegenübersitzt, erwartungsvoll an.

Ich frage: Wie stellen Sie sich dazu?

Er fragt: Wollen Sie den Branntwein kaufen?

Lieber Herr Chef, antworte ich belustigt (entschuldigen Sie), Ihr Branntwein ist ausgezeichnet, also wirklich, doch ist er zunächst nicht der Zweck meines Besuches (oder nicht direkt).

Der Mann denkt jetzt nach, ich sehe, daß er zu einem Entschluß gelangt, dann hebt er den Kopf und fragt:

Wollen Sie der Rum kaufen?

Nein, lache ich, der Rum nicht und der Branntwein nicht, und wenn Sie es mir nicht übelnehmen, möchte ich vorläufig überhaupt noch keinen Abschluß tätigen.

Jetzt sieht er mich groß an und scheint genau auf das zu horchen, was ich sage: Tätigen! Dann geht er aus dem Zimmer und kehrt mit einer Korbflasche zurück, aus der er mir eingießt. Ich schmecke, ja, Junge, sage ich, das ist guter Stoff. Es ist meiner Ansicht nach reiner Wodka, auf jeden Fall ein Klasseschnaps, sauber im Glas, und hart, Junge, unbedingt hart, da mach mal das Glas voll.

Ich sage: Der kann sich sehen lassen, und habe wohl noch ein oder zwei weitere Gläser davon getrunken, genau läßt sich das nicht mehr bestimmen, Herr Chef, rufe ich, alte Schnapsdrossel, alte Branntwein Kontor Drossel. – Deutsches Branntwein Kontor, berichtige ich mich und rufe:

Verdammt gute Marke das.

Und er fragt: Hvat?

Ja, verstehst du kein Deutsch mehr, rufe ich. Und er verneint: Nur ein bißi. Daran kann ich mich noch erinnern, aber dann kommt dieses Rollen, und ich bin entweder an Ort und Stelle eingeschlafen, oder ich weiß überhaupt nicht, was geschehen ist, und als ich inmitten des ungeheuren Lärms (der eisernen Wagen) aufwache, ist es schon wieder hell. Oder noch hell. Ich liege hier in Kleidern im Bett, die Reisetruhe ist da, der englische Überzieher am Haken. Mein erster Gedanke: das Geld! Ich liege vollständig erstarrt. Na, also die hundert Kronen sind natürlich weg, das war nicht anders zu erwarten. Donnerwetter, jetzt erinnere ich mich, daß der Kerl nicht ein einziges Mal mitgesoffen hat, er hatte eine komische Bewegung im rechten Auge, ein Kneifen, heiliger Nikolaus von Schweden, denke ich, das soll mir eine Lehre sein.

*

Am anderen Morgen zeigt mir der Wirt das Fäßchen im Flur.

Ich frage: Was ist denn das?

Branntwein.

Ich frage: Was für Branntwein?

Den Sie bestellt haben.

Was! rufe ich aus, ich habe überhaupt nichts bestellt.

Aber doch, erklärt der Wirt, und schon bezahlt, heute früh ist das Faß geliefert worden, vom Deutschen Branntwein Kontor. Also, da bin ich sprachlos, da steht mein Faß, *mein* Faß. Es ist nicht sehr groß, aber ich habe noch nie ein Faß Branntwein besessen, es ist merkwürdig bauchig und ganz neu, hübsch eigentlich. Teuer? Eigentlich nicht. Und lasse auch gleich mal anzapfen, ein paar Gläschen, und stelle fest, Freunde, daß es sich um keinen schlechten Stoff handelt. Nein, kann man nicht sagen. Bißchen hart, aber ruhig auf der Zunge, davon verstehe ich etwas, Kinder, das ist Schweden, und irgendwie spüre ich heute ein gutes Kribbeln in den Fingern, das bedeutet Glück. Ich habe mir noch mal hundert Kronen eingesteckt, trage zur Sicherheit mein übriges Geld in einem Brustbeutel unter der linken Achsel, ich sage mir: Heute keine Risiken eingehen, keine Extratouren, Junge. Befinde mich demnach in guter Fahrt, das heißt, die Schnäpschen haben mich einigermaßen fit gemacht (hauptsächlich aber deshalb, weil ich mich von der einwandfreien Lieferung überzeugen konnte). Seht, am Ende der Straße steht der Riddarholmsturm, wohl achtzig bis neunzig Meter, zum Teil aus Gußeisen, imponierend, und wenn man *den* kennt, kann man sich in Stockholm gar nicht verlieren.

So fröhlich, in meinem Cheviot, den Mantel über dem Arm, gelange ich zum Kornhafen, einem Platz lebhaften öffentlichen Verkehrs, betrachte eine Weile die vorbeiflutende Menge und die stattlichen Bauten, die den Platz einfassen. Und gelange schließlich vor ein Haus, dessen reichfigurierte Fassade mir gleich auffällt. Das Parterre nimmt eine Reihe übergroßer Glasfenster ein, vornehm mit goldbraunem Samt verhängt, und ich denke, *das* sollte mir gefallen, ein Handelshaus sicherlich, ein Kontor der ersten Kategorie: Brunswik & Pedersen. Und ich habe wohl einen Augenblick am Portal – innen Marmor – gezögert, jemand, der mich dort stehen sieht, hat mich vielleicht für einen Angehörigen des Hauses Brunswik & Pedersen gehalten. Ach, Schweden, helles wohlhabendes Land!

Da kommt – also ich bin soeben dabei weiterzugehen – da kommt ein Portier aus dem Haus in einer grünen, roteingefaßten Livree und fragt, ob ich jemanden suche. Eigentlich nicht, erwidere ich, da ich aber nicht unhöflich sein möchte, frage ich: Ist dies das Handelshaus Brunswik & Pedersen? Ganz recht, antwortet er, natürlich auf schwedisch. Dazu hält er die Tür auf.

Nein, nein, lache ich, so war das nicht gemeint.

Er tritt höflich beiseite.

Wenn es unbedingt sein muß, sage ich, das ist ja hier wie im Märchen: Die üppige Halle, der aufwärts führende Treppenbogen mit zwei Wangen, oben ist ein Rundlicht an der Decke – ich nehme an, von außen ist diese Stelle durch eine Glaskuppel überdacht – und wirft sein Licht genau auf einen am Boden liegenden runden Teppich, blau mit messingfarbenen Girlanden.

Das gefällt mir, sage ich zu dem Portier.

Er fragt etwas in schwedisch, das sich anhört wie: Wat Erde.

Das sollte mir gefallen, erkläre ich, das ist gediegen. Jetzt wird die Verständigung schwieriger, er deutet auf eine Polstertür, grau Nylon, tritt höflich beiseite, der Raum ist modern eisengrau mit Tisch und Stühlen in einer dunklen, mir unbekannten Holzsorte (afrik. Dengue), und dort erheben sich zwei Herren sehr höflich. Das muß ein Mißverständnis sein.

Hoppla, sage ich.

Die beiden Herren ähneln sich stark, der vordere trägt einen breiten Binder, ein älterer Herr: Direktor Brunswik. Oder Pedersen. Er tritt auf mich zu und sagt auf deutsch: Sie wollen zu mir?

Nein, nein, lache ich, ein Mißverständnis. Das heißt, wenn man es genau nimmt, wäre ich sehr gerne zu Ihnen gekommen. Die beiden Herren wechseln einen Blick.

Das heißt, so groß sind meine Ansprüche gar nicht, sage ich, mir hätte auch ein *kleines* Kontor genügt, Spedition, Expedition, Auslandsverbindungen, Sie verstehen.

Der ältere Herr denkt nach: Sie sind in Geschäften hier, Herr ...?

Niemann.

Herr Niemann?

Ja, sage ich, wie man es nimmt, geschäftlich und nicht geschäftlich. Ich habe auch ein Faß Schnaps gekauft, erzähle ich lachend.

Die Herren sind ebenfalls belustigt, dann bittet mich der jüngere, Platz zu nehmen.

Kognak?

Aber nur einen kleinen, sage ich und denke: Wahrscheinlich mache ich hier in meiner Art einen ganz netten Eindruck, man hält mich für einen Geschäftsmann, für vermögend? Wenigstens nicht ohne Mittel, und als ich ausgetrunken habe, sehen mich die beiden Herren an. Nicht übel, sage ich, daraufhin scheinen beide befriedigt zu sein, denn sie nicken und halten die Finger hoch. Ausgezeichnet.

Sollten Sie mir aber Branntwein verkaufen wollen, schmunzele ich in Erinnerung an den gestrigen Tag, so muß ich Sie leider enttäuschen, damit bin ich eingedeckt. Nun schmunzeln die Herren ebenfalls, besonders der jüngere ist sehr lustig und schlägt auf den Tisch, der ältere dagegen ist etwas zurückhaltend, wirkt unter Umständen sogar etwas schwierig, und ich darf nicht vergessen, in welcher Umgebung ich mich befinde. Ich entschuldige mich sogleich und sage: Nur ein Spaß. Nehme noch einen Kognak, den der jüngere Herr mir präsentiert: Fast hätten Sie uns erschreckt.

Womit?

Daß Sie keinen Branntwein kaufen wollen.

Ach so! Nun lachen wir alle drei, diesmal aber innerlich angewärmt und ohne Einschränkung, Sie scheinen mir, sagt Direktor Brunswik, ein entschlossener junger Mann. Aber immer, sage ich, schnell und prompt, und halte mein Glas hin, um mir von dem jüngeren Herrn einschenken zu lassen, während mir der Direktor eine Zigarre anbietet. Sie können sie ruhig rauchen, meint er, ich rauche sie selbst. Aber das sollte auch kein Hinderungsgrund sein, erwidere ich, trinke aus, rauche die Zigarre. Ich sage: Hick, entschuldigen Sie, hoffentlich schätzen Sie mich nicht falsch ein.

Der Direktor: Sagen wir, es ist unser Beruf, Sie nicht falsch einzuschätzen, sehen Sie.

Bitte, sage ich, immer voran, bevor ich «endgültig» bezecht bin, wovon ich meiner Meinung nach aber noch weit entfernt sein dürfte. Der Direktor mustert seine Fingernägel, dann sagt er, indem er mich scharf ansieht: Um das Geschäft könnte man Sie fast beneiden. Welches? Das wir Ihnen vorzuschlagen im Begriff sind.

Nun ist alles klar.

Eine Verwechslung. Wie schade, ich stehe auf und merke, daß ich reichlich schwere Beine habe. Aber dann denke ich: Halt!

Ich denke: Halt!

Habe ja bisher einen guten Eindruck gemacht. Und so voll (so beduselt) bin ich noch nicht, daß ich nicht klar denken könnte. Risiko vermeiden. Gut. Aber das heißt noch lange nicht – noch lange nicht –, daß unsereiner dumm ist.

Meine Herren, rufe ich aus, sagen Sie mir, worum es geht, dann werde ich Ihnen sagen, was ich denke. Ich setze mich wieder hin. Zunächst nehmen wir aber jeder noch ein Gläschen zur Brust, eine kleine Herzstärkung, wenn es recht ist, einen Sorgenbecher. Der Direktor fragt freundlich: Na, wie ist er? Ich koste: Ausgezeichnet.

Wir haben, sagt der Direktor, davon ein unerhört günstiges Lager, was sagt er? Kognak? Schließlich bin ich nicht besoffen, ich sage: Was heißt denn das eigentlich, ich bin doch wohl noch klar bei Verstand, denken Sie, ich bin besäuselt? Was heißt denn Kognak.

Wie ist er denn?

Ich koste: Ausgezeichnet, bin sehr angetan. Na, sagt er, dann schmettern wir noch einen. Ich sage: Ist das hier ein Gelage, soll das hier ein Saufhaus sein. Auf das Ihrige. Einen Herzenstrost, sage ich, und Durst hat man immer. Lieber Niemann, sagt der Direktor Sunkist, so hat man Sie mir beschrieben, ein schnell entschlossener Geschäftspartner. Ein schneller Käufer. Und prompt, sage ich, glauben Sie bloß nicht, ich hätte schon ein Spitzchen, so schnell falle ich nicht um. Nee, sagt er gemütlich, kippen wir noch einen. Bloß nicht, das steigt mir noch zu Kopf. Und auf die Lampe, Bruder, das legt mich schief und wackelt mich, da kann man sich ja um Sinn und Verstand trinken, was sind Sie denn? Sind Sie Gelegenheits- oder Gesellschaftstrinker? Oder Geltungstrinker? Alles beides, glaube ich, sowohl animiert als auch illuminiert. Und pokuliert.

Wissen Sie was, Sie alter Schwede.

Nehmen Sie noch einen, Niemann.

Aber gern, sage ich, bilden Sie sich bloß nicht ein, daß Sie mich reinlegen können, weil ich gerade mal einen verlöte, damit liege ich noch lange nicht unterm Tisch. Verstanden. Sie denken wohl, Sie alter

Saufsack, Sie könnten mich mit so 'm Schnäpschen verschieben, was, aber denken Sie bloß nicht, weil ich mir hier einen auf die Nase gieße. Sie alter Schluckbruder. Sie alter Schwamm. Sie sind stinkevoll. Jawoll. Knülle-knille-voll und blau wie eine Haubitze.

Erst erregt dämmrig

dann redselig

schließlich delirant halluzinatorisch im donnernden Lärm der Eisenwagen. –

*

Als ich erwache, will es mir nicht gelingen – die Wagen sind unerträglich laut im Hof, rollen über das Pflaster, dröhnen bis unter das Haus –, mich zurechtzufinden. Was? Will mir nicht gelingen, mich zurechtzufinden. Was? Die Wagen rollen über meinen Kopf, mein Kopf schmerzt.

Es riecht nach feuchtem Holz.

Neben meinem Bett zieht sich ein weißer Lichtfaden unter dem Fenster entlang, und dann knallen unten zwei Wagen aufeinander, und ich fahre aus dem Bett. O ihr Verfluchten, rufe ich aus und schlage mit der Faust an die Wand, aber gerade dann stoßen unten wieder zwei Wagen aufeinander. Eisen auf Eisen, und mir ist, als ob sie in meinem Kopf zusammenstoßen, und wenn ich das Fenster aufreiße und mich weit vorbeuge.

Nun ja.

Der Ausblick in den Hof, und auf die Fässer, ach

ach. Sie werden von einem Pferdefuhrwerk herabgehoben, fallen auf ein ledernes Stoßkissen und trudeln dann auf ihren Faßbändern den Hof hinab zur Kellerrampe, immer ein Faß zur Zeit. Und immer noch eins, will denn das gar nicht enden, so viele, ach ach. Ich taste nach meiner Hose, nach der rechten Gesäßtasche, wo sich die hundert Kronen befinden, die sind natürlich weg.

Aber dann taste ich unter die linke Achsel, wo an einer Schnur meine Geldtasche hängt, und das habe ich ja vorher gewußt: Die ist auch weg. An diesem Morgen, dem vierten seit meiner Ankunft, entdecke ich, daß ich ohne einen Pfennig dastehe.

Ich habe mich angezogen, ich habe den Überzieher vom Haken genommen. Schal und Mütze. Meine Reise ist zu Ende. Ich bin die Treppe hinabgestiegen, während draußen die Fässer unablässig laut aufs Pflaster rollen, eins nach dem andern. Fünfundzwanzig – sechsundzwanzig – siebenundzwanzig, es sind noch drei abzuladen – achtundzwanzig, und die Männer in den braunen Lederschürzen haben schließlich auch ein Recht auf ein Schnäpschen, das gehört sich schließlich so, ich zähle: neunundzwanzig – dreißig, stimmt.

Als ich unten anlange, haben sie gerade das dreißigste Faß abgeladen und stehen schon an der Theke, wo ich ihnen – da bleibt gar nichts anderes übrig, als eben eine oder zwei Runden zu spendieren. Na, Männer, sage ich, ist denn alles in Ordnung, alles proper geliefert? Jawoll, Herr Niemann, antwortet der Vormann in kräftigem Baß, darauf können Sie sich verlassen, Brunswik & Pedersen haben dreißig Faß Branntwein geliefert, aber das sind nicht etwa die kleinen vom Deutschen Branntwein Kontor, sondern die großen mit zweihundert Litern. Und der Stoff – ich überzeuge mich – also der Stoff ist tadellos, dagegen läßt sich nichts sagen.

Am Vormittag gehe ich in der Stadt spazieren, zwischen den fischäugigen Kindern, unter dem kühlgrauen Himmel, das ist das Ende. Was habe ich falsch gemacht? Ich weiß es nicht, wahrscheinlich alles. Es beginnt zu regnen, die Straßen sind naß, krumm gepflastert, und hier gehe ich nun, hoch sind die Häuser, voller Luken, Stockholm ist eine mächtige Stadt, ach, ach, denke ich, nicht für mich. Nachmittags sitze ich in der Schankstube vor einem Stämpchen und denke, was habe ich falsch gemacht? – An diesem Tag, dem vierten, in dieser braungestrichenen Schankstube, die nach saurem Bier riecht, habe ich gedacht: Wenn jetzt irgend jemand käme, irgendeine Menschenseele, mit der ich ein Wort reden könnte (auf deutsch!), und das ist wirklich ein Wunder, kaum *habe* ich es gedacht, geht die Tür auf. Ich bin überwältigt:

Serge Zĉaŝik!

Ach, sagt er, Herr Niemann, wie habe ich Sie gesucht überall in der Stadt, und nun sitzen Sie da bei einem Stämpchen.

Ich rufe: Serge, was ist denn passiert?

Ach, er blickt an sich herunter, Heini ist auch noch draußen. Dann herein mit ihm, sage ich.

Und richtig, draußen steht Heini, der jetzt ganz mager geworden ist, unter dem rechten Auge hat er einen dunklen Halbmond und kann sich kaum noch auf den Beinen halten; das muß er aber, denn außerdem muß er noch Schiffer Brägen stützen, der sich nun wirklich in einem gottsjämmerlichen Zustand befindet. Auf den ersten Blick: Schiffer Brägen ist ernstlich krank, er riecht, als ob ihn jemand in Spiritus eingelegt hätte.

O Gott, rufe ich aus, in welchem Zustand befindet sich der Kapitän!

Sie setzen ihn an den Tisch, und Heini hält ihn auch im Sitzen fest. Der ist seit vier Tagen voll, erklärt er.

Stimmt nicht, sagt der Kapitän.

Jetzt spricht er wieder, wundert er sich, seit gestern hat er nicht mehr gesprochen.

Stimmt auch nicht.

Wir befinden uns in einer schlimmen Lage, sagt Serge, Schiffer Brägen hat unser ganzes Geld verbraucht.

Ja, du Saufkopp, schimpft der Kapitän und schlägt auf den Tisch. Heini läßt los, und beinahe wäre ihm der Mann vom Stuhl gefallen.

Nun hat er alles verbraucht, sagt Serge, ausgerechnet jetzt, wo es den billigen Schnaps gibt, wie seit zwanzig Jahren nicht mehr. Mensch, du kriegst ihn fässerweise, schreit er, Faß für Faß kannst du ihn kaufen für dein Geld, nie im Leben habe ich so billigen Schnaps gesehen!

Da sind sie alle still (und sehen mich an).

Na und? frage ich.

Nun kannst du ganze Schiffsladungen kaufen für dein Geld.

Ich sage: Für mein Geld.

Ja.

Ich sage: Schnaps für mein Geld, was?

Ja, du Saufkopp, schreit der Kapitän, den jetzt niemand mehr festhält, solche Gelegenheit kommt nie wieder.

Ich stehe auf: Und da habt ihr an mich gedacht.

Ja, schreien alle zugleich, wir machen halbe-halbe. Zehn Faß kriegst du für dein Geld, zwanzig, wenn du Glück hast.

Dreißig, korrigiere ich, und mit Glück hat das wenig zu tun, sondern mit guten Geschäftsverbindungen. Und dann überlege ich einen Augenblick: Nee, einunddreißig, da ich mich gerade noch rechtzeitig an das Faß vom Branntwein Kontor erinnere. Und von halbe-halbe steht nichts geschrieben.

*

Die Rückreise verläuft dann ohne Zwischenfälle. Stürme sind in diesen Gewässern sehr selten und treten höchstens im Winter auf (Insel Öland), wie gesagt, das Wetter läßt sich gut an, vielleicht sogar etwas zu gut, klar und sonnig. Die Aurora flott vor dem Wind, mittschiffs einunddreißig Fässer, gut verstaut, wir haben eine gute, schnelle, eine *glückhafte* Reise, die See fest wie ein Brett. Fast verdächtig, möchte man sagen, Möwen stehen wie festgenagelt über dem Deck, Küchenabfälle, die Serge Zĉaŝik aus der Kombüse wirft, ziehen gradlinig davon. Ein Sonnenuntergang wie in den Tropen, eine wahre Feuersbrunst – das ist oft kein gutes Zeichen.

Und richtig!

Am zweiten Tag – wir haben bereits die Insel Ö... passiert und befinden uns im B... – zieht vormittags unvermutet eine Wetterwand über dem westl. Horizont auf. Ich sitze beim Frühstück und bin dabei, eine Bilanz aufzustellen, als oben über Deck getrappelt wird, und als ich nachschaue, haben sie Taue von einem Mast zum anderen gespannt. Schiffer Brägen brüllt: Passagiere unter Deck, Gott's Donner, und da ist die Wetterwand im Westen wie eine dunkle Klappe, die bereits den halben Himmel verdeckt.

Ich bin erschrocken und sage: Das sieht aber böse aus.

Hach, brüllt der Kapitän.

Ich setze mich wieder in die Pantry, wo ich, als das Schlingern beginnt, ein Paar Schnäpse trinke und die ersten Stunden überstehe. Oft habe ich aber den Eindruck, daß sich die Pantry vollständig herumdreht, und denke: Diese Reise noch und diese Reise noch und dann nie wieder, und jedesmal, wenn der Boden hart aufschlägt und sich hebt und gleich darauf wieder hart aufschlägt, wie auf Felsen, schreie ich: Es ist vorbei, Gott sei uns gnädig. Aber es ist nur die Wasseroberfläche, die so hart erscheint, und so schnell ist es nicht vorbei, der Boden hebt sich.

Plötzlich geht oben die Tür auf – vorher hat es an Deck heftig geknallt –, jetzt erscheint der Kapitän auf der Treppe, zugleich mit einem ungeheuren Getöse. In diesem Moment holt das Schiff über, so daß man meint, es führe senkrecht nach unten. Aachch, heult der Kapitän, ich schlag dich tot, du Passagier, was tust du? Sitzt du hier, kommst du sofort rauf, du Passagier, da geht die Welt auf und ab. Aber wie. In grausigen schwarzgrünen Scharnieren, die sich kreischend (heulend ... krachend) ineinanderbewegen, daß Wasser so laut sein könnte! Es ist stockdunkel, und die heranlaufenden Wellenberge sind wohl acht bis zehn Meter hoch, messen von Kamm zu Kamm wohl mehr als fünfzig Schritt. Als wollten sie das Schiff begraben.

Ein Wunder (daß sie es noch nicht getan haben).

Ein Blick über das schwarzgrüne Meer.

Der Kapitän halb wahnsinnig.

Ich beginne, mich an den Geitauen nach vorne zu ziehen, erreiche den Fuß des Fockmastes, der hier gut eine Elle in der Dicke mißt, ziehe mich zu den Steuerbordwanten hinüber und steige bis zur Marsstenge, ziehe mich von dort aus an der kaum fingerdicken Rahtalje bis zum Ende der Marsrah, wo es mir gelingt, die Marssegelbrasse zu ergreifen. Hier reichen wir uns die Hand. Oho!

Aber es ist etwas dran an der Geschichte.

Als das Schiff überholt, sehen wir nur hundert Schritt entfernt die Bark «Frauenlob», das Kajütenschiff des Bürgermeisters von Wismar, durch die grobe See pflügen, steuerbord querab und sicher wie ein Schwan. Ein majestätischer Anblick, auf dem Achterdeck Feuer, der schlanke Leib ganz Yellowpine und sämtliche Segel gesetzt, das glaubt mir kein Mensch, woher soll ich es aber sonst wissen. Wir streichen das Oberbramsegel, das, steifgefroren, sich nur mit den Geitauen brechen läßt. Nachdem unten die Fallen etwas ausgegeben haben, ziehen wir das Tuch um zwei Reff hoch und schlagen es am Stagsegel an, das ist ein dreieckiges Zwischenstück, das über die ganze Länge des Untermastes und der Marsstenge geht, das heißt, man zieht die vorderen Fallen durch Blöcke auf dem Oberdeck, die hinteren aber oben durch den Marsblock. Und dort, weit überhängend, in zwanzig Fuß Höhe, die Augen voller Salz, bei schwerstem Sturm, die Küste bleigrau, der Himmel still, das Schiff ganz mit Tang bewachsen, sehen wir ganz hinten die kleinen bleichen Türme, die wir am Morgen des elften Tages erreichen. Und dann schwören wir, nie wieder zur See zu fahren.

6

Da wäre zunächst das Haus.

Ich habe die Absicht, Klarheit zu schaffen, für den Fall, daß Onkel Aaron einmal stirbt: Das Haus befindet sich in keinem guten Zustand. Die Fassade ist schadhaft, der Anstrich, der wohl hellgelb sein soll (Fensterkreuze braun), blättert ab, Wasseranschluß und elektrisch Licht sind vorhanden, Spülklosett, sonst aber keine Komforteinrichtungen. Ofenheizung (Kohle). Insgesamt ist das Haus reparaturbedürftig, besonders das Dach, Wasserrinne, Treppenhaus, es sind keine modernen Fenster vorhanden. Die Tapeten kommen herunter, Keller ist feucht, unbrauchbar, sämtliche Fußböden müßten erneuert werden, die Türen klemmen, die Brandmauer hat einen großen Riß (vermutl. Kälteschaden). Ich schätze, daß zur Instandsetzung Sechzig- bis Achtzigtausend aufgebracht werden müßten. Ich vergaß: kein Badezimmer.

Für den Fall einer Erbschaft – wenn Onkel Aaron nicht mehr bei uns sein sollte – wären aber noch ein paar Fragen zu klären: Sind Hypotheken aufgenommen worden, erste, zweite? Bestehen Pfandverschreibungen? Wie ist es denn mit der Eigentümerhypothek, etwaigen Grundschulden? Die durch Erbschaft oder Zession erworben wurden? Ist ein Kautions- oder Sicherungsverfahren (Hypothekenreinigung) durchgeführt worden, und wenn ja, vom Schuldner? Vom Gläubiger? – Ich gedenke mir in nächster Zeit Einblick in das Grundbuch zu verschaffen, man versteht, als Kaufmann bin ich gezwungen, etwas genauer hineinzuleuchten. Und die Dinge beim Namen zu nennen, tut mir leid.

Ich zahle fünfhundert im Monat und möchte, daß Mamma es richtig auffaßt: Nicht als Miete, sondern als kleine Unterstützung – ich bin ja kaum zu Hause –, ich weiß, daß Beffchen nichts zahlen kann, er muß ja *studieren,* nun gut, kommt sowieso nur in den Semesterferien. Aber Kulle ist zurück aus Neustrelitz, er trägt jetzt eine ziemlich lächerliche Uniform, eine Art Feldgrau mit heller Jacke und dunkler Hose, und irgendwie haben sie ihm auch noch ein paar Litzen verpaßt, mit denen er offenbar glücklich ist. Eine Art Offiziersanwärter ist er jetzt. Er bewohnt das Vorderzimmer, morgens geht er zum Dienst, und abends kommt er zum Schlafen zurück, aber zahlen kann er nicht.

Ich sage: Herr General, wenn's beliebt, könnten wir vielleicht mal einen kleinen Zuschuß zahlen, eine Kleinmiete vielleicht, kleines Zubrot zu Mammas Haushaltskasse. Aber da scheint ja Ebbe zu herrschen. Kulle wird auf Staatskosten ausgebildet, nur mit der Staatskasse scheint es zu hapern. Nicht ganz einzusehen.

Ich sage: Ich kann nicht ganz einsehen, daß der Herr General das große Vorderzimmer bewohnt, während ich mich oben in der Kammer herumdrücken muß, wo mir das Wasser auf die Birne läuft und bei Hitze das Dach rattert – der alte Aaron hat ja seit Jahren nichts mehr machen lassen. Also gut, ich sage zu Mamma: Ich brauche das Vorderzimmer, und zwar schon im Hinblick auf mein Geschäft, ich brauche ein Kontor. Was sagt sie: Kulle kann doch nicht ... Was kann er nicht, er kann sogar sehr *gut,* meiner Meinung nach, nämlich oben schlafen, da stört ihn kein Mensch. Aber Kulle hat, Kulle will, das kenne ich bereits zur Genüge, ich frage: Wo ist denn der Schreibtisch, hier stand doch immer ein Schreibtisch.

Den hat Kulle ...

Den hat Kulle, was? Das wird ja immer schöner, rufe ich aus, beruhigen? Ich beruhige mich nicht, ich wünsche vielmehr, daß der Schreibtisch wieder in mein Zimmer geschafft wird, wofür zahle ich denn fünfhundert Mark, dafür, daß man mir die Möbel ausräumt? Kulle ist ... Ach, was ist er denn, rufe ich, neulich kommt er die Treppe herunter und fragt, ob ich getrunken hätte, ich sage: Du meinst, ich stinke nach Schnaps? Er sanft, so habe er es nicht gemeint, ich weiß aber ganz genau, wie er es gemeint hat, ich bin dem Herrn wohl nicht mehr fein genug? Jawohl, ich verkaufe Schnaps, weißt du, was das ist, *Schnaps?* Das ist keine feine Sache, aber immer noch besser, als Mamma auf der Tasche zu liegen.

Ich sitze hier beim Frühstück, es gibt Butter und Honig, dazu Kakao, nicht gerade üppig, aber genug, um satt zu werden. Der Herr erscheint wie üblich zu spät, setzt sich hin – er hat seine eigene Serviettenrolle –, und ich sage noch ganz freundlich: Laß es dir schmecken, und das tut er, darauf kann man sich verlassen, er nimmt Butter und Honig – und als Nachtisch noch ein kleines gebratenes Hammelkotelett. Nein, dazu sage ich nichts, ich bin ohnehin fertig, und es hat mir auch ohne das Kotelett geschmeckt.

Oder willst du auch eines, fragt mich Mamma.

Danke, sage ich.

Danke ja oder danke nein. Also ja, und Mamma geht in die Küche, um mir auch noch ein Kotelett zu braten. Aber dann kommt sie wieder zurück, weil keines mehr da ist, mein Pech. Anstandshalber bleibe ich noch etwas sitzen. Nun? fragt Mamma, bist du satt? Aber wirklich, erkläre ich, bis oben hin. Sie geht hinaus und erscheint mit einem Stiltonkäse auf einem kleinen blauen Teller, sie betritt das Zimmer durch die rechte Tür, also von der Treppe her; wahrscheinlich hatte sie den Stilton draußen abgestellt.

Stellt den Käse vor Kulle, der gleich zu essen anfängt, kräftig zulangt, und weiß Gott kräftig, wenn man weiß, was Stilton kostet. Dazu sage ich nichts, ich bin ja satt. Trinke höchstens noch eine Tasse Kakao.

Den trinkt Kulle wiederum nicht, sondern etwas anderes.

– – –

Rührt mit dem Löffel um.

Bitte, ich frage schließlich: Was trinkst du denn da?

Ach das, sagt Kulle und rührt um, Husarenpunsch.

Schmeckt das?

Hm, brummt Kulle.

Es schmeckt sehr gut, sagt Mamma energisch vom anderen Ende des Tisches, und ist sehr gesund, gut fürs Blut, Kulle trinkt das sehr gerne.

Kulle schweigt.

Ich frage: Was ist denn das?

Rotwein mit Ei, erklärt Mamma energisch.

Ich überlege: Muß, glaube ich, ganz gut schmekken, Rotwein mit Ei, getrunken habe ich es ja noch nie, sage ich, oder wenigstens hat mir das noch nie jemand angeboten. Aber für den Herrn General ist es sicherlich notwendig.

*

Anfang März bin ich wieder unterwegs, zunächst nach Reval hinüber, wo ich ein günstiges Angebot habe. Die Reise ist zu dieser Jahreszeit kein reines Vergnügen, starker Wind von Nord bis Nordwest, Temperaturen oft unter null. Reval ist die Hauptstadt des russischen Estland, und man darf sagen, wahrhaft malerisch gelegen, zu beiden Seiten neigen sich Wälder herab und halten die Stadt wie in einem Trog fest. Während der Dom auf einem dreiundvierzig Meter hohen Felsen liegt, der marmoriert ist, und wenn man genauer hinschaut, erkennt man drei liegende Löwen im Gestein. Es werden landwirtschaftl. Erzeugnisse angeboten, u. a. große Mengen an Holz, Getreide, Fetten, Eidergänsen, Leinsamen und Heringen, die um diese Jahreszeit billig zu haben sind, vor allem aber Spirituosen. Von den Holzhäusern, die vor der Mauer schon im Sumpf stehen, dringt ein nahrhafter Geruch von Fisch, Kohlsuppe und Schnaps herüber.

Ja, der Frühling in diesem nördlichen Land. Bergauf, bergab stehen noch Geröllhalden, welche der Eisgang zusammengetrieben hat. Die «Aurora» ist an einer der Seebrücken festgemacht, wovon es hier Hunderte gibt, unten sehe ich einen alten Mann in Pelzmütze, der einen kleinen Jungen mit dem Stöckchen über die Bohlen dirigiert. Ja, Frühling, glasige Ränder an den Flüssen, schwarze Wasserlöcher, in denen noch Eisstückchen schwimmen, der nahrhafte Geruch. Ich wohne im «Jekaterine» und, ja, ich spüre den Zwang, die Schuhe auszuziehen und davonzulaufen, hoi, zum Birkenwäldchen, zum Gießkännchen (das Fest der Jungvermählten). Der alte Salzspeicher, so heißt es hier, ist vor vierzig Jahren am Fuße leck geworden und nun ganz mit Salzstein ausgefüllt, und es sollen auch noch zwei Leute darin sein, vollständig erhalten, versteht ihr, und wenn es Frühling wird, regen sie sich im alten Salzspeicher.

Aber wie gesagt, ich habe gut eingekauft, zweihundert Hektoliter, die ich am Ende der Woche an Bord schaffen lasse. Auf sechs Rollfuhrwerken wird das Gut durch die Stadt gefahren, während ich zum letzten Mal die rotbestreuten Wege zum Schloß hinaufsteige, das mit seinen deutschen und polnischen Hauben eine Sehenswürdigkeit darstellt; tief unten der Dom, die alte Admiralität und die neue Schiffahrtsschule, wo mein Kartoffelschnaps, den ich gekauft habe, vorüberfährt. Es war eine gute, eine glückliche Reise – kein Grund, warum sie nicht hätte glücklich enden sollen –, im Westen, dort, wo wir hergekommen sind (und wohin wir zurückfahren), dehnt sich die grüne Wasserfläche. Mit regelmäßigen, etwas starren Wellenzügen.

Doch an diesem Abend …

Ich sehe ihn noch deutlich vor mir, und ich habe Grund, mir seine Erscheinung einzuprägen. Kein Hals, der runde Kopf sitzt unmittelbar auf dem Brustkasten, und wenn er spricht, erscheint eine taube Stimme wie aus einem Topf. Er heißt Sulkin, seine Narbe seitlich über dem Mund hat die Form eines Hammers.

Sie wollen Pelze kaufen, sagt er, wischt mit einem Tuch übers Gesicht, Sie wollen Hase, Dachs, Murmel? Denn der Wirt hat kräftig eingeheizt, damit wir uns nicht wieder beklagen, und nun kommt dieser Mann, woher? Aus Nishnij Nowgorod kommt er und bringt die schönsten Stücke: Edelmarder, Nerz.

Ich frage vorsichtig: Was sollen sie denn kosten.

Denn wir sind hier nicht auf dem Februarmarkt in Irbit, wo die Sibiriaken die schönsten Stücke anbieten, dies ist Reval, und es ist April, und der Mann, der die Felle transportiert, wird von einem kleinen Jungen mit den Stöckchen über die Bohlen dirigiert, die man auf Pfählen über das Eis gelegt hat, damit man von einer Seite auf die andere gehen kann. Und während ich zuschaue, hebt der Junge sein Hemdchen, um den kleinen Schniepel zu zeigen, ich sage: Ja, du kleiner Schniepel; aber das kann er natürlich nicht hören, weil ich hier am Tisch sitze.

Nun habe ich nicht die Absicht, Felle zu kaufen, denn davon verstehe ich gar nichts. Ich sage zum Kellner: Seit heute morgen haben wir diesen starken lauen Landwind, der immer etwas Unruhe verbreitet, und nun kommt dieser Mann und bringt Blaufuchs und Perwitzki, und wo in aller Welt hat er die her? – Wir nenne ihn Hämmerchen, flicht der Kellner ein.

Aber der Mann, den sie Hämmerchen nennen, soll nicht denken, daß ich nichts davon verstehe. Ich sage: Rauchware? Ich spreche sehr langsam: Was? sage ich, das sollen Edelmarder sein, manche Leute nehmen ja Kaninchen. Und als er weint und alles lieber verschenken will, sage ich: Warum nicht gleich Ratte. Aber das nicht, das kann er nicht hinnehmen, haachch, willst du Blut sehen, ich zeig dir.

Davor habe ich auch keine Angst, erkläre ich, bin aber bereit, auf seinen Vorschlag einzugehen und das Lager im ersten Stock zu besichtigen, wo Tisch und Stühle mit Beschlag gelegt sind und ein saurer, nicht unangenehmer Geruch den Raum füllt. Da sehe ich natürlich auf den ersten Blick, worum es sich handelt, denn man muß sich hier vor Fälschungen in acht nehmen: Für Feewammen nehmen sie weißes, in Streifen geschnittenes Kaninchen, für Bärenfelle Uralziege. Nerz wird durch Sommermarder ersetzt, und fehlfarbenen Zobel hängen sie so lange in den Rauch, bis er schwarz ist, der Fachmann erkennt aber die rauhe Beschaffenheit der Haare, bemerkt auch die etwas schwunglose Schleife.

Ich sage: Was nehmt ihr denn für Silberfüchse.

Er dagegen: Warum willst du mich kränken? – Die Füchse färben sie braun, um sie dann nachträglich an den Haaren wieder zu bleichen. Oder wenn die Felle zu hell sind, geben sie ihnen durch Auftragen von Stoffarbe eine dunklere Rückenfläche. Wenn ich also jetzt von Abramodow Sulkin zwanzig Silberfüchse kaufe, bin ich sehr vorsichtig und überzeuge mich durch genaues Prüfen (der Haare und des Unterleders), daß es sich um Felle erster Qualität handelt, denn davon verstehe ich etwas.

*

Sulkin? fragt der Wirt am nächsten Morgen.

Was ist mit Sulkin?

Er hat eine Narbe, er zeigt.

Wie ein Hämmerchen.

Um Gottes willen, ruft der Wirt, Sie haben doch nicht.

Was habe ich nicht?

Bei Abramodow Sulkin gekauft! schreit der Wirt, genannt Fedja.

Genannt das Hämmerchen, sage ich verärgert.

Ach, lieber Herr, schreit der Wirt, dann sind Sie reingelegt worden, wenn man Bescheid weiß, sieht man gleich die rauhe Beschaffenheit der Haare und bemerkt die etwas schwunglose Schleife, die der Betrüger mit Silbernitrat behandelt hat (und nachher ist er noch mit Alaun darübergegangen), ein Kind kann es sehen – und zum Schluß wird alles in den Rauch gehängt, damit es schwarz wird, ich brülle: Wo finde ich den Schweinehund!

In Dorpat!

Der Wirt ruft: Wenn Sie sich nicht aufhalten, können Sie ihn noch erreichen. Aber zu dieser Jahreszeit sind alle Straßen aufgeweicht, und über Nacht hat es geregnet, jetzt bläst ein starker Wind vom Land her, und es wird elf Uhr, bis ich endlich hinten in einem Kübelwagen sitze, der hier das einzige Beförderungsmittel darstellt. Na, denke ich, das fängt ja gut an. Hinter dem «Haus der Freundschaft» fächert der Weg nach allen Seiten auseinander, und der Fahrer weiß anscheinend nicht, wie er fahren soll, erst fährt er hin, dann fährt er ein Stück zurück. Ich klopfe an die Scheibe und rufe: Nach Dorpat, Mann! Dann kehrt er wieder um und nimmt eine andere Abzweigung, und wie ich sehe, führt hier nicht *eine* Straße nach Dorpat, sondern gleich vier, fünf nebeneinander, wie Wasseradern, wie es gerade kommt, pechschwarz und aufgeweicht. Na großartig, denke ich, auf diese Weise werden wir ja schnell ans Ziel kommen. Ich sehe den

Nacken des Fahrer im Rückfenster und klopfe an die Scheibe: Geht's nicht schneller? Und der Mann flucht.

Nach drei Stunden erreichen wir endlich Dorpat, wo das Gasthaus weithin sichtbar in der Steppe steht – ich bin der einzige Gast –, in der Ferne sieht man immer noch das «Haus der Freundschaft», Luftlinie höchstens fünf Kilometer. Wenn Sie über Ch... gefahren sind, können Sie aber zwanzig rechnen, sagt der Wirt, mithin hat Sulkin aber denselben Umweg fahren müssen, und als das Essen – Kohlsuppe und Brot – fast eine Stunde auf sich warten läßt, beruhigt mich der Wirt damit, daß Sulkin schließlich auch so lange habe warten müssen. Er sei denn nach Dirlaut weitergefahren, und nun regnet es wieder auf den Weg, der schwärzer wird und weicher. Die Bevölkerung ist hier gemischt, man sieht den kleinen Litauer, der sich durch langes, straffes Haar auszeichnet, und man sieht den großen hellhäutigen Russen in Jacke und Hose aus Filztuch von tiefem Braun. Auf den Dörfern wird noch streng orthodox gelebt, Roggen, Hirse, Branntwein, Kartoffeln. Um diese Jahreszeit beginnt die Bestellung, und man sieht, wenn man über Land fährt, alte silberne Sowjetflugzeuge Dünger über die alten Sowjetfelder abstäuben.

Gegen Abend kommt man dann nach Dirlaut, das ist nur eine Ansammlung von drei oder vier Häusern, und der Fahrer weigert sich, von hier aus noch weiterzufahren. Und der Wirt bestätigt, daß Sulkin ebenfalls hier übernachtet habe, der sei auch nicht weitergekommen. Ich frage, kennen Sie den Mann?

Den?

Abramodow Sulkin.

Den Lumpen? Kennen wir hier ganz genau, meinem Schwager in Lomer hat er einen falschen Fuchs verkaufen wollen.

Mein Mann! rufe ich aus, er hat eine Narbe auf der Lippe.

Einen Hammer, bestätigt der Wirt, der Mann ist hier bekannt, gar nicht zu verwechseln, er ist auf Pskow zu gefahren.

*

Am Morgen erklärt mein Fahrer, weiter fahre er nicht, nach dem Frühstück fährt er zurück. Sulkin ist dasselbe passiert, erklärt der Wirt, sein Fahrer fuhr auch zurück, also sind Sie nicht im Nachteil ihm gegenüber. Rein zufällig sei aber ein anderes Fahrzeug bereit, ein Kübelwagen deutscher Bauart; vom Fahrer, einem Weißrussen, sehe ich vorerst nur den knochigen Nacken, aber das ist ein anderer Mann als sein Vorgänger, der fährt gleich wie der Teufel los. Ich möchte dem Wirt noch für seine Mühe danken, als ich auch schon auf den Sitz zurückgeworfen werde, alle Achtung, der Mann fährt wie der Satan, prasselnd zwischen den Häusern durch und dann auf die Landstraße in Richtung Pskow. Aber wie! Der nimmt bald die eine Spur, bald die andere, wie es gerade kommt, zwischendurch fährt er auch querfeldein, und dann fliege ich in meinem Kübelwagen wie ein Huhn auf und ab, ich schreie: Ruhig, Gevatter, Eile mit Weile, aber da ist nichts zu machen, der Dreck fetzt nach allen Seiten, kommt ein Stein, dann knallt es kräftig, und ich fliege wie ein Hühnchen. Einmal, als ich huste, wäre ich fast herausgefallen, ich denke: Es wird schon gutgehen, wir kommen nach Pskow. Lomer erreichen wir schon gegen ein Uhr (an sich erst abends) und lassen es rechts liegen, ich hätte dort gern nach Sulkin gefragt, aber dann sage ich mir: schnelle Reise, gute Reise. Mein Fahrer erlaubt nur ein Täßchen Tee und einen Pfannkuchen in Pripet – nicht bekannt, besteht nur aus ein paar Häusern –, wo wir auftanken, und weiter geht es, hart auf der Spur, wie ein knochiges Knie. So eine Reise habe ich noch nicht erlebt.

Gegen sechs Uhr abends sichten wir einen Wagen, der ein vergleichsweise mittleres Tempo fährt. Das Land ist hier eben, unbebaut, und man kann weit vorausblicken: Der Wagen vor uns besitzt einen schwarzen hohen Aufbau, wir holen schnell auf und müssen wohl auf der Straße ein ziemliches Geräusch verursacht haben, denn der Fahrgast blickt heraus, steckt seinen Kopf, der unmittelbar auf dem Brustkasten sitzt, aus dem Fenster, die Narbe seitlich über dem Mund hat die Form eines Hammers. Ich rufe: Abramodow Sulkin! Das hört mein Fahrer natürlich nicht, fährt aber ohnehin wie der Leibhaftige. Ich suche fieberhaft nach der Pistole in meiner Reisetasche, werde mehrmals gegen die Wagentür geschleudert. Finde die Pistole und bemerke nun, daß der vordere Wagen gleichfalls ein gefährliches Tempo aufgenommen hat, der schwarze Aufbau hüpft in seinen Halteriemen, und es sieht wirklich riskant aus. Drauf! schreie ich meinem Fahrer zu: Schneller! Laß ihn fliegen, den Vogel. Trotzdem ergibt es sich nun, daß wir kaum aufholen, denn dort vorn treten sie anscheinend auch voll drauf, und man sieht nur noch Staub, der Kasten hinterdrein, als wenn er nicht mehr dazugehörte.

Zehn Rubel, wenn du sie einholst, rufe ich, und ein entsetzlicher Stoß. Wirft mich ins Wageninnere zurück, dann geht es Ratatata, und ein zweiter entsetzlicher Stoß: Ich werde nach oben geworfen, der Motor knallt, und schließlich stürzt der ganze verdammte Kübel um.

– – –

Ein Hinterrad ist gebrochen. In der Ferne verschwindet der Wagen mit Abramodow Sulkin hinter dem braunen Hügel, ich sitze hier auf der Straße von Dorpat nach Pskow fest. Eine fürchterliche Situation, der Kutscher weint, beschuldigt mich, von selber wäre er niemals so schnell gefahren. Hier ist es still, am Himmel die Lerche und im Gebüsch der Lemming mit seiner sprichwörtlichen Todessehnsucht, der hatte sich schon unter den Wagen stürzen wollen.

*

Als wir spät in der Nacht auf einem unter den Wagen gebundenen Baumstamm – auf drei Rädern, wie es hier heißt – das Dörfchen Twer erreichen, habe ich eine solche Wut auf Sulkin, auf den Fahrer, und der Fahrer hat eine solche Wut auf mich (und auch auf Sulkin). Und der Wirt, der extra aufstehen mußte, schreit: Sulkin?

Ich frage: Kennen Sie den Mann?

Fedja, das Hämmerchen? Er sieht mich scharf an, jedermann kennt ihn hier, Fjodor Abramodow genannt Sulkin, erst heute war er hier auf drei Rädern. Wir haben ihm das letzte Rad gegeben.

Das letzte Rad? sage ich.

So daß er weiterfahren konnte, erklärte der Wirt.

Soll das heißen, frage ich, daß ihr für uns keines mehr habt? Und wißt ihr nicht, daß Sulkin ein Betrüger ist, frage ich aufgebracht.

Der Wirt betrachtete mich genau, dann sagt er:

Davon ist uns nichts bekannt – mit Betrügern wollen wir auch nichts zu tun haben! Dabei sieht er mich scharf an. Aber was soll ich sagen, am nächsten Morgen steckt ein neues Rad an der Achse, und die Achse ist frisch eingekeilt, aber sehen Sie, ich trete aus der Tür, und nun habe *ich* es mir anders überlegt. Ich frage: Was ist denn das für ein Fahrzeug mit den hohen Rädern.

Das ist ein Puka, erklärt der Wirt beleidigt.

So, sage ich, dann nehme ich den Puka.

Und den dazugehörigen Fahrer aus Smolensk. Und

mir scheint, ich habe gar keine schlechte Wahl getroffen, denn mein Mann aus Smolensk ist gleich sehr zuvorkommend, bringt ein Täßchen Tee, nur mit der Verständigung scheint es noch etwas zu hapern. Ich sage: Nach Pskow, und zeige mit der Hand, das versteht er nicht.

Nun, sage ich, das ist doch wohl nicht so schwer zu verstehen, ich zeige mit der Hand die Straße hinunter: Nach Pskow!

Das versteht er. Der Puka ist ein angenehmes Fahrzeug, seine sehr großen Räder stehen den Wegeverhältnissen entsprechend weit auseinander; meiner hat zudem ein Klappverdeck, das sich sowohl nach vorn als auch nach hinten schlagen läßt. Und der Mann aus Smolensk fährt angenehm, nicht zu schnell, aber zügig, und nach einer halben Stunde hält er vor einem erbsgrün gestrichenen Bau mit Vorbauten und Dachaufsätzen in Gelb.

Was ist das? frage ich.

Er macht sich verständlich – schließlich verstehe ich auch ein wenig Russisch und erfahre, daß es sich um das Haus der Bergarbeiter handelt. Nun gut, sage ich, ein sehr hübscher Bau. Er scheint sich zu freuen und fährt in die Durchfahrt zum Hof, wo das versilberte Modell des Bergwerks steht, ich gebe zu, daß es interessant ist.

Nun wollen wir weiterfahren, sage ich deutlich.

Ich spreche deutlich vor seinem Gesicht.

Nach einer Stunde halten wir auf dem Platz des

Friedens in Pskow, mein Fahrer öffnet den Schlag und hilft mir beim Aussteigen. Der Platz ist sehr hübsch im Pskower Kreml gelegen, rechts und links Parkanlagen, in Front eine alte Kirche in Hellblau und Erdbeerrot abgesetzt, aber nicht grellbunt, wie auf den Abbildungen, sondern schön blaß, etwas geschwärzt wie ein altes Gemälde, sehr ehrwürdig mit dunklen Dächern. Ich sage zu dem Fahrer, der in Stiefeln und Pilotenhosen vor mir steht:

Es ist eine schöne Parkanlage (er nickt), schöne Kirche, (nickt) schönes Pskow. Da freut er sich, ja. – Nein, rufe ich aus.

Verstehst du nicht!

Doch, sagt er, ich verstehe Sie sehr gut, Sie meinen, wenn Sulkin nicht hier ist, wird er nach Rshew weitergefahren sein, es gibt ja gar keine andere Möglichkeit. Ich sage: Wie heißt du denn, Gregor, mir scheint, ich habe doch eine gute Wahl getroffen, und nun geht es zügig ab – schnell, aber nicht zu schnell, eine angenehme Fahrweise. Wir sehen natürlich auch den Pskower See, fahren an dessen Südufer entlang. Wir besichtigen das Schtomersche Kloster, das fast unbewohnt ist, und den Ort Lobsch mit seiner Kirche aus dem zwölften Jahrhundert. Gegen Abend gelangen wir dann ganz richtig auf die Straße nach Rshew, wo an der Wegmündung ein Gasthaus steht: Links geht es nach Rshew, rechts zurück nach Pskow. Die Sonne geht gerade unter, und die gehügelten Felder haben einen violettbraunen Schatten erhalten. Also, ich bin kein Unmensch, ist der Tag zu Ende, habe ich auch ein Einsehen. Außerdem winkt der Gasthof lustig, Krüge hängen heraus, ein Eimer am Stock, der Name ist Hotel Rshew.

Wie aber mein Fahrer?

Ich rufe: Halt! Schlage mit dem Stock gegen die Scheibe, aber dieser Teufel fährt am Hotel Rshew vorbei nach rechts auf Pskow zu, geradewegs dorthin, woher wir gekommen sind, ich rufe: Bist du von Sinnen, du Teufel, siehst du nicht, wo du hinfährst. Nämlich zum Hotel Pskow – damit ich das nicht durcheinanderbringe –, es war das Hotel Pskow, wo wir landen, und bis dahin bin ich so erschöpft, daß ich froh bin, überhaupt noch irgendwo anzukommen. Ich sitze am Tisch, separat, und betrachte mein Gegenüber im Spiegel, sehr blaß und melancholisch. Jetzt muß ich mal nachdenken. Der Kellner! Der ist wichtig (jetzt merke ich erst, wie erschöpft ich bin), der hat mich auf die Spur gebracht, ich bestelle Suppe und Fleisch (beides sehr schlecht), und als es kommt, sehe ich – – o Gott, ich dachte, daß es heutzutage in Rußland nicht mehr vorkommt, ich frage entsetzt:

Wer hat das getan?

Der Kellner, ein kleiner Mann: Niemand.

Ein Gast?

Schweigen.

Hast du Streit gehabt?

Ich warte eine Weile.

Hast du Angst? frage ich.

Nein.

Ich frage, ob du Angst hast? Wer hat dir denn das Ohr abgeschnitten, Söhnchen?

Es ist nicht abgeschnitten, sagt er leise.

Nein, aber abgerissen – –! Wie ich sehe, hat dich jemand beim Ohr genommen und vor die Tür getragen, war es so? *Jemand* der eine Narbe hat? sage ich laut: Wie ein Hammer?

Er antwortet nicht.

Danke, sage ich, das genügt mir.

*

Am Morgen steht mein Fahrer mit dem frischgewaschenen Puka bereit, so hochglänzend gewienert, Donnerwetter, daß sich sämtliche Bäume in ihm spiegeln. Ich gebe Trinkgeld, und ab geht die Fahrt in das dampfende Land, zuerst kommen wir nach Utjentschina.

Utjentschina liegt an der Lowat, etwas erhöht mit schönem Baumbestand, tiefgrünen Wasserlöchern in der Nähe des Flusses. Wir fahren zum ehemaligen Schloß der littauischen Fürstenfamilie von Schauben und Mitau, jetzt Sitz der Ortskommandantur. Ein sehenswertes Gebäude zwischen vier Rundtürmen mitten im Sumpf, überragt vom Glockenturm der Kapelle im dunkelblau und gelb gewaffelten Holzmantel. Wir fahren durchs Tor, und wenn ich jetzt sage, daß die Wachen auf der Brücke wie Sägeböcke präsentieren – na, sage ich, es hat wenigstens so ausgesehen. Die Brücke steht auf einer Art Tisch in der Lowat.

Auf der Weiterfahrt besichtigen wir die Dörfer Pirogowka, Skurischenskaja und Pjati-Isbjananyi.

In Jegorlyskoje sehe ich einen Popen bei der Beerdigung. Ich besichtige die russischen Bäder, russische Handtücher, das sind bemalte Bretter, die vom Dach herabhängen und am besten mit Stickmustern verglichen werden können. Im Dorf Kaleschij besichtige ich eine Kirche, die mit nur einer einzigen Axt erbaut wurde: Hier ist euer Patriarch, «Gospodj pomiluj». Mein Kutscher erklärt, daß das Heiligenbild Pomiluj nicht hier, sondern im dreißig Kilometer entfernten Uschtij gewaschen wird, in einer Kirche der Raskolniken, die heute nur noch geduldet wird, erklärt er. Immerhin, erwidere ich, gibt der Staat jährlich zwei Millionen Rubel für sie aus. Und dann geschieht etwas, das mich auf dieser Reise zum ersten Mal die Geduld verlieren läßt, gegen Abend nämlich langen wir wieder in Utjentschina an, und zwar hält mein Kutscher unversehens vor dem Gasthaus «Pferdejahrmarkt», einem rosagetünchten Gebäude mit langen braunen Fensterkreuzen.

Ich frage: Wo sind wir denn hier?

Er erwidert: Vor dem Gasthaus «Pferdejahrmarkt» in Utjentschina.

Wo? frage ich.

In Utjentschina.

Da verliere ich die Geduld und rufe: Du Schweinehund, fährst du mich im Kreise herum, zahle ich dafür zwanzig Rubel, und während mein Fahrer mit dem Finger auf das Gasthaus zeigt, hole ich aus und dresche ihm meinen Stock auf den Rücken, dazu muß ich aber im Wagen ausholen, und das geht nicht. Er heult: Auauh, und Gospodj pomiluj, meine Haut. Ach was, schreie ich, dich Schweinehund muß man so lange verdreschen, bis du keine Haut mehr hast. Der Wirt eilt herbei, der Hausdiener, der Wächter, und alle warten, bis ich mit dem Fahrer fertig bin, dann wird der Schlag geöffnet, damit ich aussteigen kann. Also gut! Der Gasthof erweist sich als anständig geführt, offensichtlich für das bessere Publikum, innen ausgeweißt, und nach dem Geruch zu urteilen erst kürzlich ausgeschwefelt.

Ich frage nach Sulkin, aber den kennt hier niemand, ich sage: Ich bin gerade in der richtigen Verfassung. Salzsuppe wird aufgetragen, Kiewer Schnitzel, nein, erklärt der Kellner, den kennen wir nicht, und ich schlage mit dem Stock auf den Tisch: Das Hämmerchen.

Au, au, der Wirt läuft herbei, wir kennen ihn nicht, wir haben ihn nie gesehen, dein Hämmerchen.

Und wer, frage ich, ist gestern hier abgestiegen?

Ihr irrt euch, schreit der Wirt.

Und wer, frage ich, und schlage mit dem Stock auf die Tischplatte, hat hier große Zeche gemacht? Wieviel war es denn?

Sechzehn Rubel für Essen, ruft der Wirt, gebackene Gans und Wein.

Und hast du sie bekommen, die sechzehn Rubel!

Nun ja, nun ja, krächzt der Wirt, es waren Kreditrubel, er kam sehr spät und hat seinen Fahrer verdroschen, weil er einen Umweg gefahren war, der Schweinehund. Heut früh ist er nach Rshew weitergefahren.

*

Rshew oder Rjeschjewj, wie die Leute es aussprechen, liegt an der Einmündung der schiffbaren Wasusa in die Wolga, ich habe mich selbst gewundert: Die Wolga ist hier oben nicht viel breiter als bei uns die Wakenitz. Vorher fährt man den ganzen Tag durch ebenes Gelände. Buschwerk mit allerlei Kleintier. Mein Fahrer, der die Prügel von gestern abend vergessen hat, ahmt Murmel und Schneehasen nach: So pfeift der Vielfraß, so pfeift die Blindmaus, so die Springmaus. Ich habe das Wagendach zurückgeschlagen und bin in eine Decke gehüllt, der Himmel ist klar und hoch, der Horizont scharf erdbraun abgesetzt. Still ist es, nichts bewegt sich. Unter dem Dornenstrauch steht der Salamander, im Fluß der Stör, unbeweglich, der Hausen mit der Hausenblase: Hier ist das Obtritzschina das abgesonderte Land, dessen Bewohner von sich selber sagen, lebendiggeborene Lebendigbegrabene zu sein, Zigeuner, Tschulen, Wotjaken. Hier sitze ich still und rühre mich nicht in meiner Decke, und mein Fahrer hupt nicht, wenn wir das Nonnenkloster

«Ertrag in Honig» passieren, es ist aber bekannt, daß dort niemand mehr wohnt, trotzdem wird die Glocke geläutet. Die Straße ist braun, fest, sie bebt etwas, und man beeilt sich voranzukommen. Im Rußland von heute gibt es nur noch wenige solcher Wegstrekken. Man zählt die Leute nicht mehr nach Seelen, sondern nach Essern; und wenn es früher hieß: Revisionsseele, eine nach der letzten Revision fixierte Seele, sagt man heute: «Nach gutem Willen» Ein Rubel ist gleich hundert Kopeken, gleich drei Mark. Ein Deneschka gleich einer halben Kopeke, ein Poluschka gleich einer viertel. Früher konnte man für einen Rubel einen Monat lang leben. Heute ...

*

In Rshew angekommen, fährt mich der Fahrer zum Platz des Achtundzwanzigsten Oktober – dieser entspricht etwa unserem siebten November (die Russen rechnen nach dem Gregorianischen Kalender). Im Viereck stehen Baumreihen, im Zentrum das versilberte Standbild einer Sportlerin, die in der Nacht darauf in meinen Träumen erscheint, sie streckt die Brust vor und hält die Arme erhoben, als ob sie gerade ein Zielband durchliefe; dazu trägt sie eine silberne Turnhose und ein silbernes Turnhemd, ihre Haare sind zu einer silbernen Welle erstarrt (auch später im Traum). Da ist noch ein kleines rotes Gatter, das im Viereck darumgebaut ist. Rechts am Platz – wenn man hereinkommt – liegt das Gasthaus, das aber gleichzeitig als Kulturhaus dient, ein alter Bau mit mehreren überdachten Eingängen und Balkonen auf Holzsäulen, es heißt: «Wer nicht auf der Flucht ertrank, wird im Gasthof zu Rshew erschlagen», eine merkwürdige historische Bezeichnung, wird aber im Russischen aus nur drei Wörtern gebildet.

Und hier: Quürk.

Im Saal sind die Tische für das Abendessen aufgestellt, ein Klavier spielt, die Kellnerinnen tragen weiße Schleifen im Haar und sind alle recht niedlich, wie ich feststelle. Aber stumm wie die Fische, ich sage: Reden könnt ihr wohl nicht, kneife einer, die besonders niedlich ist, in die Backe, als sie gerade den Teller für die Suppe auflegt. Und dann nehme ich die Schnute zwischen Daumen und Zeigefinger und drücke etwas, siehst du, sage ich, wie niedlich du aussiehst, wie ein kleines Kästchen.

Wie heißt du denn? Akulka, das Kästchen. Willst du hierbleiben, Akulka, setz dich. Willst du einen? Ich meine den Wodka, den Wutki, halt mal das Schnäuzchen auf, das herzförmig ist, ganz klein und rot geschminkt. Und nun wirst du dem Herrn sagen, ob du den Sulkin kennst, wie, ist der hier durchgekommen, der *Sulkin?* Mein Gott, hat sie da einen Schreck bekommen und prustet gleich alles heraus. Nanu, rufe ich, so ein kräftiges Mädchen, hat Brüste wie Mühlsteine und benimmt sich so. Läuft einfach davon, verliert noch Schuh und Strümpfe, und im

Bettensaal, das ist der Raum im oberen Stock, wo die Mädchen schlafen, schreien alle: Ach! und stecken die Köpfe unter die Kissen. Das sieht allerdings niedlich aus. Diese großen kräftigen Mädchen, einige haben schon die Büstenhalter abgenommen, ihre großen kräftigen Stranizje oblodschki (странице обложки) mit dem Loch in der Mitte, dem изоброзительных искусстъ, wie es in dieser krabbelnden Schrift lautet: Артылеринь, die Artillerie. Und das sind allerdings Bomben, eine ganze Kanonade, die da zum Vorschein kommt. Eine habe ich nur ein bißchen angestoßen, und nun quiekt sie fürchterlich ins Kissen. Quürk! Ich denke, die erstickt mir noch, wie heißt sie denn, Akulka? Aber dann geht es noch schlimmer, quürk, quürk ins Kissen, und das ist ja nicht zum Anhören. Ich sage: Jetzt aber Schluß, sonst macht Väterchen Ernst, und das wollt ihr doch nicht! Aber anscheinend doch. Denen muß man erst die Glocken läuten, sonst hören sie nicht, denke ich, Brust raus, das habe ich von den Russen gelernt, die genieren sich auch nicht, ich rufe: Hörst du was, Alkuschka, Glöckchen (die Glokken von Moskau)? Nein? Das kannst du auch nicht, rufe ich aus, wenn du die Ohren ins Bett steckst.

Soll ich erst den Sulkin holen!

Da schreien alle «ürks» und laufen, das sieht ja sehr niedlich aus, mit ihren Pummelchen und Bammelchen durchs Haus und flüchten – wohin denn noch, in den Schrank. Und das ist ja ein schönes Theater.

«Üüürrks!!»

*

Am nächsten Morgen will mein Fahrer nicht mehr weiterfahren, anscheinend hat Sulkin hier alle Leute in Furcht und Schrecken versetzt, ich sage: Wie heißt du denn, Gregor, also, Gregor, sage ich, willst du nicht nach Moskau? Willst du schlappmachen, bis Moskau ist es nicht mehr weit, ein guter Fahrer vermag die Strecke in weniger als einem Tag zu fahren. Das Land ist hier leicht gewellt, hin und wieder erscheinen Holzhäuser mit älteren Leuten, die die Straße in Ordnung halten müssen; und manchmal deutet einer mit dem Finger die Straße hinunter, wo hinter dreißig oder dreihundert Hügeln Moskau liegt, das er vielleicht noch nie gesehen hat. Moskau am Ufer der Moskwa, die Sonne steht tief, die Häuser und Mauern sind dunkelrot und glühen, und eine ferne Kuppel sticht mit einem silbernen Blitz ins Auge: Bollwerk gegen den Tatarensturm, der alte Baba hat Tränen in Gesicht und Bart. Mein Guter, rufe ich aus, schäme dich nicht, ich fahre dorthin, nach Moskau. Und zum Gregor: Fahr nur zu, Gregor, vorwärts!

Gegen Abend desselben Tages geraten wir an eine Wegschranke. Rechts und links sind rosabraune Schanzen aufgeworfen, und die Straße, die sonst läuft, wohin sie will, wird hier auf hundert Meter eingedämmt, und hier steht die Schranke: rot angemalt. Zwei Soldaten in Mänteln bis zu den Fußspitzen, in Pelzmütze und wattiertem Helm. Beide haben Brotbeutel, Patronengurte.

Freunde, ruft der Fahrer, Soldaten, ich fahre einen Ausländer. Einen Deutschen.

Inzwischen habe ich das Fenster geöffnet und sage: Unteroffizier – denn er hat eine Messingplakette vorn auf der Mütze –, hier ist mein Paß, heut noch wollen wir in Moskau sein.

Er nimmt den Paß in die Hand, findet wohl das Licht nicht ausreichend und zieht sich in die rotgestrichene Bude zurück. Es dauert eine Weile, bis er zurückkommt:

Nicht gut.

Ich frage: Was?

Du nichts Dokument, sagt er, nichts gut. Halt! Du wohin. Er zeigt in die Richtung, aus der ich gekommen bin (auf meine inzwischen wieder steinhart gefrorene Spur): Du dahin. – Du nichts Papier.

Ich frage: Was Papier.

Du nichts Propusk!

Ich sage: Ich Propusk!

Du was?

Du. Ich. Zeige auf die Sonne, die jeden Augenblick untergeht, und auf die Erdwälle, die nicht mehr rosabraun, sondern schon dunkelgrau geworden sind, und wie soll ich jetzt umkehren, Soldat, bin ich doch schon fast in Moskau.

Kennst du den Vorsitzenden Scholochow.

Nein.

Aber, sage ich, sicherlich kennst du den Vorsitzenden Sulprin.

– – –

Auch nicht? wundere ich mich und sehe ihn scharf an, aber solltest du auch den Vorsitzenden *Sulkin* nicht kennen? Da ist er blaß geworden, da hat er sich an den Hals gefaßt und gestottert, dadada... denn wenn du *den* kennst, rufe ich, wird es Zeit, daß die Schranke aufgeht, sonst kannst du was erleben, du Schweinehund! rufe ich, und als er das hört, mein Gott, wie ist er da erschrocken – der andere auch – und hebt die Schranke, und der andere bläst ins Horn, und beide schwenken rote Tücher. Und ein Vogel, irgendein schnatterndes Tier fliegt auf, das die Leere und den weiten Raum noch deutlicher empfinden läßt, und da – – fast hatte ich es schon vergessen, am Ende der Fahrrinne, welche den Hügel abwärts fließt, eingefaßt in die helle Schleife der Moskwa!

Wo?

Mensch, da!

Wieder mal in Moskau!

Der Blitz sticht ins Auge, die silberne Zwiebel, die Türme, die Holzwälle, die Mauern mit den kreuzförmigen Öffnungen. Ach, wieder mal in Moskau, zwischen den Palisaden der Vorstadt Dorogomiljanskaja über die Arbatstraße, wo das «Vogelkästchen» leuchtet, das wir rechts umfahren, über die Brücke «Fedor Joannowitsch», die vor zweihundert Jahren (von Dewlet-Gerai-Chan) eingeäschert und wiederaufgebaut wurde.

Die Leute sind erstaunlich. Russen, Karaer, Tataren, Griechen, Polen, Deutsche. Weichen nicht aus, fluchen, wenn der Wagen sie mit Dreck bespritzt, grüßen halb unkenntlich noch aus den Staubwolken heraus, man ruft: Geldmangel, Bruder, Durst, Geldmangel. Ich frage aus dem Wagen heraus: Was kostet diese wohl fußhohe Zuckerstange, die du anbietest? Der Mann hebt den Zipfel seines Mantels und winkt mir zu: Zehn Kopeken. Aber für dich, Väterchen, kostet sie nur acht.

Dahinter steht die Kathedrale Spaß na Born oder «der Heiland im Walde», und mein Fahrer möchte wohl gerne mal loslegen: Es folgt eine weite ungepflasterte Straße, mehr ein langes Feld, auf dem kreuz und quer gefahren wird, der Rote Platz mit der pickligen Kirche des Blinden – rot heißt in dieser Sprache schön. Und hier ist es endlich soweit, daß mein Fahrer Gas gibt, die Kerle fahren ja wie verrückt, und ich weiß nicht, geht hier rechts vor links oder wie? Jedenfalls rufe ich: Fahr nicht so schnell, du Hund, sonst brichst du noch den Wagen durch. Der hört aber nicht. Und im Vorbeirasen sehe ich im Hof jemanden stehen: Das ist Sulkin in einem langen gesteppten Mantel, dessen Saum über die Knöchel reicht und in die Pfütze eintunkt. Die vom Abendhimmel rot gefärbt ist, eine braunrote Jauche in diesem Hof in Moskau, und als wir vorbeidonnern, tritt der Herr gerade seinem Fahrer kräftig ins Gesäß. Ich rufe: Halt …

Der Himmel ist wie eine Orange. Leute flüchten vor dem Auto. Die rosenrote Wohlfahrtskathedrale, wo das Holz verkauft wird, Jeliki gori weinfarben, ihre neun Kuppeln wie Erdbeeren und die rote Kanone auf der Säule und über der Palisade die feuerfarbene Kirche des Invaliden und die feuerfarbene Brücke Jestjwjestjinij Gor, 1375 eingestürzt und aus Stein wieder aufgeführt.

Wieder mal in Moskau.

Ich habe den Kerl im Verdacht, daß er ganz gerne sterben möchte. Die Leute rennen von der Straße, wir überholen Autobusse, die sie Wolga nennen, und die Oberleitungsbusse Newa, einmal fahren wir über einen Verkaufsstand, daß ich denke, der Wagen bricht durch, und es ist auch etwas passiert. Hinter uns rufen sie: Ach, ihr verdammten Schweinehunde. –

*

Und so endet die Geschichte. Spät in der Nacht auf dem Komsomolzenplatz. Als alles schläft, die stillen Rasenflächen, die Tulpenbäume auf den Rabatten. Vom Giebel schlägt die Glocke zwölf, und ringsum am Komsomolzenplatz, in der Nacht, stehen die schwärzlichen Turmgebäude in der warmen Luftbewegung. Da ist er ja, denke ich. Das Auto knackt, und zum Fenster dringt ein feurigsaurer Dunst herein. Natürlich bin ich wütend auf den Fahrer, weil er so schnell gefahren ist, aber nun schläft er schon fest (alles ist ruhig), und als ich mich aus dem Fenster beuge, sehe ich zunächst nur die Stiefel – die Stiefel mit den Breecheshosen. Dann die schlichte Jacke mit den beiden Sternen am Kragen. Der untere Säulenvorbau, in der Farbe verwelkter Rosen, ist vier Stockwerke hoch, danach folgen je zwei Stockwerke, die durch hohe gekehlte Säulen zu einem Sockel verbunden sind, vier Sockel, von denen jeweils der nächsthöhere etwas schmaler ist, es sind – ich zähle – sechzehn Stockwerke insgesamt, während das allerallerobersten einen umlaufenden gekehlten Fries trägt, und darauf steht …

Ich rufe: Da ist er ja!

Ich gebe zu, nicht gerade schön, aber mächtig schon durch die Perspektive, in Rußland sieht man die Dinge eben anders als anderswo. Er steht da, nach dem Augenmaß, weitere sechzehn Stockwerke hoch, so hoch wie das Gebäude selber. Ich habe mich oft gefragt, wie sie es machen, Maschinen? Spritzapparate? Der Künstler müßte ja selber auf einem Turm gestanden haben, um den Überblick nicht zu verlieren: Augen von der Größe einer Zweizimmerwohnung.

Der Fahrer aus dem Schlaf geschreckt: Wer, was?

Dort, du Schafskopf, sage ich, kannst du nicht sehen, größer geht's nun wirklich nicht mehr.

Das ist er?

Das ist er, die Narbe haben sie ihm allerdings wegretuschiert.

Da hat er geschaut, der Puka hat geknackt, und die Turmgebäude standen still am Komsomolzenplatz, wenn Sie den meinen, hat er gesagt, das ist der, den wir den *Hammer* nennen. Und als wir abfuhren und auf der Straße wendeten, so daß man durch das rechte Wagenfenster blicken konnte, stand dort in der Säulenfront – die noch durch einen Zackenkranz und eine Turmspitze gekrönt wurde –, also ich bin mir nicht sicher, glaube aber dort jemanden stehen gesehen zu haben. Inzwischen hat sich so viel ereignet. Sozusagen schon wieder in der Abreise begriffen, erhalte ich vor drei Tagen plötzlich ein Telegramm aus Demmin: Onkel Aaron verstorben, sofort kommen, Mamma. Wie aus einer anderen Welt.

Ich habe sofort versucht anzurufen. Aus einer hölzernen Telefonzelle im Hotel: Mamma? – – – krkr – – Mamma? – – krkrkr wumm – – goworitj drugim – – kr – – schto Mamma? Wer spricht denn da – – kr – – schto chljeb rastjot – – – Verdammte Scheiße.

Ich habe es sechzehnmal versucht.

Heute besichtige ich noch das Exerzierhaus in der Komsomolskaja, 151 m lang, 43 m breit. Das Warenhaus Gostimij Dwor, in welchem Palmen wachsen, die größte Warenniederlage, die es hier überhaupt gibt, Stoffe, Uhren, Teemaschinen, Zuckerwaren aus Kiew, Talgpuppen aus Sibirien. Ich bleibe noch zwei Tage im Hotel «Zum Einbeinigen von Preobraschenskaja», leider gibt es hier Schaben oder Schwaben, die in der Tapete verschwinden, wenn man das Licht anknipst, und ich habe in den Spalt zwischen Wand und Fußboden eine Menge Wasser gegossen. Es ist stark geheizt. Ich liege im Bett, schaue auf die beiden Ölgemälde «Das Unglück, klug zu sein» und «Gefangene im Kaukasus» und betrachte den Posten Pelze, den ich hier gekauft habe, Hase, Dachs, Genette, das vergaß ich zu erwähnen: Eines Abends, als ich vom Spaziergang heimkehre, sehe ich jemanden im Hof stehen – mein Gott, denke ich, den kennst du doch, der trägt einen langen gesteppten Mantel, der tief in die Pfützen eintunkt. Und eben als ich ankomme, tritt der Mann seinem Fahrer, oder wer es ist, kräftig ins Gesäß, ich habe mich wohl geirrt.

Ich rufe: Sulkin!

Der hebt den Kopf – und man kann es kaum glauben – es ist tatsächlich Sulkin, wie er gerade auf dem Hof …

Ich sage: Sulkin, so ein Zufall!

Gar nicht erfreut, das habe ich auch nicht erwartet, aber er ist auch nicht sonderlich erschrocken, vielmehr scheint er sich allgemein in trüber Stimmung zu befinden. Blickt auf seinen Schuh, mit dem er … das war sicherlich nicht ernst gemeint. Nickt mir zu, dann gehen wir beide in die Schankstube, wo der Ofen fast den ganzen Raum einnimmt. Hier setzt sich Sulkin hin und bestellt Wodka. Das ist «Wässerchen» von Woda das Wasser: Der Wutki.

Gib mal den Wutki.

Ach, du Schweinehund.

Wir trinken ein, zwei Gläser, und ich betrachte den großen Menschen, der mir aber zur Zeit eher zusammengesunken scheint. Er gießt nach und sagt: Das ist ja kein Leben mehr. Wir trinken einen Zar Puschka.

Ich sage: Fjodor Abramodow, welch ein Zufall, Sie hier im Hotel zu treffen.

Er nickt.

Sie werden sich aber erinnern, fahre ich fort, daß Sie mir einen Posten Felle verkauft haben.

Ja, sagt er, daran erinnere ich mich gut.

Gut, sage ich, nachdem ich Sie bis heute gesucht habe.

Er nickt trübe und gießt mir nach.

Und schließlich gefunden habe.

Er nickt. Das ist ja kein Leben mehr. Willst du noch von dem Wutki.

Aber sind Sie sich darüber im klaren, Fjodor Abramodow, daß die Felle nichts wert sind, sage ich laut.

Er nickt: Ja.

Jetzt bin ich erstaunt, ich frage: Sie geben es also zu?

Er nickt in sich hinein.

Ja, was ist denn das? rufe ich aus. Wollen Sie das Zeug dann gefälligst zurücknehmen.

Ja.

Ich frage: Was? Und das Geld zahlen?

Ja.

Ich frage: Sie wollen das Geld herausgeben?

Ja.

Jetzt muß ich erst einmal nachdenken, denn so leicht scheint mir die Sache nicht zu sein. Ich frage vorsichtig: Also, Sie wollen … aber dann frage ich: Können Sie denn überhaupt zahlen?

Nein.

Ach, das wußte ich, ich sage: Ach, du lieber Vater, wußte ich doch, daß du kein Geld mehr hast, ach Gott. Da sitzt er unbeweglich und antwortet nicht mehr, und nach einer Weile haut er den Kopf auf die Tischplatte. Ich sage: Na, das ist ja eine schöne Bescherung. Ich erkläre dem Wirt, daß sich mein Freund nicht wohl fühlt, und gemeinsam heben wir ihn auf die Bank, hängen ihm noch seinen Mantel über, es nützt aber auch nicht viel, und am Ende – das Zimmer ist kalt, die Fensterscheibe dreckig – werde ich selbst noch depressiv. Ich sage: Lassen Sie sich doch nicht so gehen, Fjodor Abramodow, denken Sie mal daran, wie Sie mich reingelegt haben, war das vielleicht schön?

Nein, sagt er.

Ich frage: Sie weinen doch nicht? Was ist Ihnen? Sind Sie schwermütig. Melancholisch.

Er schüttelt den Kopf.

Im Hof arbeitet der Fahrer mit Eimer und Wasserkanne, und der westliche Himmel mit der Vorstadtsilhouette färbt sich dunkel, da jammert Sulkin: Mein Kopf, Väterchen, mein Rücken, kalt. Ist es noch hell? Ja. Dann kann er den Lärm nicht vertragen und ruft in den Hof: Mußt du deine Eimer schmeißen, du Saustück, und deine Wasserkanne, mußt du die schmeißen! Währenddessen sich das Wasser vor der Garage sammelt und über den Hof läuft.

Ich sage: Wie war das mit dem Ohr?

Mit dem Ohr?

Ich sage: Mit dem Mann, dem du das Ohr ausgerissen hast, wie ist denn das gewesen, das hat er ja angeblich gar nicht getan, sondern der Mann Sotschhi – kennst du Sotschhi? – das ist der, den ich meine, daran erkennt man Diebe, ruft Sulkin aus, wenn ihnen das Ohr fehlt.

Ich sage: Fjodor Abramodow, Ihnen ist nicht mehr zu helfen. Und er weint und beginnt wieder zu trinken, jedesmal gießt er sich das ganze Glas voll. Ich sage: So kann das doch nicht weitergehen, Fedja Abramowitsch, wollen Sie sich denn um den Verstand trinken. Plötzlich läuft er hinaus, ich rufe: Wo wollen Sie hin, Fjodor Abramodow Sulkin, aber der hört nicht, oben haut er sich auf sein Bett und ist nicht mehr ansprechbar. Ich stelle fest: Eine menschenunwürdige Behausung, feucht, in der einen Ecke ein Haufen Felle, eine Rinne, in der eine ammoniakalische Flüssigkeit läuft, von der Decke hängen Riemen und Halfter und Aufschriften wie «Beißer», «Schläger» usw., hinter der Erdwand hört man den Verkehr auf der Doromilganskaja donnern. Aber Fedja, Brüderchen, rufe ich aus, das ist doch kein Leben!

Kein Leben.

Er sagt: Hast du das mal gemacht, Felle geschabt? Nein, dann weißt du gar nichts. Du schabst sie zwölf Stunden am Tag in Salz, dann hast du keine Haut mehr auf den Fingern, und du kriegst nichts als saures Brot und Suppe, die in einem Kessel vorrätig gehalten wird, und Arbeit, Bruder, Arbeit. Hast du keinen Vater, keine Mutter? Hast du keine Frau? Nein. Bloß die Bruderschaft – also die Bruderschaft hatten wir, alle mit einem Drahtring im Ohr. Er zeigt: Siehst du, hier ist das Loch, du wohnst in der Erde, in einem Loch, gerade so groß, daß du hineinpaßt. Dann kommst du nach Pskow und mußt Kaninchenfelle schaben, er zeigt, schaben, schaben, daß keine Haut zurückbleibt. Aber glaubst du, daß du immer Glück hast? Immer nicht, dann steht Onegin Saftrob hinter dir und schreit: Soso, willst du, daß die Flecken bleiben. Dann nimmt er dich am Ohr und trägt dich vor die Tür.

Ich frage: Am Drahtring?

Er sieht mich groß an: Bruder. Kennst du Onegin Saftrob. Er hat Marinehosen, und auf dem linken Handrücken steht «Schwarzmeer», und hier, er zeigt, fehlt ihm das Ohr.

Ihm auch? rufe ich aus.

Bruder, wenn sie dich am Draht hochheben, er zeigt, danach ist er mir auf dem Bett eingeschlafen. Und am Morgen, als das Fenster hell wird und hinter dem Hof die Doromilganskaja sich belebt – das ist eine staubige Straße im Norden Moskaus, die breit über einen Hügel läuft, genannt «das Trockenplätzchen», da habe ich gesagt: Wissen Sie was, Fjodor Abramodow, verkaufen Sie mir, was Sie haben. Was kosten denn die beiden Posten Hase und Dachs und dieses halbe Dutzend Seeotter. Nein, sage ich, ich will Ihnen gar keinen Gefallen tun.

Fjodor Abramowitsch Sulkin, habe ich gesagt, was kosten denn die zwei Dutzend Astrachan, wie? Also packen Sie noch fünfzig Stück Wolf und Robbe ein und Kolinski in Gottes Namen. Wir sind hier nicht auf dem Februarmarkt in Irbit, wo die Sibiriaken die schönsten Stücke bringen, aber wenn man nicht so genau hinsieht, Fjodor (Fedja) Sulkinowitsch, packen Sie Rentier ein, packen Sie Eichhörnchen und Weißkehlchen ein, und Luchs, packen Sie in Gottes Namen Luchs ein, aber seien Sie nicht so depressiv, und ich denke: Der wird sich doch nichts antun? Was! rufe ich, Abramodow Sulkin, das ist der «Hammer». Ach nein, Sulkijin heißt das, unser kleines Hämmerchen, an diesem Tag ist der Himmel aprikosenfarben, und zu guter Letzt kommt ein bärtiger Mann auf Strümpfen angelaufen, um zum Abschied zu winken (ach, Rußland).

7

Das war ja eine schöne Überraschung.

Also, Ende April ungefähr muß es gewesen sein, als ich wieder in Demmin eintreffe. Hier hat sich nach Onkels Tod einiges verändert, der Laden hat eine neue Einfassung, neue Scheiben, *einiges* hat sich getan. Auch ein neues Firmenschild: *Niemann,* nun muß ich aber lächeln und bin doch gerührt. Der Laden ist geöffnet, also mache ich mir den Spaß und trete durch die Vordertür ein. Wie irgendein x-beliebiger Kunde. Sehe unser Beffchen hinter dem Ladentisch, ich denke, der Junge strahlt ja förmlich, nun wollen wir ihm den Spaß nicht verderben: Morgen, Herr Chef, sage ich eintretend, ich hätte gerne ein Geschenk für eine Dame, vielleicht könnten Sie mir etwas empfehlen. Also großartig, der Junge geht gleich darauf ein und mimt den Geschäftsinhaber, bringt einen Kasten angeschleppt, besonders geschickt stellt er sich ja nicht gerade an, man merkt eben, daß er überhaupt keine Ahnung hat.

Möchten Sie vielleicht ein Löffelchen, fragt er.

Sehen Sie, sage ich, das gefällt mir, Sie bringen gleich das Richtige, sicherlich haben Sie große Auswahl an solchen Dingen? Sächelchen aus Perlmutt?

Ja, da, er sucht in dem Kasten. Ich helfe ihm und sage freundlich: Etwa ein Häuschen aus Serpentin mit vergoldetem Dach?

Da haben wir ... er wühlt weiter.

Vielleicht, helfe ich aus, einen Glasberg, einen Rheinkiesel.

Ja, da, da.

Wie? frage ich.

Und nun hätte er auch noch fast den Kasten heruntergeworfen, hallo, sage ich, was haben wir denn da! Einen Bernstein. Leider ist es Englisch Harz, berichtige ich ihn höflich, sieht aber ähnlich aus – wenn man nicht genau hinschaut, was wir wohl nicht getan haben, sage ich zu ihm, und sicher weiß er, wie ich es meine, denn nun bringt er einen Tortenheber an. Was ist denn das? – Das ist Alpaka.

Ein Tortenheber aus Alpaka, wundere ich mich, dann wollen wir doch mal fragen, was er denn kosten soll, der Tortenheber aus Alpaka. Zwei Mark? Das wäre reichlich teuer, aber da es sich um *diesen* Tortenheber handelt, werde ich ihn kaufen. Und nun? Nun stehen wir da, Chef, nicht wahr, nun haben wir den Tortenheber verkauft und haben – ich will mal nachrechnen, haben zweiundzwanzig Mark zugesetzt. So? Ja!

Da staunen wir, was?

Beffchen staunt wirklich. Und inzwischen ist Kulle aus dem Ladeninneren hinzugetreten.

Das ist nämlich Silber, sage ich.

– – –

Ich sage: Das ist nämlich eine glänzende Idee. Silberne Löffel für zwei Mark, goldene Löffel für drei Mark, so kann man es auch machen, wie? Ich will ja nicht unfreundlich sein, aber soviel ich sehe, ist der Besteckkasten fast leer, ich sage: Ihr habt doch nicht etwa?

– – –

Jawohl, sagt Beffchen fröhlich.

Nun bin ich aber doch platt und weiß offen gestanden nicht, soll das nun ein Witz sein, oder will er mich etwa – –, ich überlege, nein, nein, sage ich lächelnd, darauf falle ich nicht herein. Ahh, sage ich, ein guter Witz (beinahe wäre ich hereingefallen), denn dieses teure Silberzeug, das wir von Onkel Aaron geerbt haben, könnt ihr ja wohl nicht einfach hopp hopp verscherbelt haben!!

Das nicht, sagt der Kulle fröhlich auf dem Ladentisch lehnend. – – –

Aber das Silberzeug, das wir geerbt haben – wir beide, Beffchen und ich – das haben wir uns erlaubt zu verscherbeln, sagt er. Blickt dabei fröhlich um sich, und ich sehe, was er meint: Das ist ja eine schöne Überraschung.

*

Also haben Sie gar nichts geerbt von Ihrem werten Onkel? – – –

Keinen Pfennig?

Wir sitzen im Schraijbux in Amsterdam, wo ich diese leidige Geschichte erzähle – soeben haben wir Pfannkuchen mit weißen Bohnen bestellt, welches hier eine Spezialität darstellt, und mein Kompanion Brägen zeigt sich nicht gerade feinfühlig, was sein Mitgefühl betrifft.

Keinen Pfennig, erkläre ich düster, der alte Miser hat mich kurzerhand aus dem Testament gestrichen.

Er hätte Sie ja nicht gleich rausschmeißen müssen, sagt Brägen kauend, und als das Gericht kommt, sagt er, paß mal auf, was sie trägt. Wer? Die Kellnerin auf dem Tablett. Ich frage: Was trägt sie? Ihre Pfannkuchen, Augen auf, dazu grinst er ganz fürchterlich, Also, wir befinden uns hier in Geschäften, aber es kann wohl nichts schaden, wenn man auch die Besonderheiten mitnimmt, die sie hier zu bieten haben. Der Y dehnt sich, ein Wald von Masten, die Brücken gehen auf, und wenn man Glück hat, sieht man von See her dieses bernsteinfarbene Licht, das durch den Salzgehalt der Luft bedingt ist. Das ist Amsterdam. Vom Lande her unbedeutend flach, als ob lauter Pfeifenköpfe im Wasser stünden. In Amsterdam hatte ich mal eine, erzählt Brägen, die hatte gerade ein Kind gekriegt, die hatte, also, das war ein Ding, er zeigt: Mindestens soooo, und wenn es bei ihr losging …

Vorsicht! sage ich zu Brägen, nicht so laut.

Ich meine, wenn die richtig in Fahrt kam, hat die in hohem Bogen …

Brägen!

Milch rausgespritzt, erklärt er.

Ich sage: Du bist doch ein Ferkel, die Leute sprechen ja hier vielfach Deutsch, und vom Nebentisch höre ich mehrfach das Wort «deutsch» oder «Deutsche», und nicht gerade höflich. Ich sage in Richtung Nebentisch: Jawohl, wir sind Deutsche, und hoffentlich hat das jetzt jeder verstanden, aha, denn ein rotgesichtiger, ziemlich schwerer Mann steht auf – welch eine rote Visage, stößt uns fast mit dem Bauch um, seien Sie bloß vorsichtig, sagt er.

Ihr Ferkel.

Deutsche Ferkel, berichtigt Brägen, und nun wäre es noch zur Schlägerei gekommen, wenn nicht ein Polizist eingegriffen hätte. Spaß muß sein (wird in Amsterdam großzügig geduldet, aber Vollsaufen wird bestraft). Dem Rotgesichtigen rufe ich zu: Wir sehen uns noch, darauf können Sie sich verlassen. Er: Machen Sie bloß, daß Sie wegkommen.

Und Sie sind schuld, sagt Brägen.

*

Anscheinend gibt es in Amsterdam nur Tuchhändler. Die Leute reden einen Jargon, Seidenstoff heißt Hautebaselisse, blau heißt bleu oder Thurnbull; von morgens bis abends hört man nichts anderes, bis man schon selber so redet, ein Sanftnanking in Goldschwefel, ein schönes Kasseler Braun, ein Voile zum Zeichen, daß die Dame nicht jünger erscheinen will, als sie ist (erscheint aber doch jünger), oder eine rote

Halbseide, Zorn sowohl als auch Leidenschaft, Jakobiner und Militärrot, Herz und Liebe.

Eines darf man ihnen zugeben, ihre Stadt haben sie gut gebaut, sie steht ja praktisch im Wasser – rund zwanzig Kilometer vom Meer entfernt –, trotzdem ist das Klima gut, die Luft angenehm kühl, es bildet sich auch kein Geruch, da das Wasser nachts von der Zuiderzee ergänzt wird, tagsüber in den Y fließt. Im Kriegsfalle könnte hier die ganze Umgebung überflutet werden. Die Häuser der Tuchhändler, die der Ostindischen und der Westindischen Kompanie, die Westerkerk mit dem neunzig Meter hohen Turm, dem Janrompoortsturm mit der apfelförmigen Kuppel. Und die vielen Windmühlen, heute Trinkstuben, Tageskneipen. Und die großen Ballhäuser, wie der «Steen» oder der «Oglefisch», letzterer ein Rundsaal, gebaut wie ein Aquarium mit einem Glasdach als Himmel.

Ich sage zu Brägen: Heute ist Ball der Tuchhändler, da sollten wir hingehen, die besten Geschäfte werden immer bei solchen Gelegenheiten gemacht, im Vertrauen gesagt, habe ich aber meine eigenen Absichten. Man erkennt die Dekorationen schon von draußen. Teppiche, Tücher, Fahnen, Gemälde, immergrüne Bäume, ein Baldachin für das Orchester, ein Röhrenkasten oder Springbrunnen, aus dem Wein fließt, weißer und roter (er fließt aber nicht wirklich), ein Steinboden für den gebratenen Ochsen. Um acht sind wir mit den ersten Gästen zur Stelle und halten uns – Brägen im blauen Kapitänsrock mit Metallknöpfen – in der Vorhalle auf, um zu sehen, wer hier erscheint. Die Leutchen geben hinter der Treppe ihre Garderobe ab, Herren und Damen getrennt, und was da zutage kommt – ich darf bei dieser Gelegenheit noch einmal darauf hinweisen – so viel Busen habe ich mein Lebtag noch nicht gesehen, fast möchte man daraus eine besondere Vorliebe der Holländer ableiten. So viel Sitz der Gefühle und der Leidenschaft, ich sage: Brägen, starr nicht so hin, ohne allzu deutlich zu werden, gleich denkt man, rabautz, der ganze Laden springt heraus. Aber wie! Mutter wie Tochter!

Da steht zum Beispiel jemand an der Theke, Frau eines Tuchhändlers offenbar, die in Abwesenheit ihres Mannes ein Bier nach dem anderen hinunterkübelt. Ich sage: Nicht so hastig, meine Dame, sonst geht es daneben. Sie lacht und läßt sich zu einem Fidjebeen auffordern, das ist hier eine Art Foxtrott, der ganz schnell getanzt wird. Sie trägt eine Robe aus schiefergrauem Samt mit großem weißgerahmten Brustausschnitt, und ich kann nur sagen: Wenn ihre Tochter (die sie möglicherweise hat) der Mutter nachgeraten wird, dürfte in dieser Hinsicht allerhand zu erwarten sein – es ist ja klar, wie das gemeint ist. Aber als ich während des Tanzens das Gespräch darauf bringe, ist sie (die Mutter) sichtlich bestürzt, ich entschuldige mich: Damit Sie mich nicht falsch verstehen, es handelt sich nicht um Ihre Tochter, die ich gar nicht kenne, sondern um meine Bewunderung, die ich hiermit ausdrücke. Auf einem Umweg sozusagen. Das versteht sie nicht. Soeben schwebt Kapitän Brägen mit einem Exemplar in blassem Erdbeerrosa vorüber, ihre Brust ist – Menschenskind – aufgebaut wie zwei Sack Korn. Ha. Man darf nur nicht darauf aufmerksam machen.

Im übrigen ist meine Dame aber sehr freundlich, läßt sich zum Tisch geleiten, wo sie mir sogar auf nette Weise einen Platz anbietet. Und der Ehemann, rotgesichtig, zwei Zentner, ist auch sehr freundlich, gießt mir gleich das Glas voll, ich bedanke mich, stutze ... er ebenfalls.

Die Herren kennen sich? fragt die Dame.

Eine ziemliche Überraschung.

Na ja, sagt der Rotgesichtige, ich habe nichts gegen ihn, wenn er nicht gerade seinen Freund ...

Brägen, sage ich.

Seinen Freund Brägen anbringt –, der soeben mit einer in feuerfarbene Seide gekleideten Dame vorbeischwebt. Menschenskind, wie die aufgebaut ist, ich gebe unauffällig ein Zeichen. Wie? Ich zeige, aber vorsichtig. Im übrigen stellt sich Herr Soetken, mein Gastgeber, als ein recht umgänglicher Mann heraus, beordert gleich für den ganzen Tisch das Menü, Karpfen, Hammelkoteletts, Petersburger Torte. Hinterher Bols-Liköre für die Damen, Kognak für die Herren, und da ich so herzlich aufgefordert werde, sage ich nicht nein. Soetken ist auch schon ganz aufgelöst. Na, sagt er zu mir, wie wär's denn noch mit einem

Häppchen, weil gerade eine riesige Käseplatte vorbeigetragen wird – ich sage: Also, beim besten Willen nicht mehr. Er im offenen Rock füllt mir eine Portion auf den Teller, da bedanke ich mich aber schön. Alle sind in Stimmung, ich sage: Wissen Sie, was mir am besten gefällt, daß Sie überhaupt nicht nachtragend sind, bin ich nicht, sagt er, keine Spur, dann hat er mir – aber mehr aus Versehen – einen großen Kognak auf die Hose gegossen (kann nicht mehr Piep sagen).

Nachher gibt es ein sehr malerisches Intermezzo: Ein Leopard, auf einem Einhorn sitzend, in der Linken das Banner von Rotterdam, kommt in den Saal geritten und überreicht dem Bürgermeister eine Margerite. Viel Applaus, die Musik spielt. Ich sage zu Soetken: Eine nette kleine Vorstellung, aber hier ist ja alles reichlich, man wundert sich, wieviel Wohlstand auf engstem Raum versammelt ist (Holland steht meines Wissens nach dem Pro-Kopf-Vermögen an erster Stelle).

Es kommt jetzt ein anderes Intermezzo: Ein Löwe, auf dessen Rücken die Zwergin Henriette sitzt (eine Belgierin), sie trägt die Flagge von Antwerpen, nachher wird sie heruntergehoben und dem Bürgermeister von Amsterdam zum Geschenk gemacht, der sich mit einer goldenen Kette revanchiert. Der Löwe sperrt den Rachen auf und singt ein Lied (der Sänger ist Tros Vanhees). Applaus, Fahnen, Wein, ich halte jetzt den Augenblick für gekommen und sage: Mein lieber Soetken, so darf ich Sie doch nennen, erlauben

Sie mir einen Vorschlag – die besten Geschäfte werden immer bei solchen Gelegenheiten gemacht. Aber doch nicht ausgerechnet jetzt, protestiert er, denn jetzt kommt gerade ein neues Bild: Ein Dromedar betritt mit der Fahne von Utrecht den Saal, rechts und links hängen Körbe herab, aus denen eine Inderin mit beiden Händen Vögel herauswirft, die so aussehen, als ob sie in rosa Farbe getaucht wären. Prachtvoll, aber was mag das bedeuten, etwa daß die Tuchhändler über so üppige Gelder verfügen, um sie auf diese Weise hinauswerfen zu können? Ich gestehe, daß mir dieser Gedanke gefällt.

Ich sage: Ich hätte da einen besonders günstigen Posten für Sie, eine Gelegenheit sozusagen. Nee, lassen Sie mich mal in Ruhe, sagt Soetken. Es handelt sich, ich beuge mich vor (um einen Posten Edelpelze), so etwas kriegen Sie überhaupt nicht wieder angeboten. Und das ist mein letztes Wort. Aber doch nicht ausgerechnet jetzt, zischt Soetken.

Jetzt tragen sie einen ganzen Palast in den Saal, einen Felsen mit Bäumen, Blumen, Springbrunnen, aus denen Rosenwasser spritzt. Danach treten zwei mit Stöcken bewaffnete Riesen auf und unter ihrer Führung ein Walfisch. Das ist wohl das bis dahin größte Schaustück, von mindestens zehn bis fünfzehn Mann getragen, bewegt er Flossen, Leib und Schwanz, benutzt als Augen die größten Spiegel, die man hatte finden können. Der Walfisch öffnet das Maul, und heraus springt eine Tänzerin, ein Meermädchen mit der

Flagge von Amsterdam in Händen, ihre völlig entblößten Brüste sind zwei silberne Dome. Ich hätte aber *auch* ein Angebot, sagt Soetken. Jetzt? Nee, lache ich, jetzt lassen Sie mich mal Fräulein Amsterdam bewundern, ich glaube, sie hat sich sogar die Brustwarzen schön geschminkt, rosarot wie Himbeeren, und täusche ich mich nicht, haben sie sogar die Freiheit, sich aufzurichten. Sie können von mir, Soetken beugt sich vor, einen enorm günstigen Posten Stoffe haben, er spricht unter der vorgehaltenen Hand (einen Posten aus Belgien), so etwas kriegen Sie nicht zum zweiten Mal angeboten. Lieber Herr, sage ich aufgebracht, hätten Sie sich nicht einen anderen Zeitpunkt aussuchen können.

Zu diesem Zeitpunkt tritt (wie im Nebel) das Meermädchen an unseren Tisch, hält noch die Fahne in der Hand, um die Hüften ein schuppiges Silberlamé. Das ist meine Tochter Jette, stellt Herr Soetken vor, wenn Sie aufgepaßt haben, konnten Sie sie soeben auf der Bühne bewundern. Wenn ich was? Ihr Vater erlaubt sich einen Spaß, sage ich galant, noch nie in meinem Leben habe ich so aufgepaßt, Jette heißt sie, ihr Kostüm ist jetzt allerdings durch ein Oberteil ergänzt, was ich mit Bedauern, aber auch mit einer Verbeugung zur Kenntnis nehme.

Zumindest ist es mir nicht anders möglich gewesen. Ich sagte: Das ist aber eine Überraschung, Fräulein Jette, und verbeugte mich auch gleich noch vor der Mutter, weil sich nun doch, was ich zuvor andeutete, als zutreffend erwiesen hatte – ich meine, die Frau war nicht ohne Anteil gewesen, welch ein Glück.

Das begriff sie natürlich nicht, nein, aber sie hatte eine Art, mir beim Tanzen damit gegen das Hemd zu kommen, Junge, da bist du verloren. Die Mutter? Nein, die Tochter, sage ich, und hätten Sie sich nicht bemerkbar machen oder doch ein Zeichen geben können? Wenn Sie mit Ihrem Brummer in Erdbeerrosa – oder war es die Feuerrote – vorbeischweben. Also, ein Jahr später sitze ich mit Brägen im Schraijbux und erzähle ihm die ganze Geschichte, und wenn sie mich nicht beim Tanzen andauernd damit gepiekt hätte, verstehst du, wäre ich bestimmt nicht so leicht umgefallen.

*

Eines Tages, Ende April ungefähr, treffe ich mit meiner Ware glücklich in Demmin ein. Manches hat sich hier verändert, und nicht zum Besten, wie ich sehe. Das Haus steht ja noch, aber die Farbe blättert bereits wieder ab, der Laden, kaum Dekoration, kaum Waren im Fenster, die Scheibe hat einen großen Sprung. Wirklich kein Anreiz für Kunden, wenn man mich fragt, obwohl es mich ja nichts angeht. Im Fenster liegt eine Satteldecke, ich frage mich, wer soll denn die kaufen, ich trete ein, wobei mir gleich die leeren Regale auffallen – unser Beffchen hinter dem Ladentisch macht auch keinen übermäßig fröhlichen Eindruck.

Ich habe ihm angeboten, den Laden zu mieten, also, mehr kann ich nicht für ihn tun. Beffchen, habe ich gesagt, ihr müßt selbst wissen, wie ihr zurechtkommt. Andernfalls werde ich den Laden gegenüber mieten, ein ehemaliges Milchgeschäft. Das ich also ganz neu einrichte, schwarzes Glas mit Goldbuchstaben, aber nicht so steif, sondern in elegantem Namenszug «Niemann», und dann große fließende Stoffbahnen, Kaskaden im Schaufenster, und Preise, Preise, Preise. Die können Sie ja wohl erkennen, wenn Sie drüben aus dem Fenster sehen, nicht, daß ich Sie beschämen will, aber es schadet auch nichts, wenn Sie etwas dazulernen. Im übrigen bin ich ganz zuversichtlich, das Angebot von Soetken war günstig, zumindest was die Preise angeht, geschenkt kriegt man nirgends etwas. Und die Qualität, nun, die ist erstklassig, Farben? Schöne gedeckte Töne verschiedener Abstufungen, da habe ich noch einen Einfall: ein silbergraues Transparent, das sich über die ganze Ladenbreite zieht, Amsterdamer Stoffbasar, Eröffnung 16. August. Hals- und Beinbruch. Na, denke ich, wird schon schiefgehen, wenigstens liegt der Laden nicht schlecht, nicht gerade zentral, aber für den Durchgang ganz günstig. Davon verspreche ich mir etwas. Der Morgen des Sechzehnten ist angenehm warm, auch ein gutes Zeichen, schon um acht habe ich geöffnet und bin eigentlich – heiter nicht gerade, etwas aufgeregt ja, aber doch sehr zuversichtlich.

Draußen ist eine Dame vors Fenster getreten,

blickt auf den rechten Teil, wo der Wollsamt liegt, dann geht sie weiter. Ich habe mich hinter das Regal im Durchgang gestellt, von wo ich einen guten Blick auf das Fenster habe, auf diese Weise bin ich sofort zur Stelle, wenn die Kundschaft eintritt. Zwei Damen gehen vorüber, danach die eine oder andere, insgesamt ist der Strom nicht üppig – Männer zählen hier nicht – es ist meiner Ansicht nach zu früh, etwa neun Uhr, um diese Zeit werden die Zimmer geputzt, Betten gelüftet, naja. Dann kommen eine jüngere und eine ältere Dame, die ältere ist stehengeblieben, blickt herein, die jüngere hängt an ihrem Arm. Dann gehen sie weiter. Ich habe mir einen Stuhl in die Ecke gestellt, es ist warm im Laden, da die Sonne direkt ins Fenster fällt, möchte aber nicht die Markise herablassen. Ich habe meinen Rock ausgezogen.

Gegen zehn Uhr geht die Tür auf, und herein tritt – – Kulle, munter, sehr leger, hat sich von drüben ein Wurstbrötchen mitgebracht, na, sagt er, schon was verkauft. Setzt sich gemütlich auf meinen Ballen Halbseide. Also, ich beherrsche mich und sage: Danke, es geht. Er kauend: Was 'n das? Ich sage: Das ist Chameuse.

Grau?

Allerdings, sage ich, Hauptsache du sitzt gut.

Er setzt sich auf den Ladentisch, was 'n das? Ich sage: Nichts für dich. Na, sagt er, man darf doch mal schauen. Das darf man, erwidere ich, das ist Velours, schwere Qualität, für *die* Ware garantiere ich.

Auch grau.

Ich sage: Es ist ein schöner gedeckter Ton.

Junge, sagt er, wenn ich mich so umsehe, er sieht sich die einzelnen Ballen an, wie viele sind's denn? Es werden, erwidere ich – also es werden etwa hundert sein, alles in allem.

Hundert?

Vielleicht sind es auch achtundneunzig, sage ich ärgerlich, mußt du eigentlich auf dem Tisch sitzen. Nee, er tritt ans Regal, Junge, sagt er, wenn ich mich so umsehe, alles Grau in Grau, hast du denn noch andere? Was für andere? Na, sagt er, andere Farben – – ein Unglück, es gießt in Strömen, der Wind fährt durch die Straßen, Junge, sagt er, da mache ich mir aber doch ernstlich Sorgen, wer soll denn das kaufen. Es sind wunderschöne gedeckte Töne, erwidere ich ärgerlich, gegen die gar nichts einzuwenden ist, gebe aber zu, daß er hier einen wunden Punkt berührt. Weshalb war denn das Angebot so günstig?

Ogottogott, sagt Kulle.

Also, ich habe ihn hinausgeworfen, jetzt steht er drüben in seinem Laden und blickt herüber, ich kümmere mich nicht darum. Aber dann kommt eine Dame – der Name ist mir im Augenblick entfallen –, tritt ans Fenster, mustert die Auslage sehr sorgfältig, den Crêpe de Chine, den Yamamayù, sie mustert den Velours d'Utrecht, ist näher getreten und scheint sich für den Seidenatlas zu interessieren, der vorn an der Scheibe liegt. Ich habe das sehr hübsch arrangiert, ein

Meer von Seide, ein fließendes kühles Gewässer, und ein Segelschiff schwimmt auf den Wogen, als ob es geradewegs aus Amsterdam käme. Die Dame mustert das Segelschiff sehr sorgfältig, faßt sich ins Haar, dann geht sie weiter.

Ogottogott.

Das ist es, was ich befürchtet habe. Talent und Glück, ja, aber vor allen Dingen einen guten Griff, den man in dieser Branche haben muß. Da liegt die Ware, schöne neue Ware, alle Regale sind voll, und wie sie riecht, wunderbar neu – davon habe ich immer geträumt. Hier stehe ich und garantiere für jeden Meter, den ich anbiete. Und nun ist es schon elf, ahh, ahh, und es kommt eine Dame – nein, nicht zu mir, gefällt ihr meine Ware nicht, die Farben zu gedeckt, wie? Aber soll ich vielleicht darauf sitzenbleiben? Das wäre ja grauenhaft. Es geht schon auf zwölf, die Sonne steht im Fenster, der Kopf schwirrt, der Atem geht schwer, und was mach' ich, was mach' ich. Ich gehe jetzt, um den Haken für die Jalousie zu holen, denn ich schließe um zwölf, und bei dieser Gelegenheit sehe ich, daß die Dame drüben bei Kulle und Beffchen eintritt. Das ist wohl das Ende.

*

Als ich mit dem Haken zurückkomme, ist jemand im Laden, Frau Schröder. Jetzt weiß ich sogar, wie sie heißt, sie trägt ein geblümtes Kostüm, einen Hut mit einem blauen Band, bewegt sich ganz langsam am

Auslagetisch vorbei, hebt hier und da einen Zipfel an. Nun kommt sie an die Marabutseide, die in einer Art Schimmelgrau gehalten ist, ich sage: Gnädige Frau, ich schließe jetzt gleich.

Ach, sagt sie.

Sie läßt die Marabutseide los. Um zwölf mache ich nämlich zu, erkläre ich, wenn Sie aber noch etwas kaufen wollen, ich nenne einen Preis, der ziemlich hoch ist – sie muß ja nicht kaufen, wenn sie nicht will. Sie überlegt einige Zeit, betrachtet das Gewebe am Fenster und erklärt schließlich, es sei teuer, aber solch ein hübscher Ton.

Ein hüb ... ich sage: Da haben Sie recht, gnädige Frau, zurückhaltend und kleidsam, es ist ja Geschmackssache.

Sie stimmt zu.

Auf jeden Fall dezent, sage ich.

Wunderbar.

Sonst ein ganz hübscher Ton, und Frau Schröder ist auch dieser Meinung, sie nimmt acht Meter, ich *weiß* nicht, zu welchem Zweck, und dann muß ich noch einen halben Meter Velours einpacken. Als sie geht, ist es genau zwölf Uhr, aber nun treten Frau Spedmann und Frau Konsul Brodin ein, genau auf den Glockenschlag, gerade als ich über Mittag schließen will. Dagegen habe ich ja nichts, nur scheinen sich alle zu diesem Zeitpunkt verabredet zu haben. Ungehalten? Nein, das wäre gelogen, bißchen ungeduldig vielleicht, wenn ich sehe, was sie mit meiner Kollektion anstellen, oh ja, darüber läßt sich einiges sagen. Wie das aussieht. Nun, ich habe alle Zeit der Welt und schaue mir in Ruhe, sehr höflich, sehr freundlich und sanft an, wie sie meine Kollektion ganz allmählich durcheinanderbringen. Ich sage:

Das ist ein nettes Bibergrau, das Sie da in der Hand halten, Frau Spedmann, wird Sie bestimmt sehr nett kleiden. Und das Cleveland, das Frau Konsul Brodin gerade im Griff hat, also, wenn Sie mich fragen – – das ist wirklich sehr hübsch. Und das finden die Damen auch, halten sich die Stoffbahnen vor den Leib und, was soll ich sagen, sind ganz begeistert. Vom Cleveland und vom Bibergrau. Kaufen von jeder Sorte acht Meter, *acht,* ich rechne: neunzehn mal acht und zweiundzwanzig mal acht, das sind – nicht schlecht, denke ich, das sind ja fast vierhundert, für den ersten Tag gar nicht so übel. Wenigstens sieht es so aus, als ob ich eine glückliche Hand bewiesen habe.

Ein Verkaufstalent?

Sie werden sich wundern, die Tür geht auf, und drei oder gleich vier Kundinnen kommen hereinspaziert. Wollen sich bei mir ein wenig umschauen, das ist ja niemandem verwehrt. In ganz Demmin, sage ich, finden Sie keine schönere Auswahl, gehen Sie zu Niedermöller, Prinzhorn, Velt & Wies, schauen Sie sich überall um, und als die Damen es gar nicht fassen können und ganz begeistert sind, weise ich noch auf besonders modische Töne hin. Dieses Hechtgrau zum Beispiel, oder dieses Tauben- (Hasen- oder

Wolfs-)grau, wenn ich das mal am Fenster zeigen darf. Ich werde niemandem etwas aufreden (damit verkauft man keinen Fatz), der Kunde soll selbst seine Wahl treffen, höchstens, daß ich in gewissem Umfang berate. Kann natürlich nicht überall zur gleichen Zeit sein. Ich sage: Was ich möchte, ist, daß Sie auch noch in fünf Jahren Ihre Freude daran haben, die Sachen sind völlig zeitlos.

Und als noch mehr Kundinnen eintreten, kann ich mich auch nicht zerreißen, ich sage: Bedienen Sie sich selbst, nehmen Sie sich, was Sie wollen, meine Damen, das trägt man in Wien, das ist schick, kleidsam, das hat man dieses Jahr: Ein schönes Bronze, ein Eisen, ein Hanf, ein Pfeffer. Man trägt Florentinergrau.

Ein schönes Plymouth.

Es geht bereits auf vier Uhr, und immer noch kommen neue Kundinnen, ich sage, bitte, meine Damen, seien Sie doch vernünftig, ich habe ja nur vier Hände. Es ist genügend da. Für *alle* Kundinnen. Für *Sie* habe ich meine Kollektion zusammengestellt, für jeden Geschmack, schöne klare *lichte* Töne, ein Kristall, ein Gazelle, ein Pony, ein Lichtgrau, eine wunderbare Schattierung, ein Perl, ein Perlschatten. Ich werde bestürmt, regulär bestürmt, kann kaum noch mit der Kasse nachkommen. Was soll ich sagen!

Meine Damen, etwas Festliches, ein Abendgrau, das aber ins Lachs hinübergeht, Changeant, so etwas haben sie überhaupt noch nicht gesehen, mein Gott, wie die sich begeistern. Wer bis dahin noch nicht zugegriffen hat, kehrt an der Tür wieder um und kauft das Abend (Windhund, Horizont, Trauer und Frauenmantel). Andere – das ist Geschmackssache – bevorzugen Amsel, Eider, Heide, Flieder, das geht am allerbesten weg, *Sonnengrau, Triumphgrau,* was soll ich sagen, ein Riesengeschäft. Am Abend sitze ich völlig erschöpft im Laden, irgendwann muß man ja Schluß machen, es ist schon nach sieben, da kommt wer? Beffchen kommt.

Da staunt er.

Tja, sage ich, da ist kein Auge trocken geblieben, die Leute haben mir das Zeug buchstäblich aus der Hand gerissen, aber die wissen, was sie wollen. Nämlich eine anständige Ware zu einem anständigen Preis, und da sind sie bei mir eben genau an der richtigen Adresse (das ist auch eine gute Reklame). Und nach der Mode natürlich, das ist klar, da muß man eben eine glückliche Hand haben. Ich schlage einen Ballen auf, wie steht's denn, sage ich, Beffchen? Ich führe auch Herrenstoffe, sehr schönes Herrengrau, sehr modern.

Nein, wirklich nicht, entsetzt sich Beffchen.

Ein kleidsames Londongrau, ein Jagd (Steeplechase)?

Ein Favorit?

Nein, sagt Beffchen, aber doch etwas zögernd.

Da solltest du mal zugreifen, sage ich, so schnell wird dir das nicht wieder geboten, schön, preiswert *und* dauerhaft, paß mal auf, wie dich das kleidet, sage ich zu ihm. Und wieviel, fragt Beffchen, würde ich denn für einen Anzug brauchen?

*

Ich verkaufe noch den August hindurch und in die erste Septemberwoche hinein, dann ist das Lager leer – zuletzt habe ich die Preise etwas gesenkt, wie es üblich ist. Den Anzug habe ich ihm geschenkt, wahrscheinlich hätte er ihn auch gar nicht bezahlen können. Ein Trauerspiel, wenn man es jeden Tag vor Augen hat. Im Schaufenster drüben liegt kein Stück, überhaupt keine Dekoration, und die Farbe ist inzwischen gänzlich heruntergekommen, also eines Tages fasse ich mir ein Herz und trete bei ihnen ein.

Was willst du, fragt Kulle.

Nun, erwidere ich, ist es verboten einzutreten.

Kulle starrt mich an.

Nein, das ist es nicht.

Sehr freundlich, sage ich, da ich nämlich etwas kaufen will.

Er starrt mich an.

Falls sich etwas Passendes findet, fahre ich fort, was mir nach Lage der Dinge – mit einem bezeichnenden Blick – nicht so ganz einfach erscheint. Aber vielleicht reagiert er darauf empfindlich und blickt mich kalt an, Kulle scheint sich überhaupt verändert zu haben, merklich dünner im Gesicht. Was sagt er? Laß mich in Ruhe. Oh, störe ich gerade bei einem wichtigen Geschäft, das tut mir leid – zumal ich nur eine Kleinigkeit wollte, vielleicht ein Löffelchen?

Habe ich nicht.

Oh, bedauere ich, das ist aber schade, findet sich nicht irgendeine Kleinigkeit, ein nettes Dingelchen aus Bernstein?

Habe ich nicht, sagt er beinahe grob.

Aber es darf auch etwas anderes sein, helfe ich aus, etwas Perlmutt, etwas Horn, poliertes Holz ... Beffchen ist hinzugetreten, aber mir scheint, davon wird das Regal auch nicht reichhaltiger. Habt ihr nicht, sage ich, aber vielleicht einen Tortenheber? Beffchen sieht mich an, dann setzt er sich hin. Ich sage: Seht ihr, nun hätte ich so gerne einen Tortenheber gekauft, einen silbernen, wenn ihr so einen hättet. Da fängt er an zu weinen, ach du liebe Güte, schließlich war das ja vorauszusehen.

Sie sind pleite.

8

Im Oktober bin ich wieder unterwegs, und wahrscheinlich werde ich den ganzen Monat wegbleiben. Schreib mir mal, Beffchen, schlage ich vor, damit ich weiß, wie es zu Hause geht, was die Examina machen u. s. w. jetzt kann er wieder aufatmen, nachdem er den Laden vom Halse hat und die Schulden auch, alles in Ordnung? Beffchen?

Meine Adresse in Amsterdam, wenn noch irgend etwas sein sollte: Gruyersteen bei Soetken, der mich freundlicherweise für die Dauer meines Aufenthalts eingeladen hat. Ein geräumiges Haus, vier Stockwerke, typisch für die niederländische Bauweise, unten die Halle, die über zwei Stockwerke reicht, dunkelbraunes Holz, kleiner Brunnen in der Mitte. Hier sitze ich mit dem Hausherrn im Rauchzimmer und blicke über die Gartenmauer hinweg auf die Steinfassade des Stadthauses, aus dem sich ein mit einer vergoldeten Schlange gekrönter Turm erhebt. Es geht uns gut, wie man sieht. Wir trinken hellbraunes, ganz anständiges Bier aus langen Gläsern, dazu essen wir zwei oder drei Pommelje, das sind mit Schafs- und Gänsefleisch gefüllte Mägen, eine hiesige Spezialität. Bei uns gibt es die ja auch, erkläre ich Herrn Soetken,

Speck und Blut in Saumägen in einer Tunke aus Essig und Silphium. Was, sagt Soetken, kenne ich ja gar nicht, Jette! ruft er, Jette!

Dieses Mädchen, diese Tochter Jette, die hätte ich fast unterschlagen. Wenn wir abends in der gekachelten Eßstube sitzen, haut Soetken plötzlich auf den Tisch, dann kommt sie aus der Küche gelaufen mit ihren Töpfen und Pfannen und bringt einen geräucherten Schinken auf dem Brett und frische Gurken. Dazu für jeden ein Gläschen Schnaps. Das Mädchen hat kleine Hände und Füße, die Schultern sind nicht breit, eher schmal, der Rücken ist schmal, wieso hat sie aber dann? Sagen Sie es nicht. Nein, der Abend ist schon fortgeschritten, die Uhr schlägt zwölf, und immer noch bringt sie ab und zu eine Kleinigkeit aus der Küche. Das Mädchen hat, wie soll ich sagen ...

Lieber nicht!

– – –

Wenn sie aber so schlank ist, ruft Soetken aus, wieso hat sie dann solche ungeheuren Felsen, wie kommt denn das? Das haben *Sie* gesagt, Soetken, stelle ich fest, nicht ich. – Meist wird es dann zwei oder drei, so daß ich erst am späten Vormittag wieder aufwache, wenn das Mädchen mit einem ergiebigen Frühstück zur Stelle ist. Es gibt meterlange Braunschweiger, Mortadella di Bologna, Trientiner und Eierkuchen mit Safran und Fenchel (auch eine Spezialität), mit anderen Worten, man ist hier ganz gut aufgehoben, sogar sehr gut, sie kocht – nun, deutsch kann man nicht sagen und französisch auch nicht, sie kocht eben holländisch. Morgens bringt sie das Frühstück ans Bett, und Brägen, der so lange im Hotel wohnt, will es kaum glauben: Die Tochter? Was machst du denn mit der Tochter? Einmal habe ich ihn zum Essen mitgenommen, und dann hatte er nichts Besseres zu tun, als ihr andauernd in den Ausschnitt zu gucken, der alte Kerl.

*

Mein Gastgeber zum Beispiel bevorzugt französische Küche. Warum? Wegen der Saucen und Zwischengerichte. Die englische Küche sei auch nicht die schlechteste, sagt er, wenigstens würde das Fleisch natur zubereitet, dagegen die deutsche Küche, fährt mein Gastgeber fort – täte ihm leid –, aber es dominiere die Suppe aus Wasser, Bier oder Milch, Fleisch werde ausgekocht und oft mit unedlen Teilen, Kaldaunen oder Fleck serviert, Pardon! entschuldigt sich mein Gastgeber, das hätte er vielleicht nicht sagen sollen. Ich sage: Das macht doch nichts, wir nennen das Schöpsbutten oder Bröschen.

Aber vielleicht hätte er es wirklich für sich behalten sollen, denn gerade heute abend, als wir in das kleine Speisekabinett überwechseln, gibt es – – also man nennt das hier spaßhaft «Kjoekkenmoeddinger», und das ist es auch, tut mir leid. Nämlich Milz in einer Rolle von Sauerbrotteig gebacken, doch, sehr lecker, eigenartig im Geschmack, möchte ich sagen, mein Gastgeber beobachtet mich. Schmeckt es nicht? Doch, doch, selbstverständlich, man ißt hier eben anders als bei uns. Ich sage: Sicherlich ist es hervorragend, gar kein Zweifel, es fehlt nur am Appetit. Gerade heute.

Verstehe ich nicht, sagt Soetken.

Eine kleine Meinungsverschiedenheit bezüglich des Essens, nicht wahr, aber am nächsten Tag ist er krank, erscheint nicht zum Frühstück, und das verstehe *ich* nun wieder nicht. Ich frage: Hoffentlich ist es nichts Ernstes? Nein, heißt es, nur etwas Magendrücken, aber als ich ihn gegen Mittag in seinem Schlafkabinett besuche, liegt er noch immer fest. Welch ein Anblick, die Seeländer haben die Deiche durchstochen, das Wasser steigt, und die Spanier werden aus ihren Quartieren vertrieben. Die Bettdecke: auf bleichgelbem Grund Rosenblätter und schwarze Nagelköpfe, darunter Soetken seufzend, ein schrecklicher Anblick, ich rufe: Was machen wir denn für Geschichten! Der Tuchhändler hebt eine feuchte Hand von der Bettdecke, O Gott, offen gestanden habe ich das fast vorausgesehen, ich selbst habe ja von dem Zeug nichts gegessen.

Daran kann es nicht liegen, behauptet er.

Woran denn.

Er stöhnt laut und hält sich den Leib. Ich wollte ja nichts sagen, fahre ich fort, aber das war sicherlich keine gute Idee. Er hält meine Hand fest. Nachher kommt Jette und baut einen Krankentisch über dem

Bett auf, sie bringt – was bringt sie jetzt? Eine Haferschleimsuppe für ihren Vater, aber dazu kann man ja nicht gerade guten Appetit wünschen, ich sage: Jetzt schlucken Sie erst mal runter, das bekommt Ihnen sicherlich gut. Er deutet mit dem Löffel nach unten: Wissen Sie, daß ich ein Kochbuch von Philipp I. habe. Ich sage bestimmt: An solche Sachen dürfen Sie jetzt nicht denken, essen Sie lieber Ihren Haferschleim.

Er löffelt sich den Mund voll, und dann schluckt er.

Gut?

Er löffelt weiter, dann hält er inne: Ich habe ein Kochbuch des Papstes, er deutet mit dem Löffel nach unten, der heilige Mann war ein Feinschmecker, sage ich Ihnen, eines Tages konnte er sich nicht mehr enthalten, ein eigenes Kochbuch zu schreiben (1570), wie heißt er denn, er blickt in seinen Haferschleimbrei. Dort steht es bestimmt nicht, sage ich, und wenn Sie nicht bald aufessen, muß ich die Jette rufen, die wird mit Ihnen schimpfen. Er nickt.

Er hat mein volles Verständnis, sagt er nachdenklich, dann fällt es ihm ein, Papst Pius V. Und wissen Sie, worauf er am meisten Wert legte. Nein? Auf seinen Ruhm als Erfinder feiner Konfitüre.

Sie sollen hier aber, sage ich, keine Konfitüre erfinden.

Ich weiß, sagt er und löffelt weiter, nachdenklich, Condé! Mein Gott, Condé, er erfand seine berühmte, nach ihm benannte Bohnensuppe und sein Minister Colbert die vortreffliche Sauce Colbert (Béchamel die

Béchamelsauce), löffelt aber bereits mit größerem Appetit. Wenn man bedenkt, daß ein mißlungenes Ragout Vatel, den Leibkoch des Königs, zum Selbstmord trieb, ach, ruft er mit vollem Munde, welche Zivilisation!

Montier, der Leibkoch Ludwigs XV., studierte Medizin und Chemie, eigens um seine Kunst zu vervollkommnen. Und der Prinz von Soubise erwarb durch seine Hammelkoteletts mehr Ruhm in seinem Leben als durch seine Feldherrntaten, und was soll ich sagen, jetzt haut er herzhaft in seinen Haferflockenbrei ein, wer Truthahn à la Régence ißt, denkt milder über seinen Regenten, ich habe mich wirklich über ihn gefreut. Ein Beispiel: Die Boleyn aß zum Frühstück ein Pfund Speck und trank eine Kanne Bier (die Hofdamen erhielten Pökelfleisch und eine halbe Kanne Bier), und als der Teller leer ist, blickt er hinein und klagt: Das ist mir, glaube ich, nicht bekommen.

Ich sage: Soetken, das ist sicherlich nur Einbildung.

*

Der arme Soetken. Während er im Bett liegt, führe ich seine Tochter vor der Stadt spazieren. Wo es flach ist, wo die Kanäle ins Land hinausziehen. Es ist lustig, mit Jette zu gehen, sie springt und hüpft auf den erhöhten Wegen, über Knüppeldämme, wo sich zwei Kanäle treffen. Dies sind unsere glücklichsten Tage, eine schöne Erinnerung der braunen rauchigen Herbstluft (über Amsterdam). Wie sie lacht. Ich erzähle ihr die Geschichte von den Philosophen Chi und Mi und ihrer Kröte Lo, da lacht sie so sehr, daß ein Knopf an der Bluse springt im Wäldchen Bobisdael, das eigentlich nur eine Ansammlung von zwei oder drei Dutzend Erlen ist, daran denke ich zurück.

Ein Herbsttag, wie er gar nicht schöner sein kann, klarsichtig, Felder und Gräben bis fernhin zur Stadt. Jette, sage ich, Kind, ich liebe dich, sie hört aber gar nicht darauf hin, ist vom Laufen noch ganz atemlos, und jetzt – weil sie so heftig gesprungen – bekommt sie einen Aufschluck. Du mußt die Nase zuhalten, rate ich ihr, aber anscheinend hilft das nichts, schadet allerdings auch nicht viel, denn was sich nun ereignet, ist wohl der schönste Hickeschlick, der jemals stattgefunden hat. Hoho. Ein Ruck, ein Stoß, ein seliges Strampeln, ein weißes Lämmchen hüpft heraus, da ist ihr doch der Knopf gesprungen. Ich rufe: Festhaken, Jette, aber so große Hände hat kein Mensch, um das alles festzuhalten. So viel.

Und soll ich sie nun heiraten?

Wenn man alles zusammenrechnet, ja, aber sehen Sie, ich *will* gar nicht rechnen, ich sitze hier in der Küche bei Jette, und das genügt mir. Ein angenehmer Aufenthalt, ganz mit braunen Mettlacher Fliesen ausgelegt, und da sitze ich nun und schaue, was sie alles macht und tut, die niedliche Köchin. Was für Kräuter sie auf dem Holzbrettchen hackt, wie sie einwiegt und schneidet und in ein Töpfchen gibt, Liebstöckel, ein bißchen Salbei, Melisse und Beifuß, Butter formt, hartgekochte Eier schält, wie sie Knochen auslöst, dünstet und spült. Das ist aufregend: wie sie durchseiht, raspelt, reibt und bindet und gedeckt kochen läßt!

Ich rufe: Vorsicht, Jette, aufgepaßt, eines Tages werde ich dich noch selber verspeisen – und das ist gar nicht so ausgeschlossen, ich nenne das Liebe. Vom Estragon ein Zweiglein, vom Thymian ein Blättlein, Senf für Wallungen und Herzklopfen. Und ich kann mir nicht helfen, ich finde sogar die grüne Schürze, die sie umgebunden hat, so furchtbar aufregend, regelrecht körperlich, meine ich. Eine Orgie? Fast könnte man es so nennen, wenn sie ruft: Es ist aufgetragen, mijn Heer, wenn sie mit der Schüssel kommt und die gefüllten Tauben hinstellt, strahlend vor Freude, daß es mir so gut schmeckt: Es ist angerichtet, bitte zu Tisch, guten Appetit, das niedliche Frauenzimmer. Der Tisch steht unter einem Backsteinbogen, Sitzgelegenheit für vier Personen gleich neben dem Herd, wo die Speisen brühheiß serviert werden. Händewaschen, Platz nehmen, fertig. Jette bringt den großen Braten. Zunge in einer Nußsoße, Kopenhagener Welfenpudding (Eierrahm und Rumgelee). Vorweg ein in Weißwein gekochtes Huhn.

Das lasse ich mir gefallen.

Zwischendurch – wenn ich sie erwische – drücke ich ihr noch einen auf die Backe, daß sie kreischt, und das Kotelett knallt auf dem Herd. Es heißt ja, daß die Liebe durch den Magen geht.

Hoho! Und Jette?

Jetzt geh auf deinen Teller, lacht sie.

Und was soll ich da, rufe ich, wenn mir gerade *das* am besten schmeckt. Jiiih, kreischt sie und ist gerade gut durch, gerade, wie sie sein soll.

Ja, dieser Mann, lacht sie.

Ja, Frau Gänseklein, rufe ich, Frau Pumpernickel, nun lassen Sie mich mal abbeißen, hier kommt ein fröhlicher Kostgänger (einer, der ganz großen Appetit hat). Der Herr Brot.

Ach, lacht sie.

Aber schließlich, warum nicht? Jedermann hat seinen eigenen Geschmack, also muß wohl etwas daran sein, und man konnte nur den armen Herrn Soetken bedauern, der immer noch festlag.

Und als im Frühling die Hochzeit stattfand, waren an die hundertfünfzig Gäste geladen, alles Holländer. Immer mehr kamen, das ganze Haus war voll, ich hätte nie geglaubt, so viele Freunde zu haben. Die Braut strahlend, Kußhände zuwerfend, der Brautvater ans Glas klopfend. Und als immer mehr kamen und einige schon wieder zur Tür hinausgedrängt wurden, weil beim besten Willen kein Platz mehr im Haus war, und als sie fragten: Warum ist es denn hier so eng?

Und alle die Braut ansahen, als sei sie daran schuld.

Da ging sie hin, um ihre Brüste aus dem Fenster zu hängen.

Da sei plötzlich Platz im Haus gewesen.

9

Bis zum Mai lasse ich das Haus renovieren. Ich habe eigentlich daran gedacht, daß wir, Jette und ich, die beiden Räume rechts neben der Treppe nehmen, Mammas früheres Schlafzimmer und den kleinen Salon. Das verstehst du doch, Mamma, sage ich, wir brauchen den kleinen Salon nicht unbedingt, aber es wäre nett, beide Zimmer in einer Flucht zu haben. Ich dachte, du nimmst das Vorderzimmer, das zwar kleiner ist, dafür aber näher zur Toilette.

Und das Eßzimmer?

Mamma, sage ich, das geht nicht. Wir brauchen das Eßzimmer, du verstehst doch, daß ich Jette nicht die steile Treppe zumuten kann. Es sei denn, wir richten hier oben eine Küche ein, aber dann ist da die Schwierigkeit mit dem Badezimmer – wir müssen ja ein Badezimmer haben. Aber Mamma! sage ich, Jette kann sich doch nicht in der Küche waschen, außerdem dachte ich an eine Art Näh- oder Plättstube, wo sie ihre Wäsche aufbewahren kann. Oder für Handarbeiten, um mal einen Saum zu nähen, ich verstehe ja nicht viel davon. Als verheirateter Mann, lache ich, hat man plötzlich eine Unmenge Probleme, von denen man sich vorher nichts träumen ließ. Kinder? So weit will ich gar nicht erst denken, immerhin haben wir noch das Zimmer im ersten Stock, wo jetzt Kulle wohnt, und darüber gibt es fast einen kleinen Streit. Unsinnig insofern, weil vorläufig davon noch gar keine Rede sein kann.

Aber doch eine kleine Mißstimmung.

Außerdem muß das Haus verputzt werden – ist ja jahrzehntelang nicht mehr getan worden, Potter, der Architekt, den ich damit beauftrage, hat eine Menge Ideen; wenn es nach ihm ginge, würde er das ganze Haus abreißen – er kommt gerade von einem Aufenthalt in Rom zurück. Nee nee, Potter, sage ich, nun halten Sie sich mal an die Gegebenheiten, ich möchte, daß Sie die Front etwas auffrischen und sonst gar nichts. Wird gemacht, sagt der Baumeister, der Putz kommt dunkelgelb, das Portal mit den Porträtfiguren (die gar nicht existieren) steingrau, Fenstereinfassungen mit stehenden Figuren lichter Ocker, tragende Figuren weiß. Potter ist ein kleiner wendiger Mann. Ich lache: Langsam, Herr Potter, was Sie sich da vorgenommen haben, scheint mir eher nach Rom zu passen. Was ist denn das? frage ich.

Ein Glasdach, erklärt er, natürlich können wir auch darauf verzichten, wir können überhaupt auf das Dach verzichten, er begeistert sich, ich reiße Ihnen hier die Wand heraus und mache Ihnen einen breiten Eingang. Wissen Sie was, ruft er, oben reißen wir auch noch die Wand heraus und machen eine Galerie, etwa so, er reißt mit Kohle seine Idee auf das Papier, also nee, sage ich, das sieht ja aus wie das Grabmal der Cäcilia Macella. Zwei Mohren halten ein Schaufelrad, was ist denn das? Die Treppe, erklärt Potter, die müssen wir neu aufführen, das heißt, wir können Teile der Rückpartie erhalten oder wenigstens das Rückgebäude.

Oder doch nicht, weil es flacher muß, und die Absätze müssen niedriger, die müssen wir mehr nach innen versetzen. Ich wundere mich. Wie kommt denn da eine Treppe hin.

Mein lieber Potter, sage ich, ehe Sie mir das ganze Haus abreißen, streichen Sie mir erst mal die Front hell, und was glauben Sie, es wird sehr hübsch – erinnert sogar etwas an den italienischen Aufenthalt des Architekten. Trotzdem werde ich jetzt ein schlechtes Gefühl nicht los, nach dem Streit, den es gegeben hat. Worüber? *Ich weiß es nicht,* auf jeden Fall war er häßlich und unnötig. Ich wollte lediglich die Küche etwas umbauen – in Holland hat man noch teilweise offene Feuerstellen (wohl aus traditionellen Gründen) mit einem Bratspieß, auf den das Fleisch gesteckt wird, schön eigentlich. Ich habe das Mamma genau erklärt, wir wollen es doch der Jette so nett wie möglich machen, sage ich, sie soll sich doch zu Hause fühlen. Das versteht Mamma (hoffentlich).

Aber dazu brauche ich das Zimmer von Kulle, das sowieso nicht sehr groß ist, das ist ja klar, die Küche ist zu klein, aber wenn man nach rechts einen Durchbruch macht, gibt das eine *anständige* Küche, wie man sie in Holland hat. Ganz mit braunen Mettlachern ausgelegt. Und wo soll Beffchen hin, fragt Mamma. Beffchen? Daran habe ich auch gedacht, der könnte eigentlich in die Kammer.

In die Plättstube?

Soll er nicht. Ich erkläre Mamma noch einmal den Lageplan, die Plättstube kann ebensogut in den zweiten Stock, neben das Bad, da soll an sich Mamma wohnen, aber weißt du was, du kommst in das Gartenzimmer, sage ich. Nun hätte sie ja gleich zustimmen können, da sie weiß, worum es geht, statt dessen fragt sie jetzt: In das Gartenzimmer? Ja, sage ich, nach hinten hinaus, eben das Hinterzimmer, ich sage, laß dich mal anschauen, Mamma, hast du Sorgen? Es sind eine Menge Falten, die sich von den Augen herabziehen, und ich habe auch den Eindruck, daß Mamma reizbarer erscheint als früher. Wenn sie will, kann sie natürlich auch die Kammer kriegen, dann kommt Beffchen ganz nach oben – es ist eine alte Erfahrung, daß junge Eheleute für sich sein sollten, und das ist vielleicht die *allerbeste* Lösung.

Aber anscheinend doch nicht, denn daraufhin hat es Streit gegeben, und irgendwie habe ich das vorausgesehen (meine Vorahnung). Du bist herzlos, sagt sie zu mir. Das ist mir nicht bewußt, herzlos, sage ich, ich bin herzlos? Hat jemand schon mal daran gedacht, wieviel Geld ich in diesen Kasten gesteckt habe? Sie erklärt mir: Du hast kein Herz, du bist kalt, sie weint, ordnet das Besteck auf dem Tisch mit fliegenden Fingern. Sie ißt auch nicht mehr. Mit anderen Worten, ein regelrechter Auftritt, ich bin gar nicht in der Lage, alles im einzelnen zu wiederholen, so sehr habe ich mich darüber aufgeregt. Mamma, sage ich, du tust ja gerade so, als wollte ich dich aus dem Haus treiben, du bist ja bloß eifersüchtig. Aaoooohh, heult sie, so weit hast du es also gebracht, und das wird dir noch einmal leid tun.

Ich rufe: Hinaus! alte Hexe.

*

Jetzt schon, wenn ich durch Haus gehe, drückt mich mein Gewissen. Stellen, wo die Bilder gehangen haben, der kratzige Geruch der Möbelträger. Oh, ich vergaß, man hat mir noch ein Andenken hinterlassen, und wenn es nicht so traurig wäre, könnte man fast darüber lachen. Eines Tages komme ich in den Laden und denke: Was ist das? Steht da zwischen den Gestellen, lang und dünn mit einem Adamsapfel, ich glaube zu träumen. Ich frage: Wer sind *Sie* denn?

Trägt eine Brille.

Nanu.

Schiebt einen Stuhl von der Stelle.

– – –

Doch, ich habe versucht, einen Sinn darin zu erblicken. Und? Es ist mir nicht gelungen, Augenblick mal, ein furchtbarer Gedanke. Sie! rufe ich dem Mann zu, ja, Sie meine ich, ist ja sonst niemand anwesend, was tun Sie hier, verkaufen? Mich trifft der Schlag, ein Verkäufer. Wollen Sie etwa behaupten, ich hätte

Sie eingestellt, ja *wer denn sonst?* Mich trifft der Schlag, ich sage: Wollen Sie mir die Kunden vergraulen, was sind Sie denn von Beruf? Student? Mann, donnere ich, haben Sie überhaupt eine Ahnung, wo Sie sich befinden, ich sage ruhig: Sie sind entlassen, und zwar auf der Stelle, schließlich mußte ich ihm auch noch das Gehalt nachzahlen, das der Mann zu kriegen hatte (hoffentlich das letzte Andenken). –

Ende Mai lasse ich Jette nachkommen. Es gibt ein großes Festessen unten im Speisesaal, den ich mit einer Landschaftstapete versehen habe, und alle, alle sind erschienen, nur die nicht, auf die ich am meisten Wert gelegt hätte – Mamma. Liebes, mach dir nichts daraus, sage ich zu Jette, die nicht weiß, was sie davon halten soll, vielleicht habe ich selber schuld. Ich weiß es nicht. Natürlich ist es für eine junge Frau nicht leicht, auf derartige Ablehnung zu stoßen – und dann soll der Ehemann zu ihr stehen –, aber schließlich wird es doch noch ein großes Fest. Jette hat es sich nicht nehmen lassen, selbst einen riesigen Braten zuzubereiten, ein ganzes Schwein, gefüllt mit Kalbswürstchen, das sie mit der Kurbel wendet. Sie hat einen Holzstapel aufgerichtet und legt feste nach, denn die Hitze muß beträchtlich sein, um ein so großes Stück gar zu braten, die Schwarte recht kroß, das Innere aber zart und saftig. Alle Gäste sind schon da, und immer wenn Jette die Tür öffnet, fällt brandroter Schein ins Speisezimmer, so daß sie wahrscheinlich ahnen, was auf sie zukommt.

Dort sitzen sie schon alle am Tisch, und Brägen erzählt gerade vom jüngsten Mann der «Colombo» – das ist er einmal selbst gewesen, ach Jugend, und nun stelle man sich den groben Kerl vor, wie er versonnen in die Ferne schaut, dahin, wo das eiserne Tankschiff «Colombo» durch den Indischen Ozean fährt. Die Sonne, das glühendheiße Deck, das Meer ringsum kochend, das war so heiß, Jungs: Eimer runter, catcha fish, und was glaubt ihr, gleich gar gekocht! So anschaulich, daß die Leute auf ihren Stühlen zu schwitzen anfangen, ich kenne meinen Brägen gar nicht wieder. Jetzt leeren wir mal ein Glas auf Brägens «Jugend», rufe ich, und nun gibt es eine Reihe Trinksprüche: Auf die Hausfrau, wo ist sie denn? Kinder, sage ich, ihr müßt euch noch gedulden, die Hausfrau brät, und wenn die Tür aufgeht, werden die Gäste fast mitgebraten, hahaha, ein Trinkspruch auf mich selber: Auf meine glückliche Ehe, auf meinen Erfolg, Kinder, sage ich, tragt nicht zu dicke auf, aber ich bin ja selber ganz gerührt.

Seht euch mal das Haus an, wie das geworden ist – Potter hatte auch ein paar prima Ideen –, und der Laden, ich sage, könnte gar nicht besser gehen, die Leute sind anspruchsvoll geworden, also kriegen sie, was sie wollen, sehen Sie sich mal mein Lager an! Ich gebe zu, Schwiegervater hat etwas mitgeholfen, will ich gar nicht ableugnen, das Haus ist bis zum Dach vollgestopft. Ich sage ernst: Das sind Millionenwerte, die hier stecken, Millionen – – – ja, tut mir leid, meine

Freunde. Alles lacht. Na, großartig, kräht Fidi Fieber, kannst du mir eine Million leihen. Ich sage: Wenden Sie sich bitte an meinen Bankier, und Ali Bamberg, der alte Pauker, flötet: Exzellenz, gibt es Krieg? Ich erwidere: Nach meinen Informationen ist es ein Glück, daß Österreich und Italien gezwungen sind, auf Rußland Rücksicht zu nehmen. Alles japst nach Luft, und Potter hat gleich ein neues Geschäftshaus entworfen, ganz in Granit, über der Eingangstür eine Goldhenne.

Rrrrrääääähh, ein ungeheurer Spaß.

Potter, sage ich, verkaufen Sie mir Ihre Goldhenne, die möchte ich als Firmenzeichen eintragen lassen. Ein Präsent, ruft Potter. Ich blicke meine Freunde der Reihe nach an – und es ist eine lange Reihe, ich bin reich an Freunden – ihr wißt gar nicht wie reich, sage ich, und nun blicken alle etwas betreten vor sich hin, aber auch wohl stolz. Alles, was ich besitze, sage ich, befindet sich unter diesem Dach; das ist aber fast wörtlich zu verstehen, und es gibt mir, wie soll ich sagen, ein wunderbares Gefühl. Als ob gar nichts mehr passieren könnte, man müßte schon das Haus anzünden, wartet ab, sage ich, bis ihr sie seht, dann werdet ihr wissen, was ich meine.

Zwischendurch schaue ich mal zur Jette hinüber und helfe Holz nachlegen. Die Gäste haben schon Hunger. Was? Die Gäste, rufe ich, es hat keinen Zweck, die dicken Buchenscheite veranstalten ein Kanonenfeuer, ein Prasseln und Krachen, und Tisch und Stühle, die sich in der Hitze verziehen, krachen kräftig mit. Man kann ja sein eigenes Wort nicht verstehen. Wie? Was? Jette streicht zusätzlich Öl auf den Braten, das geschieht mit dem Pinsel und muß sehr schnell gehen, sonst verbrennt man sich die Pfoten. Ich weiß wirklich nicht, ob ein so großes Feuer nötig gewesen wäre.

Nebenan erzählt Brägen.

Vielleicht, denke ich manchmal, hätte er nicht gerade *diese* Geschichte erzählen oder ein anderer Gast hätte seine Jugend vorüberziehen lassen sollen, der Lehrer Bamberg zum Beispiel, die stillen grünen Teiche, die schattigen Plätze *seiner* Jugend. So, wie es steht, haben schon alle das Jackett ausgezogen und den Kragen geöffnet, das Deck konnte man gar nicht betreten, erzählt Brägen, wir hatten uns Bretter an die Schuhe genagelt, sonst wären sie glatt verschmort, und Durst, Wasser! Jawohl, die Brüder kübeln den guten Wein hinunter, als wenn sie am Verdursten wären, jetzt mach' mal jemand das Fenster auf, die Luft ist ja zum Schneiden, ruft Felgenhauer, und eine Hitze! Eine Hitze, brüllt Brägen. Inzwischen schaue ich mal wieder in die Küche, wo man vor Qualm überhaupt nichts mehr erkennen kann, ganz dick, meine Frau ist nirgends zu sehen. Wo bist du denn, rufe ich, was machst du? Sie ist gerade dabei, noch mehr Holz aufzulegen, daher der Qualm, jetzt bricht aber ein Feuerschein hervor, daß man denkt, das ganze Schwein steht in Flammen. Fast hätte ich selber noch etwas abbekommen, mein Hemd ist ziemlich angerußt, mein Gesicht. Jemand, der vor dem Haus stand, hat den Funkenflug gesehen, der (wie ein Feuerschweif) aus dem Kamin geschossen ist, ja warum hat er es denn nicht gemeldet. Inzwischen sitzen die Gäste wie Fliegen auf den Stühlen. Wenn die Tür jetzt aufgeht, fährt eine solche Hitze heraus, daß man fürchtet, das Tischtuch könnte ansengen, aber anscheinend hat das niemand bemerkt.

Bis zu dem Augenblick, als sie in der aufgerissenen Tür erscheint, zugleich mit Feuer und Rauch: Es ist angerichtet! Den riesigen Braten vor der Brust, schweißglänzend und halb irrsinnig: Zu Tisch! zu Tisch! Völlig derangiert, das Dekolleté weit offen, die Brüste selber wie zwei gesottene Schweine, während auf ihrem Rücken eine riesige Flamme hereinsengt. Da *haben* sie es wohl endlich gemerkt.

*

Das Haus brannte in der Nacht vollständig nieder und mit ihm alles, was ich jemals besessen. Und als der Morgen kam, war ich ein armer Mann.

Doch, ja, es gibt noch ein Nachspiel. Eines Tages sitze ich bei Mamma – das scheint schon eine Ewigkeit her –, in der Straße hängt noch immer schwärzlicher Nebel, und es riecht noch immer brenzlig. Aber Mama ist unvorstellbar freundlich zu mir, sie hat Frühstück gemacht, spricht sehr wenig. Kulle und Beffchen sitzen auch dabei. Es gibt Butter, Honig, dazu Kakao. Ich bin ja nicht in der Lage, einen Bissen anzurühren. Mamma hat meinetwegen das blaue Mergenthaler Service aufgedeckt. Ich sage: Das habe ich ja gar nicht verdient. Pscht, pscht, hier wird gegessen, anschließend geht Mamma in die Küche und brät ein kleines Hammelkotelett, das heißt, so klein ist es auch nicht, und es ist noch eine Portion Kartöffelchen auf der Pfanne, und protestieren nützt nicht viel. Ich sage, das kann ich doch nicht aufessen. Du kannst. Aber vielleicht möchte Beffchen gerne. Beffchen, erklärt Mamma, wird auch einmal zurückstehen können. Ach, erwidert dieser zögernd, eigentlich bin ich ja satt. Na gut, stellt sie fest, also bist du satt, sie tut mir noch das zweite Kotelett auf den Teller.

Danke.

Pscht.

Mit vollem Magen sieht die Welt ganz anders aus, erklärt Mamma, und sie hat recht, ich fühle mich zwar sauelend, aber eigentlich schon wieder besser. Mamma ist eine wunderbare Frau, sie geht in die Küche und kehrt mit einem kochendheißen Getränk wieder, das sie mir vorsetzt: Trink das erst einmal, dann werden wir weitersehen.

Ich frage: Was ist denn das?

Rotwein mit Ei, erklärt Kulle vom anderen Ende des Tisches (ein andermal kriegt er auch einen). Schmeckt's?

Hmm, brumme ich.

Es schmeckt sehr gut, erklärt Mamma energisch,

und in deinem Zustand ist es genau das richtige, wäre ja noch schöner. Und das zweite Glas schmeckt wirklich ausgezeichnet, na also, Mamma füllt noch einmal nach und legt mir das dritte Kotelett auf, mit Backpflaumen und Rosinen. Halt, halt, rufe ich, du willst mich wohl ersticken, genau besehen habe ich schon viel zuviel gegessen, wenigstens mehr als mein Quantum, möchtest du noch? Möchten wohl, pruste ich, aber können – – nee, beim besten Willen nicht mehr, und bei dieser Gelegenheit ist es mir alles wieder eingefallen, ahhrrgg!

Was ist?

– – –

Junge, schreit Mamma, was ist dir? Ist dir das *Essen* nicht bekommen, sag doch etwas. Ich stehe auf, gehe aus dem Haus, eine Kastanienallee, eine was? Eine Kastanienallee hinunter, irgendein Park und – päng! Aus, erledigt. Hoppla, junger Mann, sagt Mamma, haben Sie uns aber einen tüchtigen Schrecken eingejagt, jetzt trinken wir erst einmal aus, bevor wir wieder auf dumme Gedanken kommen. Und im übrigen möchten wir so etwas *nicht* gehört haben. Mamma! rufe ich aus, du bist die zauberhafteste Mamma der Welt, ja, wehrt sie lächelnd ab, du bringst mir ja die ganze Frisur durcheinander.

Obwohl – – ich gebe zu, daß ich jetzt etwas Magendrücken bekomme, entweder war das Fleisch zu fett, oder der Rotwein ist mir nicht bekommen. Einen Schnabus?

Lieber nicht.

Dann wenigstens etwas Käse.

Nein, Mamma, sage ich, beim besten Willen nicht mehr. Aber ein Stückchen kann man immer noch, erklärt Mamma, die, aus der Küche kommend, einen blauen Teller trägt, zum Abschluß. Nein, Mamma, beteuere ich. Zum Abschluß einen Stiltonkäse.

Den habe ich allerdings nicht erwartet.

Diesen berühmten Käse, der seinen Namen von dem Dörfchen Stilton hat – in Wirklichkeit stammt er aber aus Leicestershire – und wenn ich sterbe, rufe ich, aber wenn du mir *den* bringst, Mamma, *muß* ich ja zulangen.

Wie ist er denn? Also, der Käse ist erstklassig, so viel sieht man schon im Anschnitt, schön glatt und glänzend, ein kompakter Käse, schwer, auf keinen Fall darf er laufen, und dieser *steht* auf dem Messer. Vielleicht möchten Kulle und Beffchen auch mal kosten. Kommt nicht in Frage, sagt Mamma, die kriegen ein andermal einen, den habe ich für dich gekauft. Aber als ich ihn aufgegessen habe, sehe ich ihn noch immer vor mir, hoch, etwas konisch, er sieht aus wie ein umgestülpter Blumentopf. Wie mir ist?

Nicht gut. Ehrlich gesagt, der Stilton liegt mir wie ein Stein im Magen.

Nun übertreibst du aber.

Nein, gar nicht, es gibt einen Moment, und der Raum steht schief: Da bin ich vom Stuhl gefallen. Junge, was ist denn, Mamma läuft durch die Stube.

Nichts, Mamma, schon wieder besser, mir ist nur plötzlich schwindlig geworden, vielleicht habe ich zuviel gegessen, oder der Stilton war nicht gut.

Der Stilton war ganz bestimmt gut, ruft Mamma.

Kulle hilft mir aufstehen, aber als ich wieder im Stuhl sitze, nein, bekommt mir die aufrechte Stellung ganz und gar nicht, ich bin seitlich weggerutscht und liege auf dem Teppich. Warum ißt du denn so viel, schimpft Kulle, weißt du nicht, wann du genug hast! Jetzt legen sie mich wenigstens aufs Sofa, und fast habe ich den Eindruck, daß es hilft, Beffchen reibt mir den Leib, damit – wie er sagt – die Speisen besser verteilt werden. Kennst du die Geschichte von Galenus? Nein, schreie ich.

Wenn er sich vergiftet hat, sagt Beffchen, muß man das Gegengift anwenden.

Gift?

Das behauptet ja niemand. Nach der Theorie müßte man jetzt noch mehr von dem Stilton essen, aber du siehst ja, wie er sich anstellt: Weil er nicht auf mich hört, sagt Beffchen (er studiert doch Medizin), Gift in kleinen Mengen genossen, bewirkt oft das genaue Gegenteil. Ja, rufe ich, wollt ihr mich denn umbringen!

Davon spricht ja niemand.

Jetzt werde ich ohnmächtig, ich fühle ganz deutlich, wie sich eine Decke ausbreitet. Mein Junge! Nein, sage ich, das hat nun keinen Zweck mehr, das hättet ihr euch vorher überlegen sollen. Beffchen sagt: Er hat recht, es hat wirklich keinen Zweck mehr.

Mamma kommt noch mit nassen Tüchern, sie bringt ein Glas Epsomsalz, einen Eimer – der ist nun auch nicht mehr nötig, ich fühle, wie die Schmerzen nachlassen, mein Kopf: Als ob jemand vors Licht träte, erst ein schwarzer Zipfel, dann schon die ganze Nacht, und gerade an dieser Stelle sehe ich jetzt die Goldhenne – ich bin schon ziemlich weit entfernt. Wie hattest du dir denn das gedacht, fragt Beffchen.

Wie *hattest* …

Erst haben sie mir mein Geld genommen, und dann haben sie mich umgebracht.

*

Der kleine Stani brüllt wie am Spieß. Ah ah ah, macht die Hebamme, wer wird denn gleich, und hebt und senkt den kleinen Matz und läßt ihn auf dem Arm hopsen, damit er nicht so laut schreit.

Sie singt: «Pollipolli» und «Bös' Weiber waschen am wäschesten», was schreist denn du? Hat dir jemand was getan? Ei ei, pscht pscht, man freut sich doch und lacht, wenn die Mamma einen liebhaben soll, und sieh nur: Jetzt hebt sie ihren mächtigen Leib und ist wieder an der Arbeit, ihr Gesicht ist naß, und ihr Haar liegt wie eine gelbe Fahne auf dem Kopfkissen, und plötzlich erscheint wunderbar leicht und glatt ein Brüderchen, sieh nur – – der Kulle.

Der, der später einmal Kulle heißen soll.

II

Kulle: Der Ranghöhere

I

Ich bin der zweite, wie mir versichert wurde.

Durch meine Querlage im Nachteil, soll ich dem Stani den Vortritt gelassen haben und wohl höchst widerstrebend, was ich mir allerdings kaum vorstellen kann. Ich meine, ich kann mir nicht vorstellen, jemandem den Vortritt zu lassen (haha), und ich glaube, es ist Unsinn anzunehmen, so kleine Geschöpfe merken schon etwas. Nein, meine allerfrüheste Erinnerung – wenn es eine ist – erstreckt sich auf ein ungeheuer sich herniedersenkendes Gesäß, auf die beiden mächtigen Hälften vor braungewölktem Hintergrund: Das Bild einer sehr üppigen Dame, aber das ist wohl eine andere Erinnerung, gut anderthalbmal ihrer Lebensgröße, vorne ein soßenroter Teppich, nachlässig über ein paar Stufen gebreitet. Daraus blickt mich die Dame streng an und sagt: Wenn du nicht parierst, werde ich mich auf dich setzen, und ich brülle durchs Treppenhaus; vielleicht war es ihre Stellung, sie zeigt mit leicht angewinkelten Beinen ihren Rücken, blickt dabei über die linke Schulter auf den Betrachter.

Jemand ruft scharf: Das Kind!

Um Gottes willen, haben sie gerufen, das Kind, inzwischen kommt die Dame herab, die Kette löst sich, die Leinwand neigt sich, wird teilweise von der Luftsäule getragen. Mamma? Wo ist Mamma gewesen, wahrscheinlich hat sie sich nicht genügend um mich gekümmert, ich sehe sie heute in der weißen Bluse am Fenster, immer sehr streng, sehr aufrecht, wunderschön. Wenn wir am Wohnzimmertisch sitzen und in ein Heft schreiben, müssen die Buchstaben wie gehämmert aussehen, ohne Kleckse. Ich sitze neben Beffchen, und Stani, der immer gegen das Tischbein stößt, sitzt mir gegenüber, und wenn ich nachher das Heft abgeben muß, findet Mamma einen … was? Einen Klecks, sage ich, Stani ist schuld, er hat gegen das Tischbein gestoßen.

So? sagt sie, dann soll Stani sein Heft vorzeigen, darin finde ich aber keinen Klecks, *seine* Schrift ist sauber! Mamma gibt Unterricht an einer Mädchenschule – das bedeutet aber, daß wir uns ganz besondere Mühe geben müssen, denn wir wollen doch nicht, daß die kleinen Mädchen bessere Buchstaben schreiben? Sie deutet auf das K, was ist denn das? Ist es ein Haus? fragt sie, so daß ich selbst lachen muß. Nein nein. Ist es vielleicht eine Flasche? Oh ha. Oder ein Vogelnest? neinnein – – oder soll es vielleicht – ein Schwein sein, ruft Mamma.

Nein.

Es soll wohl, sagt Mamma in sehr strengem Ton, ein Schwein sein, was du da gemalt hast. –

Einmal schreiben wir die Fabel vom Fuchs und der Gans ab. Es ist ein trüber Nachmittag, um vier muß schon Licht gebrannt werden, da sagt der Fuchs: Wenn ich deine Federn hätte ... und Stani stößt unten mit dem Fuß an. Da! rufe ich, jetzt kann ich noch mal von vorn anfangen, mußt du ... Du? sagt Mamma, wenn du dich mit deinen Brüdern nicht verträgst, wirst du eben nachher weiterschreiben. Und das heißt, daß ich noch bis sechs sitze, wenn es Abendbrot gibt, bis dahin bin ich vielleicht bis zur Hälfte der Seite gekommen; ich schreibe vorsichtig, tauche die Feder nur halb ein, damit es keinen Klecks gibt, «willst du nicht auf einen Spazier ... (schreibe ich) gang», da sitzt der Klecks.

Um sieben beginne ich noch einmal von vorn. Mamma hat uns beigebracht, wie man mit der fetten, halbfetten und mageren Feder schreibt, ich habe die magere gewählt. Komme diesmal auch bis ganz hinunter – es sind vierundzwanzig Zeilen – bis zur letzten Zeile, die wie gehämmert aussieht, indem ich jeden Buchstaben einzeln schreibe, aber trotzdem so, daß er mit dem vorausgehenden zusammenhängt. Ich male das K und ziehe nachträglich den Verbindungsstrich: Da sitzt der Klecks auf dem K, und ich tauche meinen Finger ein. Mamma ist schon im Bett gewesen, in einem langen weißen Hemd, das Haar hat sie herabgelassen. So! stellt sie fest, du hast also dieses Heft abgeliefert.

Ja, antworte ich.

Dann willst du mich also ärgern.

Nein.

Mamma nickt: Du wirst hier in diesem Zimmer

bleiben und die Fabel vom Fuchs und der Gans so oft abschreiben, bis sie fehlerlos auf dem Blatt steht.

Ich schreibe: Im Wald lebte ein Fuchs … Mamma hat sich hinter mich gestellt (die Uhr, die streifende Stunde, das Hemd riecht merkwürdig bitter) … Guten Morgen, sagte der Fuchs … und ich sitze am Toilettentischchen, wo sich Mamma morgens frisiert. Wie schön Sie sich gemacht haben, sagte der Fuchs, welch ein schönes weißes Hemd, schreibe ich, es soll aber heißen: weißes Kleid. Mamma sagt dazu gar nichts, also beginne ich von vorn und gelange jetzt, ohne mich zu verschreiben, bis zu der Stelle, wo es heißt: Wie ich sehe, ist Ihr Kleid nicht mehr modern, sagte der Fuchs zur Gans, es ist ja bis über den Hals zugeknöpft, damit können Sie aber nicht mehr herumlaufen. Ich drehe mich um und sehe, daß es vorn zugeknöpft ist, Mamma zeigt auf das Heft, und ich beeile mich, weiterzuschreiben: Wenn Sie es ausziehen, werde ich es Ihnen umändern … Mamma gähnt und setzt sich auf die Tischkante, neben meinen linken Arm, aber ich werde frieren, sagt die Gans, ach was, antwortet der Fuchs, ich werde Ihnen so lange meinen Pelz … statt dessen schreibe ich aber … meinen *Pilz* geben.

Da lacht Mamma böse, als sie das sieht und ruft: Aufstehen, zeig deine Hand, auau, Mamma, ja du kleiner Nichtsnutz, sagt sie, willst du mich ärgern.

Willst du ins *graue Haus?*

*

Im Sommer machen wir einen Ausflug mit dem Dampfer. Wir sehen die Silhouette von Demmin mit den Türmen der Marien- und der Georgenkirche, die Stadt hat etwas Industrie, Zucker, Öfen, Farben, einen in den letzten Jahren erweiterten Hafen (150000 Reg.Ton.). Eine schöne Fahrt zwischen den sommerlichen Kulissen, rechts lange steingraue Gebäude, die Manfred-v.-Schill-Kaserne, dahinter noch andere Gebäude, Mamma ist geheimnisvoll, und wirklich, als wir die grüne Mole umrunden, steht dort ein General, oder mag es ein anderer hoher Offizier gewesen sein, gleichviel – blickt ganz ernsthaft zu uns herüber, ich, aufrecht stehend, grüße im Vorbeifahren, und siehe, der General hebt die Hand zur Mütze, grüßt zurück. Junge, sagt Mamma, darauf kannst du aber stolz sein, das werde ich nie vergessen. Seit wir in die Sexta gehen, gibt Mamma dort nachmittags Turnunterricht, meine Brüder und ich sind natürlich stolz darauf. Stani ist ein großer Kerl geworden, macht eine ganz gute Figur beim Turnen, Beffchen dagegen hängt am Reck wie ein Mehlsack, kriegt kaum die Füße hoch, sein Aufschwung ist hoffnungslos. Er hat auch gar kein Selbstvertrauen. Wir rufen: Versuch mal, deinen Wanst hochzukriegen, nichts zu machen. Mamma wird nachher im weißen Trainingsanzug die Sitzwelle am Reck vorturnen, einer aus der Klasse muß Hilfestellung geben – und ich, links stehend, leiste den Hilfsgriff, indem ich mit der rechten Hand zugreife, danach springt sie in straffer Haltung ab.

Mamma ist Mitglied der Agnes-Vieth-Vereinigung (in Holstein), sie schreibt in der «Leibeserziehung» und in der «Deutschen Turnerschaft», und wir erinnern uns an die Stunden am Nachmittag, es ist schon lange her, das grüne Licht, das durch die Fenster fällt, die Übungen auf der Matte, das Hangen und Schwingen. Die rehbraunen Böcke, die kaffeebraunen Tische. Wir hängen am Reck, wir springen aufs Pferd, wir laufen, stemmen, glücklich?

Eines Tages begibt sie sich an den Barren, der von vielen als das schwierigste Gerät angesehen wird, jemand muß während der Übungen links stehen und das linke Handgelenk des Turners umfassen. Ich sage: Stani, das ist aber *meine* Aufgabe, und mache mich bereit, meinen Platz einzunehmen. Nun ist er größer und schlanker als ich – ich bin eher untersetzt –, und wenn er mich beiseite schiebt, sieht das elegant aus, keinem wäre es aufgefallen. Mamma macht die Stützflanke, erst die offene, dann die geschlossene, danach die Grätsche und anschließend die gezogene Hocke, und die Klasse ist begeistert und brüllt.

Es hat niemand gemerkt.

Aber das nächste Mal – am Freitag – steht er wieder links neben ihr. Ich sage: Stani, so geht das nicht. Du bist überhaupt nicht kräftig genug und hast nicht genügend Stand (um den vorgeschriebenen Hilfsgriff zu leisten), und Mamma will, daß *ich* es mache. Diesmal turnt sie eine Figur an der Leiter vor, die man den «umgekehrten» Taucher nennt, sie hangelt sich an der Unterseite der schrägen Leiter hoch und ist im Begriff, zwischen den beiden obersten Sprossen «aufzutauchen» – – oder zuvor darf ich noch die Vorübung erwähnen, den «einfachen» Taucher, den wir alle an der *Vorderseite* der Leiter ausführen, freihändig mit ausgestreckten Armen über die (schräge) Leiter, um oben den Kopf zwischen den beiden obersten Sprossen hindurchzustecken und mit dem notwendigen Schwung den Überschlag auszuführen. Und dabei merke ich plötzlich, wie mir jemand die Füße festhält, ei, denke ich, welcher Hund ist denn das! und sehe – mit dem Kopf nach unten hängend – Stani hinter mir auf der Leiter, ich sage: Stani laß los, oder du kannst dich auf was gefaßt machen. Unten denken sie natürlich, ich sei steckengeblieben und rufen: Los, du Sack, du lahme Ente, sie denken, Stani will mir helfen, und Mamma ruft: Hilf dem Kulle, er ist steckengeblieben. Jawohl, das habe ich ihm auch nie verziehen. Aber wie er sich nun in dieser Angelegenheit verhalten hat! Mamma klettert an der *Unterseite* hoch und versucht *auf*zutauchen, ist schon bis zu den Hüften durch und kommt nicht weiter. Ich glaube, es lag bestimmt nicht daran, daß sie die Übung nicht beherrschte, eher waren die Holme zu eng, aber der Dümmste aus der Klasse konnte sehen, daß sie festsaß.

Rudert ein paarmal mit den Beinen und blickt uns dann verblüfft an. Aus.

Stemmt sich mächtig auf, die Arme zittern. Ich

denke, vielleicht paßt die Hüfte nicht hindurch, sie ist ja ziemlich breit, und es ist auch nicht klar, ob sie im geraden oder queren Durchmesser hindurchwill. Mammas Hintern ist auch nicht klein. Die ganze Klasse starrt darauf, und ich springe vor, da sagt Stani (der Hund): Du bleibst ja selber stecken, und inzwischen ist er schon hochgeklettert, hilft Mamma, indem er von unten nachschiebt, Schulter und Nacken unter ihren Sitz stemmt, einen Augenblick bleibt sie in der Schwebe, und als sie schon längst frei ist, schiebt er noch immer nach, das habe ich gesehen. Jahre später in Berlin: Knabe hilft Dame eine Palme ersteigen.

*

Nachher im Ankleideraum packe ich ihn um den Leib und drücke ihm den Kopf gegen die Brust, er greift mir unter die Achsel und versucht gleichzeitig, mit dem Bein zu hakeln – um mich aber auf diese Weise zu «werfen», ist er zu lang, es mag so aussehen, als ruhten wir aneinander aus. Die Luft wird mir knapp, ihm aber auch. Und wie zwei Gebäude, die dem gegenseitigen Druck nachgeben, fallen wir gegen die Wand.

Nun hört schon auf, sagen sie.

Ich laufe hinter ihm her. Der Himmel ist bedeckt, dichte braune Wolken, der Wind stößt in Abständen durch die Straße, es wird schon dunkel. Stani, ohne sich umzusehen, läuft schnell die Böttcherstraße hinab. Durch die Grenadierstraße zur Schelfstraße.

Dort nimmt er die Abkürzung durch den Plöhner Garten, ein Rasenstück mit Bäumen, oberhalb sieht man ein gelberleuchtetes Fenster.

Stani!

Ich befinde mich am Anfang des Weges. Stani hat sich umgedreht und steht mir in etwa zwanzig Schritt gegenüber, der Plöhner Garten ist nicht groß, der Weg, der ihn durchschneidet, ist wegen des nassen Grundes mit Bohlen bedeckt. Was willst du? Als ich näher komme, blickt er auf meine Schulter (auf einen Punkt zwischen Ohr und Schulter).

Wenn du fortläufst, sage ich, nützt dir das gar nichts.

Er fragt: Was habe ich dir getan. Und als ich noch näher komme, schlägt er mir plötzlich auf die Stelle zwischen Ohr und Schulter. Eine Frau erscheint oben am Fenster, trocknet, während sie hinaussieht, einen Teller ab. Darauf war ich nicht vorbereitet, und während ich aushole, schlägt er mir auf mein rechtes Ohr, das sich gleich wie ein Schwamm anfühlt, dann schlägt er auf eine Stelle oberhalb des Jochbeines, dicht am Auge, ich denke: Jetzt kannst du was erleben, laß mich dir bloß eine verpassen. Hast du jetzt genug? fragt Stani, genug wovon, ich nehme die Hand vom Gesicht und denke, daß ich ihm jetzt eine verpassen werde. Wenn ich das Auge aufmache, sehe ich, daß die Frau wieder ans Fenster getreten ist – siehst du, was du angerichtet hast, brülle ich, beim nächsten Mal schlägt er mir aufs Auge, das gleich platzt und mir über die Backe läuft. Ich denke: Das Auge ist hin.

Hau bloß ab, sagt Stani.

Ich kann nicht sprechen, ich rolle die Zunge nach vorn.

Geh bloß weg, brüllt er, laß dich nicht wieder blikken, hast du verstanden! Jetzt tritt die Frau ans Fenster, kann aber sicherlich von oben nicht sehen, was hier vor sich geht. Er trifft mein linkes Ohr, ich denke, es ist abgerissen, dann hole ich aus und schlage – – ja, ja, meine Augenbraue ist abgerissen, dann ein Stück Lippe, in meinem Kopf erhebt sich ein Ton, eine Glocke, die dauernd anschlägt: dong, dong, meine Lippe schmeckt wie Eisen. Ich denke: Das ist ja eine schöne Tracht Prügel, die ich erhalte, und mit einem Mal kann ich nicht mehr stehen.

Steh auf, sagt Stani, und als ich aufstehe, versetzt er mir eine, und ehe ich die Arme oben habe, haut er mir noch eine in die Plautze. Willst du mich totschlagen, Stani? Er brüllt: Ja! Ich hebe aber die Arme, hole mit aller Kraft aus, während er mir noch zweimal frei auf die Plautze schlägt, wobei ich vorne eine Reihe Zähne verliere, nehme ich meine ganze Kraft zusammen und schlage (wie wild) – ein *einziges* Mal zu, so daß er endlich das hat, was er wollte.

Nun gut.

Stani ist längst nach Haus gegangen, und ich liege hier und habe, was ich wollte. Die Frau steht am Fenster, wäscht offensichtlich noch ab, blickt in den Plöhner Garten hinunter, für sie nur ein schwarzes Viereck. Für mich ist er grau und dreckig. Das Gras ist grau, die Bäume kann ich nicht sehen, da ich den Kopf nicht heben kann. Dann öffnet die Frau das Fenster, jetzt ist es zu spät, sage ich, geh weg, sie geht mit ihrem Teller in die Küche zurück.

Mamma, die mich sehr streng empfängt, weil ich so spät komme, schickt mich zum Waschen ins Badezimmer, wo Beffchen mir mit großem Interesse ins Gesicht starrt. Das ist Blut. Dann muß ich nach oben, wo mir Mamma Pflaster auflegt, das Ohr wird mit Borlösung gewaschen. Danach muß ich mich aufs Sofa setzen und bekomme ein Glas Süßwein.

Also? fragt sie.

Die haben …

Die haben?

Ich stottere: Die haben mich …

Aufpassen! sagt Mamma, kannst du nicht vernünftig antworten!

– – –

Naja, lacht Mamma, ist ja nicht so schlimm, also durchgewichst haben sie dich, das sieht man allerdings. Ganz schön verwamst, wie? Sie lacht eine Weile, leistet mir aber auf dem Sofa Gesellschaft und trinkt auch ein Glas Süßwein, zufällig sitzt sie auf meiner linken Hand, die ich nicht fortziehen möchte, sonst hätte sie es bemerkt. Sie summt vor sich hin, trällert, trinkt ein Schlückchen Süßwein dazu. So habe ich mit meiner Mamma noch nie im Salon gesessen, auf dem Sofa vor dem runden Tisch. Gegenüber ist der Spiegel zwischen den beiden Fenstern, links geht die Tür ins Schlafzimmer. Sie stößt sogar mit mir an, na junger Herr, sagt sie – und ich werde rot –, man könnte meinen, wir wären ein Liebespaar, wie wir hier sitzen, sie dreht sich um, um das Glas abzustellen, und ich hätte gern meine Hand fortgezogen. Dann steht sie auf und läßt den Plattenspieler laufen, der auf vier Holzsäulen unter dem Spiegel steht. So leicht geht das.

Sie führt mich ein paarmal scherzhaft im Zimmer umher, nicht wie einen Kranken oder Verletzten. Sagt, ich solle sie festhalten, nicht so, nein um die Taille herum, weißt du das nicht? Ich halte sie in der (eigentümlich abgeknickten) Taille – und nun dreht sich Mamma mit mir zur Musik. Es ist ein wunderschöner Walzer, ich merke – obwohl das erste Mal –, daß ich tanzen kann, regelrecht im Schritt mit ihr. Ich sage: Walzer kann ich noch nicht so besonders. Sie antwortet: Wer hätte das gedacht, wie ein junger Herr, dreh dich mal, wie hübsch du das machst. Dabei biegt sie sich in der Taille nach hinten, aber auf eine Art ... wie soll ich sagen, eigentümlich abgeknickt, wie ich es empfinde. Besser? junger Held? Eine Uhr schlägt, ein Wagen fährt vorbei. Als ich mich nach diesem Tanz verabschiede, streift sie mir ihren Ring auf den Finger und lacht: So, jetzt sind wir verheiratet.

*

Der Tag kommt, auf den wir Kinder das ganze Jahr gewartet haben. Der «Alte Garten» ist mit Ziegelmehl bestreut, es herrscht schönstes Maiwetter, die Fahnen flattern im Wind, rosaweißmoosgrün, der Himmel, die bewegten Menschen. Früh haben wir gemeinsam Kaffee getrunken, wir haben unsere besten Sachen angezogen und gehen hintenherum durch die Anlagen, aber auf diese Weise kommen wir natürlich zu spät. Schon marschiert eine Jugendkapelle vorbei, als wir ankommen, und die Museumstreppe ist schon besetzt, vorn stehen sie in Fünferreihen, und wir können überhaupt nichts sehen: den zehnjährigen Trompeter, den Hund, der die Pauke zieht. Ich habe eine unbeschreibliche Wut auf die Leute, wir stehen hier eingekeilt, und da geht es schon los, plötzlich setzt mit voller Stärke die Regimentsmusik ein: Brachschabra die Posaunen, die Tuben, dann die Kornette und Flügelhörner, das auffallende Helikon, ich rufe: Beffchen, siehst du was? Hörst du? (... als ob tausend Sonnenscheiben ...) Pauke und Becken, Triangel und Glockenspiel, ach du lieber Gott. Da sagt Beffchen: Sieh mal den Stani.

Wo? frage ich.

Beffchen zeigt nach oben, und tatsächlich, oben auf dem Dach oberhalb der Treppe sitzt Stani und winkt, wir sollen raufkommen. Nee, sage ich zu Beffchen, bis wir da oben sind, ist schon alles vorbei. Weit hinten erscheinen scharfe Lichter, Hörner von durchdringender Klangfarbe und großer Fernwirkung. Die

Leute recken sofort die Hälse. Als eine rasche Musik einsetzt (das bekannte Motiv: Tatatatatata ...), lösen sich in breiter Reihe die Hornisten aus dem Dunst, das sind sie. Hurra, da kommen sie – alle sind auf den Beinen: Unsere Demminer! Donnerwetter, die Traditionsvereine mit weißen Litzen in gelber Einfassung, der alte Kavallerieoberst in der alten Pelzmütze auf einem schönen hochbeinigen Tier, zwanzig Meter vor der Front. Und wie das klingt und klappert. Die Neustrelitzer 84er mit sepiabraun gelb eingefaßten Litzen. Die Ratzeburger himbeerrot mit Schwarz. Lüneburger zitronengelb. Und die Hagenower – jetzt muß ich mal überlegen: himmelblau mit Weiß. Die ganze Marschstraße voll bis nach Kükritz, da ist sogar die Auffahrt verstopft, überall Helme. Ein Auf und Ab. Plötzlich eine Kolonne Panzerspähwagen in voller Fahrt, bricht durch, holt die Spitze ein, überholt, wird zurückgeschlagen, hurra, hurra (im Ernstfall wäre das natürlich nicht so einfach gegangen).

Danach ist Pause.

Die Straße wird durch eine Reihe fahrender Wasserwagen gesprengt. Drüben auf der Tribüne stellt sich der alte Kavallerieoberst dem General vor, dessen helle Uniform auf der Tribüne weithin sichtbar ist. Also, nun bin ich doch noch nach oben gegangen und habe hier allerdings einen sehr guten Überblick. Inzwischen hat sich weit hinter Kükritz eine ungeheure Staubwolke aufgebaut, man hört ein festes, ruhiges Dröhnen. Es geht wirklich los, die Regimenter haben Tritt gefaßt – Donnerwetter, alles schreit. Es kommen in langen festen Marschsäulen die Schützenzüge wie aus dem Ei gepellt in knirschendem weißen Koppelzeug, rump, rump, rump, vorne je ein Offizier in Paradeuniform, und ganz vorneweg das Maskottchen, ein junger Leopard, Herrgott, Herrgott. Dahinter wie eine Wand aus dem Staub aufsteigend, in Zwölferreihen, in ungeheurem Abstand, Herrgott, die Linieninfanterie. Die Linie! Napoleon hat einmal gesagt: Ich will nur eine Infanterie, aber eine gute! Gemeint hat er damit die hinderliche Trennung in leichte und schwere Infanterie, nun, hier kommt sie! Von motorisierten Einheiten an Schnelligkeit, von der Artillerie an Reichweite übertroffen, und doch – – im Jubel der Zuschauer, in eisernen Vierecken zu je zwanzig Reihen, je eine Kompanie darstellend, knallend und laut. Das macht uns keiner nach, denke ich. Himmelherrgott noch mal!

Beffchen ist verschwunden. Eben sah ich ihn noch neben mir und wollte ihm erklären, wie sich stadteinwärts immer neue Truppenmassen ankündigen, plötzlich sehe ich ihn bei Stani auf dem Dach. Der Kleine hat sich auf die steinernen Hinterbacken gesetzt (der Löwe auf dem Dach) und winkt mir fröhlich zu, ich solle raufkommen. Im Augenblick stehe ich aber selber ganz gut, ich kann von meinem, Platz die Tribüne überblicken, wo sich der Oberkommandierende zu einem Infanterieoffizier herabbeugt, offensichtlich, um ihn zu beglückwünschen, man sieht deutlich seinen roten Nacken unter der Mütze. Der General v. Schickler-Demmin, dessen sechzigster Geburtstag mit dem heutigen Tag zusammenfällt, schüttelt dem Offizier mehrfach die Hand (offenbar gehört er doch zur Familie, ein Frhr. v. Barndorf), grüßt zu den oberen Reihen hin, wo die Damen sitzen. Jetzt tritt er, noch immer sehr straff und erstaunlich jugendlich in seiner hellen Sommeruniform, an die Brüstung, auf keinen Fall wie sechzig aussehend. Grüßt zu einer Dame in der ersten Reihe neben der Mitteltreppe hinüber. Sein Vater, der alte Franz v. Schickler-Demmin, war mit einer Karoline von Preußen verheiratet (meines Wissens), und er hatte eine ältere Schwester, Eugenie, die sogar mit einem Prinzen Karl von Schleiz vermählt war, deren – ebenfalls älterer – Bruder als Fünfjähriger auf einer Jagd in Kärnten von Wölfen zerrissen wurde. Die Dame? Ja, sie ist noch sehr jung, sehr hübsch, etwas erinnert sie mich an Mamma. Sie trägt einen breitrandigen schwarzen Hut, der ihr Gesicht halb verdeckt, grüßt unauffällig, sehr charmant zurück. Die Tochter? Nein, die Gemahlin (Louise v. Schickler-Demmin).

Wenn die Infanterie abmarschiert ist, ertönen Trompetensignale gegen den dunkelblauen Himmel, und, jawohl, man hört bereits ein dumpfes noch entferntes Poltern. Wir sehen uns an, Mann, es geht los. Was sich da ankündigt, Mann o Mann, jetzt geht es erst richtig los. Jetzt bin ich aber doch froh, daß ich hier oben sitze, Stani ist auch ganz hin, das verstehe ich.

Denn was jetzt kommt, Donnerwetter noch mal, was sich da heranwälzt: ein Dröhnen, das ist ja, als ob die Erde zusammenfällt, ungeheure Kaliber, die da heranfahren. Auf den Lafetten zu völliger Starre zusammengerüttelt sitzen die Männer mit den geschwärzten Gesichtern, der Batteriechef fast unkenntlich im Staub auf überhöhtem Sitz, jede Batterie zu sechs Geschützen, acht Munitionswagen und eine Feldschmiede mit rauchendem Schlot – ihre Manövrierfähigkeit ist jeweils von der entsprechenden Motorisierung sowie der Lafettierung abhängig, es sind Sechs- und Acht-Zentimeter-Kanonen, Sechzehn- und Achtzehn-Zentimeter-Mörser an *riesigen* Zugmaschinen, sie haben kurze aufgestellte Rohre von ungeheurem Durchmesser. Und dann! Man denkt, die Stadt würde zusammengefahren, wie es dann losgeht! Ich brülle: Stani! Und er brüllt und schwenkt die Arme: Die *schwere* Artillerie, mein Gott, mein Gott, die Granaten von *siebenundzwanzig* Zentimeter Durchmesser feuert, eine heißt Faule Grete, eine andere Taube. Dann: Ungnade, Hahn, Böse Else, alle auf schwersten Ketten-Protzen, Hurra, das ist die Positionsartillerie, die ein irrsinnig schweres, ein schwerfälliges, aber respektforderndes Kaliber von dreißig (!) Zentimetern befördert. Ein lautes, schon ganz nahes *Rasseln*. Kulle, brüllt Stani, Menschenskind, und ich brülle und schwenke die Arme. Und gegenüber auf der Tribüne hebt der General den Kopf, und wie er aufblickt, hat er wohl gerade – – also, ich nehme an, er hat den Schreier bemerkt und grüßt lächelnd herüber. Wer? der General. So wenigstens habe ich es verstanden, Mensch, sagt Stani, darauf kannst du ja direkt stolz sein. –

Nach dem Abendessen wollen wir im Hof noch etwas exerzieren, ein roter feuriger Himmel leuchtet auf den Gesichtern, nach den Ereignissen des heutigen Tages. Du bist der General, sagen sie zu mir, und Stani macht auch eine Weile mit, rechtsschwenkt und linksschwenkt und auf dem Fuß kehrt, dann hat er keine Lust mehr. Das hätte ich mir ja denken können, sitzt da auf seinem Arsch (auf dem Deckel der Versitzgrube) und verdirbt uns die ganze Laune. So ist er immer gewesen, manchmal denke ich, er will gar kein Soldat werden.

Was willst du denn, frage ich.

Und du?

Ich gehe zur Artillerie.

Du?

Ja, ich, sage ich laut.

Ich auch, erklärt Stani, ich gehe zur Artillerie oder zu den Panzern.

Oder! rufe ich aus, das ist es ja, was ich meine, du kannst dich nicht entschließen, so bist du immer gewesen, sitzt da auf dem Arsch. Auf dem Deckel der Versitzgrube, ich sage, das darfst du gar nicht, das hat Mamma verboten, wie leicht kann dort jemand hineinfallen (ich habe einmal gesehen, wie die Grube mit Eimern an langen Stangen geleert wurde). Er hebt den Deckel hoch und fragt: Springst du hier rein?

Wie?

Ob du hier reinspringst.

Nee, lache ich, kein Interesse.

– – –

Du vielleicht?

Und wenn doch? fragt er langsam.

Was, ich trete an das viereckige Loch, unten ist alles schwarz, nichts zu erkennen. Das möchte ich sehen! sage ich, wenn du da … Abgemacht, sagt Stani. Und das verstehe ich jetzt nicht, tritt an das Loch und springt, eben steht er noch da, und dann ist er verschwunden. Ich schreie: Stani! Zu spät, ich bin so furchtbar erschrocken, Stani, schreie ich, hörst du mich? Und Beffchen ist überhaupt keine Hilfe, rennt mit seinem Brotbeutel im Hof umher und macht: Tätätätätä. Ich brülle: Renn nicht herum, du dummes Luder, Stani ist in die Grube gefallen, da!

Was ’n los?

In die Scheiße, brülle ich.

Ach so, sagt Beffchen, nimmt einen Anlauf und plumps – es ist Abend, der Hof schon dämmrig, der Himmel überzogen, er hat einen Anlauf genommen, und plumps, wer hätte das gedacht, der kleine Soldat ist auch gesprungen. In die Scheiße! Ich habe einen letzten Gedanken: Kükritzsee, da waren wir noch alle drei zusammen, was ist es gewesen, eine Wolke, eine Wand, und dann denke ich an die Vier, die ich gestern in Englisch geschrieben habe, und an das Taschenmesser, das ich haben wollte, und dann habe ich die

Arme ausgebreitet und geschrien: Beffchen, Stani! Und dann bin ich auch gesprungen.

– – –

Was ist das? Heldenmut? Selbstaufopferung? Oder einfach Pflicht (des Soldaten), nein, ich stehe hier mit Stani und Beffchen in der Grube, und der Boden ist fast trocken, stinkt nicht einmal sonderlich – und darauf können wir uns die Hand geben. Im übrigen ist die Grube leer. Ich sage: Das habt ihr doch gewußt, ihr Feiglinge.

*

Wenn ein Kaufmann ein Faß Heringe zu hundert Stück zu je zwanzig Pfennig einkauft, und er verkauft sechsunddreißig Stück zu je dreißig Pfennig, wieviel hat er dann verdient? Wenn gleichzeitig der Einkaufswert für Heringe auf fünfzehn Pfennig heruntergeht? Dann hat er ... Stani rechnet $e = \lim$ und $n = (1+\frac{1}{n})^n$, dann hat er was ausgerechnet? Vierzig Pfennig. Und wenn er sich hinsetzt und zwanzig Mark als Passiva schreibt und zweiundzwanzigvierzig (nämlich sechsunddreißig mal dreißig) als Aktiva, dann hat er plötzlich wieder vierzig Pfennig verdient.

Das verstehe ich nicht, das habe ich nie begriffen. Aber ich weiß, wann die Schlacht von Leuktra war (371 v. Chr.). Wann Otto I. nach seiner förmlichen Königswahl starb (973 †), er hatte nur noch fünf Jahre zu leben. Und wann mit Heinrich V. das fränkische Kaiserhaus erlosch (1125 †), Friedrich I. von wankelmütigen Fürsten im Stich gelassen wurde, Friedrich II. den Fürsten schwerwiegende Zugeständnisse gewährte und Konrad, Deutschland preisgebend, nach Italien eilte, um sein sizilisches Erbreich zu retten.

Wer erfand die schiefe Schlachtordnung?

Friedrich der Große.

Eben nicht, sage ich, es war Epameinondas in ebenjener Schlacht bei Leuktra (371 v. Chr.), siehst du, das hast du nicht gewußt, aber das weiß ich nun wieder.

Mit achtzehn – wir sind schon in der Prima – erhalten wir alle ein gelbes Einschreiben der Provinzialbehörde des 19. Ersatzbezirkes. Mensch, heute morgen war dies noch unsere Penne, wir haben noch schnell den Aufsatz geschrieben «Inwiefern ist Oraniens Ausspruch: Wer sich kennt …», und nachmittags ist dieselbe Penne, wie soll ich sagen, größer geworden, härter, am Eingang steht ein Gefreiter mit einer Liste, ein Wachtmeister blickt heraus, ein Offizier geht über die Treppe. Mensch, wenn man bedenkt, wie wir heute morgen noch: Wer sich erkennt …

Wer sich *kennt,* sagt Stani.

Nachdem wir eine halbe Stunde unten gestanden haben, rücken wir in Dreierreihe ein, und es sind nicht nur Schüler gekommen, sondern auch Lehrlinge und junge Arbeiter. Vor mir geht ein Bauernbursche, er trägt den Hut in der Hand, er stößt gegen die Tür, vorsichtig, ruft Pohlmann, laß das Haus stehen, du bist hier nicht auf deinem Acker, alle lachen.

He, Bauer!

Gelächter. Der Tritt hallt in den Gängen, oben knallt eine Tür, dann eine scharfe Stimme: Alles raufkommen! Ein blasser Mensch mit einer riesenhaften Haarfrisur fragt: Geht's hier zu den Nutten. Gelächter. Und du kannst wohl auch keine halbe Stunde ohne aushalten, fragt Pohlmann. Nein du? fragt der blasse Mensch zurück, Gelächter.

Ruhe! brüllt der Wachtmeister.

Wir müssen uns nackt ausziehen. An den Wänden unter den Porträts früherer Direktoren stehen Holzbänke. Der Bauernjunge legt still seine Kleidung ab, nachher steht er da und hält seine braune Schaufelhand vor den Leib. Seine Schultern sind breit, sein Becken, die Schenkel, jetzt sieht man erst, wie breit der Junge gewachsen ist. Auf das Geschlechtsteil blickt man eigentlich nicht hin – er hält die Hand darüber –, deshalb ist es aber nicht zu übersehen (etwa so groß wie eine Bierflasche). Die Füße mag man auch nicht ansehen. Nebenan zieht sich Pohlmann aus, erst legt er seinen Anzug ab, dann sein Oberhemd und das Unterzeug, das leicht gelblich ist. Und dann steht er barfuß auf dem Holzparkett, und jeder kann sehen, daß er eine Trichterbrust hat.

Daneben sieht mein Bruder Stani wirklich tadellos aus, sehr hell, ziemlich groß und hübsch gewachsen. Leider ist er ein bißchen dünn. Ich bin, glaube ich, kräftiger, schau mal, sage ich, wenn ich einatme, achte mal auf meinen Brustumfang. Wir werden von dem Sanitätsgefreiten gemessen: Stani ist einseinundachtzig, ich soll angeblich einseinundsiebzig sein, das kann aber nicht stimmen, ich war immer eins*drei*undsiebzig, immer gewesen. Wir sollen in etikettierte Gläser urinieren, und dazu dreht der Sanitätsgefreite den Wasserhahn auf – – – der blasse Mensch kann nicht; das ist der, der vorhin zu den Nutten wollte, und man will ja nicht hinsehen, aber eigentlich hat er keinen Grund dazu. Hast du keinen Schwanz? Der starrt die Wand an. Mensch, schnauzt der Sanitätsgefreite, pinkeln sollen Sie, nicht einschlafen.

Rauhes Gelächter.

Wir müssen einzeln eintreten, die Hände flach an den Schenkeln, an der Tür laut und deutlich unseren Namen sagen. Sie haben die Aula bis auf das Podium ausgeräumt, oben sitzen mehrere uniformierte Herren, darunter der Oberstabsarzt (Majorsrang). Ein Unterarzt im weißen Mantel horcht mich ab – ich stehe an der Tür, später muß ich vortreten – er klopft meine Wirbelsäule ab, läßt mich ein paar Zahlen lesen, deren kleinste ich mühelos erkennen kann. Es gibt vier Tauglichkeitsgrade: Tauglich – bedingt tauglich – zeitlich untauglich – dauernd untauglich zum Dienst mit der Waffe. Äußere Merkmale des Tauglichen sind feste elastische Haut, starker Nacken, gutgebaute Brust, gerade angesetzte Schulterblätter, kräftige Knochen. Das Gewicht soll fünfundsiebzig Kilogramm nicht überschreiten, der Brustumfang soll die halbe Körperlänge haben (nicht unter sechzig Zentimeter). Der Unterarzt schnauzt: Arme vorstrecken! Gelenkige

Arme und Beine. Alles frei beweglich. Beweglichkeit des Kopfes? Gesunde Haut und Gesichtsfarbe.

So weit ist er mit mir zufrieden, er läßt mich vornüberbeugen, keine Unterleibsbrüche, keine Geschwülste oder Auswüchse oder Brüche, die durch Bruchband zurückgehalten werden müssen. Er hat einen blonden Schnurrbart, und sein Gesicht ist von der Mitte der Stirn ab gerötet, offensichtlich kann er auch sonst nichts an mir feststellen: keine Leber (er meint Vergrößerung der Leber) sowie sonstige Fehler der Bauchorgane. Es bestehen auch keine Verkürzung der Gliedmaßen, Rheumatismus, Asthma, Schwäche des Herzens, keine Halsdeformation, Tränenfistel, dauernde Heiserkeit, Verlust eines Hodens, Verkrüppelungen, Steifheit eines Daumens oder einer Hand, ausgedehnte Kahlheit, stärkeres Stottern, allgemeine Entkräftigung oder Schwäche oder graduelle gei-stige Beschränktheit, welche Untauglichkeit bedingen würden. Plattfüße? Ich habe bestimmt keine Plattfüße.

Geh 'n Sie mal ein paar Schritte.

Plattfüße, meldet der Unterarzt.

Die fünf Herren in den knappen grauen Röcken blicken jetzt auf meine Füße, der Oberstabsarzt – der hier die Stelle des kommandierenden Generals oder Bezirkskommandeurs einnimmt, der nach Vorschrift dem Musterungsgeschäft beizuwohnen hat – etwas streng, aber doch wohlwollend, wie mir scheint: Hat er Plattfüße?

Aber, sage ich, ich kann doch gut laufen. Die Herren lächeln, aber doch etwas streng. Sehr ruhig. Der Unterarzt flüstert scharf: Sie dürfen hier nicht sprechen. Plattfüße sowie unausgebildete Plattfüße und Verkrümmung der Zehen gestatten nicht den Dienst bei der Truppe, damit ist *bedingte* Nichttauglichkeit gemeint. Also *nicht* tauglich – ich bin ganz entgeistert – für welche Waffengattung, leichte oder schwere? Was hat er gesagt (Napoleon)? Der Kommandeur, der Stabsarzt, der dessen Stelle einnimmt, hat ein Gesicht von Stein, wenn auch jetzt wiederum ein gewisses Wohlwollen erkennbar ist. Name?

Niemann.

Also untauglich. Wegen Plattfüßen.

Damit habe ich nicht gerechnet. Während die Herren lächeln, aber streng, vielleicht mag sich mancher sagen, daß er auch einmal an gleicher Stelle gestanden hat. Deshalb auch ein wenig gerührt. Während für mich aber diese Stelle die *einzige* gewesen ist, künftighin bin ich dann wieder Zivilist, ich stehe noch eine Weile stramm. Links hängt die Tafel mit den Zahlen.

Draußen stehen die Gemusterten noch eine Weile nackt herum, Pohlmann feixt, weil er mit seiner Trichterbrust untauglich ist, der Bauernjunge schläft in der Ecke, man spricht verständig mit dem Sanitätsgefreiten – und bei alledem geht mich das hier gar nichts mehr an, ich warte noch auf Stani.

Na? frage ich.

Kein Rheumatismus, keine Leistendrüsen, na, und? Gebiß frei, Rachenring frei, er geht zu seinem Kleiderstapel und zieht sich an. Tauglich, sagt er. Das ist doch nicht möglich, für alle Waffengattungen, sagt er, körperlich untersucht, sowie nach den bürgerlichen Verhältnissen befragt, nach Körpergröße, Körperbeschaffenheit ... Der Stabsarzt tritt ein und ruft die Namen der Tauglichen auf:

Netzki, Albert.

Hier.

Loof, Manfred.

Hier.

Sonnermann, Willi.

Hier.

Habermann, Udo.

Hier.

Eine Vision. Ein Platz, eine graugelbe Fläche, die aus einem härteren Stoff besteht als alles andere auf der Welt. Eine rote Ziegelmauer. Gebäude. Männer in Drillichanzügen, die auf- und abhüpfen, Stille, getragen vom langsamen Donner der Teppichklopfer. Bin ich jetzt verzweifelt?

Seifert, Benno.

Noch eine Vision. Vor der roten Mauer gehen Mädchen. Draußen auf der Straße. Mit Kinderwagen. Es ist starker Sommer.

Niemann, Kurt.

Hier! brülle ich.

2

Unteroffizier Wenzel sagt: Ich stelle mich jetzt hier hin, und ihr geht an mir vorbei, ist das klar, so, wie ein Mensch geht, könnt ihr das begreifen? Nach zwei Stunden schreit er langgezogen: Ich – habe – so etwas – noch nie – gesehen!

Niemann!

Bin ich glücklich? Hinter der roten Mauer werden die Oberkörper abwechselnd sichtbar, wir haben Dienstanzug und Drillichzeug erhalten, graues Unterzeug, Stiefel, Koppel, Feldbinde, Helm. Auf der Stube liegen zwölf Mann, ich im dritten Bett links unten, oben liegt ein hagerer Junge, mit einem seltsam nach innen gerichteten Gesicht, seine Füße, die er herabhängen läßt, sind blaß. Nun wollen wir, sagt Unteroffizier Wenzel vorsichtig, es noch einmal versuchen, mein Sohn, und ich gehe in tadelloser Form auf zwei Schritt Entfernung vorbei, Finger gerade, Hintern weggedrückt, Kopf nach rechts, so, wie ein Mensch geht, ein Dreiviertelmeter auf den Schritt. Was war denn das? fragt er, wozu haben Sie denn das rechte Bein, was? Dann benützen Sie es gefälligst, schreit er.

Sehen Sie diesen Graben? Denn wenn Sie ihn nicht sehen, sind Sie kurzsichtig.

Wir üben jetzt Schritt, dann Stillstehen, dann Grüßen im Stillstehen. In gerader Haltung, die Augen auf den Vorgesetzten gerichtet, durch Anlegen der rechten Hand an die Kopfbedeckung. Bis zum Nachmittag haben wir es gelernt – es ist ein warmer, starker Sommertag, hinter der roten Mauer gehen die jungen Frauen – dann sagt Wenzel: Ich weiß nicht, wie ich es euch beibringen soll, ihr sollt gehen, könnt ihr euch das vorstellen, er zögert lange: Gehen *und* dabei grüßen, o du lieber Gott, beides! Ich gehe so exakt wie ein Uhrwerk, Nacken gerade, Kopf rechts, Hand an der Mütze, und denke: Er muß doch sehen, daß ich es richtig mache.

Niemann! brüllt er, das ist eben seine Methode, sehen Sie diesen Graben? Ja, den sehe ich ganz genau, er ist etwa fünfzig Meter lang und verläuft neben der Mauer, in der ersten Hälfte ist er größtenteils trokken, wird dann zunehmend feuchter, kurz vor der gemauerten Öffnung ist er knietief voll Schlamm. Später nämlich unterhalb der Straße heißt er der Wallachgraben, aber für uns heißt er «die zweite Natur». Nämlich Ausführung eines Kommandos, es kommt nicht darauf an, wie oft man durch den Graben robbt, sondern darauf, daß man es gut tut, ebensogut wie jeder andere Soldat, besser vielleicht?

Ich streue Salz in den Scheuersand, damit mein Drillichzeug morgen pieksauber ist (sauberer als das der anderen?), daran arbeite ich bis zur Dunkelheit, bis ich damit fertig bin. Nachts weckt mich Kuschinski, mein Nachbar von oben, bewegt sich in seinem Bett, ich glaube, er hat schlechte Träume, wirtschaftet herum. Vielleicht, daß ihn irgend etwas quält, denke ich und stoße mit der Fußspitze von unten durch die Matratze, danach ist er ruhiger. Aber gegen Morgen wache ich auf, nanu denke ich, kommt er jetzt auch noch herunter und geht zum Fenster – es ist vier Uhr, kühl und windig –, ich sehe, daß er sein Laken aus dem Fenster hängt. Kuschinski, sage ich, was stellst du denn an, ich glaube du träumst. – – –

Morgens beim Appell: Was ist denn das! Unteroffizier Wenzel schreitet durch die Stube und stößt das Bettzeug ein, und zwar bei Erding, Lepke und Buchholz, meines ist tadellos kastenartig gebaut. Dann stößt er Kuschinskis Bettzeug ein und sieht den nassen Fleck auf den Laken.

Was ist denn das? staunt er, wie heißen Sie, Kuschinski, er prüft den Geruch und versteinert. – – Kuschinski, sagt er, haben Sie eingemacht? – – – Ich habe Sie gefragt, ob Sie eingemacht haben.

Jawohl, Herr Unteroffizier.

Nein, sagt er und versteinert, das gibt es doch gar nicht. Ihm kann man nichts vormachen, er kommt quer über den Hof und weiß sofort Bescheid, schreitet den ganzen Zug ab, von vorn bis hinten. So, meine Söhnchen, sagt er, jetzt habt ihr gesehen, wie es dem geht, der sich über mich lustig macht, und ich – will – keinem – raten – *nochmals ins Bett zu pinkeln.* Sein Nacken bildet mit dem Rücken eine gestreckte Linie, vorn ist der Rock wie ein Brett «stehend», später werde ich lernen, wie man das erreicht, nämlich mittels Kartonstreifen, die nach dem Waschen in die Taschenecken geklemmt werden. Noch etwas! Unteroffizier Wenzel schreitet den Zug ab bis zum Ende, schaut jedem einzelnen ins Gesicht, dann schaut er dorthin, wo niemand mehr steht, dann geht er nachdenklich wieder nach vorn. Pause. Besorgtes Schauen.

Aber ich glaube, daß der Mann sein Bestes versucht hat, und zwar, aus uns Soldaten zu machen. Er fragt: Was ist es, was Sie da in der Hand halten?

Gewehr 88, Kaliber 7.9, schmettere ich.

Und was ist es?

– – –

Sauber ist es, brüllt er, und er hoffe stark, daß es so bleibe. Er meint, daß wir das Gewehr, das wir soeben empfangen haben, pflegen und reinigen und so halten, als ob es unsere Braut wäre, und ich muß es dann beim Exerzieren fallen lassen – das muß mir passieren. Das Gewehr 88. Das kühl und glatt wie ein Weiberschenkel in der Hand liegt (Wenzel), das hört sich etwa so an, als ob eine große Standuhr zu Boden klattert – weithin über den Platz, wo zu alledem noch der Oberst Schröck erscheint, eine merkwürdige Erfahrung: Stille.

Was sollen Sie? fragt Wenzel.

Das Gewehr aufheben, sage ich.

Wer hat Ihnen das befohlen!

– – –

Ich frage, wer Ihnen das befohlen hat!

Niemand.

Wenzel bückt sich, man wird das vielleicht nicht begreifen können, der schwere Mann bückt sich selber und hebt das Gewehr auf, das zu Boden gefallen ist – aber wie! Nämlich mit beiden Händen; indem er es vorsichtig anhebt und betrachtet, der schwere Mann: Es ist eine weittragende, ausgereifte Waffe, die wir hier vor uns haben, ein gezogenes Repetiergewehr mit 8 Schuß für randlose Patronen, (größte) Schußweite 3800 m. Der Verschluß gleicht dem M 71, allerdings hat die Kammer vorn zwei einander gegenüberstehende Nasen zum Auffangen des Rückstoßes, und der Verschlußknopf ist mit einer zusätzlichen Haltefeder versehen. Man spürt, daß die (relativ) schwere Waffe einen perfekten Mechanismus in sich trägt, System Bertholdt-Lafitte: Der Zubringer hebt mit dem Druckbolzen die Patrone, so daß sie sich beim Vorschieben des Verschlußknopfes selbsttätig in den Lauf schiebt, somit spannt sich das Schlößchen beim Aufrichten der Kammer und wird beim Abfeuern vom Flügel des Abzugsstollens freigegeben.

Jawohl, Herr Unteroffizier.

Naja, das hat er wenigstens begriffen, grollt er.

Denn so uneben ist er nicht, wenn es darauf ankommt.

*

Ich habe Kuschinski gebeten, unten zu schlafen, weil mir der Gedanke an den nassen Oberstock nicht gerade angenehm ist. Kuschinski hat so lange dichtgehalten, oder wenigstens hat er nichts merken lassen. Morgens steht er dann wäßrig, etwas fade riechend neben dem Bett, und Wenzel, der das Bettzeug genau kontrolliert, kann ebenfalls nichts feststellen. Ist aber mißtrauisch. Weiß nicht, sagt er, soll mal gefälligst sein Bett mit Niemann tauschen.

Zu Befehl, Herr Unteroffizier, Kuschinski schläft ja schon unten.

Was? Dann soll er gefälligst unten bleiben, donnert Wenzel gutmütig, und nicht auch noch andere Leute naß machen. Am Mittwoch und Donnerstag ist alles in Ordnung. Am Freitag ist das Bett wieder klatschnaß. Ich weiß, daß er während der Nacht versucht hat wach zu liegen. Wenn ich mich über die Bettkante beuge, sehe ich ihn unten mit offenen Augen, gläsern, angestrengt, dann muß er doch noch eingeschlafen sein, gegen fünf oder sechs, also kurz vor dem Wekken hat er eingenäßt, danach hatte er keine Zeit mehr, das Laken zu trocknen.

Wenzel ist sprachlos.

Haben *Sie* das gemacht, sind Sie wahnsinnig?

– – –

Antworten Sie!

Nein, Herr Unteroffizier.

Was nein?

Ich, ich ..., stottert Kuschinski. Der Zug tritt im

Morgengrauen an. Nachts hat es stark geregnet, und das Wasser steht überall im Hof. Am höchsten an der Mauer, wo man die Umrisse einer hölzernen Scheinkanone sieht, einen 21 cm Mörser auf Belagerungslafette, hier sammelt sich das Wasser und fließt in den Graben.

Kuschinski, sehen Sie diesen Graben!

Ich denke: Das kann er doch nicht machen, Kuschinski ersäuft ja in der Brühe. Erst kommen zehn Meter Dreck, dann, wenn er den Knick erreicht, begegnen ihm die ersten Fische, *wenn* er den Knick erreicht. Dann kommt die gemauerte Öffnung, wo der Graben verschwindet. Sehen Sie diese Öffnung, fragt Unteroffizier Wenzel, denn wenn Sie die nicht sehen, sind Sie kurzsichtig. Gelächter. Kuschinski!

Nein.

Es geschieht wirklich, daß er nicht vortreten will. Kuschinski! brüllt der Unteroffizier, vortreten, Sie Schwein, *Kika Kuschinski!* Jawohl, Herr Unteroffizier. – – In der darauffolgenden Nacht näßt er wieder das Bett, und am Morgen, als er fade und süßlich neben dem Bett steht, kommen zwei Sanitäter und holen ihn ab. Wir haben ihn nie wiedergesehen. Was beweist das? Stramme Disziplin, jawohl, aber daß deren Haupthebel nun einmal der Drill ist, daran läßt sich nichts ändern. Wie hat Wenzel einmal gesagt: Die Ausführung des Kommandos muß zur zweiten Natur werden, na? Hatte er recht?

*

Es beginnt an einem Sonntag bei strahlendem Wetter. Auf dem Marktplatz und in der Schweriner Straße sind eine Menge Uniformen unterwegs. Fähnriche zu zweit oder zu dritt, Gefreite, Unteroffiziere. Das Hotel Krone streckt sein Glasdach auf den Markt hinaus, dort sitzen die Offiziere beim Bier oder Kaffee, in schicken grauen Extrauniformen mit roten Biesen. Für mich kommt dieses Lokal natürlich nicht in Frage, ich setze mich in den Schöpsgarten, wo die Mannschaften verkehren, bestelle eine Weiße. Ein hübsches Bild, die Mädchen sind sommerlich angezogen, es geht schon auf fünf, ist aber noch warm im Freien.

Als ich das Café verlasse, stoße ich auf Unteroffizier Wenzel und grüße stramm. Wenzel, heute unerwartet heiter, sitzt breitbeinig vor seinem Bier, Niemann, dröhnt er, stehen 'se doch bequem, machen Sie 'nen netten Sonntag? Aber so, außer Dienst, ganz gelöst und freundlich, erscheint er auch etwas dicker.

Da können Sie mal meine Braut kennenlernen, sagt er, hier die Sophie, nun machen Sie schon Ihr Männchen, die Dame beißt nicht. Sie hat ein rundes, sehr helles Gesicht, Nase und Mund sind winzig, im Augenblick sitzt sie zurückgelehnt, streckt die Beine aus, die sehr hübsch sind, etwas füllig vielleicht. Und während Wenzel seinen Spaß hat – ich stehe noch immer stramm –, sieht sie mich ungeniert an. Na, Niemann, sagt der Unteroffizier, nun haben Sie meine Braut kennengelernt, nun gehen Sie mal wieder. Ich vollführe eine tadellose Kehrtwendung, gehe die zehn Schritte bis zum Ausgang. Ein schöner Nachmittag, sanft, blau, angenehme Schatten auf den Straßen, in der Kaserne empfängt mich dann der Mauergeruch – – die knirschenden Gänge. Abends läst mich Wenzel rufen und erklärt: Haben ja ganz guten Eindruck auf meine Braut gemacht, er betrachtet mich eingehend, na ja, ich will Ihnen sagen, heute abend werde ich Sie mal ins Kasino schicken. Aber –

Er hält mich zurück.

Bisher habe ich noch nie Ordonnanz gemacht, an sich keine große Affäre, man bekommt weiße Handschuhe und muß den Abend lang an der Wand stehen, die Offiziere lassen sich Feuer geben, zwischendurch läuft man zur Krone mitten in der Nacht, spritzen Sie mal rüber, und besorgen Sie zwee Fuhren Mumms, nee nicht die gelbe Sorte, die mit dem großen Etikett, verstanden (Ordonnanz bringse mal paar Zigarren). Es geht oft bis eins oder zwei, dafür erhält man aber Extraessen und einen Tag zusätzlich Ausgang.

Ich donnere: Danke, Herr Unteroffizier.

Aber! Er hält mich zurück, machen Sie bloß keine Zicken, sonst können Sie was erleben, Niemann. Ich stehe also Punkt acht in Handschuhen im Rauchsalon und gebe den Offizieren Feuer. Nebenan im Speisesaal steht Lepke Buchholz schon zum dritten Mal in dieser Woche – ich weiß nicht, wie er das macht. Hier muß die Ordonnanz besonders aufpassen, die Servietten sind in den Farben des Regiments gehalten, die weinrote Wandbespannung, die schweren Kerzenleuchter müssen brennen, Lepke Buchholz erklärt: Wenn sie gegessen haben, mußt du nur darauf achten, daß Zigarren da sind, vor allem welche Marke. Kann gar nicht schiefgehen, heute kommen bloß ein paar Reservefritzen. Aber da irrt er sich beträchtlich, denn Punkt zehn öffnet sich die Tür, und hereinkommt eine ganze Kavalkade, voran ein hoher Offizier, ich denke, den kennst du doch, geht schnurstracks durch den Salon, gefolgt von Oberst Schröck sowie mehreren anderen. Au Backe, es ist der Divisionskommandeur selber, General v. Schickler-Demmin, unerwartet an diesem Abend im Kasino.

Nach dem Essen Debatte im Rauchsalon. Der General am Kartentisch, um sich einen Kreis von Offizieren, ich trage einen brennenden Kerzenhalter. Die Herren rauchen heftig, so daß sich bald eine schwere bläuliche Decke über den Tisch lagert. Meine Herren, die großen Schlachten des Altertums, Epidaurus, Sisyphus, der General blickt erwartungsvoll um sich, Tradition meine Herren und modernes Denken. Getrennt marschieren, keine Zeit verlieren, meckert Oberst Schröck, daraufhin heftiges Gelächter. Der General lacht ebenfalls, ist aber gleich wieder ernst. Als Rangältestem folgt man ihm natürlich, nee, aber im Ernst, meine Herren, er ruft:

Ordonnanz!

Donnerwetter, ich stehe da wie aus dem Boden gestampft. Ordonnanz, bringen Sie mal 'n paar Zigarrenkisten. Jawohl, Herr General! Jetzt hat es geschnappt, denke ich, welche Marke denn (die Zigarrensorte um Gottes willen)? Ich bin halb ohnmächtig. Na is' egal, sagt der General, er denkt nach, bringen Sie'n paar Kisten, ähh, leere. Und Oberst Schröck, der sich gleich aufregt: Leere Menschenskind, stellen Sie sich nicht so an, bringen 'se leere Kisten. Also, ich wie ein Wahnsinniger nach hinten, der Kantinenbulle fragt noch dämlich, und ich brülle, Menschenskind, welche Sorte, keine Sorte! Schmeiß die ganzen Zigarren auf den Boden (sechs Kisten à fuffzig), schließlich soll ich das Gewünschte ja irgendwie beschaffen.

Ich sofort zurück.

Also, sagt der General und baut drei Kisten schräg nebeneinander auf die Tischplatte, hier stehen wir, und das – er baut drei weitere auf – soll der Feind sein. M' Herren, jetzt sehen Sie sich das mal an.

Sie treten näher.

M' Herren, jetzt haben Sie hier eine klassische Stellung, er nickt aufmunternd von einem zum andern, aber meine Herren, wie nennt man denn das? Oberst Schröck, er weiß es auch nicht, der General befindet sich noch in ganz guter Laune, ist aber etwas überrascht, keiner von den Herren? Oberst Schröck sieht angestrengt auf die Zigarrenkisten, nee, sagt der General, da steht es auch nicht. Ich trete vor.

Bitte? fragt der General.

Ich bin stramm vorgetreten und sage: Zu Befehl, die sogenannte schiefe Schlachtordnung.

So? Sagt der General, ach nee, schiefe Schlachtordnung nennt man das, na und, wie soll denn die gewesen sein? – Schlacht bei Leuktra 371 v. Chr., schmettere ich, der Feldherr Epameinondas teilte sein Heer in einen starken Offensiv- und schwachen Defensivflügel. Einen Augenblick lang herrscht Stille, dann fragt der General knapp: Name? Ich stehe stramm und nenne meinen Namen. Der General: Ausgezeichnet, meine Herren, Sie haben es gehört, Schlacht bei Leuktra, starker Offensivflügel, bitte sich das künftighin zu merken.

*

Ich werde Gefreiter. Ich trage jetzt ein rotes Chevron mit einer geflügelten Granate auf dem Ärmel, Wenzel hat mich beiseite genommen: Na, Sie alter Epimundos, er zwinkert mit dem Auge, in letzter Zeit, stelle ich fest, zeigt er sich gar nicht so uneben. Dann aber ernst werdend: Sagen Sie mal, wie heißt denn der Kerl nun wirklich, im Falle, daß man mal gefragt wird. Er geht jetzt für acht Wochen nach Templin, auf einen Kursus, in der Zwischenzeit soll ich den Zug übernehmen. Es ist Juli geworden. –

Ein Sonntag in Plöhn, man stelle sich einen ganz ruhigen Nachmittag vor, warme grüne Schatten auf der Straße, ich gehe spazieren. Vor mir geht ein Seidenkleid mit Schößchen, ich überlege, ob ich ins Café gehen soll oder lieber in den Karlspark. Bemerke unabhängig davon, daß das Schößchen knapp über dem Gesäß endet, das seinerseits ziemlich stark ausgebildet ist, nun, dagegen habe ich nichts einzuwenden. Ab und zu werde ich von dem einen oder anderen Gemeinen gegrüßt und grüße zurück. Die Dame setzt im Gehen den Fuß voll auf, wirkt aber sehr ruhig, fast stattlich, lediglich die Hinterfront ist in Bewegung. Die beiden Hinterbacken, genauer gesagt – wir befinden uns etwa in Höhe des Cafés Schöpsgarten in der Schwerinerstraße –, und wenn man ganz genau sein will, bewegt sich da eine apfelgroße Partie noch gesondert, das heißt, sie wackelt, aber dagegen habe ich auch nichts einzuwenden. Und da ich mich für den Karlspark entschieden habe, gehe ich langsam hinterher, schaue auf die Dame, die strategisch vorrückt, und stelle angenehme Vergleiche an – etwa den mit einer Birne. Die Streifen des Kleides rutschen angenehm im Schritt hin und her, ich denke, das ist aber eine nette Überraschung: Knolle Bolle, Kloß und Kasten, ich bin ganz weg, was ich da aufgetan habe, scheint mir ja eine tolle Posaune zu sein. Geht jetzt über die Straße und ich hinterher – in ziemlicher Aufregung –, schließe dichter auf und sage mir, ran an den Feind, zwei Schritt Abstand, die Nachhut ist schon erreicht. Donnerwetter, Niemann, sage ich mir, wenn's heute nicht klappt, klappt es nie.

Aber immer, denke ich.

Und wäre fast draufgeprallt, auf die Nachhut, als sie plötzlich stehenbleibt, gerade denke ich: Mein

Gott, solche Schinken, die sind doch gar nicht möglich, da beugt sie sich in ein Schaufenster, etwa um einen Hut zu betrachten, und eine gelbe Locke fällt ihr vors Gesicht, was? Mamma! Ich bin ungeheuer erschrocken, als sie sich umdreht und sagt:

Nanu, der Herr Niemann.

Ja, da …, sage ich, welche Überraschung. Es ist natürlich nicht Mamma, sondern Fräulein Sophie, die nun schon seit zwei Wochen – seit Wenzel auf Lehrgang ist – sich hier im Ort langweilt. Deshalb wohl ganz angenehm überrascht: Herr Niemann, ruft sie mit einem Blick auf das rote Chevron, Sie haben sich aber mächtig herausgemacht, und als wir im Café Goldenbaum sitzen, sagt sie: Steht Ihnen wirklich gut, lassen Sie sich doch mal anschauen, und so schlank sind Sie, wie alt, darf man wohl nicht fragen. Sie ist kokett, scheint sich gut zu amüsieren, winkt lachend ab: ach zwanzig? zwanzig sind Sie doch noch nicht. Am linken Arm oberhalb des Ellenbogengelenks hat sie einen blauen Fleck, was schauen Sie denn? Ich schaue – ich kann schließlich nicht gut sagen, an wen sie mich erinnert, an Unteroffizier Wenzel vielleicht? Ach Gott, lacht sie, lassen Sie mal den Unteroffizier in Ruhe, seit wann sind Sie denn überhaupt in Plöhn? Seit April, so lange schon, sagt sie und sieht mich an. Wir flanieren durch die Schweriner Straße, über den Markt, häufig muß ich Rangältere grüßen, werde aber ebensooft von Gemeinen gegrüßt; ein wunderbar lauer Abend, wie ein Rosenblatt. Sie kichert: Nein (zweideutig), das haben Sie bestimmt falsch verstanden. Wir sitzen im Seepavillon, für sie bestelle ich eine Kola mit Zitrone, für mich ein Bier, später noch ein illustriertes Brot, und sie will nicht zulassen, daß ich bezahle, wir tanzen, hinterher darf ich sie nach Hause bringen. Sie schließt die Haustür auf – – und gleich anfangs bemerke ich diesen etwas bitteren Geruch, der von ihr ausgeht, vorher ist er nicht dagewesen – – sie geht im Flur voraus, hält sich aber dicht an mich, ich flüstere, Vorsicht, sonst bricht er noch ab, habe aber eigentlich fürchterliche Angst, sie hält mir die Hand auf den Mund. Im zweiten Stock schließt sie eine Wohnung auf. Das Schlafzimmer hat eine hellgelb gestrichene Schrankwand – die Wenzel eines Tages, denke ich mir, gebaut hat, willst du den Standspiegel hier haben, hat er gefragt, was für einen Standspiegel, erwiderte sie. Das Bett ist frisch bezogen, man sieht die scharfen Wäschefalten, auf dem Fußboden liegt ein hellblauer Puff.

Ich helfe Sophie beim Ausziehen. Erst das Kleid, das hinten einen verdeckten Reißverschluß hat, darunter trägt sie einen durchsichtigen (bordeauxroten) Unterrock. Währenddessen sitze ich auf der Bettkante, und was fürchte ich denn – meine Hände erscheinen mir sehr groß –, ich weiß es selber nicht genau, ich fürchte mich gar nicht. Daß sie im Hemd erscheint? Jahaha, davor fürchte ich mich nicht. Aber dann steigt sie aus dem Unterrock und hat gar kein

Hemd an, gleich stellt sich mein Irrtum heraus, sondern ein Mieder, in dem sie jetzt ein paar Tanzschritte ausführt. Auf weißem Grund sind schwarze Rosetten gestickt. Sie stellt das Radio an und führt mich ein paarmal scherzhaft im Zimmer umher, bis sie sich nach hinten abzuknicken beginnt, nicht so, sagt sie, du mußt mich festhalten, sonst falle ich doch. So daß ich ihren harten Schoß unter dem Mieder fühle, allerdings, daß ich sie vielleicht falsch halte, nämlich um die Hüften herum. Ach, erwidert sie, willst du wohl mal sehen? Das ist gar kein Kleidungsstück, sondern ein Zaumzeug mit feuerroten Gurten, an denen die Strümpfe befestigt sind.

Als die Musik endet, bin ich an der Reihe, das Koppelzeug fallen zu lassen, derweil sitzt sie auf der Bettkante. Gerührt, mein kleiner Soldat: die junge Brust, die schmalen harten Beine, achje, und der Nakken auch ein wenig hart. Ich sage dagegen: Ich habe bestimmt keinen harten Hals, ich bin sehr aufgeregt, bestimmt nicht ängstlich, aber ich möchte auch nichts falsch machen. Der Uniformrock ist aus dikkem Stoff, sehr schwer, die Halsbinde, das Unterhemd. Die Stiefel kriege ich kaum herunter, sie sind zu schwer, die Hose, das Bündchen, der strenge, saubere Militärgeruch, der unbedingt dazugehört (Putzpomade). Die Unterhose hat Ösen, durch welche die Hosenträger laufen, und muß zugleich mit der Hose angezogen werden.

Sophie lacht gerührt.

Schlägt die Hände zusammen. Mein Gott, der junge Herr Niemann. Sie liegt auf dem Rücken, einen Arm läßt sie vom Bettrand hängen, spielt mit den Fingern im Tuff, während sie die Augen manchmal auf meine Brust, manchmal an ihr vorbei zur Decke richtet. Ich denke: Wird sie ohnmächtig, es sieht fast so aus, so völlig schlapp liegt sie da und streckt das Knie in die Höhe, Liebster, Liebster, ahh, ahh, ohh ja, ich denke, was tut sie jetzt, was hat sie mit dem Knie, soll das vielleicht – ihr Gefühl sein, sieht das so aus? Dann öffnet sie die Augen und stützt sich ein wenig hoch, aufmerksam plötzlich.

Mein Kleiner, sagt sie, das ist ja ganz allerliebst, und mustert mich ganz genau, amüsiert, wie mir scheint, aber auch sehr liebevoll. Das hättest du mir ja schließlich sagen können. Und richtet sich schwer auf, aber so, daß sie jetzt über mich kommt, also andersherum und bereits sehr bestimmt: Schau her, sie setzt sich aufrecht hin und mustert mich streng, Donnerwetter, die hat einen Ton am Leibe, keinen Mucks! und keine Bewegung! Ganz gewiß nicht, wäre sowieso nicht möglich, da ich – was? – na, man kann nicht gerade behaupten, daß die Dame sehr leicht ist, au weh. Sie gibt mir eine gelinde Ohrfeige, was habe ich eben gesagt, sie zeigt mir die Mietze, schau gefälligst her. Obwohl man behauptet, so kleine Geschöpfe besäßen noch gar keine Augen, sie lacht, scheint sich überhaupt großartig zu amüsieren, mein kleiner Dummkopf, nein, warte doch, was willst du denn, nein da doch nicht. Dann lacht sie wieder, diesmal aber noch viel barscher als bisher, so daß ich eine starke Erregung verspüre, nimm die Hand weg, befiehlt sie, und gib mal her, so – – *da* ist es, muß man alles alleine machen! Na (gutmütig) so ist es besser, was?

Mein kleiner Soldat.

Und so ist es wirklich viel besser gewesen und klappte auch auf Anhieb; aber eigentlich bin ich doch erleichtert, daß es vorüber ist. Ich ziehe mich an. Hinterher auf der Straße hängt mein Koppel mit besonderem Gewicht herunter.

*

Wir suchen keine Cafés mehr auf, sondern Sophie hält Bier im Haus, Kognak, Aufschnitt, ich lasse ein paar Sachen in ihrer Wohnung, wenn ich sonntags komme. Ich werde sie heiraten, in einem Jahr, in zweien vielleicht, aber ich will mir nichts vormachen, ganz ernst hat sie es leider nie gemeint. Sie beugt sich aus dem Fenster, wischt in reizvoller Stellung den Schrank ab oder kniet auf dem Fußboden, und – ich bin frech – wenn sie nicht herschaut, habe ich gar keinen Respekt, gehe etwa auf der Treppe hinter ihr her, oder wenn sie auf dem Geländer sitzt, wobei ihre Gesäßhälften zusammengepreßt werden, denke ich: Ho welcher Kasten. Knolle – Bolle – Sophie auf einem Holzzaun sitzend. Auf einer Schaukel. Oder durch eine enge Zaunlücke steigend, um auf die Kuhweide nebenan zu gelangen – ich schiebe inzwischen ein bißchen nach. Und, oh, Sophie im Reitsitz auf dem Rappen, ich selbst auf dem Schimmel dahinter, auf dem Schwan daneben sitzt leider ein dicker Feldwebel, mit dem sie während der Fahrt einen *ziemlich* langen Blick wechselt – – nachts träume ich, daß sie sich auf mich setzt, aber breit ins Gesicht, so daß ich ersticke, und Lohmann, der jetzt Kuschinskis Bett innehat, mich von unten mit dem Fuß anstößt.

Ende September gehe ich noch einmal hin. Am Mittwoch. Freitag wird Unteroffizier Wenzel zurückerwartet, sie will ihn aber nicht wiedersehen, mach dir keine Sorgen, hat sie gesagt, mit Wenzel ist es endgültig vorbei. Ich bin bereits ab zwei Uhr dienstfrei, gehe durch die Schwerinerstraße, bei Jörß trinke ich ein Bier, gehe dann langsam los, kein Mensch zu dieser Zeit auf der Straße, läute zweimal, und als niemand öffnet, drücke ich die Tür auf, die Schlafzimmertür ist nur angelehnt, zuerst sehe ich überhaupt nichts. Zugezogene Vorhänge, *ein* Geruch, auf dem Fußboden Bier und lauter Papierschlangen. Ein Fest, eine Orgie. Die Uniform hängt ausgestopft an der Gardinenstange. Wenzel auf dem Rücken, ein Bein quer über das Bett, röchelt im Schlaf. Er ist vollständig nackt, und neben ihm in sehr unbequemer Lage schläft Sophie in einem Hemdchen – es sieht aus, als hätte sie es eben erst gekauft, hellblau mit einem Ausschnitt, es ist ja fürs ganze Leben, denke ich, deshalb sollte ich es mir ganz genau einprägen. Sophie öffnet plötzlich die Augen, blickt mich an – aber das täuscht wohl, sie schläft mit offenen Augen, in denen gar nichts geschrieben steht, nicht einmal Ablehnung, etwas Ärger vielleicht.

3

Die Nächte sind schon kühl, wir sind unter einem klaren schwarzen Himmel angetreten, der Posten im Tor trägt Strohstiefel, in denen er auf und ab trapst. Man nimmt fünfmal die Vorderachse, erklärt Unteroffizier Wenzel vor der Front die genaue Lage des Polarsterns, vom Kasino her nähern sich ein paar Offiziere. Man nimmt also die Vorderachse, nee die Hinterachse, sagt Wenzel und blickt nach oben, also fünfmal, er denkt nach, also ihr seht ja selbst in der Verlängerung, sein ausgestreckter Arm zeigt nach oben, hebt sich ja deutlich ab, der Stern.

Wir sehen hinauf, auch die Offiziere, die hinzugetreten sind, ein Offizier, gutgelaunt: Lassen 'se die Leute mal zehn Schritt zurücktreten – – renken sich ja die Hälse aus. Nur ein Witz. Er fragt aber einen Rekruten:

Na mein Sohn, wie heißt denn dieses Sternbild?

Zu Befehl, der Große Wagen.

Na gut, sagt der Offizier, was gibt's denn noch für welche?

Der Soldat zögernd: Großer Bär. – Nee, der nur nich, alle blicken angestrengt nach oben, also Kinder, sagt der Offizier, welche gibt's denn noch? Ich stehe stramm und sage:

Kassiopeia.

Na, das ist ja ausgezeichnet, freut sich der Offizier.

Drache und Leier.

Gut, sagt er – er steht im Dunkeln, sein Kragen leuchtet.

Fuhrmann, Schlange, Hund. Der Offizier nickt.

Pegasus, Hase, Krone, Fuchs …

Gut, sagt der Offizier ernst und wendet sich zu seinen Herren um. Taube, Eier, Phönix, Fliege, Pfau, sage ich, Kranich, Balken, Besen, Luchs. Hören Sie sich das genau an, der General v. Schickler-Demmin hat den Kopf gehoben. Name? Ich nenne meinen Namen und donnere: Wiege, Bahre, Schneepflug, Styx und *das rote Auge des Aldebaron.* Na, das ist ja ganz ausgezeichnet.

Jawohl, Herr General. –

Am nächsten Morgen hätte mir Wenzel fast an der Tür Platz gemacht, so hat es wenigstens ausgesehen.

*

Scharfschießen in der Wuhlheide. Wenzel fragt: Entfernung? Zweitausendvierhundert. Anstellwinkel? Ich sage: fuffzehn Grad plus zwei Strich links. Subtraktionswinkel? Fünf Grad. Es sind natürlich vier. Also was denn? Vier. Minus? Jawohl Herr Unteroffizier, entschuldigen Sie, ein Irrtum, ja, sagt er, das habe ich *gemerkt.*

Hat er …

Aber er steht neben dem Geschütz, sein Auge,

nein, es ist ruhig in die Wuhlheide gerichtet, wo fern ein schwarzweißes Zielgerüst erkennbar ist, ein Haus mit Fenstern und Türen. Er hat nichts gemerkt, er läßt einschießen: Ein Schuß davor, einer dahinter, dann wieder einen dazwischen, der entweder vor oder hinter dem Ziel liegt, daraus läßt sich die Entfernung berechnen. In der Flachbahn, frühmorgens in der sandigen Senke, in der Wuhlheide – und der Wind geht.

Wenzel hat sogar einen Sonderauftrag für mich, eine Inspektion des Zielgebiets. Er vergleicht seine Uhr mit meiner und läßt mich in Richtung Gernsdorf abmarschieren. Ein prächtiger Tag, ich habe nur den Karabiner und die Signalscheibe zu schleppen, nach etwa einer halben Stunde erreiche ich das Gelände, das etwas erhöht liegt, hier werde ich Punkt zehn Uhr fünfunddreißig vom Zielgerüst aus das verabredete Zeichen geben. Ein wunderbarer Anblick, der Wind streicht über die Gräser. Hinter der Pegnitz baut sich das Luch auf, das von eisenhaltigem Quellwasser durchzogen wird, erkenntlich an der rostroten Färbung. Hier hat sich der Moosschwamm ausgebildet, wirkt wie eine ausgespannte Zeltbahn und trägt sozusagen den Weg, auf dem man geht. Wo er fehlt, ist die Oberfläche eingetrocknet und erscheint heller, aber das ist trügerisch, die Stellen sind mit Pfosten abgesteckt. Sie erscheinen auf der Karte als Strichelung. Das Zielgerüst, das sich meiner Ansicht nach etwa hundert Meter hinter einer Buschgruppe befindet, ist auf der Karte durch einen Triangel gekennzeichnet, die Buschgruppe durch kugelige Häkchen.

Wer jetzt den markierten Weg verläßt, muß sich an der Pflanzendecke orientieren: Wo Rohrschwingel und Haarkraut stehen, ist der Boden unsicher, Luchgras und Rasenschmiele wachsen über Wasserlöcher. Ich gehe vorsichtig, achte darauf, daß ich die Richtung einhalte, denn die Sicht ist behindert. Einmal breche ich bis zum Knie ein, es ist aber nur eine Sumpfwanne, aus der ich leicht herauskomme, es besteht keine Gefahr.

Ich steige auf einen Stein, um die Richtung festzustellen, die großen Bäume dahinten sind Erlen oder Weiden. Inzwischen kommt mir der Gedanke (fällt mir ein), daß mich Wenzel vielleicht mit Absicht hierher geschickt hat? Glaube ich nicht – es sei denn, Sophie hat alles gebeichtet, kann ich mir aber auch nicht gut vorstellen. Ich überlege sorgfältig meine Position, wobei ich mich nach dem Stand der Sonne, nach dem Moosbelag (nach Norden) orientiere, wo liegt Zippendorf? Da ...

Ich bin bis zur Hüfte eingebrochen.

Es ist nicht viel geschehen, der Grund ist zwar reichlich weich, und wenn ich den einen Fuß hebe, sinke ich mit dem anderen sofort tiefer, ich horche, versuche einmal nach vorn zu platschen. Nanu, denke ich, hier komme ich ja gar nicht mehr heraus, hebe ein Bein, und nun liege ich auf dem Rücken. Mit dem rechten Bein bin ich unter eine Wurzel geraten. Ich ziehe das

Bein heraus, bin jetzt mit dem andern drin. Ich liege still und betrachte den Himmel, es wachsen Pfeifenstrauch und Schlehe über mir, Wenzel hat mich hierhergeschickt, denke ich, er weiß Bescheid. Was sind das für Sträucher? Bald werde ich ganz eingewachsen sein, eine Woche, zwei Wochen, sie werden sich alle von mir ernähren und hübsch rund werden. Es ist schon ziemlich spät, zehn Uhr fuffzehn, und ich weiß plötzlich, daß ich hier sehr wohl umkommen könnte.

– – – Es steht hinter dem Gebüsch, von hier unten kann ich es sehen. Ich dachte, es sei eine Art Haus, ich meine kein richtiges Haus, aber doch mit vier Wänden, mit Fenstern und Türen. Kein Wunder, daß ich es nicht gefunden habe Und jetzt, wie sehe ich aus, wie habe ich mich eingesaut, mein Rock ist bis obenhin schwarz, klatschnaß. Mein Gewehr. Wo ist mein Gewehr? Ich lege mich auf die Seite und ziehe die Beine heraus, dann gehe ich zu dem Gerüst, das vorne grob mit Fenstern und Türen bemalt ist. Die rechte obere Ecke fehlt, im übrigen scheint es aber mit der Treffsicherheit nicht so weit her gewesen zu sein, denn ich bemerke Einschußtrichter weit im Gelände – wie spät ist es jetzt, zehn Uhr fünfunddreißig, neben dem Gerüst stehend, warte ich mit der Signalfahne, um das verabredete Zeichen zu geben (zu diesem Zeitpunkt befinde ich mich im Fadenkreuz des Sichtfernrohrs). Dreißig. Fünfunddreißig. Ich trete vor und schwenke das Tuch in der verabredeten Weise ... Den Abschuß habe ich nicht gehört.

Den habe ich nicht gehört, aber höchstens dreißig Meter entfernt hebt sich die Erde auf und fliegt mit ungeheurem Krach auf mich zu. Gleich daneben noch einmal, hier sind sie wohl in ein Wasserloch gefahren, denn es kommt eine Unmenge brauner Dreck hoch – und kommt herunter, eine schöne Schweinerei. Ich liege flach, denn nun geht es erst richtig los, diesmal rechts, ein paar Bretter kommen durch die Luft gesegelt und genau auf mich zu, ich schreie: Aufhören, ihr Schweine, aufhören. Springe hoch. Winke, ihr Schweine, schreie ich, falsch, faalsch!! Nicht schießen, hier *ist* jemand, sie scheinen sich aber erst richtig einzuschießen. Rumms. Ich winke, liebe Freunde, da ballern sie erst recht drauflos, paupau, es paukt viermal dicht hintereinander: eine dolle Salve.

So nahe ist es gewesen, ich werde gegen einen Pfahl gepfeffert, die Holzwand ist gleich vollständig zersiebt ... Da laufe ich, mein Gott, dann ein Klatsch, ein riesiger Knall. Danach Totenstille, deutlich höre ich das Knabbern, ein Bimbam Glockenschlag, komme sofort wieder zu mir, und dann haben sie immer noch nicht aufgehört, da laufe ich.

Piiuhhharorrrrh.

Bin ich schnell gelaufen, über Wasserlöcher, Schlammulden, immer weiter, immer weiter, zum Schluß kommt noch ein ungeheures Scheppern: Ich stürze hin, es johlen Balken durch die Gegend, also sie *haben* getroffen. Sie haben tatsächlich getroffen, zum Schluß kommt noch das ganze Gerüst herunter, danach Totenstille. – – Nach zwei Stunden erreiche ich den Kasernenhof, und wie sehe ich aus, verschmutzt, ohne Mütze. Karabiner? Ich zeige den Karabiner vor. Mensch. Sie sehen ja schön aus. Herr Unteroffizier, sage ich leise, *Sie* haben mich dahin geschickt.

Ich habe was?

Die Szene ereignet sich auf dem Korridor – es ist drei Uhr, alle Mannschaften sind noch draußen im Gelände, Wenzel hat mich wahrscheinlich über den Hof kommen sehen und erwartet mich oben. Ich hätte Sie geschickt? sagt er, Sie lügen, wenn Sie das behaupten, ich habe gar nichts! Verstanden! Er steht mitten im Korridor.

Haben Sie denn überhaupt einen Marschbefehl, sagt er, denn wenn Sie den nicht haben, können Sie überhaupt gar nichts beweisen! Außerdem werde ich Sie belangen, weil Sie unerlaubt die Truppe verlassen haben.

Ich habe …

Er hält plötzlich eine Pistole in der Hand, mit der er lächerlich in Augenhöhe zielt, ich könnte Sie sogar niederschießen, sagt er, ich hätte sogar das Recht dazu.

Einmal habe ich Sophie wiedergesehen. An einem Sonntag auf der Straße, als ich aus dem Hotel Krone komme. Also – vor mir geht eine Dame, und ich denke, die kennst du doch, Pummel, Putte und Posaune, nähere mich vorsichtig von hinten. Sie trägt ein graurosa gemustertes Kleid, das über den Hüften spannt, an der Straßenkreuzung blickt sie sich um: Ja, siehst du denn nicht, daß ich Fähnrich geworden bin? Vielleicht hat sie es sogar gesehen.

*

Herbstmanöver. Fabelhaftes Wetter. Das Laub der Bäume verfärbt sich weingelb und burgunder, der Himmel ist tief, dampfende Heide. Der kommand. General zur Seite des obersten Chef du Corps General v. Zepplin auf dem Stabsstand. Ein imposantes Bild, als wir bei Morgengrauen Höhe 8 besetzen, Spähtrupps gehen vor, Pioniere schwenken Brückenteile ein, kriegsmäßige Verwendung der Truppenverbände.

Die Höhe 8 ist eine langgezogene bräunlichviolette Bodenwelle mit einer erhöhten Nase gegen Westen. Der Untergrund ist locker. Aufgabe: ein 22-cm-Geschütz auf dem Kamm in Stellung zu bringen. Ein klotziges Stück Eisen, hundertvierzig Zentner auf der Lafette, die Leute liegen in den Speichen, ich weiß, daß sie ihr Letztes hergeben, strategisch befinden wir uns hier in unmittelbarer Frontnähe. Kommt ein Reiter über den Hang geprescht, ein Offizier, Hauptmann Tintzmann, brüllt schon von weitem. Nanu, denke ich, was will er denn (reiten kann er auch nicht).

Sind Sie *wahnsinnig* geworden!

Ich denke: Der bläst sich ja mächtig auf. Reservehengst wahrscheinlich, zu Hause hat er ein Käsegeschäft. Wollen Sie sich hier *abknallen* lassen, Sie

Vollidiot! Nein, Herr Hauptmann. Fähnrich! brüllt er, ich mache Sie *voll verantwortlich!* Ich denke: Das kann man ja nicht mit ansehen, wie der auf dem Gaul sitzt. Sorgen Sie dafür, daß das Geschütz *sofort* verschwindet. Jawohl, Herr Hauptmann, wie auf dem Plumpsklo, denke ich, der Mann ist ja nicht ernst zu nehmen. Er läuft rot an und brüllt: Ich bringe Sie vor ein Kriegsgericht (im Manöver)! Jawohl, Herr Hauptmann, sage ich, darf ich darauf hinweisen ..., aber das hat er nun leider nicht mehr erfahren, worauf ich ihn hinweisen wollte, denn plötzlich, ratatata, der Gaul scheut und wirft seinen Reiter ab, das reinste Theater, denn plötzlich geschieht alles sehr schnell, hinter dem Wäldchen bricht eine Abteilung feindlicher Infanterie hervor – später wird man den Hauptmann dafür verantwortlich machen.

Und?

Wurde ich später gefragt, wo sind Sie denn geblieben, um Gottes willen. Im Sand, sage ich, ich habe mich eingegraben, zweiundzwanzig Stunden im Sand, durch ein paar Schrubben gedeckt. Der Morgen kommt, ein aprikosenfarbener Schein am Himmel. Über mir kreist ein Vogel. Ich habe Hunger. Ich stelle fest, daß ich mich zwanzig Schritt von meinem Geschütz befinde, welches in dem kühlen braunen Sand etwas eingesunken ist, richte mich vorsichtig auf: Welch ein Anblick, die ganze Ebene in einer Tiefe von fünf Kilometern mit Uniformen bedeckt, so weit das Auge reicht gegnerische Truppen, motorisierte Verbände beziehen Stellung, biwakieren, kochen ab, Infanteristen bilden Schützenketten – und ganz hinten, jenseits des Flusses, überrascht von dieser plötzlichen Massierung, sehe ich die Unsrigen.

Und hier. Herrgott, Kinder.

Es war wie auf dem Schießstand: Ich ziehe den Geschoßbock aus dem Geschoßkasten, öffne den Verschluß und hebe das Geschoß an. Schiebe das Geschoß ins Rohr, schließe den Rundkeilverschluß durch «elf» Umdrehungen der Kurbelschraube. Richte (die geladene Kanone) nach dem System Hotschkiß: adjustiere, nivelliere, korrigiere. Trete neben die Lafette und ziehe ab –.

Ich habe vorschriftsmäßig den Mund geöffnet, obwohl im Manöver nur mit Kartuschen geschossen wird, lade sofort aufs neue, ziehe ab, öffne den Mund. Inzwischen gestatte ich mir einen Blick nach vorn, ein Oberst (sehe ich) richtet auf eine Distanz von elfhundert Metern sein Fernrohr auf mich. Verwirrung? In den Reihen haben sich viele herumgeworfen, ich schieße, ich sehe, daß die Aufstellung an diesem Abschnitt durcheinanderkommt.

Ich gebe zwei weitere Schuß ab.

General v. der Tann: Wer schießt denn da, zum Donnerwetter?

Oberst Baum, aschfahl.

v. der Tann: Ach was! Sorgen 'se gefälligst dafür, daß uns die Kerle nicht in den Hintern schießen. Inzwischen gebe ich mit größter Regelmäßigkeit Schuß auf Schuß ab. Geschoßkasten, Geschoßkorb, Rundkeilverschluß. Das Geschütz hat einen Drallwinkel von drei Grad, den ich vorschriftsmäßig nach je drei Schuß adjustiere. General v. der Tann: Herr, ich mache Sie persönlich dafür verantwortlich. Oberst Baum beordert daraufhin die vierte Schwadron, die aber nicht im Gehöft Pregnow steht und erst zweiundzwanzig Minuten später aufgefunden werden kann – zu spät, die Telephonverbindung ist unterbrochen –, während man auf der unsrigen Seite die Verwirrung benutzt, um seinerseits über den Fluß zu setzen, schieße ich unbehindert und fast ohnmächtig vor Anstrengung, insgesamt dreizehn Stunden lang: Ich gebe insgesamt vierundsiebzig Schuß ab, es ist Abend geworden, ein roter Streifen am Himmel, von weitem Truppenformationen, Infanterie geht in Gewaltmärschen vor, Pioniere, es sind die Unsrigen, schwenken Brückenteile ein, das ist alles sehr klein, sehr entfernt, es ist kriegsmäßige Verwendung, denke ich, Manöver mit einem vorhandenen – da muß ich mich schon sehr anstrengen – oder markierten, wie war das, Feind, Freund … Frau …, aber noch im Hinstürzen werde ich gehalten. Ein strenges eisfarbenes Gesicht beugt sich über mich, Herr Leutnant, sagt es, Sie haben fabelhaft geschossen.

Herr Leutnant, Sie haben fabelhaft geschossen, sagt der General, ich werde auf eine Feldbahre gehoben, ein Auto, Mamma im Lazarett: Darauf kannst du aber stolz sein, mein Junge, und die Sache wird wohl noch ein Nachspiel haben. Und ob. – Am 25. September bekomme ich es schriftlich.

*

Es war, als ob dieser ungewöhnliche Sommer noch einmal alle Kraft zusammengenommen hätte, solch ein September! Ich sitze im Zug nach Demmin, ein paar Tage Sonderurlaub in der Tasche. Natürlich habe ich mir gleich die neue Uniform bestellt, glatter Schnitt ohne Taschen, sehr stramm, kaum daß ich die Schultern bewegen kann, aber bildschön, läßt sich nicht anders sagen. Ich habe ein Tuch von ganz leichtem Glanz gewählt, von anständiger Qualität, man kann sich auf die Brüder ja nicht verlassen. Herr Leutnant hinten, Herr Leutnant vorne. Mach' ich Ihnen ganz knapp, Herr Leutnant, garantiert, und dann machen sie einem 'nen Bäckeranzug. Nee, sage ich, Drögemöller, nun halten Sie mal den Sabbel, machen Sie mir bloß 'n anständigen Schnitt, Mensch, *Silhouette,* verstanden, kostet ja genug. Macht er, macht er alles, eingebautes Hohlkreuz, Hosen so stramm, daß sie ganz von selber geradestehen, haah.

Aber er hat es gemacht, kann ich nicht anders sagen. Als der Zug einfährt, Herrjeh, da stehen sie alle, meine Demminer, sie haben sich nicht verändert, bißchen kleiner geworden, vielleicht. Mamma ist auch kleiner geworden, seitdem ich sie das letzte Mal gesehen habe. Die Straßen, sauber, klein. Die Wohnung – die habt ihr wohl renoviert, der Flur ist jetzt grünlich, das Speisezimmer ganz hell, rechts, wenn man hereinkommt, das Zimmer, das ich früher bewohnt habe, hat Stani mit ein paar neuen Möbeln ausgestattet. Wo ist er denn? frage ich. Beffchen ist in Greifswald. Nein, Stani, meine ich, wo ist er denn, er ist unterwegs.

Naja.

Am Abend gehen wir ins Theater. Ich in Uniform, komme die Treppe herab, als Mamma sich unten fertigmacht. Na! rufe ich, was sagst du, Mamma?

Ach, Junge, sie ist dabei, ihre Handschuhe anzuziehen, weint etwas, nein, es ist nichts. Nachher nimmt sie meinen Arm, und wir gehen durch die Straßen, wo die Leute noch vor der Tür stehen, blauer Himmel, blaß schon, ein paar Sterne. Dr. Lehmann hat sich nach dir erkundigt, erzählt Mamma. Ach, der alte Steißtrommler. Mamma ist ganz reizend, still, und so anschmiegsam, daß ich sie wie eine kleine Freundin am Arm führe. Es gibt eine Oper, Boieldieus «Weiße Dame», die ich nicht kenne; ich hätte wahrscheinlich Webers «Freischütz» oder Smetanas «Verkaufte Braut» vorgezogen oder etwas von Hervé oder Offenbach. Werde immerhin durch eine Soubrette entschädigt, die in einem Pagenkostüm unerhört heimliche Beine zeigt, ich meine speziell in diesen seidenen Hosen, die ganz glatt anliegen. Später – oder zwischendurch – tritt sie dann als weiße Dame auf, Busen und Arme in einem beunruhigenden Weißrosa, wie gemalt. Das Gesicht im Schatten, sehr hell, sehr lieblich, dann wieder als Page. Wer ist denn das, frage ich. Weißt du das nicht, das ist die Grigeut.

Nach dem Theater besuchen wir noch ein Café, ich sage zum Ober: Bitte geben Sie uns einen Tisch am Fenster. Nebenan sitzt aber eine Gruppe von Jünglingen, die offenbar das Lokal gepachtet haben, und richtig, kaum haben wir Platz genommen, donnert eine Lachsalve los. Ich sage zum Ober: Die Leute sind zu laut, bitte geben Sie uns einen anderen Tisch, nun sitzen wir aber nahe der Tür, und Mamma fröstelt etwas, ich bitte sie, sich nicht zu ärgern. – Ist sie Französin.

Wer?

Die Grigeut.

Mir wäre es gar nicht aufgefallen, wir sitzen an der Tür, ein Unteroffizier tritt mit seinem Mädchen ein, grüßt an der Tür, ich winke ab. Also gut. Mamma blickt zu der Gruppe von Jünglingen hinüber, eine Lachsalve; ich sage: Kümmere dich nicht darum, es sind Ladenschwengel.

Nein, sagt Mamma, sie stammt aus Hamburg.

Wer?

Die Grigeut.

Die ist fabelhaft. Oh ja, sagt Mamma, sie singt sehr gut, und hat ein prachtvolles Gesäß in der Pagenhose, denke ich vergnügt. Der Unteroffizier geht mit seinem Mädchen inzwischen wieder hinaus, grüßt an der Tür, ich winke ab – – eine Lachsalve. Das ist aber unangenehm, ich hole mir den Ober heran und sage: Bitte machen Sie den Leuten da drüben klar, sie möchten etwas leiser sein. Es sind Handlungsgehilfen, dumme Jungen, fünf Kerle mit Mähnen bis auf den Kragen, in diesem Augenblick betritt ein Soldat das Lokal, grüßt, und ich denke, ich höre nicht richtig:

Der Soldat tritt ein, grüßt, ich winke ab, und drüben lachen gleichzeitig die fünf Kerle los. Ich stehe auf, bitte nicht, sagt Mamma und hält mich fest, das wollen wir mal abwarten, sage ich, was sind denn das für Kerle, Haare bis zu den Ellenbogen, die sollten in meiner Kompanie sein, und am Nebentisch werden sie schon aufmerksam. Das möchte ich mal sehen!

Ich stehe auf und rufe: Geschäftsführer! und als der Mann kommt, sage ich: Diese Leute stören, bitte sorgen Sie dafür, daß sie das Lokal verlassen.

Aba … aba, stottert der Geschäftsführer, ein kleiner, etwas korpulenter Mann mit Halbglatze, bißchen ölig, also diese Typen kann ich ja besonders gut leiden. Ich sage: Hoffentlich habe ich mich klar ausgedrückt. Ich sage laut und deutlich: Was ist das hier, ein Bums? Na also, sage ich, dann sorgen Sie gefälligst für Ordnung, und schmeißen Sie diese Krakeeler raus, für so was haben wir hier keinen Platz (in Deutschland)! Sonst gehen *wir* nämlich! – Na also, Mamma faßt meine Hand und drückt sie etwas, ich rufe: Ober, bringen Sie uns die Weinkarte.

Ich sage: Man muß mit den Kerlen immer deutlich reden, sonst verstehen sie einen nicht.

4

Das Papier trägt am Kopf einen Turm, aus dem zwei gelbe Löwen springen. Im schriftlichen Verkehr sind gewisse Regeln betreffs Schriftbild, Titel der Aufschrift, Titel des Schreibenden, Anrede, Gruß und Schluß zu beachten. Man äußert nicht seine Verehrung einem Stabsleutnant gegenüber, und man ist nicht der Ergebene eines Stabsoffizianten, dagegen ist man einem Stabsintendanten «sehr ergeben». Bei höheren Stabschargen, Oberzahlmeistern, Oberjägermeistern etc. schließt man gehorsamst und mit vorzügl. Hochachtung. *Oberst*stabschargen dagegen versichert man «größte» Ergebenheit und redet sie am besten mit ihren Stabstiteln an: Oberstjägermeister Major Dörringer oder Oberstproviantmeister Oberst v. Hahn. Oberststabsarzt, Oberststabspfarrer, Stabsbeichtvater etc.

Nachdem ich mich schriftlich angemeldet habe, warte ich jetzt den elften Tag im Quartier auf Antwort, darf aber hierzu bemerken, daß es ein angenehmes Quartier ist. Mein Gastgeber, Treuchtlin, ein reizender alter Herr, früher Potsdamer 76er, bemüht sich geradezu selbstlos um mich. Sein Lieblingsausdruck: Die Krieger müssen sich was gönnen, und das bedeutet mal wieder Ente zum Abendessen. Um Jotteswillen, Treuchlein, entsetze ich mich, das Manöver hätten wir nun überstanden, und nun wollen Sie mich mit Ihrer Ente (und einem ausgezeichneten Rheinpfälzer) umbringen. Da freut er sich. Außerdem, sage ich, werde ich im Kasino erwartet, das alte Haus läßt sich's trotzdem nicht nehmen, und so lande ich dort erst nach Mitternacht, und zwar mit einer ziemlichen Ladung. Und der Hauptmann Eberding fragt: Wo fehlt's denn, haben Sie 'ne Gasvergiftung (eine Anspielung auf Höhe8)? Nee, soll ich erwidert haben, aber 'ne *Gast*vergiftung, eine irrsinnig komische Geschichte. –

Mitte Januar werde ich ins Stabsquartier befohlen, ins Schloß Friedrichsthal, das mit seinen perspektivisch sich verjüngenden Baumsäulen breit vor dem See hingelagert ist. Vorn am Portal weht die Divisionsstandarte: Zwei aus einem gelben Turm springende Löwen. Der Hof liegt zu dieser Tageszeit in tiefem Schatten, flankiert von zwei Gruppen Rossebändiger (Clodt v. Jürgens), ein Eindruck, der etwas düster, bedrohlich, aber doch wohl sehr großartig ist. Gruppen von Offizieren und Militärbeamten warten hier, letztere kenntlich an den goldgrünen Kragenlitzen, und verfolgen offensichtlich mit Interesse, wie ich von einem Ordonnanzoffizier ohne Umschweife in den Clodt-v.-Jürgensbau geführt werde, dessen rechten Flügel der Divisionschef mit seiner Frau bewohnt (während sich die Herrschaften im Sommer im Gartenhaus aufhalten).

Als ich das braune Tapetenzimmer betrete, warten dort schon die Leutnants v. Bülow und Warnke, außerdem der militärische Superintendent des Versorgungsamts v. Grimm. Ich trete als vierter ein, habe gleich den Eindruck, daß die Reihenfolge in gewisser Weise festgelegt ist, während sich nach mir noch die Herren Criwitz, v. Stedmann und Klausen einfinden. Wir werden dann in das Arbeitszimmer des Generals gebeten – bevor der General selbst eintritt. Mich überrascht die Ausstattung, ein antikes Interieur, Vasen, Terrakotten, Gipsabdrücke meist historischer Motive. Die Gneisschale mit Sandsteinblumen, eine Kolossalbüste Voltaires. Dazu äußert sich der Superintendent wie folgt: Eines Tages ritt die Gattin des Generals auf der Sandbahn am Seeufer. Man sieht das Bild der schönen Reiterin vor einem bewölkten Hintergrund. Als ein Hase vor den herannahenden Hufen des Pferdes aufschreckt und in ein nahe gelegenes Gebüsch springt, meint die Dame, das kleine weißgraue Geschöpf verletzt zu haben, und folgt dem Tier ins Gebüsch. Wo sie wen entdeckt? Voltaire (den wir hier sehen)? Nein, mein Herr, entgegnet v. Grimm, sie entdeckt ihre Liebe zu Leutnant Blomberg, der sich nach Vollendung seiner Vormittagstoilette im Gebüsch aufhält. Eine irrsinnig komische Geschichte.

Ankunft des Generals, die Herren erheben sich von ihren Plätzen.

*

Ich erhalte als sechster in der Reihe die Ernennung zum Stabsoffizier. General v. Schickler-Demmin faßt uns der Reihe nach ins Auge, hell, unpassioniert, soldatisch, und ich *spüre* die ungeheure Autorität. Ich empfange das rote Schrägband, das zum großen Anzug getragen wird. Begreife hier zum ersten Mal den Code bzw. dessen Bedeutung für das Bestehen des Offizierkorps, er entspricht in der Wirkung ungefähr dem, was Disziplin in der Truppe ausmacht. Der General steht sehr aufrecht in der Mitte des Raumes, in einem Rock von etwas dunklerem Grau mit den breiten roten Aufschlägen. M' Herren, sagt er, bin kein Redner, schaut uns aus seinen lebhaften, noch immer sehr jugendlichen Augen an – und das ist der Augenblick, in dem draußen im Hof mit voller Lautstärke die Regimentsmusik einsetzt, brachachabra, man versteht ja sein eigenes Wort nicht! Nein, ich behaupte nicht, daß es weltbewegend gewesen ist, aber irgendwie, ich meine, darauf kommt es ja auch gar nicht an. Ein unbeschreiblicher Tag. Glücklich? Vielleicht.

Doch heute ist der Tag noch nicht zu Ende, es wartet noch eine weitere Auszeichnung auf mich, eine ganz besonders charmante. Als wir hinaustreten, steht unten auf dem Rondell eine Dame im Reitkleid. Der General gutgelaunt: M' Herren, ein Überfall! Er ist inzwischen die Treppe hinabgeschossen, wo ihn seine Gemahlin erwartet, eine auffallend schöne Frau, sie trägt einen flachen hellgrauen Zylinder. Der General in bester Stimmung markiert den Überwältigten, stellt sich vernichtet: M' Herren, da ist nichts zu machen, sagt er, glaube, wir befinden uns in ausweglosser Situation, schiebt v. Stedmann vor, wer ist denn der Glückliche? v. Stedmann? Der General blickt sich in seinem Kreis um, oder was meinst du, Louise, nimmst du lieber den Criwitz, der schwitzt nicht so stark. Gelächter der übrigen Herren. Aber Louise, wie ich sie jetzt nennen möchte, scheint ihre Aufmerksamkeit heute einem anderen Herrn zu schenken, nun, einem gewissen Herrn ... offenbar hat sie den jüngsten Leutnant in der Division entdeckt, der in seiner Verwirrung hinter die Herren v. Bülow und Warnke tritt, aber doch so, daß er nicht ganz unsichtbar ist. Die Stiefel. Die Beinstellung, die geraden Glieder?

Wenigstens hat sie mich gründlich gemustert.

Oh Verzeihung, meine Liebe, sagt der General auf sie zutretend, küßt ihre Hand, habe ich dir Leutnant Niemann noch nicht vorgestellt, Leutnant! ruft er gutgelaunt, weigern ist zwecklos, es hat sie erwischt, hiermit gebe ich Ihnen dienstlichen Befehl, schließt er lachend, sich erwischen zu lassen, und zu seinen übrigen Herren, anders können wir uns sowieso nicht aus der Affäre ziehen – einen müssen wir opfern.

Mein Gott.

Gelächter, Dummheit, wenn sie wüßten, wenn sie auch nur entfernt ahnen könnten! Wir reiten durch die Eremitage, durch den verschneiten Englischen Garten, durch die Grotte. Vorbei an Kaninchenwerder, das sich wunderbar in der klaren frostigen Luft abzeichnet. Die Dame voran, ich hinterher, ihr Knecht, lange Schatten werfend. Über den Monopteros mit seiner erstarrten Fontäne, über den Kanal, und, mein Gott, ich bin … Warum so ängstlich, mein Leutnant, ruft sie sich umwendend, hier ist Ihr Platz an meiner Seite. Und ich beeile mich aufzuschließen, bemühe mich, eine gute Figur zu machen, sprenge kurz voran, aber fest am Zügel neben der Generalin, die sehr gut zu Pferde sitzt: Sie hat einen geschlossenen Sitz, der das Tier exakt festhält. Das ist aber wenig schmeichelhaft, ruft sie. Ich, bestürzt, rufe aus: Aber liebe gnädige Frau, was habe ich getan. Es geht über eine stattliche Treppe, über eine Sandbahn, in der Ferne das Belvedere. Daß Sie so bestürzt sind! lacht sie. Ich, sie einholend: Gnädige Frau, der Wind nimmt mir den Atem, ich bin, mein Gott … Wenn Sie mir doch glauben würden, beteure ich außer Atem, ich sah Sie im Theater, und überwältigt stoße ich hervor: Sie sind doch die *Grigeut!*

Ach wirklich? Nun ist es heraus. Im Wildgarten sind wir abgesessen, sie sagt: Mein Leutnant, wie jung Sie noch sind, lassen Sie sich doch einmal anschauen. Von der scharfen Luft gerötet. Dann ein Paar Schritt auf der Schneedecke: Wie alt, darf man wohl nicht fragen, das ist so, als ob man von einem langen Schatten getragen würde. Wie war's denn? werde ich beim Mittagessen gefragt, hat sie, reden Sie schon, Sie Glückspilz, hat sie sich entdeckt? Ich sehe mir den Fragesteller an, es ist v. Stedmann. Wer? frage ich. Na, unsere aller Gnädigste. Ich weiß nicht, wen Sie damit bezeichnen wollen, erwidere ich, wenn es aber Frau v. Schickler-Demmin sein sollte, würde ich mir das *verbitten* (und damit spreche ich wohl im Namen der betreffenden Dame).

*

Im Laufe der Zeit habe ich dann mehrmals den Vorzug, Louise v. Schickler-Demmin über den Monopteros und den Englischen Garten zu begleiten. Leutnant, befiehlt sie etwa, halten Sie mir den Bügel, mit Vergnügen, rufe ich dann, und das ist schon eine gewisse Freiheit, die ich mir da herausnehme, die Dame tritt auch unbedenklich fest zu – meine Hand als Trittsprosse benutzend.

Ich rufe lustig: Au weh, Madame.

Aber sie hat wohl auch ihren Gefallen daran, ihre Stiefelchen sind aus elfenbeinfarbenem Leder, die ihr der Schuhmacher stramm auf die Wade geschnitten hat, darf ich sagen und erwähnen, wie reizend? Leutnant, ruft sie, was fällt Ihnen ein! Oder doch wenigstens darauf hinweisen?

Zum Beispiel besuche ich nachmittags eine abgelegene Halle im Obergeschoß, wo sie sich malen läßt. Der Maler – wahrscheinlich ein bekannter Name – stellt sie zu Pferde als eine Art «Diana» dar, oder ist das nicht erlaubt? Sie Frechdachs, lacht sie, sitzt im Augenblick auf einem mit Sattel, Steigbügel und Zügel aufgezäumten Holzständer, ähnlich einem Sägebock, nur erheblich höher, eben wie ein Pferderücken. Die Linke am Zügel, die Rechte auf der Hinterhand.

Gut, daß Sie gekommen sind, Leutnant, ruft sie aus, Sie sollen Ihr Urteil abgeben.

Aber ganz wunderbar, gnädige Frau, beteuere ich – der Maler ist vorn an seiner Leinwand beschäftigt –, tolle Jägerkleidung, statt der üblichen Breeches moosgrüne Trikothosen, dem abenteuerlichen Schwung der Schenkel folgend, oben von einem breiten Ledergurt gehalten. Und hinten? Also ich sage: Liebe gnädige Frau, ein Kunstwerk, man sollte überhaupt nichts anderes malen, das Oberlicht hat gerade den richtigen Einfall von schräg hinten, ein ruhiges Bernstein, schattig, aber nicht flau, Amber, meine Dame. Sie lächelt: Also das gefällt Ihnen. Aber ich bin hingerissen, wie soll ich mich ausdrücken.

Wenn Sie sich etwas mehr zur Seite drehen würden, sagt der Maler aus einer Ecke.

Noch mehr? Die Dame denkt nach: Ich glaube, das Pferd sollte sich bäumen.

Aber nein, sagt der Maler.

Sie hebt sich, zeigt ungefähr, wie sie es meint.

Der Maler unschlüssig.

Ich glaube, meint sie nachdenklich, das Pferd bäumt sich, also so etwa, und ich sitze ganz fest im Sattel, können Sie sich das vorstellen?

Der Maler zweifelnd.

Leutnant! ruft die Dame, jetzt zeigen Sie mal, was Sie können, spannen Sie sich mal vor.

Mit Vergnügen, sage ich und lade mir, rückwärts herantretend, das Gestell auf, so daß ich sozusagen selbst einen Teil des Pferdes bilde, dessen Vorderfüße ich hochhebe, gut so? Ja, gut! ruft die Dame. Der Maler ist bereits an der Arbeit, und ich halte das Gestell einen Moment mit beiden Händen, dann kann ich nicht mehr.

Höher, ruft die Dame.

Ich verlagere das Gewicht erst auf den einen Arm, dann auf den anderen Arm und trage die Dame höher, wie sie es wünscht. Da ich ihr den Rücken zukehre, kann ich nur ihre Beine sehen, die sie von Zeit zu Zeit ausstreckt. Die Waden. Und die Füße mit den Sporen (ganz üble Dinger mit langen Zacken).

Gestatten Sie, daß ich absetze, frage ich.

Aber nein!

Ich halte noch eine Minute durch, dann sage ich: Oh, Madame ich kann beim besten Willen nicht mehr. Die Tapete mit dem blauen Muster verdunkelt sich vor meinen Augen, ich muß absetzen.

Sie flüstert: Unterstehen Sie sich.

Meine Hände geben nach, ich kann nichts dafür, da haut sie mir die Fersen in die Weichen, ich, ahhh, was? Meine Madame hat Sporen an den Fersen, diese Haken, die schlägt sie mir kräftig in die Seiten, au weh: Nur nicht schlappmachen, Liebster, und hoch, jawohl, höher. Was ist das? Ja, da hockt mir Madame im Nacken und sticht mich feste. Ahh, Ohh. Aber gar nicht mal schlecht, die haut ganz saftig ein, die Gute, ich hab's ja gewußt, meine Generalin, meine sehr liebe und werte gespornte Generalin, die trage ich hoch und rufe: Knolle Bolle Kloß und Kasten. Donnerwetter. Hurra.

Während der Maler mißmutig (wegen der Stellung und wegen des Oberlichts) in der Ecke vor sich hinmalt, aber sehen denn diese Kreaturen jemals etwas. – Am Nachmittag kommt ein Telegramm, persönlich an mich gerichtet, ich denke: Wer kann mir denn telegrafieren …

Onkel Aaron verstorben, sofort kommen,
Mamma.

Ich denke, ausgerechnet jetzt, hätte sich ja auch einen anderen Zeitpunkt aussuchen können. Genauer gesagt, ich glaube nicht, daß ich hier im Augenblick abkömmlich bin, habe eine Menge zu tun, und wenn ich sage, eine Menge, dann ist das noch untertrieben, da ich wirklich von morgens bis abends mit Stabsbelangen auf den Beinen bin. Stabstreffen, Stabsinspektionen, Stabsrevisionen. Telegrafiere deshalb:

Kommen unmöglich, in tiefer Trauer, K.

*

Stehe sozusagen zur Zeit in höherem Dienst: Madame hält sich etwa in den Pferdeställen auf, wo sie in dem kratzigen Pferdegeruch mit ihren eigentümlich schleifenden Schritten an der hölzernen Waschanlage oder an den Boxen entlanggeht, ihr Mund ist weiß, und man kann sehen, daß sie mit den Zähnen von innen auf die Lippen beißt. Dann nähere ich mich ihr, etwa während einer Vormittagsstunde, und sie ruft aus:

Nanu, Leutnant, Sie hier! Um diese Zeit: Wie verträgt sich das mit Ihrem Dienst.

Bei der Frau Generalin?

Leutnant, ein für allemal, die Stellung meines Mannes hat nichts, aber auch gar nichts damit zu tun.

Ich strammstehend: Jawohl, Frau Generalin.

Sie streng: Drehen Sie sich mal rum.

Ich vollführe eine Kehrtwendung.

Sie: Was haben Sie denn da?

Wo?

Ein neues Reitleder, nichts Unerlaubtes, aber manchmal kichert sie aus unerklärlichen Gründen, Leutnant, marsch, hier an meine Seite! Etwas unberechenbar ist sie, sonst eine großartige Frau (dolles Geschütz), nicht eigentlich hübsch, eher etwas voll, wie alt? Ich schätze, Mitte Dreißig ist sie und erinnert mich stark an eine gewisse Dame. Ja, in diesen Tagen bin ich träumerisch, etwas abwesend und eigentlich überrascht, als ich plötzlich ein neues Telegramm erhalte:

Beerdigung Dienstag
Mamma.

*

Eine kleine (spaßige) Begegnung sollte nicht unerwähnt bleiben. Anfang September erhalte ich den Befehl, die Gneisewitz-Kasematten in Singen zu inspizieren, es handelt sich um eine stabsinterne Angelegenheit, die routinemäßig durchgeführt wird. Also von mir.

Als ich abends auf dem Bahnhof ankomme, liegt das Dörfchen Singen ruhig vor den grünen Hügeln. Die Dächer, die Turmspitze freundlich bemoost, weiter rechts ragen die beiden Schornsteine der Ziegelei hervor. Das Gelände ist leicht zu überschauen, da in der Umgebung Böschungen, Gräben, Bewässerungskanäle, Baumschulen, Hecken, Steinbrüche etc. (Dekkung gebende Anlagen) beseitigt worden sind. Desgleichen Massivkonstruktionen von Mauerwerk von mehr als dreißig Zentimetern Höhe, Denkmäler oder Grabplatten von mehr als fünfzig Zentimetern. Nach der Vorschrift sind die Häuschen des Dorfes Singen aus leicht zerstörbarem Fachwerk (13 m hoch) ohne Keller gebaut. Der Glockenturm ist aus Holz.

Also, ich warte draußen auf den Wagen und warte tatsächlich fast zehn Minuten, bis da endlich ein Fahrer auftaucht, ein Unteroffizier mit wehendem Mantel, und das wurde ja höchste Eisenbahn. Aber dann denke ich: Den kennst du doch. Ich rufe: Wenzel!

Er, zusammengerissen: Zu Befehl, Herr Leutnant.

Nanu, sage ich, leben Sie auch noch?

Jawohl, Herr Leutnant.

Ich grüße dankend: Also los, Wenzel, worauf warten wir denn noch, wo ist der Wagen. Er druckst aber herum, was denn, frage ich, haben Sie keinen Wagen?

Zu Befehl, nein, Herr Leutnant.

Menschenskind, sage ich, soll ich vielleicht zu Fuß gehen, oder wie haben Sie sich das gedacht?

Nein, Herr Leutnant.

Also mit dem Bus, das ist ja eine schöne Schweinerei, das hätten Sie auch besser arrangieren können, er strammstehend, immer noch der Alte, was, Wenzel? Im Bus frage ich: Wie geht's denn der Sophie? Gut, Herr Leutnant, zusammengerissen. Schreibt sie denn mal? Jawohl, Herr Leutnant. Sind Sie denn nun verheiratet? Jawohl, Herr Leutnant, na dann bestell'n Sie ihr mal 'n schönen Gruß von mir, verstanden. Jawollherrleutnant, ich grüße dankend. Morgens um drei oder vier erreichen wir das Grenzgebiet. Von hier aus geht es zu Fuß weiter, es ist noch dunkel, Wenzel trägt das Gepäck. Hoffentlich kennen Sie sich auch aus, sage ich, nach hundert Metern Sturzacker kommt ein flacher Wall, dahinter geht es aber steil abwärts. Mensch, Wenzel, sage ich, wo führen Sie mich denn hin. Zu Befehl, sagt er, hier muß eine Treppe sein. Na, dann suchen Sie mal Ihre Treppe, erwidere ich, ein andermal sehen Sie sich genauer um, bevor Sie einen durch die Gegend lotsen.

Die Treppe ist als solche kaum zu erkennen, dann kommt eine Mauer, und Wenzel weiß nicht mehr weiter, Menschenskind, sagte ich, jetzt habe ich den Quatsch aber satt, jetzt sehen Sie sich gefälligst um und machen, daß Sie den Eingang finden. Er sockt mit den Koffern ab und braucht ungefähr eine Viertelstunde, bis er endlich wiederkommt.

Nichts? Ja sind Sie denn wahnsinnig, Mensch, schleppen einen hier bei Nacht und Nebel durchs Gelände! Er versucht, über die Mauer zu klettern, reißt sich dabei die Hose auf, oben sind Zacken angebracht, in Kelchform. Das ist ja eine schöne Schweinerei, sage ich, nun schwingen Sie sich schon rüber, Wenzel nehmen Se das Bein hoch, sind hier nicht im Krankenhaus. Lieber Himmel, da kann man ja noch von Glück sagen, daß hier kein Wassergraben ist. Hinter der Mauer verläuft ein breiter Wassergraben. Nun schlägt's aber dreizehn! Ich sage: Wenn Sie nicht sofort was unternehmen, *können* Sie mich mal kennenlernen! Wie, dann strengen Sie Ihr Schmalhirn gefälligst an, holen Sie 'n Brett oder 'ne Bohle oder sonst was: Schlafen könn' Sie zu Hause im Bett, mit der Sophie, sage ich. Oder soll ich Ihnen das auch noch zeigen, das schafft er nicht, na da kann man ja der Frau Gemahlin nur Glück wünschen, wenn Sie sich bei der auch so anstellen.

Dies war hier einmal Kampfgebiet. Gleich hinter dem Wäldchen glaube ich, verläuft die Grenze, befindet sich sozusagen schon Frankreich, und ich kann mir gut vorstellen, wie sich der Feind anfühlt im Dunkel, im Nebel, wenn der Morgen mit einem Störfeuer beginnt. Vor der Mauer.

Da wird es plötzlich taghell in der Welt, ein Blitzen, ein Krachen, ein jaulender Ton – – es ist aber nur der Wachhabende, der das eiserne Tor zur Kasematte aufgerissen hat.

5

Ich bin jetzt Hauptmann und erhalte das Militärische Verdienstkreuz (Friedensklasse), schwarz am schwarzrotgoldenen Band, auf das ich sehr stolz bin. Ich weiß, es klingt fatal ehrgeizig, doch als Angehöriger des Stabes ist man von solchen Ehrungen nach Lage der Dinge eben etwas eher betroffen. Ich meine, statt der üblichen Ochsentour.

Liege also oben auf der Couch, und mein Hausherr debattiert mit jemandem unten in der Diele: Wie? Nee, tut mir leid. Er hat ein sehr weittragendes Organ, obwohl er eigentlich nicht laut spricht, wenn Sie mir nicht sagen können, worum es sich handelt, dann wird er etwas lauter, ich sage Ihnen, mein Bester: Der Hauptmann schläft.

Als ich herunterkomme, steht der Mann, ein junger Ordonnanzleutnant, in der Diele. Was gibt's, frage ich, Treuchtlein, lassen Sie den Mann doch raufkommen, wird ja kein Attentat vorhaben. Der Kurier knallt mit den Hacken und überreicht mir ein viereckiges Päckchen, versiegelt, etwa von der Größe einer Zigarettenschachtel. Geben Sie dem Leutnant mal 'nen Schluck zu trinken, Treuchtlein, sage ich, sieht ganz blaß aus – es ist acht Uhr morgens – kein Wunder, wenn er auf jemanden wie *Sie* stößt. Wir wissen natürlich, worum es sich handelt: In dem Päckchen befindet es sich, das Kreuz, und das wollten Sie mir, sage ich zu Treuchtlein, wohl nicht gönnen. Eigentlich sehr hübsch, und sicherlich auch ganz dekorativ auf der kahlen Brust, oder wie sehen Sie das?

Es kommt aber noch besser, denn nach usus werden die Länder in Ergänzung zum Verdienstkreuz (Militärklasse) ihre entsprechenden landeseigenen Auszeichnungen schicken, auf die ich durchaus Wert lege. Ich weiß, die Ochsentour. Sitze also ein paar Tage später mit meinem Gastgeber nachmittags auf der Veranda, die Sträucher draußen haben dicke Schneehäubchen. Die lautlose Jahreszeit, beißend kalt und völlig überheizt, alles zugleich. Ausfahrten im Wagen, Abende in der Garnison, mal ein Stündchen mit dem Hausherrn: Da klopft der Postbote an die Scheibe, Donnerwetter, sage ich, sieht ja fast so aus, als sollte ich noch 'n Orden kriegen; bloß gut, daß ich hier unten sitze, sonst hätten Sie mir den auch noch unterschlagen. Was, Treuchtlein?

Es ist das Bremer Ehrenkreuz, ein sechszackiger Stern am lilagoldenen Band, keine ungewöhnliche Auszeichnung, hübsch ja, aber nicht großartig (nun habe ich aber nie behauptet, übermäßige Heldentaten vollbracht zu haben). Ich denke mir, daß man den Orden etwa bei größeren Anlässen an der Schnalle tragen könnte, oder vielleicht an der Spange, wie? Der Postbote erhält in der Küche ein Bier, und es verstreichen ein paar Tage – Mittwoch –, bis sich der Freistaat Bayern meldet, das ist nun freilich eine andere Sache. Mein Hausherr, der sich gerade im Treppenflur aufhält, lädt den Überbringer, einen Hauptmann aus München, ein, doch wenigstens über Nacht zu bleiben. *Das* habe ich nicht erwartet, eine großartige Auszeichnung: dickes weißes Kreuz mit blauemailliertem Zentrum am schwarzweißblauen Band, ich bin so überrascht, daß ich den Hauptmann fast vergessen hätte, aber unser Treuchtlein hat Sie ja wohl schon in Beschlag gelegt, sage ich. Jawoll, kräht Treuchtlein. Es kommen noch ein paar Herren aus der Nachbarschaft, Dr. Wehrschildt, Herr Hennigborn, ein Frhr. v. Selchen und noch einige Bekannte Treuchtleins, der mitten in der Nacht ein Essen besorgt hat, wie weiß ich nicht. Rebhühner und Polenta. Um vier Uhr morgens wollen die Herren plötzlich auf die Jagd gehen, der Hausherr, aschfahl, steht auf der eiskalten Terrasse, fordert alle Mann auf, mit ihm an den Neumühler See zu fahren, wo dann im Laufe des Morgens ein Duell zwischen Herrn v. Bär und dem Amtsrichter Kerkelich stattfindet. Ich, während der fraglichen Stunden in einer Art Halbschlaf, sehe Treuchtlein an dem bayerischen Offizier hängen: Sehen Sie, schreit er, so geht das hier bei uns zu, das ham'se sich wohl nicht jedacht. –

In Ergänzung kommen dann noch hessische, sächsische, meist schwarzweiße Kreuze mit den Emblemen der entsprechenden Länder, aber auch schwebende Adler, über Kreuz gestellte Schwerter. Der Orden vom Zähringer Löwen, die Militärmedaille vom weißen Falken (Coburg), von der gläsernen Faust und der Hamburger Michael, grün am schwarzsilbernen Band.

Wenn ich sie alle zugleich anlege (nicht offiziell), ist die linke Brustseite fast bedeckt, ich trete ein paar Schritte zurück, grüße, trete dicht vor den Spiegel und studiere die Ordensdevisen: Immota fides, oder nec aspera terrent, für Verdienst und Treue. Es ist ein ganz heller Frühlingsabend, der Garten schwarz und silbern, mild hinter dem geöffneten Fenster und meine Lampe über dem Spiegel. Die Württemberger haben geschrieben: Furchtlos und treu. Baden: Für Badens Ehre. Hessen: Für Hessens Recht und Ehre.

Vom Fels zum Meer.
Aufrichtig und standhaft.
Jedem das Seine.
In traw vast.
Bayern.
J. U. P. F. Der Gerechte wird grünen wie die Palme.

*

Liebster Hauptmann, geben Sie mir Ihren Arm, begleiten Sie mich, heute habe ich's nötig. Nun, ich stelle keine Fragen, warum gerade heute, führe sie einstweilen im Park spazieren. Und als sie ihren Schuh verliert, einen kleinen roten Pumps, der wahrscheinlich im weichen Boden steckengeblieben ist, trage ich sie ein Stück. Sie jammert und streckt den Fuß vor: Schauen Sie, Hauptmann, was passiert ist, jetzt müssen Sie mich ein Stück tragen, welches, versichere ich, sogleich geschieht, ich fasse sie unter die Kniekehlen und kriege sie – ja, kriege sie hoch.

Hauptmann, ruft sie, bin ich vielleicht zu schwer für Sie!

Gewiß nicht. Aber soll ich sie vielleicht unter'm Po fassen? Ein andermal weint sie, ich weiß nicht warum, sie weint um nichts, eine weibliche Regung, eine Verstimmung. Wir gehen durch den Grottenbau, auf dem in Mäandern verlaufenden Weg der sogenannten Fürst-Pückler-Anlage, und ist es die sentimentale Anordnung der künstlichen Felsen? Die Fontäne? Zwei Wasserläufe, die sich unter einem Dach von Azaleen vereinigen, eine sonderbare sentimentale Stimmung, oder was ist es gewesen.

Hauptmann, sagt sie, ich bin nur ein dummes Frauenzimmer, achten Sie nicht auf mich.

Ich dagegen: Wenn ich Ihnen helfen könnte. Sie sind so entfernt.

Die stillen Rabatten, die Koniferen in dunkelgrünen Gruppen lauschend, schon gut, Hauptmann, nicht jeder ist der, der er scheint. Geißblatt wächst hier, chinesischer Süßstrauch, wir gehen langsam durch die Laubengänge, es wird schon dunkel.

Mein Mann ist auch nicht der, der er scheint, sagt sie.

Der General?

Sie nickt. Der Geruch ist grün und heftig unter der Dunkelheit, heftig gemischt aus Seidelbast, Tulpen, Hyazinthen.

Ich frage: Wie ist er denn?

Sie, ein wenig ärgerlich: Sie kennen ihn doch.

Ein imponierender Mann, will mir scheinen, ein kräftiger Charakter.

So kräftig ist er auch nicht, erwidert sie und geht immer weiter in die Perspektive hinein, hier sind Landschaftsbilder auf begrenztem Raum verteilt, Wiese und Wasser, der Wald wird zum Hain, der See zum Weiher. Unter einem Laubgewölbe, das sich zum Ufer auftut, nehme ich ihr Gesicht zwischen meine Hände. Du lieber Gott, Louise v. Schickler-Demmin. Sie nimmt aber nichts übel, gibt sich im Gegenteil sehr weich und lächelt nach diesem Kuß. Ihr weißes Gesicht und der rührend unerwartete Geruch nach Bittermandel.

Und? frage ich weiter, wie ist er denn?

Sie sieht mich an: Hast du mal gesehen, wie er geht.

Eigentlich nein.

Sie lacht etwas bitter.

Wir befinden uns hier im französischen Teil des Gartens, näher zum Schloß hin, wo ein breitgeschnittener Weg Durchblick auf die Anlage bietet. Am Ende die gelben Fenster, jetzt von vorn gesehen. Ganz rechts das Palmenhaus, gelb und violett, aber kaum zu erkennen.

Nein, ich habe gesehen, wie er sitzt, der Mann hat ja einen mächtigen Oberkörper, ich finde, er sitzt so, als ob er ausgestopft wäre.

Sie lacht bitter: Du weißt nicht, wie recht du hast.

*

Mittwochs finden sich immer eine Menge Besucher im Clodt-Jürgens-Bau ein, die Leute wissen nicht Bescheid, laufen in den Gängen herum oder hängen sich an die Ordonnanzen, es geht zu wie auf dem Bahnhof. Ich denke, an einem bestimmten Mittwoch stehe ich unten in der Halle im Erdgeschoß, wo einigermaßen Betrieb herrscht, und sehe weiter hinten einen mir unbekannten Offizier mit Zehlendorf verhandeln; hat aber offenbar kein Glück – Zehlendorf ist jetzt mein Adjutant –, schiebt schließlich ab, wenigstens sehe ich ihn nachher nicht mehr. Und dann kommt doch Zehlendorf durch die Halle geschossen. Ich zische: was gibt's denn, Zehlendorf?

Order vom General, Sie möchten sofort heraufkommen.

Jetzt ist es passiert, denke ich, Schlamassel, wie?

Zu Befehl, nein.

Ich sage: Nun mal raus mit der Sprache, wer war denn der Mann – – na, mit dem Sie so lange geredet haben, Menschenskind, Zehlendorf ist manchmal etwas langsam. Niemand, Herr Hauptmann, sagt er erstaunt, ich verstehe aber «Niemann», muß mich wohl verhört haben, ist trotzdem ein schlechtes Omen.

Und weiß Gott, als wir uns der Tür zum Vorzimmer nähern – es ist etwa sechs Uhr, kein Mensch hier oben, die Gänge schon etwas dämmrig –, höre ich meinen Namen rufen, etwa wie: Das ist doch iiiihhh ...

Ich habe mich oft gefragt, wie es zu diesem entsetzlichen Vorfall kommen konnte. Zehlendorf drückt die Klinke, die Tür ist verschlossen, nanu Zehlendorf, sage ich noch, was soll denn das heißen, was schleppen Sie mich denn hier herauf, plötzlich kommt dieser Krach aus dem Innern des Raumes.

Reden Sie doch!

Da – eine dumpfe Erschütterung, gleich darauf ein höllischer Krach, eine zweite Erschütterung. Ich springe zur Tür, die sehr massiv ist, General, öffnen Sie! Ich rufe: Herr General, was ist denn los! Zehlendorf: Um Himmels willen, unter der Tür kommt Staub durch die Ritze.

Ich werfe mich gegen die Tür. Zweimal. Dann mit Zehlendorf zusammen, wir brechen durch, folgendes Bild: Der General steht vor einem umgestürzten Schrank, in der Sofaecke Louise mit verschränkten Armen. Staub, Splitter. Eine entsetzliche Situation. Ich eile zum General, den ich in solcher Verfassung noch nicht erlebt habe, die Halsbinde ist ihm herabgerutscht, Rock und Hemd stehen weit offen, darunter sieht man eine Art Leibchen, ein graues Leinenkorsett.

Ich rufe: Haben Sie sich verletzt, Herr General.

Der stiert mich aber wie ein wütender Bulle an, anders kann ich es gar nicht bezeichnen: Was haben Sie hier zu suchen! Ich verstehe nicht. Ich frage, brüllt der General, was Sie in meinem Zimmer zu suchen haben, und tritt mir entgegen – so habe ich ihn noch nie gesehen, eisengrau und rot, die Adern treten hervor, die Hand schwenkt einen Brief: Können Sie lesen! Da! Da! schreit er und zeigt mit dem Finger auf gewisse Stellen, dann schlägt er mir den Brief ins Gesicht, oder trifft wenigstens meine linke Halsseite, ich denke, jetzt ist alles zu Ende. General!

Das werde ich nie vergessen. Die Sessel mit den weißen Hirschlederbezügen, Louise in einem Hauskleid, sie steht seitlich, die Hände gefaltet, unter einem riesigen Ölgemälde, Graf Fahlberg-St. Etiènne, dessen Kriegergesicht in zerhacktem Gleichmut auf die Szene herabblickt. Wa-wa –, sage ich, was heißt das?

Ich habe Ihnen eine geklebt, sagt der General, wenn Sie das zur Kenntnis nehmen wollen.

Louise schreit in der Ecke auf.

Ich sage laut: Zehlendorf, Sie sind Zeuge, daß der General mich geohrfeigt hat.

Eine heruntergehauen, sagt der General, und Sie können gleich noch eine haben. Er liest vor: Meine *geliebte* Louise, so darf ich Dich doch nennen, *so darf ich Dich doch nennen!* Was! Es verträgt sich nicht mit meinen Dienstpflichten, das kann man wohl sagen! Aber verzeih mir, dieser Dienst ist tausendmal ...

Hier schreit Louise in der Ecke auf.

Denkst Du an den wilden Wein … Der General blickt hoch, aber es steht tatsächlich auf dem Papier:

Sitzbänke und Vögel …

Was heißt das?

Ich sage: Das – das ist Poesie.

Das will ich nicht wissen, brüllt der General, ich will wissen, was das heißt! Vögel! – – Er liest weiter:

Wenn ich Dich ans andere Ufer trage …

Was?

Wenn ich Dich ans andere Ufer trage – eine entsetzliche Sache, was soll ich tun – Du erinnerst Dich: Wo der Wald zum Weiher, die Wiese zum Wasser wird, das soll natürlich heißen: Dort, wo der Teich beginnt, Du erinnerst Dich an die Stelle, wo ich gerade sage: Nehme ich Dein Gesicht in meine Hände … das allerschönste … das *allerdümmste,* sagt der General das *alleralbernste* Gesudel, sagt er, das ich je gelesen habe, und haut mir das Papier ins Gesicht – ich springe zurück, fasse den Säbelgriff und rufe: Dafür werden Sie mir Genugtuung geben, General.

Ach was, schreit er, gar nichts werde ich Ihnen geben.

Wollen Sie kneifen?

Das ist ja wohl die *allergrößte* Unverschämtheit, schreit er, Zehlendorf!

Zehlendorf ist *mein* Sekundant, sage ich fest.

Zehlendorf, schreit er, Sie sind immer noch mir

unterstellt, haben Sie verstanden, schließen Sie die Tür. Was? Na, dann stelln 'se 'n Schrank dagegen. *Ich fordere den Herrn da!*

*

Das geht nicht, erkläre ich, ich habe Sie bereits gefordert. Der General zieht die Waffe (meines Erachtens unmöglich).

Zehlendorf, sage ich bestimmt, Sie wissen, daß es nicht geht.

Zehlendorf zögert und sagt: In diesem Falle käme vielleicht ein Duell «auf der Stelle» in Frage, wenn beide Seiten einverstanden sind.

Ich bin aber nicht einverstanden.

Wollen Sie kneifen? fragt der General

Das nicht, aber ich nehme für mich das Recht (zu kontrahieren) in Anspruch.

Hier kontrahiere ich, ruft der General.

Zehlendorf denkt nach: Es wäre ein Renkontre möglich, falls die Attacke von seiten des Generals als Provokant erfolgt und falls der Provokierte (damit meint er mich) sich auf den Kampf einläßt. Eine unmögliche Situation. Das Gebäude wird um diese Zeit schon mehr oder weniger verlassen sein, die Fenster sind dunkel, hier oben brennt noch Licht. Der General in Hemdsärmeln in der rechten Fensterecke, ich vor der Tür. Louise totenblaß auf der Bank, Zehlendorf in der Mitte zwischen beiden Parteien. Nach der Regel hätte eine förmliche Verabredung bezüglich einer bestimmten Waffe, eines bestimmten Zeitraumes und bestimmten Ortes getroffen werden müssen; so, wie die Dinge liegen, sind die Bedingungen *nicht* erfüllt, es handelt sich um *kein* Duell (v. Below).

Der General mit der Waffe in der Hand: Sie Lump!

Er hält auf drei Schritt Distanz den Degen vor. Das Parkett ist fest, nicht rutschig, etwas abgetreten zur Tür hin, die Beleuchtung … Ich betone hier ausdrücklich, daß ich nicht primär gekontert habe, als ich mich zur Tür wende, die linke Schulter zum General, haut er mir mit der flachen Klinge vor den Leib.

General! rufe ich, hüten Sie sich!

Und ich betone weiterhin, daß ich nie die Absicht hatte, den Mann zu verletzen, was soll ich sagen, der Mann hat mich gezwungen. Er hat sich in Vorlage gestellt, rechten Fuß nach außen, Hand auf dem Rükken, zieht zwei Hiebe durch, die ich zweimal mit der halben Stärke pariere. Was tun? Der Mann ist nicht bei Sinnen, fällt aus und sticht mir in den rechten Ärmel, danach sind wir engagiert (die Klingen berühren sich längsseits), der General kreiselt. Ich sage, ich habe Sie gewarnt, ich warte. Mir dient als Waffe der sogenannte Renkontredegen, den ich ständig trage, er ist zum Hieb wie zum Stoß gleicherweise brauchbar und besitzt ein leicht gebogenes einseitig geschliffenes Blatt mit langausgezogener Spitze. Der General bevorzugt einen Degen mit Handkorb, der zwar besseren Gelenkschutz bieten soll, meines Erachtens aber zu schwer in der Hand liegt, wie sich gleich zeigen wird. Ich sage, das ist eine gefährliche Sache, in die Sie sich da eingelassen haben, Achtung, mein General, ich stringiere. Durch Stringieren schlägt man die feindliche Waffe beiseite, um in die so entstandene Blöße nachzustoßen; in diesem Fall schlage ich dem General den Degen einfach aus der Hand.

Hoppla.

Louise schreit in der Ecke auf, Zehlendorf sofort mit dem schweren Säbel dazwischen. Der General steht verdutzt da, ja, mein Lieber, rühmlich oder unrühmlich, der Kampf ist beendet, tut mir leid. Und Zehlendorf – ich denke, was macht denn Zehlendorf, der hebt den Degen auf und reicht ihn dem General zurück. Ich rufe: Der Kampf ist beendet.

Zehlendorf: Der Provokant ist nicht einverstanden.

Was heißt Provokant, rufe ich, ich hätte ihn ja abstechen können, wäre er damit vielleicht einverstanden gewesen, Ihr Provokant?

*

Er greift sofort an und gibt mir rechts und links zwei Traversen, die ich gerade eben parieren kann. Ich denke: Nanu, ist das derselbe Mann, hoho, jetzt geht er aber ran, ich meine, es schadet nichts, sich ein wenig lustig über seinen Gegner zu machen; wir werden sehen, ob das gut ist. Wir wechseln fünf oder sechs schnelle Hiebe, deren Lage ich nicht genau erinnere, dann stellt er mich plötzlich unten rechts und stößt die Reprise nach – das ist der gefürchtete Nachstoß – und verletzt mich an der Schläfe, glaube ich. Nun sind diese Klingen so scharf geschliffen, daß man selbst größere Verletzungen an Arm oder Bein oft nicht verspürt, und da kommt es vor, daß ein Mensch, ohne es zu merken, mit durchtrenntem Körperteil weiterficht. Als daher meine linke Schulter naß wird, fühle ich – während ich ein Innenhoch des Generals pariere – mit der Hand nach. Man versteht, wenn der Gegner von innen schlägt, muß man von außen parieren; und zwar orientiert man sich von einem Punkt der rechten Schulter aus:

Innenhoch – Außenhoch

Innentief – Außentief

An der Klinge wiederum unterscheidet man ganze und halbe Stärke, halbe und ganze Schwäche (vom Griff bis zur Spitze gerechnet). Mit der Schwäche versucht man den Gegner zu treffen, mit der Stärke dagegen pariert man den Stoß. Wenn ich also ein Innenhoch des Generals (das von mir aus gesehen ein Außenhoch ist) von innen tief pariere, dabei weit nach rechts herüberziehe, gebe ich mir eine Blöße innen oben – – – nee, außen oben. In welche der General einen Fouche schlagen kann. Und genau das geschieht: Der General verletzt meine linke Hand, glücklicherweise handelt es sich um einen Kürzer, nicht aber um einen Durchzieher, der mir die Hand glatt vom Gelenk getrennt hätte. Ich fouchiere meinerseits. Nun muß man sich eine derartige Schlagfolge in rasantem Tempo vorstellen. Unmittelbar folgen zwei seitlich geführte Hiebe und ein Auftreffer von seiten des Generals. Meine ganze linke Schulterpartie ist naß, das obere Körperviertel (innen). Außerdem bemerke ich, daß der General mehrfach zu Terzen ansetzt: Das sind ziemlich waghalsige Schläge über den eigenen Kopf hinweg, die man nur riskiert, wenn man sich des Gegners sicher ist, das heißt, wenn er geschwächt ist.

Ich bin geschwächt. Ich fühle mich plötzlich müde, und zwar irrt meine Aufmerksamkeit in geradezu gefährlicher Weise ab, ein alarmierendes Zeichen. Der Graf Fahlberg-St. Etiènne trägt ein Wams aus dunkelviolettem Atlas auf dem Bild, mit grüner Borte, die ich ganz genau erkennen kann, die geschlitzten Rollärmel lassen ein reiches Spitzenunterzeug sehen, und die Hand liegt auf der straffgepolsterten Oberschenkelnaht. Die ich auch genau erkenne, während mein General in rascher Folge drei bis vier präzise Hiebe gegen mich führt, ich bin müde. Ich habe auch viel Blut verloren. Wieviel? Drei bis vier Liter. Die ich wohl pariere, aber mit der Rückhand, jedesmal ein Stückchen weiter zurück, bis ich am Ende ganz an der Wand stehe.

Hier ist der Augenblick gekommen. – Ich denke ganz ruhig, hier kann er mich abstechen. Er sticht zu und durchbohrt mein Hemd unter der Achsel. Weiter zurücktreten kann ich nun nicht mehr, weil ich mit dem Rücken schon die Wand berühre. Louise schreit in der Ecke. Geradeaus der lederne, mit Eisenknöpfen genoppte Graf Fahlberg-St. Etiènne, daneben eine goldgepreßte Ledertür, offenbar in einen Nebenraum führend.

Ich denke: Da kommst du noch raus. Verstehst du, mußt nur gut von der Wand abkommen, wo dich der General mit dem Degen festhält. Aber dann zieht er den Degen etwas zurück, und so, wie er ihn jetzt hält, würde ich ihm glatt hineinlaufen, und als er den Degen genügend zurückgezogen hat … das geht gar nicht sehr schnell … führt er den finalen Stoß …

Graf Fahlberg-St. Etiènne ist an der gedeckten Tafel dargestellt, der prostet mir in aller Ruhe zu, ißt einen Ring Blutwurst mit süßem Brei, in der Mitte sind Eier und Apfel aufgehäuft. Ganz gemütlich, denke ich. Louise steht wie eine Puppe in der Ecke, ihr üppiges Gesicht weiß, etwas pummelig. Sie hält eine Hand am Hals, daran erkenne ich sie, auch an ihrer Stimme. Zehlendorf, der mit einer steifen Gebärde im Raum steht, hat wohl ursprünglich nicht mit einem solchen Ausgang gerechnet. Ich bin aber noch nicht …

Ich bin aber noch nicht tot. Ich stringiere, fahre bis zum Korb hinauf, laviere, das ist ein Manöver, bei welchem der Degen des Kontrahenten festgestellt wird, dann stoße ich ihn (mit einem Ruck) von mir.

*

Das Tempo ist sehr schnell geworden, rasante Sentenzen: Moulinez-Charge-Moulinez-Quaire usw. in äußerst schneller Folge. Ich habe nicht damit begonnen, ich habe überhaupt nicht die Absicht gehabt, mich darauf einzulassen. Nach dem Militärstrafgesetzbuch wird derjenige, der einen Vorgesetzten oder einen im Dienstrang Höheren fordert, mit Dienstentlassung bestraft. Im schlimmeren Falle – wenn es sich um ein formal nicht einwandfreies Duell handelt – mit Freiheitsstrafen etc., zudem war der Mann herzkrank, soweit bekannt, hatte er im Juli dieses Jahres bereits einen Schwächeanfall erlitten. Ein Fehler beim Reinigen der Waffe etc., ein Unglücksfall.

Ich glaube, daß es sich nie mit Sicherheit wird entscheiden lassen. Ich bin jetzt ganz ruhig. Stehe in Auslage wie auf dem Fechtboden, wie ein Hahn, kühn, scharf, unter den Augen Louises, da habt ihr mich! Ich rufe noch, indem ich den blanken Degen zum Gruße hebe: Nehmen Sie sich in acht, General (Gardez mon General)! Sein Hemd ist weiter aufgegangen und läßt das ganze Leibchen sehen, das regelrecht auf Ösen gebunden ist, wie ein Schnürschuh.

Und dann traversiere ich.

Eine Hand auf dem Rücken, mit der anderen den Degen führend, versetze ich mich auf den Fechtboden. Drei Schritt zurück, lasse ich den General herankommen, dann traversiere ich, führe aber daraufhin – die Beine über Kreuz setzend – die Ligade aus, einmal, zweimal und jedesmal zum Nachteil des Generals, der entschieden zu langsam pariert. Dann führe ich einen Trompéstoß aus sowie einen Doublé und Kroisierstoß – und daraufhin die schwierige Reversligade. Achtung.

Die schwierige Reversligade.

Unter den Augen Louises, die aber wohl doch nicht ganz folgen können, nicht der sehr schnellen Folge der Tempi, auf die es hier ankommt, und nicht der Präzision, mit welcher diese ausgeführt werden. Ich sage auch noch: Hoppla! und stoße gleich nach (als ob es nötig gewesen wäre). Und stoße auch gleich durch …

Das kommt unerwartet, als ob man durch eine Rauchwolke stößt, nichts, das sich in den Weg stellt, nicht mal das Leibchen. Das besteht aus einem grauen Drillichstoff und ist so stramm geschnürt, daß ich – ploff – glatt durchfahre. Danach brauche ich den Degen gar nicht herauszuziehen, denn er fällt gleich rückwärts um (der General), und da ich den Griff festhalte, zieht er sich von selber heraus. Genauso leicht.

O Gott. Jetzt hat er sich.

Der General liegt inzwischen auf dem Rücken und rührt sich nicht mehr, blutet gar nicht, ich sage: Ich habe überhaupt nicht … und nähere mich Louise, die das Ganze mit ansehen mußte, ganz steif ist sie. Ich sage: Das ist ja entsetzlich, Zehlendorf hat sich schon um sie bemüht, aber ich glaube, daß es *meine* Aufgabe ist, mich jetzt um sie zu kümmern. Da schreit sie:

Rühr mich nicht an!

Ich gehe zu ihr hin. Aber sie ist ganz steif und reißt die Augen auf, schreit:

Du hast ihn umgebracht!

– – –

Du hast (ich habe ihn) …

6

Eines Tages hält ein langgestreckter Wagen vor dem Haus in der Schmiedestraße. Ein General sitzt darin, man sieht die hochroten Aufschläge, die Spiegel mit dem breiten goldenen Eichenlaub. Lange Zeit betrachtet der General das Haus in der Schmiedestraße, wo die Zeit stehengeblieben ist, er betrachtet das abfallende Dach, das Parterre mit der Ziegelblende, die Haustür. Geradeaus ist die Treppe, rechts das Schlafzimmer, das Bad. Und dann blickt er hinauf zu den weißen Vorhängen, bewegt sich einer? Es ist wohl eine Täuschung, die Straße ist still.

Der Tag, an dem die große Parade stattfindet, ein müder warmer Sommertag (hinter den geschlossenen Augen), die Luft, der leise Dunst, der Schatten einer Hand. Ich sage: Fahren Sie zu, Pagel, es ist niemand zu Hause. Und zu der neben mir sitzenden Dame: Wie hätte ich es ohne dich jemals geschafft, ich umfasse die Hand, die kühl ist und lang. Eine wunderbare Frau, ich weiß nicht, wie soll ich ihr danken, und dann lehne ich mich ins Polster zurück und sage: Los Pagel – das ist mein Fahrer –, fahren Sie zu, damit die Leute anfangen können, stehen sich ja sonst die Beine in den Bauch.

Das ist das letzte Kapitel – der Sommer, der nun zu Ende ist. Ich blicke aus dem Fenster, oh ja, er ist noch grün und glänzend, aber ist er nicht schon ein wenig – – müde? Der alte Drögemöller hat seinen Laden zwei Tage geschlossen gehalten, um folgende Stücke, die sofort benötigt wurden, anzufertigen: Zwei Dienstanzüge, einen großen und einen kleinen Gesellschaftsanzug, eine große Uniform für festl. Anlässe, dazu noch diverse Mäntel und Umhänge, einen Feldanzug und eine Sommeruniform in Wildseide. Seide auch für die hochroten Aufschläge und für die breiten roten Streifen an der Hose. Seide für das hochrote Futter des Mantels, Lackstiefel, weiße Handschuhe, weißer Seidenschal, Mütze mit Lacklederschirm (Bärenraupen etc.). Wir benötigen, na ja – Louise mustert mich freundlich, aber ich weiß schon, was sie meint (eine wunderbare Frau), wir benötigen eine Leibbinde, ein kleines Korselett, na ja, meine Liebe, wir werden alle nicht jünger. Es steht ein hellbrauner Mercedes zur Verfügung, ein Achtsitzer mit Lederpolstern, und im Rückfenster folgt eine bewegte Formation von vier Kradmeldern unter dem langgezogenen Donner ihrer Motoren. Der General ist auch nur ein Mensch, meine Liebe, aber seine Standarte zeigt zwei gelbe Löwen, die aus einem Turm springen.

Eine nette kleine Episode. Das Kind, das mit einem Blumenstrauß auf die Tribüne kommt – wahrscheinlich hat man ihm die roten Aufschläge gezeigt – das Kind also, in einem Brautkleidchen oder wie, mit hübschen rosa Schleifen, kommt die Treppe herauf, fängt an zu weinen, ach du liebe Güte. Als ich mich herabbeuge, um ihm die zerquetschten Blumen abzunehmen, fängt es erst richtig an. Da, meine Liebe, sage ich, wie du siehst, ist die Wirkung frontal am entsetzlichsten – donnerndes Gelächter. Louise hebt aber das kleine Mädchen hoch und streicht ihm über das Haar, liebes Kleines, das ist der General, da darfst du nicht weinen, hörst du, pscht pscht, dem Herrn General müssen alle Leute gehorchen. Oho, meine Gute, lache ich, wenn *du* es sagst, wird es wohl stimmen. Sie trägt ein blaues Kostüm und einen kleinen dunkelblauen Hut, und im Augenblick sind zehntausend Augen auf sie gerichtet, was sage ich, fünfzigtausend. Ich streiche dem Kind auch über das Haar, und nun lacht es, seht doch.

Fabelhaftes Wetter, sanfte kleine runde Wolken. Die Regimenter in unabsehbarer Folge, die geschlossenen Marschsäulen, das weiße knirschende Koppelzeug der wie aus dem Ei gepellten fortdröhnenden Bataillone – ein rosiger Dunst. Wie hat er gesagt: Ich will nur eine … ach ja … Rechts und links stehen die Herren v. Bühlow, Warnke, Crivitz, Klausen und Grimm. Direkt hinter mir steht der Hauptmann Wollengräber, ein Westfale, mein unmittelbarer Adjutant, daneben die Offiziere. v. Seydlitz und Dönitz. Ferner die einzelnen Abteilungskommandanten für die Armeeabteilungen von Demmin und Langendorf, für die Verpflegungs-, Bekleidungs-, Servis- und Bauabteilung. Das Waffendepartment, Fuhrpark, Veterinärabteilung, Abteilung für persönliche Angelegenheiten, Zahlmeisterei etc. etc. Mir unterstehen außerdem die Kommandanten der Ortsbezirke Kollin, Dölitz, Neudamm, Linde, Lobsens, Gelling, Freienwalde, Teusch, Großhagen, Sparke, Treblin, Zettin, Lupow, Miekrow und Damme sowie der ländlichen Bezirke Rützenhagen Görke, Friedrichsgnade, Klösternitz, Neuwedel, Karnikow, Redel, Rötz und Schnullé.

Glücklich? Ach was, papperlapapp, aber dann sieht sie mich so von der Seite an, sie hat einen Blick, du meine Güte, wenn du es genau wissen willst: Jaaa (Quälgeist), *natürlich* bin ich glücklich. Brumm du nur, sagt sie, denn sie weiß natürlich genau, was los ist. Inzwischen ist das 6., 8. und 2. Regiment vorbeigerückt, von hier oben sieht die Sache allerdings etwas anders aus, teilweise etwas wackelig, wie? Die Neustrelitzer, na, die gehen ja einigermaßen. Die Ratzeburger? Ich wende mich an den neben mir stehenden v. Stedmann: Bißchen wackelig, wie? Er stimmt mir zu. Es kommen die Möllnitzer, auch nicht besonders. Die Zechinger gehen einigermaßen. Ich nicke, und der Bataillonskommandeur, der vorneweg läuft, ist vor Schreck aus dem Schritt gekommen. Die Plöhner Pioniere …

Na, die gehen ja.

*

Auf der Rückfahrt hätte es fast ein Unglück gegeben. Ich sage noch zu Pagel: Menschenskind, können Sie nicht aufpassen, fast hätten Sie den Mann totgefahren. Der kommt plötzlich aus dem Laden gesprungen – war wirklich nicht vorauszusehen –, ein kleiner Geschäftsinhaber, wollte wohl mal einen Blick riskieren. Herrgott, wie konnte das geschehen, tut mir leid um den Mann, hatte sich sogar eine grüne Ladenschürze vorgebunden, sein Gesicht, ich habe es nicht erkannt, wollte ich auch gar nicht, ein etwas trauriges, zugleich auch belangloses Gesicht, es wäre sowieso zu spät gewesen (jetzt kann ich ihm auch nicht mehr helfen). Steht auf der Straße und schimpft, der arme Kerl, von oben bis unten mit Dreck bespritzt, ich denke mir, jeder Mensch hat seine Chance, und das ist seine gewesen.

Ich klopfe an die Scheibe und sage: Pagel, nun fahren Sie nicht so hastig, haben ja alle Zeit der Welt, fahren Sie mal 'n kleinen Umweg, damit wir was von der Stadt zu sehen kriegen, verstanden. Und Pagel versteht ganz genau, was ich meine, und sagt: Jawohl, Herr General, und fährt die Holthuser Straße hinunter, durch die Feldmühlstraße bis zur Reiferbahn, wo die Neumühler Straße – das erwähnten wir ja schon – in die Schmiedestraße mündet. Da haben wir das Haus, das Parterre, die Ziegelblende mit der weißen Einfassung; geradeaus den Treppenflur, den freundlichen Geruch des Schlafzimmers, rechts das Bad – das Wasser ist schon eingelassen.

Für ein letztes Kapitel ist es nie zu spät.

*

Ich sage: Es ist schon zwölf.

So?

Ich sage: Eigentlich bin ich von den Ereignissen des heutigen Tages etwas mitgenommen und würde mich gerne lang machen, aber wenn du meinst ... und wirklich wird es noch ganz nett, sie nimmt meine Hand und führt mich ein paarmal im Zimmer umher. Leider habe ich ihr einmal gestanden, daß ich nicht tanzen kann, sonst hätte ich mir wenigstens das erspart.

Sie sagt: Ungeschick läßt grüßen.

Ich dagegen: Du weißt doch, Liebes, daß ich nicht tanzen kann.

Nein, aber lernen könntest du es eines Tages, ruft sie, rechtes Bein! Rechtes! – Ich stelle das linke vor. – Rechtes! Nein. Sie sagt: Ich glaube, du läßt dich eher totschlagen, ehe du das rechte Bein nimmst.

Du weißt, daß ich es nicht kann.

Nicht kann? Sie tritt mir auf den Fuß, den ich hiermit zurückziehe, siehst du, sagt sie, du lernst es, wenn wir das noch öfter probieren. Ich versuche sie zu küssen, indem ich ihre Taille nach hinten biege und ihren Mund zu erreichen suche, sie ist ziemlich gelenkig. Aber sie sagt: Was fällt dir ein, kannst du nicht warten, bis es soweit ist?

Zuerst kommt ...

Ein Brandy kommt zuerst, ruft sie, wann wirst du dir das endlich merken. Und dann verkleckere ich in meiner Aufregung, als ich das Glas zum Munde führe, einen Teil des Getränks, und da, Herr du meine Güte, habe ich ihr doch tatsächlich einen Fleck auf das Nachthemd gemacht – sie trägt rosa am Hals gerafften Chiffon, dazu eine kleine Damenuhr am Handgelenk. Was hast du? Ich habe. Was? Einen Klecks gemacht, o Gott, gerade denke ich noch: Bis hierhin ging ja alles gut, und führe das Glas zum Munde und bin wohl etwas aufgeregt, da verschwabbere ich den ganzen Brandy. So ein Pech.

Vielleicht meinte sie nur, mir einen Klaps zu geben, in Wirklichkeit ist es jedoch eine stattliche Ohrfeige. Mit allen fünf Fingern, sehr ernst. Und ich kann mich nicht einmal beschweren, da ich schließlich selbst die Schuld trage. Sie lächelt, streicht mir übers Haar, aber auf ihre gemeine Art, und ich – aufschluchzend – lege meinen Kopf in ihren Schoß. Ein Blick, ein heraufziehendes Gewitter, und wehe, wenn das Herz nicht stark genug ist, aber habe ich mich nicht selber in diese Situation begeben?

Sie hat das Bett aufgeschlagen, und unter der Decke ist das Laken weiß wie Schnee. Na, sagt sie, laß dich wenigstens mal anschauen, dann gerührt: Mein kleiner General. Sie sitzt auf dem Bett, während ich mich vor dem Bett stehend ausziehe. Die Uniform kommt auf den Bügel, das seidene Hemd, Binde, Unterzeug auf den Stuhl. Uhr, Portemonnaie auf den Tisch, alles in Ordnung. Schuhe? sagt sie. Ja, die Schuhe kommen vor den Stuhl, na endlich, sagt sie, nun laß dich mal anschauen.

Stell dich gerade hin.

Weißt du was, erklärt sie, du hast einen Bauch.

Das ist nicht wahr.

Pap pap! ruft sie, was ist das für ein Ton. Wenn du so weitermachst, müssen wir dir doch noch eine Leibbinde verpassen (ein Korselett).

Bitte nicht, Liebes, sage ich.

So? dann solltest du wenigstens etwas dafür tun, sie ruft: Runter! Du Plumpsack, auf den Boden, aber langsam, wenn ich bitten darf, und runter mit dem Po, sie zählt: drei vier … bei fünf fange ich an zu zittern. Noch drei, ruft sie bestimmt: Jetzt machst du noch fünf. Bitte nicht. Was? Ich sage: Bitte nicht, sonst bin ich schon vorher fertig. Prautzz! den habe ich weg, und habe ich dir nicht schon tausendmal gesagt, du sollst nicht solche Ausdrücke gebrauchen, es gehört sich nicht. Und wenn ich lachend darauf bestehe, haut sie mir noch eins vor, allerdings mit dem Lineal und ziemlich schmerzhaft.

Soll ich dich rausschmeißen.

Liebes, sage ich zärtlich.

Ach was, Liebes, sagt sie, du hast dich anständig zu betragen, sonst kann ich ziemlich unangenehm werden. Das stimmt, das habe ich bereits gemerkt. Na, komm her, General, sagt sie schließlich gerührt und zieht das Nachthemd aus, und darunter – au au meine Dame – hat sie gar nichts an, also, sagt sie ungeduldig, hast du noch keine nackte Frau gesehen. Doch. Also! Die prallen Hüften, das gewaltig ausladende

Gesäß, dafür gibt es nur eine Bezeichnung: Solide, durch und durch, und hoffentlich kriege ich keinen Herzschlag, der Tag war ja anstrengend genug – erst die Parade, dann der Unfall mit Stani, und jetzt noch ... ich kann ja mal anfassen, Liebchen, schmeichle ich, laß mich doch ein klein bißchen anfassen, das ist so – wie soll ich sagen – solide.

Finger weg! Aua, das hätte sie aber nicht tun dürfen, ich sage: Jetzt bin ich verletzt und deute auf die Stelle, wo es weh tut. Tauroggen ließ sich von einer sechsjährigen Stute schlagen, Graf Senftenberg-Tann führte ein knochenhartes Bett mit sich, und ich habe trotz meiner Verletzung meine Pflicht zu erfüllen, sie schreit: Fester! Was denn, noch fester? Aber ich bin ja schon an der äußersten Grenze meiner Kraft, sage ich, immerhin habe ich einiges hinter mir, willst du das nicht berücksichtigen. Sie ruft: Es geht schon, reden kannst du nachher.

Ach, ach.

Ich sage: Ich kann nicht mehr. Jetzt kann ich überhaupt nicht mehr und schnaube durch die Nase, um damit anzudeuten, daß ich mein Pensum erledigt habe. Sie staunt: Willst du schlappmachen? Wie soll ich denn, ich horche auf das Auto, das vorbeifährt. Wenn ich jetzt schlappmache, kann ich was erleben, und eines weiß ich jetzt schon: Scharnhorst ließ sich vor ein Kanonenrohr binden, Gneisenau ließ sich Erbsen in die Stiefel tun, und ich ... ich lasse mich in der Schlacht niederreiten.

Steh auf, ruft sie.

Ich kann aber nicht aufstehen.

Wie siehst du aus, meinst du, daß so ein General aussieht!

Nein.

Kannst du nicht aufstehen.

Ich stehe auf.

Antworte!

Ja.

Und warum, fragt sie, kannst du dich nicht wie ein Mann betragen (wie ein General)? Meiner Meinung nach bin ich ernstlich zu Schaden gekommen, ich würde mich gerne wieder hinlegen, kann ich aber auch nicht. Antworte! – – – Weil du keiner bist! Leg dich hin, nicht so, ruft sie, wie du dich wieder anstellst, auf den Rücken! Nein, sage ich, das kann ich nicht, ich kann nicht hundertfünfzig Pfund ... soviel wird sie wohl wiegen, oder wenigstens hundertvierzig, die schaffe ich nicht mal halb. Wenigstens nicht in der Verfassung, in der ich mich befinde. Und das kann auch kein Mensch von mir verlangen. Sie sitzt im Herrensitz, Beine breit, Kinn an der Binde, wenn ich zu dem wundervollen Sitz, wenn ich etwas dazu sagen darf: einfach phantastisch.

Bitte, Liebes, sage ich (heiser).

Soll ich mich ganz draufsetzen!

Was ich aber nicht mehr aushalten würde. Ich bin durch die Anstrengungen und Belastungen des heutigen Tages so weitgehend erschöpft, daß ... ich schaue auf die Stelle, wo sie am schönsten ist, und das weiß sie natürlich, ich meine dieses eigentümliche Sitzpolster, das wie ein Balkon entwickelt ist. Rot und leuchtend, aber das ist vielleicht nur mein eigenes Blut, hörst du, sage ich, wie mein Herz schlägt, das ist ja unheimlich. Das hört sich ja gerade so an, als sollte ich jetzt sterben. Und wenn man genau hinschaut, erkennt man so etwas wie ein Gesicht, aber es ist glatter und härter als irgend etwas auf der Welt. Es ist das ungeheuer große Gesäß, mit dem sie sich auf mich setzen wird, und darauf haben wir ja die ganze Zeit gewartet. Antworte! Mmpff, sage ich vor einem braungewölkten Hintergrund, wie soll ich sprechen, wenn ich nicht sprechen kann.

Ich sage: Mamma, willst du mich denn ersticken!

Aber das hört wohl niemand mehr …

*

Der kleine Kulle brüllt wie am Spieß, ah ah, polli polli, wer wird denn gleich, singt die Hebamme, wer weint denn da, wer macht denn solchen Krach. Hörst du, gleich kommt der Krankenwagen, und hebt und senkt den kleinen Matz und läßt ihn auf dem Arm hopsen. Der fährt tatütata, hörst du: Der bringt die Mamma ins Krankenhaus, weil sie mit dem Brüderchen Schwierigkeiten hat, mit dem dritten – dem, der später einmal Beffchen heißen soll.

III

Beffchen: Doch versuche nicht den Schöpfer

I

Wenn sie durchs Haus geht, senken sich die Dielen. Sie horcht. Sie lauscht nach den Fässern, damit die Essigmutter keinen Schaden nimmt, und ruft: Husch, husch, wer wird denn weinen, willst du, daß es Regen gibt, Beffchen (es tropft in der Weinschächterstraße). Sie fürchtet außerdem Gewitter, Rauch, Feuer, übermäßige Baumblüte, Abbruch eines benachbarten Stadtviertels. Dann verhängt sie die Fenster (wenn schon zerstreutes Licht bei bewölktem Himmel sich nachteilig auswirken kann) und stellt eine durchlochte Tonröhre auf. Während draußen auf dem Platz das Gerüst aufgebaut wird, o Mutter, o Mutter.

Warum kommt sie nicht und gibt mir ein paar süße Ermahnungen? Wenn die Glocken läuten, gehen wir alle zum Markt hinunter, wo die Leute schon dicht gedrängt stehen – von den umliegenden Dörfern sind die Bauern hereingekommen –, das Gerüst ist hoch, oben hat man ein Laubendach mit Strohpuppen aufgebaut, die kann ich sehen. Ich sage: könnt ihr mich nicht hochheben, damit auch ich die Wölfin sehen kann. Der Himmel beginnt, sich mit einem sanften Pflaumenblau zu füllen, der Beginn des Sonnenaufgangs: Erst kommt der Kapuzenmann, der die Beine schwenkt, als ob er tanzen wollte, vorn hat er sich Augenlöcher in die Kapuze geschnitten, und die Frau, die er hinter sich auf der Leiter herzieht, trägt nichts als ein weißes Hemd, und ihre Haare sind gelb. Nun lachen alle, denn der Kapuzenmann hat ihr eine lange Nase gedreht und ein Ei auf den Kopf fallen lassen. Ich springe hoch und rufe: Bratei! Und der Bauer neben mir ruft auch: Bratei (bald rufen alle auf dem Platz: Bratei! So lustig, ich schwenke ein Fähnchen, dann rieche ich den Rauch, jemand hat ein Feuer angezündet. Die Sonne ist aufgegangen, mir wird vom vielen Springen warm, deshalb ziehe ich meine Jacke aus, und die Frau schaut vom Gerüst zu, dann betet sie, faltet die Hände und läßt den Kopf sinken. Weint sie jetzt?

Nein, sagt der Bauer, sie kann gar nicht weinen, aber wenn du jetzt aufpaßt, kannst du gleich etwas sehen. Was denn? Paß nur auf, sagt der Bauer, und als starker Rauch aufsteigt und die gelben Flammen hinaufkriechen, ist es ganz still geworden. Ich glaube, die Frau sieht mich an; sie hat den Kopf über die rechte Schulter gedreht und die Augen weit geöffnet, ich winke ihr zu. Und als eine gelbe Flamme ihre Hand berührt, schreit sie und zieht die Hand zurück, dann kommt die gelbe Flamme noch einmal und berührt die Hand, aber das tut gar nicht weh, denn der Teufel pumpt das Blut ins Feuer, damit es sie nicht beißen kann. Das Hemd beginnt sich zu verfärben, ha! ruft der Bauer, das Hemd wird in der Hitze braun. Pumpt sie jetzt? Ja, sie pumpt, obwohl das niemand genau sagen kann, aber jetzt rufen alle Leute: Ja, sie tut's, und richtig beginnt die Frau zu pumpen, hält den Kopf herumgedreht und sieht mich an, wahrhaftig, mit diesem Gesicht, o Mutter, o Mutter.

Und jetzt! ruft der Bauer, das Hemd wird schwarz und fliegt davon, jetzt kann man alles sehen: Oh, was da zu sehen ist! Das dampft und geht weit auf und hebt die Beine wie zwei Pumpenschwengel, immerfort, immerfort. Siehst du es, kleiner Junge? Oh weh, sage ich, wie wird mir, und was ist denn das? Ist es ein Tier? Eine Maus, eine Katze? Eine Stiege in einem Haus? Ist es ein Wald, der zum Teil abgebrannt ist?

Er meint den Punsen, ruft der Bauer, und alle lachen, er hat noch keinen Punsen gesehen, da wird es aber höchste Zeit, kleiner Junge.

*

Aber Schätzchen, sagt Mamma, das ist doch bloß ein Märchen. Das weiß ich, so dumm bin ich nicht. Aber manchmal, wenn sie durchs Haus geht, senken sich die Dielen, das habe ich deutlich gesehen. Und ihre übermäßige Statur, die Füße in giftgrünen Schuhen und die unsichtbaren Vorhänge, die sie zerteilt, wenn sie durchs Haus geht? Manchmal hebt sie mich hoch, dagegen kann ich nichts tun, Tische und Stühle sind hoch, zwischen den Wänden hängt eine ständige Dämmerung. Herbst und Winter.

Einmal kommt sie aus der Tür und sieht mich stehen. Wer bist denn du? Aber Engelchen lacht sie, ich bin doch deine Mamma.

– – –

Sag, ich bin doch deine Mamma.

Nein, sage ich.

Im geheimen beobachte ich, wie sie im dämmrigen Zimmer sitzt (hinter der Etagere), wie sie vor sich hin redet – ich täusche mich nicht –, zu anderer Zeit sitzt sie schlaff und ohne Gefühl auf der Toilette, ich beobachte durchs Schlüsselloch, hinterher tritt sie frisch und glänzend aus der Tür und ruft: Aber Engelchen, das macht man doch nicht, das ist ganz unanständig. Spöttisch, böse? Gar nicht, und in der Nacht sind meine Träume von Ernst erfüllt. Ich schlafe mit Stani zusammen, Mamma schläft oben, einmal habe ich ihr Schlafzimmer untersucht: Die Kleidungsstücke, Strümpfe, Röcke, Blusen. Das Foto von Mamma auf der Anlegebrücke mit der weiten Strandhose, die sich zwischen den Beinen verfängt, und dem kleinen Jungen an der Hand. Das bin ich. Ich habe Mammas spitze Schuhe angezogen und bin ein Stück gelaufen, ganz nett, ich bin bis zum Spiegel gelaufen, dann habe ich mir noch Mammas Strümpfe angezogen und das Hemd – dazu muß ich mich aber erst ausziehen und betrachte mich im Spiegel, also das Gefühl ist: fett, das Hemd ist irgendwie durchsichtig und hat schmale rosa Achselbänder, es fühlt sich wie eine weiche Zunge an, und die Strümpfe sind durchsichtig. Das Gefühl ist mir schon ganz gut bekannt, ich gehe ins Vorderzimmer und schaue aus dem Fenster, ob niemand kommt – nur ein alter Mann mit einem schwarzen Hund –, da wird unten die Tür aufgeschlossen.

Zufall? Bestimmt nicht. Das müßte schon ein merkwürdiger Zufall sein, und ich kann ja nicht gut in der Wand verschwinden. Was nun, am sichersten bin ich noch im Kleiderschrank, wo ich mit dem Kopf gerade noch die Querstange erreiche. Mamma seufzt draußen hörbar, setzt sich aufs Bett, schlenkert die Schuhe von den Füßen, daraufhin zieht sie das Kleid aus. Ich warte. Wenn ich durch den kleinen Spalt sehe, hat sie sich aufs Bett gelegt und liest ein Buch – das dauert etwa, nun nehmen wir an, es dauert eine halbe Stunde, bis dahin bin ich schon ziemlich erschöpft. Dann läßt sie das Buch sinken und sieht vor sich hin. –

Sie nimmt das Buch wieder auf, liest wohl noch eine Stunde lang – es mag gegen halb sieben sein –, bis sie sich schließlich erhebt und den Unterrock über den Kopf zieht. Das Korsett ist schwarz, vorne mit Haken, Strümpfe schwarz, und als sie sich jetzt vom Bett fortbewegt, kann ich das Buch erkennen, in dem sie gelesen hat, Verse, Poesie. – Dann hakt sie das Korsett vorne auf, klappt es auseinander, darunter trägt sie noch ein Hemd, und wenn sie das auszieht, geht sie auf einmal schneeweiß durchs Zimmer. Ich denke: Sieht sie so aus! Sie tritt vor den Schrank, und was ist denn das?

Ich stehe hier im Schrank und denke: *Was ist das?* Eine Entdeckung? Sicherlich. Als Arzt kenne ich – jetzt greife ich einmal vor – den Vorgang ganz genau: Das Kind will der geliebten Person seine Zärtlichkeiten erweisen, will sie beschauen, berühren, ist neugierig, ihre Genitalien zu sehen oder bei den intimen Exkretionsvorgängen anwesend zu sein, es verspricht, die Mutter zu heiraten, was immer es sich darunter vorstellen mag (Freud). Hierbei handele es sich, schreibt er, um einen natürlichen Vorgang.

Mamma hat die Schranktür geöffnet und sagt vorwurfsvoll: Aber Schätzchen, mein kleiner Mann was hast du denn um Himmels willen im Schrank verloren, und liebevoll: Aber Engelchen, wenn man die Dame schon kompromittiert, dreht man sich doch weg und schaut *woanders* hin. Und verhält sich auch falsch, sie hätte im Gegenteil eher darauf hinweisen müssen – wenn es sich auch um eine medizinische Besonderheit (Extraversion) handelte – oder erklären: Schau, du Dummchen, das ist deine Mamma, nimm deine Hand, spürst du, fühlst du, leg deine Hand hierher. Nein, nein, schreie ich, ich will nicht, ich weiß schon was das ist! Sie hält die Beine zusammen.

Das ist dein Punsen.

*

Tatsächlich mußte sie einige Zeit später operiert werden, ich hatte damals bereits ein paar medizinische Bücher gelesen – daher mein frühzeitiges Interesse (schauen und Bescheid wissen). Ein stürmischer Abend, die Fenster rasseln, eine Wärmflasche fällt zu Boden, als Mama sich nebenan unruhig im Bett herumwirft. Wir, Stani, Kulle und ich, sitzen im Lichtkreis der Wohnzimmerlampe, wo der alte Doktor Gronau seine Sonden und Scheren ausgebreitet hat. In einem Lederetui verschiedene Messer, kurze breite und lange nadelartige, Zangen mit geschliffenen Bakken, ich kenne das ganze Instrumentarium, wenn ich mir auch über dessen Bedeutung im einzelnen nicht ganz im klaren bin; zum Beispiel ein Gerät in Form eines Hammers mit silbernem Griff läuft oben in eine Glasspindel aus. Stani und Kulle, meine Brüder heulen, weil sie nicht begreifen können, was Mamma fehlt, ich sage: Ihr dummen Kerle, ihr fehlt gar nichts, eher hat sie etwas zuviel, das verstehen sie natürlich nicht, und ich sehe auch keine Veranlassung, sie darüber aufzuklären. Als sich der alte Doktor Gronau in der Ecke die Hände in einer Lösung von gleichen Teilen Formaldehyd und Sublimat zu waschen beginnt, heulen sie noch mehr. Wollt ihr, frage ich, daß er sich die Hände *nicht* wäscht? Vielleicht habe ich sie etwas zu hart angefaßt, sie können ja nichts dafür. Möchtet ihr gerne, habe ich gesagt, daß er unsere Mutter *umbringt?* Das stammt nicht von mir, sondern von Semmelweis, und der wußte wohl, was er sagte, (nämlich, daß jeder Arzt, der eine Mutter anfaßt, sich die Hände in einer Lösung von gleichen Teilen Sublimat und Formaldehyd waschen soll). Und der alte Doktor

Gronau, der sich in der Ecke abtrocknet, denkt: Ein gescheiter Junge, als nächstes kommt die Zubereitung eines Ballons heißen Seifenwassers.

Wie alt ist er denn?

Sieben, sagt Mamma schwach von ihrem Bett her, von morgens bis abends liest er (z.B. gegen die melancholiam und pro dormo), mich wundert, wie es in seinen Kopf hineingeht. Vielleicht, daß wir hier, sagt der Arzt nachdenklich, einen zukünftigen Gelehrten vor uns haben, er mustert mich stumm. Der Schnee schlägt draußen gegen die Scheiben, und ein grauer nasser Wind rüttelt am Haus. Oder er wird mal ein berühmter Arzt, wer weiß. Als ich mit dem Buch unterm Arm eintrete, hat er ein Laken vors Bett gehängt, rechts steht der Dreifuß mit der Glasplatte, der Doktor selbst hantiert hinter dem ausgespannten Laken, nur seine mit einem Gummihandschuh bekleidete Hand ist von Zeit zu Zeit sichtbar, wenn er eine Pinzette oder einen Wattebausch aufgreift, den er zuvor in Jod getaucht hat.

Ist es eine schwere Operation? frage ich.

O nein, sagt der Arzt.

Kann ich helfen?

Aber auf keinen Fall, lacht der Arzt, du kannst mir höchstens einen Eimer holen. Wird gemacht, sage ich, hänge mir nebenan, wo meine Brüder vor Angst zittern, eine Gummischürze um, wasche meine Hände drei Minuten mit Wasser und Seife und anschließend drei Minuten in der Sublimatlösung. Dann ziehe ich mir einen weißen Kittel über. Was willst du tun, fragt Stani. Ich helfe bei der Operation, erwidere ich und rufe nach nebenan: Wo ist denn der Alkohol.

Was für Alkohol?

Schon gut, sage ich, habe ihn schon, weiche meine Hände drei Minuten in Alkohol ein, danach sind sie vollkommen sauber. Du darfst ja nicht operieren, sagt Stani. So? Ich trete in die weißen Gummigaloschen, dann bringe ich einen Eimer mit dem Klappdeckel hinüber und stelle ihn so, daß er bequem in Reichweite steht, neben den Arzt. Nein, sagt er, du gehst gefälligst hinaus, du hast hier nichts zu suchen.

Na? fragt Stani.

Darauf antworte ich gar nicht.

Hast du schon operiert?

Zuvor muß ich noch die Gummihandschuhe anlegen, die ich sorgfältig eingepudert habe, damit die Hände nicht schwitzen. Im Nebenzimmer schreit Mamma auf. Aber wir wollen doch stillhalten, wir wollen doch eine hübsche Frau bleiben, nicht wahr? Jetzt fängt sie an zu zählen, eins, zwei, vier ...

Jawohl, ich bin fertig, zuvor muß ich aber noch das Gesichtstuch anlegen, das nur die Augen freiläßt, dann gehe ich hinüber, wo der Doktor bereits eine rote Linie bis zur Bauchmitte gezogen hat – die Luft ist zum Schneiden. Meiner Ansicht nach befinden wir uns noch oberhalb des Bauchfells, viel ist ohnehin nicht zu sehen, ich drehe die Lampe etwas, so daß die Tiefe besser ausgeleuchtet ist. Besser? Jaja. Ich frage: Was haben wir denn hier – meiner Ansicht nach die Umschlagfalte des Bauchfelles.

Donnerwetter, brüllt der Arzt, habe ich dir nicht verboten hereinzukommen! Das stimmt zwar nicht ganz, trotzdem kann ich die Aufregung des Mannes verstehen, im Augenblick tritt eine Blutung auf, die er durch Wattebäusche niederhält, das sieht gefährlich aus, und Mamma rührt sich nicht, unter dem nassen Tuch ist ihr Gesicht scharf abgezeichnet. Ich sage: Mamma! Warum spricht sie nicht, warum antwortet sie nicht, warum ist sie denn so still?

Ist sie – – tot?

Deine Mamma schläft, sagt der Doktor. Also gut, ich gehe an meine Arbeit, ich nehme den Eimer mit der schmutzigen Watte mit, den ich im Hof ausleere. Dann besorge ich frisches Wasser, gebe einen Schuß Lysol dazu und wische den Boden auf. Danach trage ich die Nierenschale hinaus, den Eimer mit der schmutzigen Watte ebenfalls. Arbeiten, die nicht angenehm sind, aber getan werden müssen. Ich habe die Waschschüssel entleert und frische Lösung nachgegossen, die Nierenschale auch? Jawohl, ich habe die Nierenschale nachgefüllt. Und den schmutzigen Zellstoff eingesammelt, ich sage: Darüber spreche ich nicht gern, es gibt gewisse Dinge, unschöne Dinge. die notwendig sind. Deshalb aber trotzdem getan werden müssen. Auf dem Laken breitet sich ein roter Fleck aus, etwa so groß wie meine Hand, eine Rose, und wächst immer noch (mein Leib ist so groß, Engelchen, fühl mal, wie er wächst), ich sage:

Mamma?

Mamma stöhnt.

Darüber kann ich nicht reden. Wir haben sie aufmachen müssen, und? Was und, was soll ich darauf antworten. Der Wind kommt die Straße hinuntergefahren und rüttelt an den Scheiben, wo der nasse Schnee anklatscht; ich habe inzwischen den Boden frisch aufgewischt und mit einem Tuch die Spritzer weggerieben. Nein, es ist kein Geheimnis, aber wie soll ich es jemandem, der nicht selber die Erfahrung gemacht hat, erklären, es ist warm – eigentlich angenehm. Angenehm? Ah, sage ich, ihr versteht überhaupt nichts, es ist angenehm warm, Körpertemperatur. Und was ist drin? Was ist drin, sage ich!

Du weißt es nicht.

Leider viel zu genau, ich sage: Entschuldigt, der Doc hat gerufen, sicherlich benötigt er mich. Die Patientin muß auf die Seite gedreht werden, damit das Gummituch entfernt werden kann, dann muß sie in die alte Lage zurück, das Kreuz muß angehoben werden, damit die Bauchdecke gespannt ist. Ich rufe zurück: Sofort, Doktor, bin sofort zur Stelle.

Es werden noch verschiedene (abschließende) Handgriffe nötig, Haken einsetzen, Fäden knüpfen, der Verband muß fest angelegt werden, damit er hält, aber auch nicht zu fest, das sind Dinge, die man wissen muß. Die Nachbehandlung ist wichtig, die dann mehr oder weniger in meinen Händen liegen wird. Hat er das gesagt? Natürlich hat er das gesagt, die nächste Operation ist auf den 3. März festgesetzt, und da staunen sie, mit offenem Mund. Ich sehe sie noch heute vor mir.

*

Schlechte Träume?

Du träumst von einem Tier mit einem Schnabel? Nein. Von einem Mann, der einen Federhalter aufhebt, nein, nein, von einem Japaner mit einer Peitsche auf einem Feld, das zum Teil eingezäunt ist? Das ist es auch nicht. Hast du geträumt, du müßtest noch den Koffer holen, und auf der Treppe fiele dir ein, daß er schon im Zug sei, und du liefst die Treppe hinab, und der Zug sei nicht mehr da (oder nicht mehr derselbe), oder ein Mann sagt: Haben Sie etwas zu versteigern, er sagt aber, zu versteikern (ein obszöner Traum)? Oder ein Toter käme dich besuchen.

Was?

Das gibt es doch, von jemandem besucht werden, der schon tot ist. Jaja.

*

Der Hof ist schmal, sehr hoch, eine braune Spalte, in der Heino Burke hinter Plünnen Deckermann herläuft, Gido Raps hinter Berte Kloose. Ich selber kann nicht mitspielen, da ich nicht schnell genug auf den Beinen bin und meinen Stand vor der Waschküche habe, wo sie alle mal vorbeikommen: wo sie mir dann ihre Stullen vorzeigen müssen, und hat jemand Käse drauf, casem sequam, soll er ihn gleich wegwerfen, das gilt aber besonders für alten Käse, der im Sommer am schärfsten ist. Oder Wurst. Die lasse ich mir gesondert vorzeigen, weil sie oft trocken ist. Trockenes Fleisch aber soll man im Sommer ganz vermeiden, weil die Tiere sich innerlich vergiften, wenn sie Durst haben und nicht trinken können.

Und trinkt auch keine Milch, sage ich, die ihr nicht vertragt, die im Magen bloß sauer wird! Doch sie hören nicht, wahrscheinlich behandle ich mich selbst ganz falsch: Ich bin jetzt elf Jahre alt und werde in letzter Zeit sehr dick, mein Gewicht ist bald das von Heino Burke und Plünnen Deckermann zusammen; die aber laufen teuflisch schnell, so daß ich kaum noch jemanden in die Hand bekomme, wie Herbert Behm, der Verstopfung hatte, oder wie Asse Toblakken. Denn in solchen Fällen soll man den Leib reiben, damit die Nahrung besser verteilt wird, und viele (die sich genügend gekratzt haben) sind schnell wieder feist geworden.

Statt dessen hüpfen sie wie Spatzen im Hof herum. Dünn und subtil und schreien: Hilfe, Doktor Schnabel kommt. Das ist richtig, ich gehe als der wegen seiner Grobheit gefürchtete Doktor Schnabel, der Schere, Messer, Zange mit sich führt und ein Stück Gummischlauch. Rizinus für Kolik, Terpentin für die Augen, stärkt das Haupt, zerteilt den Wind und macht den Darm subtil. Der schließlich wegen einer Fehldiagnose zwischen zwei Brettern zersägt wurde. Daher die Bitterkeit in der Stimme des Arztes, die Melancholie und die Fettsucht, die ihn zum Warten zwingt, bis mal jemand vorbeikommt, bis endlich mal jemand aufs Klo muß. Fabrizio Zoli hat gesagt: Die Medizin ist ein Gebäude mit verhängten Spiegeln und Uhren, wer dort hineingeht, kann zurückerwartet werden, muß nicht zurückerwartet werden. Der Ausgang ist unbeleuchtet.

Aber am frühen Nachmittag, wenn die Sonne gerade den Hof verläßt, greife ich mir den Heino. Das hat er nicht erwartet. Der rennt dünn wie ein Bindfaden durch die Gegend, weil er grade mal austreten muß, und schreit: Hilfe, Doktor Schnabel, aber nun liegt das Klo ganz günstig, neben der Waschküche, und da habe ich ihn unter meinen Händen, wenn der Hof schon schattig ist.

Er brüllt: Ich bin gesund. Laß mich los.

Das ist lächerlich, denn ebendarum geht es ja, daß die Krankheit mit abgewendetem Gesicht kommt, und niemand merkt, wenn es soweit ist. Deshalb muß ich darauf bestehen, daß der Heino hier eintritt, schön in die Mitte des Raumes, wo er von allen Seiten zugänglich ist, ob er will oder nicht. Während sich vor dem Fenster die Kinder drängen, um zu sehen, was ich mit ihm mache. Gut. Ich lasse mir erst einmal die Zunge zeigen, die trocken ist, und draußen rufen sie: Jetzt plärrt er schon. Aber schließlich kann ich ihnen nicht verbieten, durchs Fenster zu sehen. Fabrizio Zoli, der 1530 in Florenz hingerichtet wurde, hat einmal gesagt, sie bieten dir tausend Ratschläge als Geschenk an, und alle sind unsinnig, er wurde wegen einer Fehldiagnose zwischen zwei Bretter gelegt und zersägt.

Was willst du tun? fragt Heino.

Sehen, ob du wasserbrüchig bist, antworte ich bestimmt.

Also muß sich Heino ausziehen, ein magerer Junge wie ein Stück Holz. Na, sage ich, wasserbrüchig scheinst du nicht zu sein, und ich taste, er stöhnt meiner Meinung nach zu laut. Leider steht mir nur die Waschküche zur Verfügung, in welcher Spiegel und Uhren verhängt sind, und wer hier große Wissenschaft erwartet, wird enttäuscht werden, obwohl jeder einsehen muß:

daß es in diesem Augenblick

und an dieser Stelle

eben keine andere Möglichkeit gibt, dem Kranken zu helfen. Und das wird er schließlich selbst einsehen. Heino, sage ich ruhig (und nun ist er auch ganz ruhig), kannst du mir sagen, was ihr zu Mittag hattet?

Das weißt du ganz genau, sagt er, Fleisch.

Ich frage aber ganz ruhig: und w*as* hattet ihr?

Schweinefleisch.

Ich frage: Kennst du die Geschichte von Galenus und dem süßen Fleisch? Nein. Also erzähle ich: Galenus aß einmal im Wirtshaus eine Suppe mit süßem

Fleisch und hatte keinen Argwohn, bis er den vorderen Teil eines Fingers im Topf fand. Da setzt sich Heino auf.

Leg dich hin, Heino, wenn ich jetzt hier drücke. Ja, schreit Heino. Nein, sage ich, wenn ich jetzt hier drücke, tut das weh? Ja, schreit er. – Und wirst du in Zukunft immer rechtzeitig kommen, wenn du was Falsches gegessen hast? – Jaja! Nämlich was?

Er weiß es immer noch nicht.

Schweinefleisch! rufe ich, du sollst kein Schweinefleisch essen, weil es dem menschlichen zu ähnlich ist, wie dieses Beispiel gezeigt hat. Da springt er auf und läuft zur Tür.

Ah, sage ich, willst du herkommen!

Ich sage: Wenn du fortläufst, kann ich dir nicht helfen, das siehst du doch ein.

Es ist gegen drei Uhr. Im Hof steigt der Schatten langsam aufwärts. Wie ein Flüssigkeitsspiegel. Ich habe mir den Fall genau überlegt und halte zu diesem Zeitpunkt ein Klistier für angezeigt. Heutzutage wird ja zu allen Gelegenheiten Haferschleim, Butter, Seife, selbst Kalbshirn und Hühnerbrühe infiltriert (der Storch gilt als Erfinder). Darum muß aber noch gar nichts über den Wert des Verfahrens gesagt sein: Wenn ich den Zeitpunkt für gekommen halte, infiltriere ich gerne zwei bis drei Liter Wasser – verjage die Kinder mit der Spritze vom Fenster – und infiltriere die Flüssigkeitsmenge, die ich für richtig halte, in Heinos kleines rosiges Geschäft. Es bekommt ihm gut. Um drei Uhr ist die schönste Stimmung im Hof, ganz ruhig, perlmuttfarben in der Sonne, hier unten aber schon ins Schwärzliche gehend, und gösse man den Hof mit Blei aus, erhielte man eine etwas platte fünfseitige Säule.

Ich bereite jetzt eine Medizin für Heino zu, flores sulphuris, die Schwefelblüte, die gut ist für das Zittern des Herzens, für die Kranzverengung, auch gut bei Fieber, wenn das Haar ausfällt (wird der kahle Ort damit geschmiert), gibt man sie Vögeln, sinkt das Fieber. Ich sage: Jetzt schluck mal, Heino, tut dir gut, damit habe ich die besten Erfahrungen.

Er dagegen, auf dem Rücken: Was ist das? Eine Pille, sage ich, siehst du, ein Mäuschen rund und glatt, und da habe ich es ihm auch schon ins Maul geschoben: Er ist so erstaunt, daß es ihm gleich den Hals runterläuft. Behauptet aber hinterher, nun sei ihm schlecht, und das ist Unsinn.

Eine halbe Stunde später erscheint Winfried Selbach, der große stille Junge, Kind reicher Eltern, hinter ihm stehen noch zwei in der Tür. Es ist vier Uhr, die Zeit, wenn der Flüssigkeitsspiegel bis zum Dach gestiegen ist. Das wundert mich aber, sage ich, daß ihr von selber kommt. Wir haben alles gesehen.

So? wundere ich mich, was werdet ihr denn gesehen haben.

Was du mit dem Heino machst.

So!

Der ist ja schon ganz krank, ruft Winfried Selbach,

man kann ja sehen, wie er sich quält. Und tritt doch zum armen Heino, um ihn von der Pritsche zu ziehen – und behauptet hinterher, nun sei ihm schlecht.

So! sage ich, und welche Behandlung ist eurer Meinung nach die richtige, wenn ich fragen darf? Da ihr ja alles gesehen und auch alles begriffen habt, wie ich annehme. Und auch alles beurteilen könnt. Wie es gemacht wird.

Und wie man am besten mit dem Arzt umspringt, rufe ich aus, der sich um den Patienten bemüht. – Aber dann trete ich vor und zeige mit dem Finger auf Winfried Selbach und donnere:

Wie mit Fabrizio Zoli.

Er fragt auch noch, mit wem?

Fabrizio Zoli, dem Entdecker der Venenklappen: *eurer* Venenklappen! Wie seid ihr denn mit ihm umgesprungen!

Ach Gott, sagt Winfried Selbach.

Sie wissen es nicht mehr: Sie haben ihn zwischen zwei Bretter gelegt und zersägt. Und Raynier de Graaf. Wer? Ja, der ist wohl aus Gram gestorben – jawohl, es ist lächerlich –, aus Gram über unverdiente Kränkungen, es handelte sich um Kompetenzstreitigkeiten bezüglich der Geschlechtsorgane, ja, aber nachdem – – er die Graafschen Follikel entdeckt hatte.

Eure Graafschen Follikel!

Also, sage ich ganz ruhig, was habt ihr vorzuschlagen? – Nichts, sie haben nichts vorzuschlagen. Wenn der Mensch krank ist, erkläre ich, soll man ihn gefälligst in Ruhe lassen, insbesondere aber, wenn er Fieber hat und der Leib wie eine Pfanne auf dem Feuer steht. Was glaubt ihr, rufe ich aus, wie ihm zumute ist: Das Fieber steigt, aber wohin denn? In den Kopf natürlich – prägt euch das ein: Das Hirn ist der Zar unseres Körpers, ein einziger falscher Griff, und der Mensch stottert: Ein Schlag auf den Kopf, und der Patient verliert die Sprache.

Ich stottere nicht, sagt Heino.

Nein, beruhige ich ihn, davon kann gar keine Rede sein. Und es gibt auch keine Kompetenzstreitigkeiten (keine unverdienten Kränkungen). Nur wie ihm geholfen werden kann, *das* ist jetzt wichtig. Ich sage: Sieh mich mal an, als die drei endlich abgezogen sind, schau mal auf meinen Finger, und ich weiß nicht, jetzt gefällt mir der Junge überhaupt nicht mehr. Ich sage: Komm mal näher, er ist fleckig im Gesicht, ganz grau, und riecht merkwürdig verstopft. Ich frage: Was ist mit dir, mußt du Wasser lassen? Aber da fängt er an zu weinen, der arme Kerl, den Einlauf habe er weg, und die Pille habe er weg, und nun könne er gehen. Aber doch nicht in diesem Zustand. – Doch. – Ich sage: Heino! Du gefällst mir jetzt gar nicht mehr, besser du nimmst noch mal von der Medizin, was? Heino! Sulphuris flores, Schwefelblüte: zerteiltes Haupt, verstärkter Wind. Wie? Na also, nun lacht er ja wenigstens. Aber der lacht gar nicht, sondern plärrt los, ich sage: Jetzt nimm dich aber zusammen, Heino, schluck das gefälligst runter.

Und dann fließt ihm alles wieder aus Mund und Nase, und er läßt sich wirklich gehen.

Ich kommandiere (anders geht's nicht): Mund auf!

Er schluckt. Alles hinunter.

Und ich warte.

Heino fleckig.

Na?

Leblos.

Ist es im Magen (der wie eine Pfanne auf dem Feuer steht)?

Er nickt.

Aber dann ist er mir doch ohnmächtig geworden. Rutscht mir einfach weg und setzt mich ins Unrecht. Man kann fragen: Hat er nun zu viel Schwefelblüte genommen oder zuwenig. Oder hat er etwa *Schwefelblüte* genommen. Ich antworte: Die Medizin ist ein unbeleuchtetes Gebäude, und wer hier Wissenschaft erwartet, kann enttäuscht werden, muß nicht enttäuscht werden, meine Frage lautet nur: Wie denn und auf welche Weise sollte dem Heino denn sonst noch geholfen werden.

Eben.

Darauf kommt es eben an. Selbst so bedeutende Ärzte wie Fabrizio Zoli hatten ihre Fehler: Zoli war vergeßlich, irrte sich in der Dosierung, zweimal hat er Patientinnen geschwängert. Franco Barthelmi war abartig. Ullrich Menge soff mit seinen Patienten um die Wette, und der berühmte Jakob Sülfert war so geizig, daß er im Winter Ball spielte, um Brennholz zu sparen, oder Möbel treppauf, treppab trug. Und als er im Sterben lag, soll er aufgesprungen sein, um seine Stiefel anzuziehen, der gestiefelte Sylvius. Was erwartet man also von mir?

Stellen Sie sich vor, *mir* unterläuft mal ein Fehler, mir wird mal jemand ohnmächtig, dann heißt es doch gleich: Was ist los? Was hat der Arzt unternommen, daß so etwas passieren konnte? Bitte, ich habe Heino absolut rite behandelt, bei plötzl. auftr. Bewußtl. denke ich sofort an Spiritusabreibungen, mit denen ich die besten Erfahrungen habe, Gesicht und Füße, der ganze Leib, möglichst mit gereinigter Ware oder meinetwegen mit Petroleum, wenn es gerade zur Hand ist. Aber, zum Donnerwetter, nicht bei offenem Licht, ich sage noch: Weg mit der Kerze, oder soll der Patient vielleicht wie eine Fackel brennen! Da ist er aufgewacht. Da ist er auf einmal ganz kregel und schaut lebhaft nach allen Seiten. Das Blut zirkuliert, der Atem geht, das Auge …

Und ich sage noch freundlich: Na also, Heino, jetzt fühlen wir uns besser, was?

Da ist er auch schon runter von der Pritsche und raus aus der Tür und über den Hof in ein paar Sätzen. Nachmittags gegen fünf. Der Hof ist schon dämmrig, ganz oben stehen ein paar luftige Schornsteine, und ich darf wohl auch mal früher Schluß machen. Na gut, denke ich, erledigt, den rufe ich nicht mehr zurück: Wer nicht will, soll's bleiben lassen.

*

Sollen wir ihn zurückbringen? ruft Winfried Selbach von den Fahrradständern her, wo sie Heino eingekeilt haben. Es ist fünf Uhr und schon schummerig.

Also bringt ihn her. Ich sehe natürlich auf den ersten Blick, daß er sich in keinem guten Zustand befindet: Spricht kein Wort, reagiert nicht, uriniert nicht, riecht nur etwas verstopft und liegt wie ein Stein auf der Pritsche.

Warum sagst du nichts? frage ich.

Kannst du nicht sprechen?

Er nickt mit dem Kopf. Doch.

Sie stehen vor dem Fenster, um zu sehen, was ich nun mache, und ich gebe zu, daß ich etwas ärgerlich bin. Der Puls ist weich, rasch, reichlich nachgiebig, Bauchdecke weich und knotig, Puls ist flau. Patient unruhig. Ich sage: Große Sprünge machen und dann wie ein Toter auf der Pritsche, da kann ich wirklich ärgerlich werden. Er ist aber unruhig, und redet dummes Zeug: Laßt mich mal zu Stuhle gehn, da hab ich noch 'n Stuhlgang stehn, oder so etwas. Ich sage: Heino, was redest du für dummes Zeug, mach mich nicht ärgerlich. Puls ist beschleunigt, butterweich, lau. Bauchdecke hart, merkwürdig spitz, sonst alles in Ordnung. Ich habe noch einmal von der Medizin gegeben, Sulphuris Flores, na, Heino!

Er sagt jetzt gar nichts, ist merkwürdig nachgiebig, Puls fadenförmig, sonst aber eigentlich ganz in Ordnung. Man kann sich ja täuschen. Am Anfang seiner

Laufbahn neigt der Arzt zu unberechtigter Sicherheit, die sehr bald einer berechtigten Unsicherheit weicht. Aber eigentlich finde ich Heino gar nicht so übel, bißchen spannungslos vielleicht.

Um halb sieben kommt die Zeit, wenn alle Kinder nach oben müssen – zwischen zwei Brandmauern steht die beleuchtete Küchenfront, sechs Fenster übereinander –, und ich hoffe, daß mein Patient bis dahin einigermaßen auf den Beinen ist. Winfried Selbach wird zum Abendessen gerufen. Danach Rigi Weber, wir haben noch Zeit: Puls nicht sehr klein, Bauchdecke nachgiebig, nicht weich, Herz befriedigend. Kurtchen Karpsow und Herbert Behm werden gerufen. Dann ich selbst. Ich komme. Mamma ruft: Kommst du jetzt! Anscheinend hat sie mich nicht gehört: Werde gleich kommen, habe im Augenblick noch alle Hände voll zu tun. Dolli Heiden und Plünnen Deckermann werden abgerufen. Nach kurzer Zeit Karlchen Spenzer. Es gehen Walter Kloose und Gido Raps, danach noch Berte Kloose, und ausgerechnet jetzt kippt mir doch mein Patient weg.

Ich weiß nicht. Ich sehe mir gerade seinen Bauch an, der ganz regelmäßig arbeitet, und alles ist in Ordnung, plötzlich sackt er mir weg, ich denke, na langsam, und rede noch mit ihm: Jetzt geht's uns aber besser, was Heino! und will dem Jungen von der Pritsche helfen, weil wir gleich zum Abendessen müssen, da – was soll ich sagen – klappt er mir doch einfach zusammen. Das habe ich allerdings nicht erwartet.

Ganz farblos.

Ganz weiß. Bauch kahnförmig. Puls überhaupt nicht mehr. Ich rufe: Jetzt aber schnell! Das sieht ja aus, als ob er mir abrutschen will. Einen Aderlaß schnell, rufe ich, und jeder greift zu, bindet sich 'ne Schürze vor, holt 'nen Eimer Wasser, der eine hält den Arm, der andere drückt das Bein nach unten, – nein, leider habe ich mich da gründlich geirrt, denn wie ich mich umdrehe, ist die ganze Bande schon verschwunden, muß ausgerechnet in diesem Augenblick nach oben, weil das Abendessen fertig ist.

Und ich.

Stehe da mit meinem Aderlaß. Bin gezwungen, ganz allein vorzugehen: in die blaue Vene einzutauchen, die immer wieder wegrollt, die man sachgerecht packen muß. Wenn niemand assistiert, wenn das Licht schlecht ist und die Verhältnisse ungünstig sind in der Waschküche, und draußen ruft Mamma zum Essen, da öffne ich ganz allein sachgerecht das Gefäß in der Tiefe der Ellenbogenbeuge. Was sich da Bahn bricht.

Ich bin kein Held. Aber was sich da in den Tagen der Krankheit alles angesammelt hat. Und bricht sich endlich Bahn, das reine Stockblut, der reine schwarze Stockfluß, Donnerwetter. Und der Patient sofort in besserer Verfassung, schlägt die Augen auf und lächelt. Ich sage: Na also, Heino, fühlen wir uns jetzt besser? Ja.

Er hat ganz sicherlich ja gesagt.

Es ist dunkel, vor dem Fenster steht eine graue Röhre, mir reicht aber das Küchenlicht von gegenüber, um festzustellen, daß der Junge wieder regelmäßig arbeitet, wieder kräftig wie eine Faust, soviel kann ich versichern, und Mamma, die von oben herunterruft und mit dem Abendessen dazwischenkommt, versichere ich: Wir kommen sofort, will allerdings nicht beschwören, ob sie mich gehört hat, da ich im Augenblick alles Menschenmögliche tue. Um mir hinterher keine Vorwürfe zu machen. Ich gebe Kampfer, Brechweinstein, Rizinus, Terpentin, alles. Verabfolge Wickel, Umschläge, kalte Tücher und glaube nicht, daß etwas unversucht geblieben ist. Massage? Habe ich gegeben. Künstliche Beatmung, alles.

Auch eine Flasche Herzgold aus der Apotheke.

Gegen neun stirbt mein Patient. Er hat ausgearbeitet, sein Herz steht still, da ist nun nichts mehr zu wollen. Die verschiedenen Organe sterben in einer bestimmten, ziemlich regelmäßigen Reihenfolge ab, von unten schreitet Kälte aufwärts, das Auge matt, die eingesunkene Schläfe (nach Hippokrates ein letzter Schluchzer). Ein Jüngling mit gesenkter Fackel.

Aber ich kann versichern, daß *alles*, aber auch *alles Menschenmögliche* getan wurde. Der Junge war ja nur ein Strich. Ich vermute:

Das Herz.

2

Liebste Mamma, schreibe ich, du hattest recht, das Studium der Architektur macht mir sehr viel Freude – und es ist auch kürzer und weniger kostspielig, ich glaube, daß ich in diesem Beruf viel Freude finden werde. Liebste Mamma, das soll kein Vorwurf sein, ich habe es hier sehr gut getroffen, wohne drei Minuten von der Universität, Frau Stumpe, meine Wirtin, schon älteren Datums, ist sehr liebenswürdig. Wenn ich frühmorgens zur Vorlesung gehe – die Gärten betaut, die Sonne noch flach –, sehe ich hoch über der Nebelmauer das Observatorium des berühmten Anatomen Sülfert mit seiner teils romantisierenden, teils klassischen Fassade. Liebe Mamma, das ist ein interessanter Bau, den ich jeden Morgen passiere. Auf dem Louisenplatz, einer dreieckigen Gartenanlage, stehen sich zwei Kirchen gegenüber, eine (ev.) in altchristlicher romanischer Bauart, die andere (kath.) im Stil der Kölner neugotischen Schule, dann liegt geradezu das Arsenal nach Plänen von Hansens, Förster und von der Nüll, rechts ein barocker Privatbau und in dessen Rücken das Anatomische Theater (circus anatomicus), ein Kuppelbau, wahrscheinlich florentinischen oder römischen Stils, Architekten Otzen und

v. Schäfer. Zum Beispiel verweise ich auf die strenge Verwendung von neun Säulen, ihre Stellung zueinander, ihre Verjüngung: Sie beträgt nach oben hin jeweils genau vier Zentimeter, und bezüglich der Grundfläche zum Abstand ist ein Verhältnis von vier Neunteln eingehalten worden. Und stell dir vor, Mamma, wenn man mit dem Auge seitlich über den gesamten Frontsockel peilt, ergibt sich eine leichte Kurvatur von genau vier Zentimetern zu neun Zentimetern. Vielleicht komme ich einmal dazu, weitere Einzelheiten zu berichten. Bis dahin küßt Dich in Liebe – Dein Student Beffchen.

*

Trotzdem darf ich gelegentlich einen Blick in die Anatomie werfen – sei es im Rahmen meines Studiums: Das ist allerdings ein interessanter Bau griechischen oder römischen Stils, der Saal, der sich unterhalb der Kuppel befindet, hat etwa die Grundfläche eines Kreisabschnittes, drei Fünftel oder vier Sechstel, nehme ich an, mit hochliegenden Korbbogenfenstern (dazu komme ich noch) und ringsum aufsteigenden Bänken. In der Mitte der Schautisch für die Präparate, an der Stirnwand Glaskästen mit chirurgischen Instrumenten, auf der im Halbkreis laufenden Balustrade Skelette von Menschen, von Hunden und Pferden und großen Vögeln. Gelegentlich nehme ich Platz, wenn hier eine Vorlesung gehalten wird. Die interessantesten Stücke stehen direkt neben dem

Eingang (wo der Professor den Raum betritt), links ein Reiter, samt Roß kunstvoll skelettiert, der Reiter hält einen Hammer in der Hand. Rechts eine Paradiesgruppe, ein männliches, sowie ein weibliches Skelett, mit dem Apfel in der Hand, dahinter ein kahles Geäst mit skelettierter Schlange, dazu hängen Fahnen an der Wand, auf denen man liest: «Noscete ipsum» und «mors ultima linea rerum», und «principio moriendi natalis est». Welches daran erinnert, daß die Medizin bis zum heutigen Tag ein Torso blieb, eben eine *alte* Wissenschaft, welchen Satz ich mir gelegentlich notiere.

Ich bin der Meinung, daß in jedem Studiengang gegebenenfalls auch Vorlesungen anderer Fakultäten, also die der Philosophie, Psychologie – oder auch Medizin, gehört werden sollten. Betritt zum Beispiel ein junger Kommilitone einen dieser stark riechenden Korridore in der Hoffnung, nun die allerunglaublichsten und abscheulichsten Dinge zu Gesicht zu bekommen. Ahnungslos und eifrig, man kann es ihm nicht einmal übelnehmen, im Vorraum wird er ohnmächtig. Was ist geschehen, sind die Lichter, welche die Wissenschaft für ihn angezündet hat, plötzlich erloschen? Hat der junge Student, der hier zum ersten Mal eintritt, um sich geblickt, und was hat er gesehen? Den Vorraum, dessen Wände dunkelrot gestrichen sind, die leicht abfallende Rampe, auf welcher was bewegt wird? Der Professor fragt: Wie heißen Sie denn? Niemann. Also, mein lieber Niemann, sicherlich sind Sie zum ersten Mal hier, Sie sind noch nicht daran gewöhnt – Sie wollen, sagt er, Medizin studieren, und zu diesem Zweck sind Sie hier? Er blickt auf die Glaskästen, die hier im Vorraum noch verhältnismäßig bescheidene Präparate ausstellen. Und wie Sie glauben, fährt er fort, werden Sie mit Ihrer Medizin niemanden auf der Welt umbringen; er nimmt den jungen Menschen in die Ecke hinter der Treppe: Sehen Sie mich an, ich will Sie nicht erschrecken, was würden Sie aber sagen, wenn ich Ihnen erkläre, daß Sie einzig und allein zu diesem Zweck hier sind.

Da ist er erschrocken.

Eines Tages, als Arzt. Und wie mag wohl dem jungen Menschen zumute gewesen sein, als der unbekannte Professor, der ihn am Fuße der Treppe angesprochen hatte, diese Drohung ausstieß. Danach seinen (schwarzen) Umschlagmantel vors Gesicht schlug und bitterlich weinte. Oder wie es hieß, soll sich der junge Niemann losgerissen haben, tief erschrocken, wie er sagte: Ich habe den Menschen nicht gekannt.

Nein, ich bin kein Genie, sitze hier unter den Kommilitonen und unterscheide mich in keiner Weise, höchstens, daß ich etwa eine Zeichnung über ein in Frage stehendes Präparat herumreiche, damit sich die anderen informieren können. Etwa über das omentum majum oder das foramen epiploicum. Ich bin weder erstaunt, wie weit das Desinteresse der heutigen Studenten reicht, noch wundere ich mich über ihre mangelnden Fähigkeiten – da geht ein hochinteressantes Präparat herum, der ductus spermaticus, der Samenstrang mit sämtlichen Anhangsgebilden *plus* sämtlicher foramina inguinale, der inneren und äußeren, ein sensationelles Präparat, und überhaupt einmalig. Und geht das meine Herren Kommilitonen etwas an? Nichts? Die reichen das Präparat in Windeseile weiter, höchstens daß einer mal seinen Finger hineinsteckt und auch noch artifizielle Löcher bohrt. Meine Herren, jeder einzelne von Ihnen sollte sich diesem Phänomen *Wochen* widmen, was nützt es, statt dessen gebe ich mit den Händen Zeichen, daß ich mich durch nichts von ihnen unterscheide. Will ich auch gar nicht.

Ein Beispiel ist der Anatom Jakob Sülfert, ein fast unscheinbarer Mann mit einem viereckigen schwarzen Bärtchen auf der Oberlippe, erweckt er das Interesse seiner Zuhörerschaft? Kaum. Der Professor tritt ans Podium, zieht einen menschlichen Arm unter den Tüchern hervor, den er über seinen Kopf hebt, und sagt etwa folgendes: Meine Damen und Herren, ich weiß nicht, ob Sie die Anatomie für eine ernst zu nehmende Wissenschaft halten (ich weiß es auch nicht), nachdem bereits Galen alles über den Bau des menschlichen Körpers gesagt hat, werden Sie hoffentlich das, was ich Ihnen, meine Damen und Herren, fährt er fort, im Laufe des Semesters zu bieten habe, als reines Vergnügen betrachten.

Daraufhin erhebt sich unter den jungen Studenten

meist großes Gelächter. In das schließlich auch ich einfalle, wenn auch aus anderen Gründen, denn ich nehme zu ihren Gunsten an, daß sie nicht wissen, worüber sie lachen. Dieser Mann, der seinerzeit die Magenstraße entdeckte, steht hier Jahr für Jahr, um sich ein Kolleggeld zahlen zu lassen, von welchem er wiederum die Kosten für die Präparate bestreiten muß. Meine Damen und Herren, sagt er, wissen Sie, was eine Leiche kostet? Nein, dann möchte ich Sie darauf vorbereiten, daß wir Schwierigkeiten mit deren Beschaffung haben. Gelächter. Wir haben unseren Paul Grundig, der bereits seinen dritten Schlaganfall erlitten hat, der Mann liegt zur Zeit im Krankenhaus, trotzdem besteht für uns wenig Hoffnung.

Daraufhin erhebt sich wie jedes Jahr ein brausendes Gelächter, und wenn ich mich umsehe – nein, es bemerkt wohl keiner, daß dieser kleine Mann in dem schwarzen abgetragenen Anzug die sechsundvierzig Mark, die er für seinen Kurs kassieren darf, wirklich braucht. Weil er essen muß, weil er einen neuen (abgetragenen) Anzug haben muß. Dieser Mann, dessen Ruf einst wie ein Vogel durch Europa flog. Es gab eine Zeit, als seine Präparate in Paris in den vornehmsten Salons herumgereicht und bewundert wurden, seine Vorlesungen in Antwerpen so besucht waren, daß gelegentlich das ganze Auditorium zusammenbrach: Er sezierte an einem einzigen Tag nacheinander den Mann sowie dessen Ehefrau nebst dem noch ungeborenen Kind (dem Foetus).

Der Anatom langt in die Tiefe, um einen umfangreichen Gewebslappen herauszuziehen, blickt in die Höhe, wo er wie jedes Jahr die Reihen der Studenten sieht, in der Hand hält er den Gewebslappen, auf seiner Oberlippe mit dem winzigen Bärtchen steht ein Tropfen Schweiß. Lohnt es? Rupft an seinem Präparat, zerrt hier und da ein Loch zurecht, das sich durch den Gebrauch gebildet hat, es lohnt ganz sicherlich nicht. Jetzt hat er jemanden aufgerufen, ach, meinen Freund Keller, der vor das Präparat tritt, und was erblickt er? Teil eines größeren Gebildes, eines Organanhangs? Ist es die grauviolette Milz, die durch das Formalin ihre Farbe verloren hat, oder ist es ein Teil der faserigen Nebenniere, das müßte sich doch feststellen lassen. Ah, der junge Keller hat's erfaßt, die Niere. Nein, das omentum majum, das ist nun leider ganz falsch.

Und ich kann mich sehr gut hineindenken, wie der alte Professor sich fühlt. Der seinerzeit mit seinen Sektionen im Jardin du Luxembourg die Aufmerksamkeit der gesamten Pariser Presse auf sich zog, was soll er dazu sagen. Daß es sich bei dem genannten Präparat weder um den fundus vesicae fellae noch um den foramen epiploicum oder die curvatura minor handelt. Sondern? Um das foramen epiploicum, nein, das haben wir ja schon erwähnt, um das ganz bestimmt nicht, sondern? Der alte Professor sieht seinen Studenten an, als wolle er sagen: Was *wollen* Sie denn hier, ich kann den Mann gut verstehen.

Sie.

Meint er mich? Offensichtlich hat er mich gemeint, verehrter Herr Professor, sage ich laut von meinem Platz aus oder steige besser noch die Treppen zwischen den Sitzreihen hinab und sage:

Herr Professor,

das Präparat, das in Frage steht, und das hier erst mit der Milz dann mit dem Bauchnetz verwechselt wurde – denn nun kann ich Freund Keller nicht mehr schonen –, stellt in Wirklichkeit die *Magenstraße* dar. Die Sie, Herr Professor, vor rund dreißig Jahren entdeckten und die offensichtlich bei den Studenten in Vergessenheit geraten ist – das mußte einmal gesagt werden. Und während der Professor von den Studenten umringt wird und sozusagen das ganze Auditorium zusammenbricht, fällt mir ein Satz des berühmten Anatomen Friedrich Heckel ein, der sagte: Der Mensch sollte sich nach dem Verhalten der Füchse richten, wahrscheinlich hat er die *menschlichen* Füchse gemeint.

*

Ich teile Mamma mit, daß der Korbbogen, welcher ein Stilelement des Barocks darstellt, sich aus drei, fünf oder sieben aus ebenso vielen Mittelpunkten geschlagenen Kreisbogenstücken zusammensetzt. Ich kann ihr nicht gut mitteilen, daß ich mit Freund Keller heute den Grimm-, Krumm- und Leerdarm eines erwachsenen Mannes ausgespült habe; das Ding war glatt acht Meter lang. Oder daß wir, Freund Keller und ich, heute nachmittag am Situs studiert haben, es handelte sich um ein konserviertes Brust- und Bauchpräparat, wie es zu Anschauungszwecken in der Sammlung geführt wird, ja, bis heute steht kein frisches Material zur Verfügung, wir haben bereits Oktober, und Paul Grundig, der seinen vierten Schlaganfall hinter sich gebracht hat, liegt immer noch auf Station, wo er offensichtlich auf den fünften wartet. Einmal heißt es: Er kommt. Es herrscht für Oktober ungewöhnlich schwüles Wetter, alle Fenster im Haus sind weit geöffnet, Prof. Sülfert hebt die Hand und sagt: Meine Damen und Herren, ich verspreche Ihnen, daß morgen oder übermorgen, spätestens in einigen Tagen ... während ein donnerndes Trampeln seine Worte verschlingt, und ich selbst in übermütiger Stimmung im Verein mit den Kommilitonen trampele. Dementsprechend enttäuscht, als es noch am gleichen Nachmittag heißt: Er kommt doch nicht.

Und dann zwei Tage später: Er kommt überhaupt nicht. Es herrscht unverändert laues, drückendes Wetter, ich sitze am offenen Fenster, rieche den Nachtwind, der vom Wilhelmsplatz mit dem Laub der alten Bäume herüberkommt. Und weiß doch Bescheid: wenn er das übersteht, kann es noch ewig dauern, der Mann hat seine fünfhundert Mark oder wieviel gekriegt, und nun will er nicht sterben. Die Anatomen hatten zu allen Zeiten Schwierigkeiten mit der Beschaffung des Materials. Selbst ein so bedeutender Wissenschaftler wie Gabriele Fallopio schreibt in seinem Werk «De tumoribus praeter naturam», daß er während seines Aufenthaltes in Pisa nach vier Monaten *endlich* die Bewilligung erhalten habe, einen Verbrecher durch zwei Drachmen Opium zu töten, um ihn hinterher zu sezieren. Oder man erinnert sich an den Anatomen Werner Rollfink, dessen angeblich großer Eifer die Bauern der Umgebung Jenas veranlaßte, ihre Verstorbenen streng zu bewachen. Wir sitzen hier am Fenster und schauen hinüber zum «Observatorium», dessen Türmchen sich über den nachtdunklen Bäumen erhebt, vielleicht steht dort der Anatom Sülfert am ebenfalls offenen Fenster und schaut zu uns herüber. Und wer weiß, woran er denkt, der alte Mann, an eine kostspielige Abnormität, die er sich nicht leisten kann, ein Teratom, eine Wundergeschwulst mit Haaren und Zähnen, wie sie alle sieben Jahre einmal entdeckt wird. In Wien lassen sie die Sektionen öffentlich stattfinden und kassieren Eintrittsgelder, die dann wieder auf neues Material verwandt werden. Ich weiß nicht, warum ich einen fast schmerzlichen Zwang spüre, diesem einsamen alten Mann (auf meine Weise) beizustehen, Herrgott, als ob eine Stimme rufen würde: Hier und jetzt. Jetzt dreht er sich um und löscht das Licht, und sein Observatorium ist nur noch eine dunkle Mütze über den Bäumen, der Wind trägt die Blätter herüber. Und ich frage mich, ob es nicht möglich wäre.

Vielleicht doch.

– –

Eine stürmische Nacht (warum machen wir es nicht wie die Greifswalder).

*

Früh um fünf treffe ich mit dem Lokalzug ein, ich will es kurz machen: Das Bahnhofsrestaurant ist noch geschlossen, ich gehe durch die Wittenburger Straße – die sich etwas senkt – geradeaus über den Marktplatz, der um diese Zeit völlig leer ist. Anscheinend hat es über Nacht geregnet. Hinter der Tankstelle läuft die Straße noch etwa einen halben Kilometer geradeaus, beschreibt dann einen Knick, und hier wie ein Riegel quer zur Ortschaft steht das Kriminalgefängnis.

Ein roter Backsteinbau, neben dem großen eisernen Tor befindet sich eine Pforte, rechts davon die Bereitschaftsstube. Dort warte ich dann auf einer Bank neben einem überheizten Ofen bis acht Uhr, bis der Direktor kommt. Um zehn führt mich ein Beamter an ein Fenster zum Hof, man sieht vom ersten Stock auf ein von vier Meter hohen Backsteinmauern umgebenes Quadrat, dessen Boden mit Betonplatten ausgelegt ist.

Das ist er, sagt der Beamte.

Der Mann geht von einer Ecke in die andere, unregelmäßig diagonal, dann längs der Mauer. Ich frage:

Wird er denn nicht bewacht?

Er geht jetzt spazieren, sagt der Beamte, wir hatten ihn zehn Tage lang in der Kammer, jetzt haben wir ihn rausgelassen. Ich beobachte den Mann. Er ist normal gebaut, blaß. Trägt hellgraues Drillichzeug, und während er geht, scheint er nicht zu wissen, wo er seine Hände lassen soll, er läßt sie herunterhängen, dann hält er sie vor die Brust.

Weil es zu lange dauert, erklärt der Beamte, aber nicht mit den anderen zusammen.

Ist denn das vorschriftsmäßig? frage ich.

Nein, erwidert der Beamte, aber wenn er mit den andern nicht zusammen ist – er öffnet das Fenster und ruft:

Ploog!

Und der Mann bleibt sofort stehen. Er hat graue, sehr helle Augen, wahrscheinlich, weil er sie jetzt nach oben richtet, und dort ist nur das Fenster und der helle Himmel, den er im Viereck über sich hat, und das wird das letzte sein, was er sieht. Ich logiere im Gasthof am Markt, bin jetzt seit drei Tagen hier, tagsüber halte ich mich meist in der Bereitschaftsstube auf, wo die Beamten, gemütliche, von der täglichen Gefängnisluft etwas blasse Leute, sich an mich gewöhnt haben. Prinzenauer rät aber: Wenn ich Sie wäre, würde ich nicht warten, das kann noch wochenlang dauern. Einen hatten wir, der war vierundsechzig Tage in der Kammer, und in Beutin hatten wir einen, der war achtundneunzig Tage drin, so lange hat es gedauert, achtundneunzig Tage. Sie haben ihre grünen Röcke offenstehen. Als ein gewisser Willi Burke wegen Mordes in drei Fällen zum Tode verurteilt wurde, mußte er einhundertzwanzig Tage warten, bis der Justizminister beschloß, von seinem Begnadigungsrecht *keinen* Gebrauch zu machen. Danach gestand er, sechzehn Personen ermordet und an Dr. Knox in Oldenburg verkauft zu haben. Sie sind doch Mediziner, heißt es, und tatsächlich beginne ich mich in dieser Umgebung als Mediziner zu fühlen, trinke mit den Leuten Bier, und manchmal trete ich ans Fenster, um nach meinem Häftling zu sehen, der zwischen elf und zwölf und nachmittags zwischen drei und vier im Hof spazierengeht. Heute nachmittag hat er hochgeblickt, dann hat er mit der Hand gezeigt, was heißt das? Ich weiß nicht, was er verbrochen hat, offensichtlich jemanden umgebracht, aber so in seinem Drillichanzug, sehr sauber mit dem gelben Streifen, sieht er eigentlich nicht unsympathisch aus. Wie er mit seinen breiten Beinen fest auf den Boden tritt, der Mann Felix Ploog, ich nicke ihm zu. Ich könnte ihn doch *hinterher* abholen.

Ja, sage ich, damit ihn mir die Greifswalder wegschnappen, oder ich sage: damit nachher zwei da sind.

Auch richtig, bestätigt Prinzenauer, einen hatten wir, der war sechsundvierzig Tage in der Kammer, dann haben wir ihn rausgelassen, und was soll ich sagen, tags darauf traf prompt der Vollzug ein. Solche Sachen. – Die Korridore haben hier bis zur Schulterhöhe einen ganz bestimmten grünen Anstrich, der für alle Gefängnisse in Deutschland vorgeschrieben ist, von einem bestimmten Helligkeitswert, der den Gesichtern eine schilfgrüne Farbe verleiht. Ich glaube, daß mich der Mann wiedererkennt, er hebt den Kopf, so daß sein Hals gespannt ist, fragend. Nein. Ich schüttle den Kopf. Vielleicht denkt er, daß ich etwas mit dem Vollzug zu tun habe (aber da kann ich ihm auch nicht helfen).

Mit der Begnadigung?

Nein, bestimmt nicht.

Er kennt mich jetzt, denn er geht immer an der gegenüberliegenden Mauer entlang, und ich täusche mich wohl nicht: Wenn er vortritt und hochschaut – es sind fünf Meter bis hier herauf – redet er immer leise, dabei bewegt sich sein Hals auf und ab, und ich möchte wetten, daß er einen echten Kropf besitzt. Nach der Art, wie er den Hals beim Sprechen bläht – – ich bin mir nicht sicher, aber doch? Ich meine nicht die übliche Vergrößerung der Schilddrüse, sondern den sogenannten Blähhals, das ist eine Vergrößerung der rudimentär angelegten Hili neben der Speiseröhre. Eine Anomalie vielleicht! Ja, ich nicke ihm zu, und mein Häftling bleibt stehen, fragend. Weil ich genickt habe. Nein, ich schüttele den Kopf, und nun ist er offensichtlich verwirrt, denn er hebt das Bein, als ob er gehen wollte, und als er abtritt, um dem Beamten zu folgen, sieht er mit seinen hellen grauen Augen herauf, an sie werde ich denken. Am Sonntag bleibe ich im Hotel, erst am Montag, an einem kühlen grauen Tag, an dem die Post eine Stunde später kommt, gehe ich wieder zum Gefängnis, der Aufgang hat etwas Symmetrisches: Die Wittenburger Straße mit den kurzgeschnittenen Bäumen und das quergestellte Gebäude am Kopfende wie ein Belvedere. Eine gleichmäßige, hohe Wolkendecke.

Meinen Häftling treffe ich heute nicht vor halb zwölf, er hat bloß eine halbe Stunde, und dann denke ich, was hat er denn? Geht in seinem Mauergeviert auf und ab, ohne hochzublicken, ich klopfe gegen die Scheibe, der Mann tut mir natürlich sehr leid. Aber *er!* Nicht? Also nicht, denke ich, irgendwie ist er beleidigt, mir würde ja vollkommen genügen, wenn er wenigstens *einmal* eine vernünftige Position einnähme, die Beleuchtung ist gar nicht ungünstig. Fliegt nicht ein Flugzeug am Himmel, ein Vogel im hellgrauen Gewölk, ein entfernter Donner? So, wie man sich etwas wünscht, um den andern zu einer bestimmten Handlung zu bewegen, und ich gebe zu, meine Geduld ist ziemlich erschöpft, plötzlich schaut der Mann hoch (vorher war nichts zu wollen).

Also folgendermaßen: Frontal am Hals, über der Klavigulargrube breit aufliegend und ziemlich symmetrisch zeichnet sich eine platt-beutelartige Schwellung ab. Die eindeutig mit der Atemluft in Verbindung steht, wie sich aus dem an- und abschwellenden Volumen ergibt. Ja, ich bin meiner Sache im Augenblick so sicher, daß ich denke, es handelt sich um ein *echtes* Rudiment. Ganz sicher.

Wie?

Und das scheint er begriffen zu haben, denn er läuft ein paar Schritte vor, versteht nicht, doch! Verrenkt sich fast den Hals – was er lieber gleich hätte tun sollen, aber nun kann überhaupt kein Zweifel mehr bestehen. Es handelt sich. Ja.

Ja?

Aber zum Donnerwetter: Ja! Nanu, denke ich, wie kann man sich so über seinen Blähhals freuen, ganz andächtig ist er geworden, ganz innerlich, sein Blick – also, ganz hell ist er geworden, groß und hellgrau, und weint: Also der steht da wie ein Weihnachtsmann, bis sie ihn abführen. Dies ist der Montag, der Tag, an dem per Post endlich der Vollzug eintrifft, nicht daß ich wirklich froh bin, aber hier handelt es sich nicht um meine persönlichen Gefühle. Die Post kommt um elf auf den Tisch des Direktors, jetzt ist es kurz nach zwölf, Ploog wird von dem Schreiben eine Stunde später in Kenntnis gesetzt werden. Dann hat er noch fünfzehn Stunden.

Wenn Ploog morgen früh den Korridor betritt, liege ich noch im Bett in meinem Hotelzimmer. Ich höre die Amseln. Draußen pfeift ein Zug, derselbe, den Ploog hört und dem er nachhorcht, so daß er ein Stück in die Freiheit getragen wird – weil er vorerst noch nicht daran glauben kann. Ein kurzes Stück Korridor, in dem es eigentümlich fettig riecht, der schläfrige Schritt des wachhabenden Beamten, er selbst frischgewaschen in reinem Hemd. Jetzt lebt er noch eine Weile: Das laute Scheppern, wenn Frau Holten ihren

Eimer absetzt, deshalb so laut, weil hier absolute Ruhe herrscht, der Geruch des Spülichts und der unbezwingliche Wunsch, diesen noch ein einziges Mal zu riechen, noch einmal Frau Holten, ihr frühes Erscheinen im Dienstgebäude, ihre Kittelschürze und den Geruch ihres Lappens. Nein, Angst habe er keine. Bis ans Ende des Korridors – – da erschrickt er (und ich hier in meinem Bett ebenfalls).

Ich bin nicht als Zeuge geladen, dieses Amt versehen zwei Gerichtspersonen und fünf Vertreter der Gemeinde. Die Herren sind im Zwischenhof in einem Backsteingeviert versammelt, dessen Wände etwa vier Meter hoch sind und dessen einziges Fenster zu einem Korridor im ersten Stock gehört. Die Strafe wird nach dem Gesetz durch Enthauptung mit dem Beil vollzogen. Der Scharfrichter, ein durchschnittlich aussehender Mann, der mit einer Spezialtasche heute früh um fünf auf dem Bahnhof eingetroffen ist (das Bahnhofsrestaurant war noch geschlossen), ist durch die kühle Wittenburger Straße zu Fuß bis zum Kriminalgefängnis gegangen. Zur selben Zeit, wenn sich die eiserne Pforte für ihn öffnet, betritt der Verurteilte erstaunt den Hof, blickt die Reihe der geladenen Zeugen entlang, aufmerksam, als habe er nun eine besondere Eröffnung zu erwarten, danach blickt er zum Fenster hinauf. Sein Nacken ist sauber rasiert, auch Wangen und Kinn sind rasiert, die Schultern unter dem Hemd sehen schmal aus. Es fällt auf, daß der Mann schnell, fast zuversichtlich auf seinen Platz geht, die Handfesseln werden vorn gelöst, die Hände nach hinten geführt, dort wieder durch Handfesseln geschlossen, dabei blickt der Verurteilte auf das Fenster im ersten Stock – das fällt auf, so daß einige der Herren festzustellen versuchen, wer dort steht. Offenbar niemand. Wen erwartet der Mann? In letzter Minute vielleicht eine – – Begnadigung? Eine wahnwitzige Hoffnung. Da tritt der Scharfrichter, den auf der Straße niemand wiedererkennen würde, von hinten an den Verurteilten heran, um ihm die Augenbinde anzulegen.

Hier weigert sich der Verurteilte.

Er stellt sich quer und schreit, aber nicht laut, sondern häßlich gurgelnd, verstopft, und achtet nicht darauf, daß ihm Schleim aus dem Mund läuft. Eine unwürdige Szene, weshalb der Scharfrichter gehalten ist, durch einen Kunstgriff, einen leichten Stoß in die Kniekehlen bei gleichzeitigem Anheben der rückwärts gebundenen Arme den Verurteilten in die richtige Position zu bringen. Sodann werden Hals und Brust in die vorgebildete Wölbung des Blocks gedrückt, was eigentümlich leicht und nach der vorausgegangenen Szene überraschend mühelos geschieht, zumal der Scharfrichter ein Mann von unscheinbarer Statur ist.

Dann wird die Schulterspange angelegt.

Das Beil hat eine gerade Form, ist peinlich sauber und mit seiner Bleieinlage ziemlich schwer (vorgeschriebenes Gewicht). Auf eine Höhe von eineinhalb Meter gehoben, würde es schon infolge seines Gewichts den Nacken glatt durchschlagen, trotzdem erfordert seine Handhabung großes Können, Fehlschläge sind ausgeschlossen. Wenn das Beil fällt, tritt sofortige Bewußtlosigkeit ein, da die Blutzufuhr zum Gehirn unterbrochen ist. Der Körper verfällt in reflektorische Starre, einem Elektroschock ähnlich, bewirkt durch den Verlust des Stammhirns (Beugung der Arme). In diesem Augenblick wird die Begnadigung ausgesprochen, jemand tritt oben ans Fenster und läßt einen Brief fallen, der Kopf, der in einem Drahtkorb liegt, soll auf lauten Zuruf hin die Augen geöffnet haben.

*

Der Professor sagt: Meine Damen und Herren, wie Sie sehen, handelt es sich um eine männliche Leiche, was Sie vorläufig nicht sehen können, ist die Anomalie im Bereich der Trachea, welche … er hebt die Hand, als Beifall von seiten der Studenten aufkommt … welche wir, bitte meine Damen und Herren. Bitte! Der Beifall wird stärker. Es ist ein luftiger Tag, die Fenster sind geöffnet, draußen jagen Schwalben vorbei. Und nun ist es soweit, daß ich mich von meinem Platz erhebe, um vor den Schautisch zu treten, wo eine männliche Leiche unbedeckt auf der Marmorplatte liegt, den Kopf hat man wieder angefügt.

Herr Kollege, sagt der Professor indem er mir das Organmesser reicht, bitte!

Das ist natürlich eine ganz ungewöhnliche Auszeichnung, denn dieser erste kreuzweise über den Leib gelegte Schnitt wird sonst von ihm selbst, zumindest aber von seinem Oberpräparator geführt. Indem er mir das Organmesser reicht, ein linealartiges ziemlich schweres und außerordentlich scharf geschliffenes Instrument, läßt er mir sozusagen den Vortritt, und das gesamte Auditorium klopft Beifall. Ich gestehe, daß meine Hand zittert. Nicht vor Aufregung oder Furcht, sondern *Respekt:* Ich respektiere diesen Augenblick, in dem ich in diesen Mann hineingehe (zum ersten Mal), mit weiten kreuzweisen Strichen den Mann öffne, so daß Leber, Milz, Pankreas sowie das Intestinum freiliegen. Ein Geheimnis? Ja. Die Uhr steht still, Hund und Pferd und Vogel schauen herunter, und Mann und Weib und die Fahnen, auf denen steht: «Noscete ipsum» und «mors ultima linea rerum», was ungefähr heißt, daß der Tod die letzte Form der Dinge darstellt. Das Geheimnis aber besteht darin, den Schnitt recht leicht wie einen Geigenstrich, zugleich aber auch recht fest zu führen, da die Bauchwand oft überraschend Widerstand leistet. Ich bin nicht abergläubisch und auch nicht übermäßig gefühlvoll – wenigstens nicht am falschen Platz –, ich habe soeben die Leibeshöhle geöffnet und man beglückwünscht mich von allen Seiten, die Studenten, die Saaldiener, die nachher ein Trinkgeld empfangen, selbst der alte Professor Sülfert beglückwünscht mich und spricht ein paar Worte, die niemand verstehen kann. Fast ein kleiner Aufruhr, der hier stattfindet, niemand bleibt auf seinem Platz, und niemand bemerkt anscheinend die dunkelgekleidete Dame auf der Galerie. Außer mir. Und ich habe sofort den Eindruck, daß sie nicht hierhergehört, sie sitzt unbeweglich, trägt einen Hut mit Schleier, und im Augenblick kommt mir der furchtbare Gedanke, es könnte sich um die Witwe des Mannes handeln, dessen Leibeshöhle (die erste große) ich soeben geöffnet habe. Wie sie unbewegt herabblickt, wie sie überhaupt auf ganz unerklärliche Weise hier hereingekommen ist und den brennenden Schleier vors Gesicht hält: Was tust du? Und von allen Leuten nur mich anblickt, der ich noch das gerade, ziemlich schwere Organmesser in der Hand halte. Ich bin bestimmt nicht abergläubisch, aber – –

Schuldig? Ich bin nicht schuldig.

Ich kann nicht einer Wissenschaft dienen, deren Wesen es ist, den Menschen von innen zu betrachten, indem ich eben diese Betrachtungsweise verurteile. Das wäre unlogisch. Aber anscheinend ist es mit Logik nicht immer getan.

Nachher als ich das Institut verlasse – ich habe mich sorgfältig gewaschen und desinfiziert, inzwischen ist es schon spät geworden –, scheint da jemand auf mich zu warten. Ich überquere den Platz hinter der Wilhelmskirche, diese dreieckige Anlage mit der Einfassung von Haselnußsträuchern. Die entfernten Lichter, die Dämmerung und der schwache, zunehmende Geruch. Oh, ich bemerke die einsame dunkelgekleidete Dame sehr wohl, die seit längerer Zeit vor mir geht, und als ich sie schließlich einhole, muß sie wohl ohnmächtig geworden sein. Der Mond ging gerade über dem Park auf, und jemand der uns gesehen hätte, wäre sicherlich auf falsche Gedanken gekommen. Ich habe sie auf die Parkbank gebettet, einen Arzt? Das war, glaube ich, nicht notwendig. Flache Lagerung, Anheben der Beine, mein Jackett als Unterlage, ein paar Tropfen zur Beruhigung. Ich habe die Wangen leicht geschlagen und die Handgelenke massiert. Und sie? Atmete in meine Hand, stöhnte etwas, aber auch nicht unglücklich. Nein, weiß Gott, nicht unglücklich.

Nein, sage ich, du hättest nicht kommen dürfen, Mamma.

3

Vom Oberpfleger Knauer geht folgende Geschichte: Ein zweiundfünfzigjähriger Mann wird mit Schlagfluß eingeliefert, er ist bewußtlos, seine Gesichtsfarbe ist blaß, und der Oberpfleger setzt ihm sechs Blutegel an, die nach einer Stunde dick abfallen, danach hat der Mann eine eisengraue Gesichtsfarbe, und da es zur Nacht geht, werden noch zehn Egel auf Brust und Bauch gesetzt, dazu zwei an die Schläfen und je sechs an jedes Bein, aber früh am Morgen, wenn der Patient am Schlagfluß verstorben ist, sieht es so aus, als ob gar kein Blut mehr vorhanden ist, und der Oberpfleger Knauer *wundert* sich, daß vierzig Blutegel nicht genügten.

Es ist kurz vor Weihnachten, auf den Straßen liegt Schneematsch, bis zur Klinik habe ich etwa zehn Minuten. Ein häßlicher langer Flügel, der sich bis zur Hagenower Chaussee zieht, dabei schauen die Patienten auf das Molkereigelände, das zu dieser Jahreszeit von tiefen Räderfurchen durchzogen ist. Ein melancholischer Anblick. Die Luft, antiseptisch, sauber eigentlich – das, heißt, wenn man sich im Halbdunkeln orientiert, riecht man einen sauberen Bestandteil heraus. Zum Beispiel die Schwestern. Die Tür fliegt auf, und herausfliegt ein Bett auf eisernen Rädern, und darin der gelbliche Patient, dem noch der Schlauch aus dem Mund hängt. Die eiserne Kopfstange stößt gegen die Tür, vervielfältigt an den olivgrünen und preiselbeerroten Fließenwänden, die Tür fliegt auf und herausfliegt die Schwester, die noch das Ende des Schlauches in der Hand hält oder einen eisernen Behälter. Den sie wohlmöglich morgens um vier auf dem Flur fallen läßt.

So etwa beginnt das Gespräch mit einem Patienten: Mächtig eilig, wie? Ich nicke – man stelle sich vor, daß ich im Augenblick noch nicht meinen weißen Mantel trage, und der Patient humpelt näher: Werden Sie operiert. Nein, lieber Mann, mir fehlt nichts (ich rutsche einen höher). Da haben Sie aber Glück, sagt der Patient, – der einen kranken Fuß hat und noch näher kommt –, sind Sie hier zu Besuch. Nein. Sie sind doch nicht etwa ...

Was?

Pfleger?

Ich verneine lächelnd.

Dann sind Sie, er stockt.

Sein Fuß stockt, die Gipshülse, die mit einer Binde umwickelt ist, der ganze Mann, sein Herz, dann sind Sie ... atemlos.

Ich bin Arzt, sage ich freundlich.

Die Tür fliegt auf, und heraustritt – eine Gruppe Ärzte in Kitteln und Mundtüchern. Ganz gut, sagt der eine, viereinhalb Minuten, ein mächtiger robuster

Mann, der in der Mitte geht: Versorgung eine, Fascie eine, Bauchdecke, Haut je eine halbe. Das sind aber erst drei Minuten, rechnet ein großer dunkler Arzt, der rechts geht, links geht ein kleinerer mit einer Brille, nebeneinander füllen sie die ganze Breite des Korridors aus, so daß wir an die Wand treten. Ach nee, wirklich, sagt der Robuste dröhnend, na dann haben wir die Minute auch noch irgendwo gelassen. Er ist vor dem Patienten stehengeblieben: Haben Sie denn überhaupt auf die Uhr gesehen, Mensch! Dann sieht er den Patienten und fragt: Wer ist das?

Der Patient Budschinski.

So? dröhnt er, und warum läuft er hier herum – mit dem Bein?

Der große dunkle Arzt flüstert ihm etwas zu.

Inzwischen hat der Patient genau aufgepaßt und fragt (angstvoll): Was ist mit dem Bein?

Flüstern.

Es ist entzündet, Herr! dröhnt der Robuste, aber die Hand, mit der er sich über die Stirn fährt, ist schmal und dünn, die Hand eines Chirurgen. Mein Gott, jammert der Patient. Der Chefarzt Dr. Beutler hat mit seinen Ärzten soeben den Operationssaal verlassen und befindet sich im Augenblick im Verbindungsgang zum klinischen Trakt; dieser ist wegen des Höhenunterschiedes als leicht ansteigende Rampe zu verstehen.

*

Ich arbeite auf Station V. Sitze hier im Korbsessel neben der Tür, wo eine Nachtlampe brennt. Meine Aufgaben sind vorläufig noch bescheiden, den Puls zählen, die zehn Grundarten des Pulses (die ich als zehn Verse memoriere), die Harnmenge, die gebräuchlichen Trübungen und Niederschläge, die zehn Grundarten des Harnes. Chefarzt Dr. Beutler, der manchmal nachts zu einer unerwarteten Visite kommt, scherzt lauthals: Kollege, ist die Wasserleitung versorgt? Er ist dann gut aufgelegt und erinnert sich an die Zeit, als er selbst einmal die Enten (die Urinflaschen) geschwenkt hat. Und ich führe ihn zu der eingeklemmten Hernie oder zu dem Blasenstein am Fenster. Ich führe gelegentlich schon kleinere Eingriffe aus, punktiere unter Aufsicht am Krankenbett einen Aszites – das ist Bauchwassersucht, und entleere über zwei Liter Wasser, nicht achtend, daß mir ein Teil in den Schoß fließt. Oder ich ziehe gelegentlich Zähne, operiere Furunkel und Phlegmonen mit der Stichinzision, zum Beispiel bei einem Kind, das der Pfleger eingeklemmt zwischen den Knien hält, man sieht nichts, das Kind schreit und strampelt, und man ist gezwungen mehr oder weniger blind vorzugehen. Heutzutage werden Eingriffe, ich meine auch größere im Brust- und Bauchraum immer wieder mit erstaunlicher Perfektion ausgeführt. Sogar Schädeloperationen, man denke an Hirnblutungen, Verschluß eines Gefäßes oder eines ganzes Astes, und man kann oft nur Bewunderung dafür aufbringen. Aber manchmal, wenn ich hier nachts in meinem Sessel sitze – in meiner gelben Kammer, die das Nachtlicht um mich baut, und der übrige Saal ist im Dunkeln –, bin ich nicht so sicher, was richtiger wäre: zu substituieren, statt zu exstirpieren, oder hinzuzufügen, statt abzuschneiden, dumme Gedanken eines jungen Mediziners – aber sind sie das?

Nehmen wir den Patienten mit dem Geschwür am Mittelfinger. Da kommt der Chirurg und schneidet ihm den Mittelfinger ab, in der Meinung, vier Finger wären genug, um einen Löffel zu halten. Dann schneidet er auch noch den Ringfinger weg und den kleinen Finger, und schließlich stellt er fest, daß der Zeigefinger auch noch wegmuß. Was macht er? Er macht dem Patienten zum Schluß einen Löffel, den er sich an den Daumen stecken kann – das soll nur ein Beispiel sein, meinetwegen handelt es sich um ein anderes Gerät, aber was ist das? Ein Gerät. Ich will damit sagen, daß die Funktion einer Hand gleichzeitig mit der Form verlorengeht, oder andersherum, wenn sie nicht wie eine Hand *aussieht,* ist sie keine mehr. Da lese ich nachts in meinem Sessel, inmitten dieser unterdrückt stöhnenden Laute das Werk von Domenico Nono. Der Mann hat vor hundertfünfzig Jahren gelebt und alle erdenklichen Ersatzglieder aus Holz, Metall und Kautschuk entwickelt, Arme, Beine, Füße, Hände, aber auch Gesäßhälften, Schulterblätter, Hüftkämme und vieles mehr, wie er sie während seiner Tätigkeit als Feldchirurg benötigte – er war Venetianer –, sehr naturgetreue, sehr schöne Körperteile. Nur hat sich Nono meiner Ansicht nach die Sache zu leicht gemacht, ich meine: Sie sollen nicht *nur* schön sein. Dabei gebe ich zu, selbst einige ganz hübsche Zeichnungen angefertigt zu haben. – Als etwa im April dem Patienten Beckler wegen eines Kankroids (Hautkrebs) der vordere Teil der Nase ausgeschnitten werden sollte, habe ich mich hingesetzt, um ein Wachsmodell zu fertigen. Jawohl, der Patient läuft jetzt damit herum. Nicht mit dem Wachsmodell, aber einer in Silber gegossenen Prothese, die im knorpeligen Anteil verankert ist, so einfach ist das.

Da wundert sich selbst der Chefarzt: Lieber junger Freund, lieber junger Freund, sagt er und schüttelt leicht ungläubig den Kopf, er fragt: Wie alt sind Sie denn, meint wohl, wann ich mein Staatsexamen gemacht habe. Aber am Freitag zur Chefvisite um elf geht es streng nach der Reihenfolge, voran Beutler, dann die Oberärzte, die Stationsärzte, die Assistenten und die zweiten Assistenten und die dritten Assistenten, die Tür geht auf, hereintreten die Ärzte, welche die ganze Breite einnehmen, die Schwestern laufen, die Oberschwester rast mit dem Stationsbuch herbei, die Patienten liegen steif in den Betten. Ich ganz hinten an der Wand. – Aber nachts, wenn er allein kommt, wenn etwa ein schwieriger Fall auf Station liegt …

Fragt er mich etwa nach dem Patienten Budschinski, der mit seinem Bein auf Station V liegt. Nun, ich habe heute nacht bei einer kurzen Untersuchung eine

Verfärbung unterhalb des Knies entdeckt, Fußpulse sind auch nicht tastbar, ich sage: Zeigen Sie mal Ihr Bein vor, Sie müssen doch Schmerzen haben. Er behauptet, nein. Kein Respons, und der Chefarzt erscheint mir auch reichlich optimistisch, lieber Mann, sagt er in seiner dröhnenden Art – obwohl er sich schon Mühe gibt, leise zu sprechen – da haben wir ja ein bildschönes Bein, die Gipshülse haben wir auch schon entfernt, nun geht's bald wieder zu Muttern, wie? Jawohl, Herr Chefarzt, strahlt der Mann.

Da habe ich aber Bedenken.

Dr. Beutler in seiner abwesenden Art (stimmt mich auch oft bedenklich) tätschelt das Bein: Das ist ja glatt wie ein Kinderpopo, eine Schönheit geradezu.

Ich habe es rasiert, sage ich: Für alle Fälle.

Der Chefarzt stutzt, dann sagt er: Mensch, haben Sie hübsche Zehen, und das Knie, haben Sie mal gesehen, daß Sie zwei Grübchen haben, nicht? Dann schauen Sie mal her. Nun, ich erlaube mir auch einen Blick, weniger auf die Grübchen als auf gewisse Anzeichen, alles in Ordnung? Nun, darüber habe ich meine eigene Ansicht, auf jeden Fall gebe ich dem Patienten gegen die Schmerzen etwas M., das ich mit Hilfe einer Bleistiftlampe in das Stationsbuch eintrage. Und wenn der Chefarzt nachher gegen halb zwölf noch einmal durchkommt, lasse ich ihn gegenzeichnen.

Hat er Fieber? fragt der Chefarzt.

Nein, sagt der Patient.

Ich sage: Er hat etwas Fieber.

Schmerzen?

Nein.

Na ja, sage ich, um halb zehn habe ich M. gegeben.

Der Chefarzt drückt das Bein.

Es tut nicht weh, sagt der Patient.

Das Bein ist dunkel, sage ich und leuchte mit der Taschenlampe, es zeichnet sich hier (ich zeige) eine Verfärbung ab, die Haut ist auffällig glatt, gespannt. Heben Sie mal das Bein, sage ich zu dem Patienten, ah ah, das unsägliche Ding. Riecht auch komisch, ich weiß nicht, riecht irgendwie ... jedenfalls ist das kein gutes Zeichen. Der Chefarzt betrachtet den dunklen Molkereihof, dann geht er weiter.

Ich frage: Es wird doch nicht ... Dr. Beutler tief in Gedanken: Was? Ob das eine Gangrän ist, frage ich leise.

Was, nein.

Nein?

Er sieht mich an, als ob er mich zum erstenmal bemerke, geht zum Patienten Budschinski und betastet das Bein. Riecht doch gasig, sage ich – mein Gott, ich kann es nicht beschwören, es kommt mir aber wirklich vor, als ob es gasig röche. So? Der Chefarzt fühlt genau nach, der Patient stöhnt.

Ob es noch Zeit bis morgen früh hat?

*

Budschinski kommt am Morgen gleich als erster an die Reihe. Ich habe ihn auf die fahrbare Liege geladen und sage: Kein Grund zur Panik, Herr Budschinski, ohne uns geht's nicht los. Das soll ein kleiner Spaß sein, der im Augenblick nicht recht ankommt, der Patient stöhnt und hebt das Bein hoch, ich sage: Legen Sie es wieder hin, im Grunde beweist es nur, wie recht ich hatte.

Das Bein, sagt er mühsam.

Ich habe heute morgen eine kleine Zeichnung angefertigt, die ganz hübsch geworden ist, ich sage: Nun beruhigen Sie sich, ich werde Ihnen Ihr Bein mal zeigen.

Ah ah, wird es geschnitten?

Ich sage: Das ist nicht sicher.

Da hebt er den Kopf und schreit: Der Chefarzt wird schneiden. Der Chefarzt, sage ich ruhig, wird wissen, was er zu tun hat. Der Raum ist grün gestrichen, der Steinfußboden hat in der Mitte eine Rinne, die unter dem Operationstisch beginnt und zur Tür läuft, von der Decke hängt an einem Kabel die Operationslampe. Ich sage zu dem Patienten: Legen Sie sich einstweilen hin, es wird noch eine Weile dauern, inzwischen werde ich das Bein mit Waschalkohol säubern und mit Jod einpinseln. Der Patient liegt auf dem Gummituch, sein Bein auf einem Holzblock, man hört in diesem Raum sozusagen jeden Pup, das Schaben des Kinns an der Gummidecke, das Klopfen des Herzens. Die Gaslampe. Wenn der Chefarzt Dr. Beutler erscheint, beginnt er, sich unverzüglich an einem der Waschbecken neben der Tür zu waschen, die Schwester stellt die Tische auf, ich schnüre unterdessen das Bein hoch in der Leiste im inneren Schenkeldreieck ab, damit Blutleere im betreffenden Bereich gewährleistet ist.

Aber nicht zu fest, mahnt der Chirurg.

Nein, sage ich ruhig, fest, aber nicht zu fest.

Die Anordnung für den Eingriff ist etwa folgende: Patient wird auf den Rücken gelagert, ein Holzklotz stützt die Kniekehle. Rechts (rechtes Bein) steht der Chefarzt, die Schwester gibt am Kopfende Narkose, ich selbst am Fußende halte das Bein mit beiden Händen fest. Das Tuch, durch dessen viereckige Öffnung das Bein gesteckt wird, wird danach über den Körper des Patienten gespannt, so daß nur noch das von mir niedergehaltene Bein freiliegt. Beutler legt den Hautschnitt, der sich dank meiner Blutleere sauber darstellt, ein weiterer Schnitt legt die Faszie bloß, wobei das Messer in Schreibfederhaltung geführt wird. Das große Lappenmesser faßt der Chirurg mit der ganzen Faust und führt einen umgreifenden glatten Zirkelschnitt um das ganze Bein – so, wie man einen Laib Brot anschneidet –, ich hatte nicht gedacht, daß es so *im ganzen* gemacht wird.

Aber eigentlich ganz einleuchtend.

Beutler sagt: Halten Sie das Bein gerade.

Ich halte es ganz gerade, sage ich ruhig.

Das Knochenhautmesser legt eine ringförmige Zone

für die Bogensäge frei, welche im letzten Drittel von der Drahtsäge abgelöst wird, danach gibt es noch etwas Arbeit, Glattfeilen des Knochenstumpfes, ein paar Korrekturen, Versorgung des Lappens etc. Ich stehe noch immer am Fußende und halte das Bein mit beiden Händen fest, es ist glatt, gut geformt, hell, der Fuß ist gelblich, die Nägel sind etwas eingewachsen – und halte das Bein noch eine Weile.

Das Bein ist frei.

Bis ich merke, niemand hält das Bein außer mir, und das Bein ist schwer. Oh ja, es hat ein großes Gewicht, so daß ich einige Kraft benötige, um es in seiner bisherigen Lage zu fixieren, das Knie, die Wade, den Fuß in der richtigen Position mit der Großzehe immer oben. Und ich kann das Bein ja nicht einfach wegstellen, vielleicht in einen Eimer oder wohin? *Das* meine ich, der Chirurg hat seine Arbeit getan, abgeschnitten und fertig, und nun? Was weiter? Ich weiß, daß amputierte Gliedmaßen beerdigt werden müssen, aber der Patient wird ja nicht mitbeerdigt – der wacht nachher in seinem Bett auf und schreit: Das Bein!

Wo ist mein Bein!

Was soll ich darauf antworten.

Soll ich sagen: Fort?

Aber wenn ich nun sage, ich habe es dem Patienten zurückgebracht, ich komme mit einem Paket unter dem Arm: Hier ist dein Bein!

*

Und dennoch sind kaum drei Monate vergangen, als ich eines Nachmittags mit einem Paket unter dem Arm durch die Gerstenhofstraße gehe. Rechts über die ganze Länge erstreckt sich ein Bretterzaun, links eine Reihe völlig gleicher Häuser. Rauch hängt in der Luft. Eine Horde schreiender Kinder, ein Lastwagen vor einer Hofeinfahrt.

Ich bin noch nie in dieser Gegend gewesen und finde mich schwer zurecht. Der Mann mit dem Hund und dem Handwagen unterstreicht das soziale Milieu, der Drahtzaun, Eingang zu einer Kohlenhandlung, der Bahnübergang mit einem Stück Gemüsegarten. Danach ein Mietshaus. Ich steige mit meinem Paket die Treppe hoch, die Toiletten sind hier auf halber Höhe. Ich betrete die Wohnung durch die Küche. Der Wasserhahn. Die Küchenmöbel. Das Zimmer, häßlich mit einem Satz gelblicher Möbel ausgestattet, die Frau weiß nicht, was sie zu mir sagen soll. Vatter! Ach Vatter.

Und es dauert lange, bis sich Vatter aus dem Nebenzimmer hervorbewegt, und dann kennt er mich gar nicht, er steht da am Fenster. Die Sonne wärmt sein linkes Bein, das rechte einen Schritt vor, noch einen Schritt, vor, noch einen Schritt, dann bleibt er stehen: Sie! Allerdings, ich sage: Laufen Sie mal ein Stück, das sieht ja grauenhaft aus, was hat man Ihnen denn da verpaßt? Mann, das Knie steht durch die Hose, wenn Sie laufen. Ein Trauerspiel, merken Sie das nicht selbst, Budschinski? Der Mann geht noch ein Stück, und das Knie steht viereckig durch.

Hören Sie auf, sage ich.

Das kann man ja nicht mit ansehen. Herr Budschinski! rufe ich, wollen Sie vielleicht Ihr ganzes Leben so herumlaufen, als Krüppel! Wollen Sie unbedingt ein *Krüppel* sein! Da lacht er schrecklich und schnallt sein Bein ab, um es mir auf den Kopf zu schlagen, die Frau schreit, die Vase fällt zu Boden, die Schale, die häßliche Prothese fällt, die Frau wimmert, Budschinski: Sie! Sie! – Ja Ja. So, sage ich, nachdem wir uns nun alle beruhigt haben, stelle ich die Frage, wollen Sie ewig als Krüppel herumlaufen, nein? Gottseidank, dann sind wir ja einen großen Schritt weiter, dann darf ich vielleicht mal zu Worte kommen – wenn man mich nicht gleich wieder zu erschlagen versucht: Es war einmal ein kleiner Assistenzarzt, der wohnte in einer Kammer unterm Dach, so erzähle ich die Geschichte. Eines Tages brachte er ein Bein mit, das einem Patienten gehörte oder gehört hatte, und da es sehr kalt war, ein strenger Januar – morgens waren die Handtücher gefroren und die Spatzen am Fenster hatten Rauchwolken vor den Schnäbeln –, bewahrte er das Bein in seinem Waschbecken auf; da lag nun das Bein vierzehn Jahre (Tage), und währenddessen dachte der Assistenzarzt tief nach.

Und worüber?

Das werden wir gleich sehen. Eines Tages brachte er eine Tüte Gips und einen Klumpen Wachs auf seine Kammer, in der es noch immer sehr kalt war, und nahm das Bein, das er vorher gut eingeölt hatte, um einen Gipsabdruck zu machen. Jawohl, eine vordere und eine hintere Hälfte mit einer Naht an der Seite wie bei einer Hose. Und dann bereitete er über dem Spiritusbrenner ein (ganz bestimmtes) Gemisch zu, und nach zwei Stunden – so lange braucht der Gips, um hart zu werden – goß er das Gemisch von vier Teilen weißem Gummi, drei Teilen Terpentin, etwas Baumöl und Schweinefett, sowie einem Zusatz von Mennige in die Hülse und – – voilà: Ich öffne das Paket, das ich mitgebracht habe (!).

Mein Bein, sagte Budschinski.

Allerdings, bestätige ich. Das heißt es ist's und es ist's nicht, ich habe ein paar Korrekturen vorgenommen, zum Beispiel das Knie ist nicht mehr ganz so fett und nach klassischem Vorbild höher angesetzt. Ja, mein Lieber, lache ich, das hätten Sie sich wohl nicht träumen lassen, daß Sie noch mal ein klassisches Bein kriegen.

Ach ja, lächelt Budschinski.

Seine Frau greift es an, es gefällt ihr wohl.

Sehen Sie, sage ich.

Budschinski lächelt seine Frau an.

Und dann hält er sich das Bein vor und versucht, damit zu laufen, ja langsam! rufe ich, schön ist es ja, aber wissen wir denn auch, wie es funktioniert, nein, das wissen wir nicht. Deshalb werden wir uns wohl oder übel den Rest der Geschichte anhören müssen: Eines Tages dachte der kleine Assistenzarzt in seiner Kammer tief nach, denn so *natürlich* das Bein aussah, fehlte ihm doch noch etwas Wichtiges, aber was? Das konnte ihm niemand sagen, obwohl das Bein seine eigene Sprache zu sprechen schien, und oftmals nachts, wenn draußen Mond und Wolken abwechselten, schien es geradewegs ins Zimmer hineinzuwandern, so natürlich, hier bin ich! Es sagte: Hier bin ich, und eines Tages fiel es ihm wie Schuppen von den Augen, Herrgott, rief er aus, das Bein braucht ein Kniegelenk, eines, das durch einen Griff in die Tasche ausgelöst wird, des Rätsels Lösung. Einen Mechanismus aus Gummi, welcher dem Fuß (dem Gummivorfuß) beim Abrollen eine *natürliche* Hebung gestattet, sowohl nach oben als auch nach vorn zum Sprunggelenk, und dann schlug er sich an den Kopf. Ein Sprunggelenk.

Davon gibt es ja bekanntlich zwei, ein oberes und ein unteres. Das obere wird durch ein zur Längsrichtung des Fußes quergestelltes Prisma gebildet, welches mit der Basis an den Unterschenkel geschraubt mit der Kante in einer auf den Fuß geschraubten Stahlrinne steht: Stellen Sie sich bitte die Schneide einer Waage vor. Das untere Sprunggelenk dagegen ist umgekehrt gebaut, nämlich längs zur Fußrichtung, ein längsgestelltes Prisma in einer Längsrinne.

Ja, sagt Budschinski.

Der Trichter (welcher den Stumpf aufnimmt) ist mit Katzenfell gepolstert, so daß beim Gehen eine Art Elektrizität entsteht, ein «Gefühl», Budschinski.

Ja, sagt er.

Als ob ein Strom von Leben hin und herfließt, vom

Stumpf in die Prothese und umgekehrt, als ob ein neues Bein wächst. Die Frau schlägt die Hände über dem Kopf zusammen. Und dann geht Budschinski, ja ja, er geht, läuft mit mächtigen Schritten davon. Ich sage: Vergessen Sie nicht, das Kniegelenk zu lösen!

Ja, sagt er.

... durch einen Griff in die Tasche. Aber anscheinend hat er es doch nicht richtig gelöst – – ich werde noch eine Verbesserung finden, aber eines Tages, das verspreche ich, wird er wieder laufen können.

*

Ich habe ein Stipendium dafür empfangen. Beutler war der Meinung, ich sollte an der Orthopädischen Klinik in Heidelberg weiterstudieren, das zeigt aber nur, wie wenig er mich kennt. Ich könnte Oberarzt beim Bumke werden, aber was soll ich bei Bumke, zudem habe ich im Augenblick andere Sorgen; ich erhalte einen Brief von Mamma, der mich ziemlich beunruhigt: Lieber Junge, schreibt Sie, war gestern bei Dr. Gronau, Du wirst ihn wohl noch kennen, er war so freundlich, mich zu untersuchen. Vielleicht muß ich doch noch einmal operiert werden. Was heißt das? Wieso wendet sie sich nicht in einer solchen Angelegenheit vorher an mich, schließlich bin ich Arzt. – –

Kurz vor der Abendvisite gibt es immer alle Hände voll zu tun, man kann sich nicht stundenlang mit jedem einzelnen Patienten beschäftigen. Gerade bin ich mit der Ambulanz fertig, als Schwester Tilly über den Gang gelaufen kommt: Herr Doktor! Nanu, erwidere ich, was kommen Sie denn noch angesegelt – wir sagen: mit den Beinen von Schwester Tilly –, was gibt es denn, doch hoffentlich keinen Patienten mehr? Herr Doktor, ruft sie, noch eine *Patientin.*

Ich weiß schon, kurz vor sechs kommt immer noch eine, ich sage: Also führen Sie sie in Gottes Namen herein, eine dieser ärmlich gekleideten Frauen mit einem Furunkel auf dem Podex oder wo immer. Aber wie sie hereinkommt, ist sie durchaus nicht ärmlich gekleidet und hat auch keinen Fu… Mein Gott, ich bin froh, daß ich auf meinem Stuhl sitze, was ist geschehen, wenn es sich um einen Notfall handelt, bin ich selbstverständlich bereit, die Untersuchung durchzuführen. Trotzdem hätte ich eine Voranmeldung begrüßt. Denn nach Lage der Dinge bin ich *überhaupt* nicht darauf eingerichtet (jetzt kurz vor der Abendvisite), die Möglichkeiten in der Ambulanz sind begrenzt, kein Instrumentarium, innere Untersuchungen sind wegen des großen Durchgangs kaum möglich – ich möchte wissen, ob hier überhaupt Gummihandschuhe zu finden sind. Der Raum ist begrenzt: Tisch, Bett – nicht mal ein Untersuchungsstuhl. Deswegen lehne ich die Behandlung aber keineswegs ab, in diesem Fall bin ich Arzt und sonst gar nichts.

Meine Patientin, wenn ich sie so nennen darf, hat sich auf das Bett gesetzt, sie ist dunkel gekleidet, trägt Hut und Schleier. Also frage ich ganz sachlich, was fehlt uns diesmal – habe mich völlig in der Gewalt – ein Schwächeanfall, eine Ohnmacht auf der Straße? Haben wir Schmerzen? Nein. Die Hand flattert über dem Mantel, was jetzt, wir fühlen den Puls.

Wir hören, was draußen vorgeht, das Klappern der Eßwagen, die von der Küche auf die Stationen gefahren werden, das Licht läßt einmal kurz nach, kommt aber gleich wieder. Wie lange, fragt man sich, kann man den Puls zählen, bis hundertachtzig? Ich nehme die andere Hand, die linke, ich denke: Was erwartet sie denn von mir, ich kann ... O Gott, mehr kann ich nicht für sie tun. Sie ist weich, die Hand, siebenunddreißig Knöchelchen: Kahnbein fuhr beim Mondenschein dreieckig in das Erbsenbein. Der Zeigefinger hat einen gesonderten Streckmuskel (zum Zeigen natürlich), und die Haut ist reich an Gefühlsnerven – ach mein Junge, sagt sie, und ich habe es ganz deutlich gehört, was soll ich denn tun, ich kann sie doch nicht einfach untersuchen.

Es ist schon nach sechs. Schwester Tilly trägt draußen die eiserne Trommel für den Autoklaven vorbei. Ich habe gefragt: Wo ist denn die Stelle, wie soll ich denn sonst zu einer Diagnose gelangen. Ach mein Junge, hat sie gesagt, möchtest du denn, daß ich mich ausziehe. Aber ja, sage ich, ich schaue gar nicht danach hin, für einen Arzt ist es wahrhaftig keine Affäre, eine ausgezogene Frau zu sehen. Wir sagen: Steht das Frauenzimmer endlich nackt da, ist sie immer noch in ihre Körpertemperatur gekleidet. Vorläufig steht sie in einem Korsett da, oder Korselett, wie man das nennt, und soweit ich sehe, ist das Ding offensichtlich zu stark geschnürt. Ich sage: Vorsicht! Herz und Magen werden oft durch das Schnüren beeinträchtigt, das Baucheingeweide wird herabgedrängt und besonders die Leber zu oft abenteuerlichen Formen zerteilt. Ich weiß, daß es sich um eine Mode handelt, aber hat nicht die Gesundheit den Vorrang.

Also, zum Donnerwetter.

Daraufhin steigt sie mit abgewendetem Gesicht aus dem Korsett, und nun bin ich doch fast erschrokken – ich meine es ist keine Affäre, und der Arzt soll sich seine Patienten immer nackt ansehen, aber das erinnert mich ... nein. Ich sage: Das ist ganz natürlich, der Unterleib ist deshalb so breit, weil eben das weibliche Becken viel weiter als das des Mannes auslädt: Hieraus folgt eine größere Entfernung der Hüftpfannen und die eigentümliche Stellung der Oberschenkel nach innen – der Unterschenkel dagegen nach außen (X-Bein). Weshalb der Gang des Weibes schwankender, der Stand unsicherer ist. Und ich setze noch hinzu: Besonders wegen der Fülle der Schenkel.

Bin ich denn zu dick? fragt sie.

Aber nein, entgegne ich, medizinisch gesehen kann davon gar keine Rede sein, *zu* dick überhaupt nicht. Das Unterhautgewebe ist beim Weibe immer etwas reichlicher vorhanden und bedingt die runderen Formen, man sagt: Sie hat etwas zuzusetzen. Der Mann ist stärker, aber das Weib ist ausdauernder, der Mann wird schnell hungrig, aber das Weib hat größere Reserven, die Blutbildung findet rascher statt, Kartoffeln und Rüben werden besser verdaut, Gefühl und Gemüt behaupten sich, die Phantasie ist lebhafter, wenn sie auch niemals ... ich sage: niemals dessen Höhe und Kühnheit erreicht.

Des Mannes.

Ich sage: Mamma, ich habe ein Stipendium erhalten, ich gehe nach Italien, zu Domenico Nono. Und sie begreift wohl nicht ganz, was das bedeutet, aber im Grunde ist sie sehr stolz auf ihren Jungen gewesen.

4

Bis München verläuft die Fahrt ohne Zwischenfälle, wenn man davon absieht, daß ich in Goslar – das reizend zwischen grünen Hängen liegt und wo nach der Legende das Roß eines Jägers einen Bleigang entblößte – fast den Zug versäumt hätte. Oder war es in Fulda, die Mauern hoch, die Gräben tief, das Wasser gut zum Tuchefärben, jetzt erinnere ich mich genau: Eschwege.

Bis Eschwege, Fulda, Schweinfurt ist die Reise ohne wesentliche Zwischenfälle verlaufen, bis dahin herrscht schönes trockenes Sommerwetter, und ich glaube, ich bin ein guter Reisender soweit. Die grünen Hügel wandern vorbei, die Berge drehen sich langsam, muntere trockene Straßen kreuzen, laufen über die Hügel. Zur Seite Gärten, kleine Häuser, Hekken, Teil eines Dörfchens. Ein Kalksteindurchbruch, drei grüne Teiche neben dem Bahndamm, ein Gasthaus, drei dichte alte Bäume, dahinter eine Gewitterwand, in der Blitze laufen, dahinter wieder blauer Himmel am Nachmittag, blaue Bergkuppen, die sich langsam weiterdrehen. Ein Weg läuft hinauf, gestreift vom Schatten der Bäume, plötzlich hält er an und steht wie ein Stein am Waldrand, und das Auge hält an.

Dahinter blaue Kühle, eine Wiese mit einem Haus und einem zugewachsenen Zaun. Zwei Stunden Wald, Reisen in Deutschland, drei Stunden, vier Stunden Wald, lauter Eichen und Buchen, und das Mädchen Siebenschön auf einer Lichtung, das seinen Kranz windet: Trägt ein weißes Kleid, das Mädele, mehr ein Hemdlein, o weh, das war eine Freude des Umarmens. Es waren einmal sieben Brüder in dem einsamen Häuschen im Wald, und ein Krebs jagte einen Hasen, und hoch auf dem Dach lag eine Kuh, in der Geschichte, und ein Frosch saß und fraß eine Pflugschar dazu. Vier Stunden lang. Danach kommt der kleine Waldbahnhof Ebenreute, der schon ganz überwachsen ist und rauschend vorbeifällt. Es war einmal ein armer Mann, der hatte zwölf Kinder und mußte Tag und Nacht arbeiten. Da ging Daumesdick in den Wald und sah die Türme der Hauptstadt von einem Hügel, das ist Beierberg, kein Aufenthalt, der Zug fährt durch den sommerlichen grünen Tunnel, und wo ein Sonnenkringel auf den Moosbach fällt, sitzt das gebläute Geigerlein, in den deutschen Landen, und kriegt was: Pasteten und Prügel, gut Mus feil. Gut Mus feil, ruft die Gevatterin.

Es ist abends auf einer Station, und ich habe auf einem Pappteller Würstchen gegessen, jetzt schiebt sich schon die warme Nacht vors Fenster, die Blumenkästen, die unter den Perrondächern hängen, werden gegossen. Vorn liegen die nächtlichen Wälder, und nach diesem Aufenthalt fahren wir durch einen schwarzen warmen Tunnel, es schieben sich die Stationsschilder vors Fenster, die wenig, gelb beleuchtet sind. Anhalt. Schwarzburg-Sonderhausen. Wir kommen ins Preußische, Halberstadt-Gotha, Rudolfstadt, Hessen-Darmstadt, Sachsen-Meiningen, und dann nach Wallersdorf-Schaumburg-Lippe hinein. Ins Lippische. Ins Coburgsche. Wir fahren in der Nacht über eine Brücke auf neunzehn Schiffen, die mit dem Wasser steigen und sinken. Wir kommen nach Bayern hinein.

Morgens um vier erreichen wir den Münchener Hauptbahnhof, der um diese Zeit wie ausgestorben daliegt. Ich bin vollkommen erschöpft und beeile mich, in einem Hotel jenseits des Bahnhofsplatzes unterzukommen. Das Zimmer liegt im zweiten Stock, und ich horche auf meine Atemzüge, die flach sind und heftig in dieser dünnen Luft, und ich frage mich, ob ich mir nicht zuviel zugemutet habe. Vor dem Fenster ist der Himmel rosigblau, gleichmäßig getüpfelt und sehr leicht über der Hochebene.

*

Bald hinter München beginnen die Alpen.

Ich habe absichtlich den dramatischen Teil der Reise gewählt. Man fährt zunächst durch hügeliges Wiesengelände, hält unterwegs an, kehrt in ein Kloster ein, wo ein gutes Bier gebraut wird, bis dann unversehens hinter Rosenheim sich eine ungeheure Wand aufbaut: die Alpen. Soweit das Auge reicht, ist die Welt nach

Süden versperrt, die Wand wird höher und höher, reicht bald in den Himmel, es wird dunkel, und je näher man kommt, desto weniger kann man sich vorstellen, wie es weitergehen soll. Bis dann unversehens bei dem Örtchen Nußdorf die grauen Flanken auseinanderweichen, wo ein Wildwasser, von Süden kommend, sein Bett, einer riesigen Rinne vergleichbar, durch das Massiv gegraben hat. Das ist der Inn.

Ich habe ab München den Autobus genommen, und es ist ein schöner spätsommerlicher Tag, als wir etwa um die Mittagszeit zur Seite des bläulichschäumenden Inns dahinfahren. Oben stehen die Ränder noch scharf in der Sonne, wir fahren in tiefem Schatten. Wie hat Goethe geschrieben: Erinnerst du dich an den hl. Antonius. Zwischen den Beinen eines Drachens, tief im Abgrund, und man könnte sich fast beklommen fühlen – wäre es nicht für unser Gewässer linker Hand, das einen hellen gurgelnden Ton hervorbringt und seine Geschwindigkeit verdoppelt.

So fahren wir eine Stunde, dann kommt die Grenze nach Tirol. In der Luft schweben lautlos Vögel, drei oder vier riesige Exemplare, unter den ungewohnten Verhältnissen kann man sich täuschen, aber ich glaube, sie haben bald zwei Meter Spannweite. An der Biegung löst sich ein Wässerchen vom Felsen, um in den Fluß zu springen, siehst du, wie es blinkt, das ist das beste Trinkwasser. Und nach der Biegung, so daß man schon denkt, das Tal ist zu Ende, tritt der Fluß, der Inn, unter einer Brücke hervor, und darüber erhebt sich hoch und dick die Feste Kufstein, selbst wie ein Berg anzusehen, rechts und links schierer Fels, in der Mitte die Feste, unüberwindlich, das ist Tirol. –

Nun geht es zu. Balken werden geworfen, blecherne Glocken geschlagen, die Häuser sind meist aus Holz, bunt wie Fahnen, ein Haus über und über gewürfelt mit rot-weißen Fensterläden. Viele tragen den roten Adler. Der Wachtmeister, der die Fahrgäste kontrolliert, fragt, wo ich hinwill. Über den Thurnpaß erwidere ich. Der sei geschlossen. Dann über den Sarntaler Paß nach Urnäsch. Er betrachtet mich und schüttelt den Kopf, blickt den Weg hinab, wo ein Bauer seine Kuh durch den Zoll treibt, sie ist weißgelb gescheckt, und ich bin mir plötzlich bewußt, in einem fremden Land zu sein: Die gelbe Wegemarkierung, die Masten für die Telegrafenleitung, die Felsen, die Schneefelder ganz hoch unter der Sonne. Dann kommen einige Soldaten heraus, holen den Bauern ein und verprügeln ihn, während die Kuh fortläuft.

Aber was hat er getan?

Unter der Kuh war ein Korb versteckt, in dem sich zwei Nähmaschinen befanden. Dann kommen auf dem Weg zwei Riesen mit schwarzen Bärten, offensichtlich Vater und Sohn, sie tragen lederne Hosen, die das Knie freilassen, auf dem Rücken Mühlsteine, deren jeder nach meinem Dafürhalten ein Kalb erdrückt hätte. Ich bin in einem anderen Land, die Luft ist anders, der Geruch. Da kommt ein Mann, der eine alte Frau mit sich führt, wohl schon achtzig, schätze ich, der Gaumen ist platt und der Mund tief eingezogen. Aber als sie über den Bach setzt, hebt sie den Rock und zeigt darunter zwei schöne fette Beine, die einem jungen Mädchen angestanden hätten. Eine Sarntalerin, erklärt der Wachhabende, aus Urnäsch, sie werden hundert Jahre alt und haben noch diese schönen fetten Beine. Er ist nachdenklich. Oben auf den hochgelegenen Sennen, die wie kleine grüne Tücher an den Bergen hängen, hat sich die Nachmittagssonne niedergelassen.

Also seht euch vor, warnt der Wachhabende, bei Überholmanövern, und Vorsicht auf Bergstrecken. Und fahren Sie lieber über den Grimsel, warum, weil ich es Ihnen rate. Ich danke: Das ist ja gerade so, als wollte er einem Unglück wünschen, und er blickt mich bedenklich an, ich frage: Räuber? Ach was! ruft er, Räuber gibt es hier nicht, wer hat Ihnen denn das erzählt. – Dann nähern sich zwei Männer, dem einen fehlt das rechte Auge. Das linke hält er fest auf mich gerichtet, und dem anderen fehlt ein Ohr, oder sieht es nur so aus, jedenfalls hat er sein Gesicht mit Farbe eingerieben, und ich weiß schon, zu welchem Zweck und an welchem Ort sie es tun und womit (mit Haselnußschale).

*

Die Nacht verbringe ich im Auracher Löchel – ganz nett auf Tiroler Art – kann aber kaum schlafen, weil eine Menge Männer auf der Straße Balken werfen, bloß zum Spaß, später in der Nacht verprügeln sie sich, danach schlafe ich bis um vier, bis jemand kommt und brüllt: Sie seid so gemütlich! Davon wache ich wieder auf. Es heißt aber ganz anders, etwa: Ziach zu'g Mülli. Der Mann, der die Milch einsammelt.

Aber dann ist die Luft würzig, und die Vögel singen, und tiefe grüne Schatten liegen im Tal, flußaufwärts geht's mit dem Postbus, der schon um fünf Uhr früh losfährt, ach, während sich das Tal belebt und in den Brunnen spiegelt, die Sonne steigt aus dem Wasser und gleichzeitig mit einem leuchtenden Saum über die Felsen, die sich anfärben, vom Grau in ein helles Marmorbraun. Geradeaus steht der Urnäsch mit seinen zwei Hörnern.

Zum Mittagessen gibt es einen Wörgler Korb mit kaltem Braten, Huhn, Kuchen. Es ist jetzt sehr heiß, und wir lagern unter dem breiten Schatten einer Eiche, vorn fällt das Gelände ab, so daß man den weiteren Verlauf der Straße studieren kann. Vor einer Stunde haben wir den Ort Bichlwang passiert, der durch die Straße in zwei Hälften geteilt wird. Die linke klebt an der Felswand, die rechte aber sozusagen frei über dem Abgrund – wenn hier jemand durch den Stubenboden tritt, fällt er dreihundert Meter tief oder mehr. Ein beunruhigender Gedanke. Zudem erscheint die Straße nicht sonderlich gefestigt, teilweise fehlt das Pflaster oder ist zum Rand hin abgerutscht, wahrscheinlich durch Regengüsse oder aufgetretene Quellen ausgewaschen, man fragt sich, wer hier wohnt. Eine Klappe öffnet sich in einem Haus, und wer schaut heraus? Unendlich erstaunt? Eine Klappe mit einem Gesicht.

Und dann an der schmalsten Stelle kommen Kühe aus dem Tor. Weißgelbgescheckte knochige Tiere, dazu ein Mann, der ihnen der Reihe nach aufs Hinterteil klatscht. Der Fahrer hupt, bisher war er ja die Geduld selbst, versucht vorbeizukommen, die Tiere gehen mitten auf der Straße, der Fahrer hupt und ruft. Da dreht sich der Mann um, der Falternbauer, und zeigt seinen Besen, so etwas habe ich noch nie erlebt.

Aber nun unser Fahrer!

Ja, du Siachhudi (Saulump), ruft er aufgebracht, lehnt sich aus dem Fenster, du Roitegschwägerts, du Butzen ungehobelter, ja du verrotteter Blätz, saugrober, g'schame sachzie (schämen sollst du dich), Arschekringler abgehauter.

Ja, sehen Sie, das wirkt. *Das* wirkt, nun kommt der Bauer wirklich in Trapp, der Flötenarsch, der ganz abgehaute, der arme Tropf steht an der Straße und hält den Besen hoch. Ach, küssete mi, ruft der Fahrer, küssete mi sinstwo. Das ist die Sprache, die sie verstehen, die Leute muß man nur richtig behandeln, sie sind nicht böse, nur unverständlich. Daurier schreibt: Man muß immer auf etwas Unvorhergesehenes gefaßt sein, plötzlich fahren sie auf Baumstämmen zu Tal, mit Hörnern, Glocken, Peitschen und Pauken. Oder vermummen sich mit Hundefellen, und wenn man vorbeikommt, bespritzen sie einen mit Reisigbesen. Wasser gibt es ja überall – es rinnt von allen Höhen. Man nennt die Leute auch «Wildhauser», ihre Kleidung ist meist aus starkem Drillich mit Tannenbart überzogen, eigenartige Stoffzungen auf der Hose. Als Schmuck haben sie Schneckenhäuser aufgenäht oder Messingschellen, in denen metallene Kugeln laufen. Manche haben Handschuhe mit Krallen aus Eisen, mit denen sie sich auf den Flößen festhalten oder das Holz wegtragen, die Saulumpen (Siachhudi). Nun komme ich endlich dazu, mich um die alte Dame aus Wien zu kümmern, die totenblaß im Polster lehnt. Wir sind vorbei, sage ich aufmunternd zu ihr (sch'vorbili).

Nach einer Stunde erscheint am Steilhang das nächste Dorf wie eine Traube.

*

Ich hätte nicht gedacht, daß wir so hoch hinauf müßten. Erst gelangen wir in eine enge Schlucht, in der es unaufhörlich tropft und deren Wände so hoch sind, daß sie in den Wolken verschwinden. Felsblöcke liegen hier, hausgroße Kaliber, die von oben herabgestürzt, jetzt mit Gras und Bäumen bewachsen sind. Zur Seite fließt ein schwarzes Wasser mit großer Geschwindigkeit talab – ich vergaß noch zu erwähnen, daß es hier unten ziemlich finster ist und daß alle zwanzig oder dreißig Schritte Wasser auf einem Lattendach über die Straße geleitet ist, so daß es von allen Seiten unaufhörlich tropft. Dann kommt ein

Mann mit einer Holzlast auf der Schulter, einer Hucke, doppelt so hoch wie der Mann selber und so breit, daß wir kaum nebeneinander Platz haben (der Omnibus und die Hucke), und dann hört man es bereits sehr deutlich: Es kommt von vorn, sehr laut. Was ist denn das, fragt die alte Dame; ich weiß es nicht, ich fahre diese Strecke selbst zum ersten Mal, also, bis zur nächsten Biegung wird es so laut, daß ich nicht verstehen kann, was sie sagt. Das hat keinen Zweck, rufe ich zurück, ich kann sowieso nichts verstehen, es donnert, es schüttert, die alte Dame hält das Taschentuch vor den Mund. Und dann kommen die Wassermassen herab. Himmel, Wasser, Wasser, ein ganzer Meeresarm kommt herab. Aus zwei-, dreihundert, was sage ich, aus tausend Meter Höhe kommt es herab, ein Hall, ein Schall, eine donnernde Nacht, und weißer Schaum spritzt auf die Straße. –

Es ist Abend geworden, die Wolken stehen tief.

Die alte Dame aus Wien schläft, während wir zur Seite des Wassers dahinfahren, das sich später in ebendiesen Spalt stürzen wird, aus dem wir vor einer Stunde aufgestiegen sind. Ich bin der Meinung, daß Leute in ihrem Alter überhaupt keine Alpenreisen mehr unternehmen sollten; sie sind die Höhe nicht gewöhnt, die Luft ist zu dünn, das Herz pumpt. Ich bin Arzt und könnte im Ernstfall helfen, obwohl ich mir nicht vorstellen kann, was passiert, wenn beispielsweise der Omnibus steckenbleibt, ein Achsenbruch. Von draußen stürzt ein purpurschwarzer Tannenwald herein, es wird Nacht. Haben wir Wetterkleidung, festes Schuhwerk, Proviant, Laternen, Spaten, Stricke? Wie wollen wir ohne Ortskenntnisse auskommen, und was wird mit der alten Dame, kann sie allein bis Schwaz oder Tail absteigen, ohne Karte? Vielleicht übertreibe ich etwas.

Wir haben hier das Gössener Hochtal erreicht. Es ist ein weiter silbergrauer Plan unter dem Abendhimmel, den die Spitzen des St. Moltin, des Krauer Jochs, Steigmöttel im Westen und des Vierhorns und Großen Veltnerhorns im Norden einrahmen, im Hintergrund die Koferer Wand und das Hochkofel Massiv. Das Gasthaus steht am Ende der Talsohle, wo wir übernachten. Aber ich möchte eigentlich zum Beweis, daß ich durchaus nicht übertrieben habe, noch folgende Episode im Gasthaus anführen, das wegen der großen Höhe, in der wir uns befinden, zur Nacht geheizt ist. Gleichzeitig Endstation für den Postbus, bildet es den Ausgangspunkt für den Paßübergang; wer hier weiterwill, muß sehen, daß er einen Pferdekarren kriegt. Zweihundertfünfzig Schilling verlangt der Fahrer, den ich mir ausgesucht habe, das sind etwa vierzig Mark, und der Mann gefällt mir gar nicht besonders, er ist eigentümlich braun im Gesicht, als ob er sich angemalt hätte. Andererseits möchte ich aber auch nicht übermißtrauisch erscheinen. Also, ich zahle das Geld im voraus, ermahne ihn, vorsichtig mit den Koffern umzugehen, darin sind nicht nur meine Anzüge und Hemden, sondern auch noch ein wertvolles medizinisches Instrumentarium, wertvolle Mikroskope und Spezialgeräte, sage ich. Mir ist nicht ganz wohl bei dem Gedanken.

Nachher finde ich einen anderen Fahrer, der eigentlich viel sympatischer aussieht; ihm fehlt zwar auch das rechte Auge. Aber als ich frage: Was hätte denn das bei Ihnen gekostet, überlegt er nicht lange und sagt: Zweihundert Schilling. Also fünfzig weniger, wenn ich das gewußt hätte, wäre ich mit ihm gefahren.

Wo haben Sie denn Ihre Koffer? fragt er.

Ich sage: Die hat Ihr Kollege mitgenommen.

Darauf hat er nichts zu erwidern.

Stimmt etwas nicht? frage ich.

Doch.

Aber anscheinend doch nicht, lieber Herr, rufe ich aus, wenn ich doch nur mit Ihnen fahren könnte, mit meinem wertvollen Gepäck, aber das ist wohl nicht mehr rückgängig zu machen. In der Nacht haben wir unruhiges Wetter. Ich schlafe schlecht.

*

Erst geht es mäßig bergan, hier steht etwas Knüppelholz, das von der Nacht naß ist – bald wird die Sonne über die Flötzenwand steigen. Dann geht es in steilen Schleifen aufwärts, unten liegt das Gasthaus, der Blick geht über den Hochkofel in seinem rosiggrauen Morgenmantel, über die Kaiserserpentine, ich sage: Der Blick ist ja märchenhaft, wir fahren geradewegs in den Horizont hinein, in eine märchenhafte Luftperspektive, blaugraue Frühstimmung, das versteht er natürlich nicht, aber ich verstehe seinen Dialekt ja auch nicht, «Hoitz» heißt Holz, glaube ich, und «fui Hoitz» heißt viel Holz, wenig Worte. Es sind schweigsame Leute hier oben. Es geht über den nach außen geneigten Weg, so daß der Wagen erheblich schief liegt, bis zu einer Gabelung, wo rechts ein Weg nach oben führt. Hier muß der Mann natürlich alle Aufmerksamkeit auf den Weg wenden, der so schmal ist, daß ich mich frage, wie denn um Gottes willen eine Begegnung mit einem anderen Wagen aussähe, aber ich darf mich meinem Fahrer anvertrauen, der hier jeden Stein kennt und seine Vorsichtsmaßnahmen getroffen hat. Spaten, Stricke und für den Notfall Proviant mit sich führt. Der Mann fährt absolut sicher, hinauf in die Höhe, in den blaugrauen Horizont.

Ich sage: Wie gut, daß ich Sie bekommen habe.

Der Mann blickt mit dem Auge, mit dem linken, geradeaus auf den Weg.

Ich sage: Wenn Sie nicht gewesen wären, hätte er die Koffer bestimmt nicht hergegeben. Ich sage: Wissen Sie was? – – – Ich weiß, woher er diese braune Farbe hat – – von Nußschalen, damit reiben sie sich ein, wenn sie aus dem Gefängnis kommen, verstehen Sie? Vielleicht versteht er mich gar nicht. Es kommt eine Stelle, wo der Weg sehr schmal wird, rechts die Wand und links der Felsabsturz, ich kann mir wirklich nicht vorstellen, was passiert, wenn jetzt ein Wagen entgegenkommt. Dann kommt die Kehre, und nun ist die Wand links und der Absturz rechts. S'geht! ruft der Mann und springt an einer besonders schwierigen Stelle ab, um das Pferd zu führen, und ich hätte nicht gedacht, daß wir so hoch hinauf müßten. Nach der zwanzigsten Kehre kommt ein Abrutsch, wo sich ein Bach in den Weg gefressen hat, und heißt es nicht immer, man sollte, wenn irgend einzurichten, in größeren Gruppen fahren? S'geht, ruft der Mann.

Was soll ich sagen, es geht wirklich, es geht bis zu der Stelle, wo der Grat beginnt, rechter Hand sieht man tief unten das Auge des Zirler Sees, linker Hand die Innschleife bei Schwaad. Hier steige ich aus, ich sage: Halten Sie an, es geht nicht, und wie um meine Worte zu bestätigen, kommt gerade ein heftiger Windstoß vom Zirler Aug' heraufgefegt, gleichzeitig kommt ein Aufwind von der Innseite her, es geht nicht, rufe ich, der Wagen wird gehoben, schwebt, da der starke Luftstrom hier eine Angriffsfläche findet, und stürzt um – das kann jeden Augenblick passieren.

S' geht, der Mann hat mich wohl nicht verstanden.

Mensch, rufe ich, erst schleppen Sie mich hierherauf, jetzt sehen Sie mal zu, wie Sie mich hier heil wieder herunterbringen. Der Mann schnalzt mit der Zunge, hat sein Auge (das linke) auf den Grat gerichtet und macht Anstalten loszufahren. Das Gepäck ist auch noch im Wagen, das gefällt mir eigentlich gar nicht, die Instrumente, das wertvolle Mikroskop. Ich rufe: Halt!

Ogottogottogott.

Ich rufe: Sie können mich doch hier nicht allein lassen. Der fährt immer weiter auf dem Grat, ich rufe: Bleiben Sie stehen, ich kann nicht mehr, ich kann übrigens wirklich nicht, denn der Wagen ist viel zu schnell für mich, ich rufe: Hilfe, mir wird schwindlig, rechts der See, ich werde von einem heftigen Aufwind erfaßt, der vom See herauffegt, der mich wie ein Himmelsauge wahrhaftig blau und rund und leuchtend anblickt, an den kann ich mich noch ganz deutlich erinnern, und da – – ich habe die Episode vor allem deshalb ausgesucht, weil ich zeigen möchte, daß man sich der Gefahr, in der man sich befindet, gar nicht immer bewußt ist. Einer doppelten Gefahr sogar.

Da tritt dieser.

Also wahrscheinlich hat er hinter dem Felsblock gestanden, einem eingewachsenen Felsen, der wie eine Stirn aussieht, und im letzten Augenblick tritt dieser Mann, der sich das Gesicht mit Haselnußschalen eingerieben hat, hervor, fast hätte ich daran gezweifelt, daß er noch erscheint; also der Mann ist großartig, nimmt gleich das Pferd am Halfter, ist überhaupt durch seine Ruhe eine großartige Hilfe, ich sage: Sie schickt der Himmel, Mann. Hebt den Wagen an, damit er richtig auf der Spur steht, hilft mir gleich beim Einsteigen, ich sage: Menschenskind, Sie sind ja ein Goldstück, der Wind nimmt mir noch immer fast die Worte vom Mund – hat aber doch schon etwas nachgelassen. Das ist ja geradeso, als ob Sie gewußt hätten, wo wir Sie brauchen.

Aber auch nachher zeigt er sich sehr brauchbar. Kommen wir an eine Gabelung, schlägt er den linken Weg vor, wenn der Einäugige nach rechts will, oder wenn der Einäugige hinaufwill, ist *er* für den abwärts führenden Weg. So kommen wir wieder tiefer, und es eröffnen sich wieder Aussichten auf höhergelegene Kuppen, auf denen ganz oben Häuser stehen und Kühe weiden. Ich sitze im Rücksitze, ich habe nun *zwei* Wegführer, die mich schließlich über die steilsten Stellen gebracht haben, und ich lobe meine beiden Wegführer. Ich lobe die Umsicht des einen und die Kenntnisse des anderen, je nach Gelegenheit sowohl den Einäugigen als auch den Braunen, und so gelangen wir mit der Zeit hinab, rollen zwischen Wiesen dahin. Zwischen Hügeln und Obstbäumen und weidenden Tieren. Wieder in sanfterer Umgebung. Die Hänge sind warm, Laubgehölze bedecken die Kuppen, satte violette Bauernhöfe, trächtige Gärten, runde Hecken, dies ist der Süden. Und so bin ich denn, möchte ich zum Abschied sagen, dank Ihrer Hilfe schließlich herübergekommen. Dank Ihrer *beider* Hilfe, heil und in einem Stück, nicht zu erwähnen das wertvolle Gepäck, die äußerst wertvollen Instrumente und Mikroskope, die gar nicht zu bezahlen gewesen wären.

5

Liebste Mamma,

man hat die Alpen hinter sich gelassen, die Ebene breitet sich aus. Städte. Das rosenfarbene Verona, Bologna grassa, das fette Bologna, unter Wein und Oliven begraben, und immerfort werden Glocken geläutet. Liebe Mamma, achtzig Meter lange Kirchen, Säulen, Gänge, Stufen aus schwarzem und weißem Marmor und über allem, liebe Mamma, eine herrliche musica vocalis. Wie soll ich sie Dir beschreiben. Wie sie gesprächig sind, wie sie mit großen Handbewegungen agieren. Du solltest sie sehen, die schwarzen Hüte, die Krempen nach oben geschlagen wie auf der Bühne. Ich bin hier mit meinem grauen Anzug nicht zufrieden, der Stoff ist zu schwer, der Kragen zu steif. Soll ich mir einen neuen Anzug kaufen, was meinst Du, Mamma, einen leichten moosfarbenen, mit engen Beinkleidern, wie man sie hier trägt, den Rock flott vom Leib weggeschnitten. Dazu eine Weste, einen stomaco di anselmo, das heißt Gänsebauch, haha, oder lieber einen schwarzen Rock mit leichten Schulterwülsten und rehfarbenen Hosen, wie sie hier getragen werden. Ach Mamma, größere Sorgen habe ich zur Zeit nicht, es ist die Luft, der Wein, das fröhliche Gedränge, in welchem ebenso fröhlich an Dich denkt

Dein Beffchen

*

Aber der Eindruck, den man gewinnt, ist der, daß es schon meilenweit stinkt, bevor man überhaupt da ist, und dann: Totes Wasser, Speicherhäuser, Mauern wie Schwämme, und tatsächlich ist die Stadt auf einem einzigen Untergrundschwamm gebaut, der sich, jedesmal wenn er eintrocknet, um einen halben Meter senkt; damit bekommen die Häuser Risse und verlieren Teile der Mauern. Es sieht, sagen wir ganz malerisch aus, aber für unsere Augen doch sehr vernachlässigt, wie überhaupt der unnatürliche Prunk der endlos langen braunen Paläste, die meist unbewohnbar sind und nach vorn und hinten absinken, ein wenig abstößt. Ganz pomphaft, wenn man will, die ganze Stadt ist in einer Art Renaissancestil gebaut. Auch mein Hotel, das voller Wasserflecken ist, dazu teuer, ich frage: Was kostet denn das Zimmer? (Es ist bis auf das Bett in der Mitte völlig kahl.) Was wollen Sie haben, fragt der Hotelbesitzer, einen Tisch, einen Sessel, wollen Sie zwei Sessel? Ja, her damit, antworte ich, wollen Sie Vorhänge, Bettücher, und so weiter, und *mit* Sesseln und Bettüchern kostet das Zimmer dann plötzlich soundso viel.

Der Fußboden ist mit sechseckigen Fliesen bedeckt. Wenn ich ans Fenster wanke, riecht das Wasser herauf, jach jach, und wirklich riecht es nach Katzen und Mäusen. Ich stehe hier halb nackt, keine Luft, es ist heiß, lautlos wird ein schwarzer Kahn vorbeigerudert. Und riecht nach Fischen und Schweinen und den Resten der kleinen halbverzehrten Kälber, die am Morgen noch fröhlich in die Stadt gelangt sind, ich weiß nicht, ob ich schlafen kann. Der Himmel zeigt in seinem Glasdach einen geflügelten Löwen, gelbe Schwanenflügel, eine Menge Pelzschwänze, sogenannte Wolken im gelben Feld. –

Tags darauf gehe ich zum Hospital in der Calle Nero. Zunächst finde ich aber nur das Kaufhaus Balmari (ein dalmatinisches) und das große Kaufhaus Motta unmittelbar neben dem Grabmal des Kardinals Zeno, das mit seinen beiden Bleidächern an den Querflügel des Kaufhauses Balmari stößt. Ich gehe durch den Bogen und stehe in der Calle Ligure, ich gehe wieder zurück, denke, wo soll sich denn hier das Krankenhaus befinden. Ein Laden neben dem andern, voller Lampen, Schuhe, Hüte, stockdunkel schon am frühen Vormittag, während oben ein Sonnensturm über die Dächer geht. Ein Friseur mit einem Laden voller Haarfrisuren von echtem Haar – ich stocke – von blonden Frauen, na, denke ich, hier bin ich ja in der richtigen Umgebung. Und wie zufällig hängt dort das Schild: Ospidale Domenico Nono, und darunter Clinica plasto-chirurgo-prothetica. Daneben der Friseur, gleichviel, ich weiß nicht, was ich mir vorgestellt habe, aber *hier* ist es, hier hat Domenico Nono sein berühmtes Hebelgelenk erfunden, mit dem er den Marquese Buonaventura ausstattete. Wahrscheinlich eine sehr deutsche Eigenschaft: Kinderchen, wir stehen auf geweihtem Boden, es erhebt sich eine Kolossalfassade mit elf hintereinanderliegenden Höfen, Tizians Doge Grimani kniet vor dem Glauben, Veroneses Raub der Europa. Pordenones Paradies?

Im Hof zwischen der Rückwand des Kaufhauses Motta und der Kirche S. Esubio – letztere liegt mit der Frontseite an der Calle S. Severin – finde ich dann ein bräunliches Gebäude von drei Stockwerken, mehr sind es nicht, es gleicht einem älteren Mietshaus. Und nichts deutet darauf hin, daß hier das «schöne» Glied des Alphonso Berti erfunden wurde, in Silber, Ebenholz und mit in Krallen gefaßten grünen Steinen, eine unglaubliche Vorstellung. Man geht über die Stufe und setzt seinen Fuß auf den Wasserspiegel, der diese Stufe bildet (ich spreche von der Zeit) und – – geht in das Gebäude, das etwas scharf riecht, dessen Aufgang dem eines älteren Mietshauses gleicht, mit einem Halbpaneel bis zur Schulterhöhe. Oben brennt ein Lämpchen vor der Tafel mit den einzelnen Abteilungen: chir. pract., operazione, osteo-prothet., conserv., generale pract., man öffnet eine gefrostete Glastür, hinter der sich ein dürftiges Wartezimmer befindet, nein – aber eine angenehm mit fleischfarbenem Marmor ausgestattete Halle, in der es überraschend kühl ist!

Ich habe mich in der Folgezeit oft korrigieren müssen (es ist die Üppigkeit, die uns verwirrt), ich habe

Kliniken gesehen, auch chirurgo-gyn. oder pediatr., welche mehr oder weniger in Etagenwohnungen eingerichtet waren und in denen Chef und Assistent in einer Person auch noch mit seiner zahlreichen Familie lebte. Die Clinica Formica in Mestre zum Beispiel, die aus drei Räumen besteht, Operationsraum, Stationsraum und Wohnzimmer des Arztes, welches wiederum als Büro und Ordinationsraum dient. Draußen zwei Bronzerosse auf der Treppe, und der Arzt hochmodisch, oft im weißen Anzug, in der Brusttasche ein zitronengebes Tuch, man könnte sagen, für unsere Auffassung vielleicht etwas *zu* modisch – für einen Arzt.

Ich will nicht kritisieren, es sind andere Menschen mit anderen Lebensgewohnheiten. Ich erinnere mich gut an den Tag, an dem ich meinem neuen Chef, Dr. Gognole vorgestellt wurde. Mein Gott, der Mann trug ein zitronenfarbenes Tuch in der Brusttasche, eine riesige Brille, und wie er laut sprach in dieser Halle, die für so lautes Reden eigens gebaut schien, wie er die Finger öffnete und schloß, wobei er die Hand wie eine Tulpe hielt, in der anderen hielt er eine Tasse Kaffee. Wir sind ja für solche Dinge besonders anfällig. Der riesige Siegelring, die dunklen Augen, selbst das Weiß ist noch dunkel. Und wie er das vorgewölbte mediterrane «a» spricht, es ist … *historisch* ist das richtige Wort, als ob sich ein Vorhang hebt, und da liegen sie alle in ihren Streckbetten, mit ihren beinernen Gliedern, ihren mechanischen Füßen, ihren interessanten Uhrwerken, die die verschiedensten Tätigkeiten ausführen können. Er schrieb einmal: Ich habe eine Figur ausgeführt, die essen, sich erheben und von selbst grüßen kann. Und ein andermal: Ich habe ein Schwein gemacht, das mir nachläuft und eine Laterne im Maul trägt.

Wer?

Domenico Nono.

*

In nächster Zeit habe ich Gelegenheit, Dr. Gognole bei der Visite zu begleiten, und dazu hätte ich allerdings einiges zu sagen. Zunächst die Toiletten. Ich weiß nicht, ob es notwendig ist, den Fußboden mitzubenutzen, vielleicht sind die Becken zu klein, ich frage: Kann man die nicht sauberhalten? Wen? Die Toiletten, rufe ich, wie sehen die denn aus, die *Chessi* meine ich, und anders kann man sie wirklich nicht bezeichnen (sie sind in einem dunklen Oliv gestrichen). Dr. Gognole hat in Wien studiert, aber wenn er nicht verstehen will, spricht er kein Deutsch mehr, dabei denke ich an folgenden Fall: Ein junger Industriearbeiter aus Giudecca zeigt seine entsetzlich verstümmelte Hand, sie besteht aus zwei Zipfeln, die sich gegeneinander bewegen.

Eine Greifklaue.

Aber lieber Kollege, sage ich, diese Methode hat man bei uns vor fünfzig Jahren angewendet, sie ist völlig veraltet. Wir sitzen hier an einem der Eisentische am Ende des berühmten Platzes, der einem ungeheuren Saal gleicht, ich sage: Der Mensch läuft sein Lebtag als Krüppel herum, wie soll er jemandem die Hand geben. Herren und Damen flanieren vor den Cafés, geputzte Kinder an der Hand haltend, und es ist eine warme Nacht, die Tischtücher bewegen sich, die Stimmen der Menschen treffen zu einem Festgetöse zusammen, wie man es nirgendwo auf der Welt hört. Wie soll er, rufe ich aus, seine Frau anfassen, oder hat er noch gar keine?

Aber eines haben sie uns voraus, sie operieren mit beängstigender Geschwindigkeit, und dafür will ich zwei Fälle anführen. Ich wohne in S. Provolo und benötige bis zur Klinik fünfzehn Minuten, das hängt aber davon ab, wie ich mich zurechtfinde. Brücken gibt es allein vierhundert, davon eine aus einem einzigen Marmorbogen von achtundzwanzig Meter Spannweite mit Verkaufsständen, Cafés, Bars, und es heißt, wer in Papadopoli oder S. Provolo verlorengeht, ist unweigerlich zwischen vier und fünf hier wiederzufinden. Ich habe mich heute etwas verspätet und bin eine Schleife über S. Marino gelaufen, trotzdem schaffe ich es gerade noch bis fünf, als ich heftig am Arm gepackt werde. Ich denke: ein Dieb, ein Bettler, oder was einem plötzlich durch den Kopf schießt, Pordenones Flucht in die Lagune. Es ist aber nur Kollege Gognole, der hier auf mich gewartet hat und sich im Zustand heftiger Erregung befindet. Gut, daß er mich gefunden habe, keucht er, er habe soeben einen ungewöhnlich interessanten Fall übernommen, eine Patientin, Carla B., die sich zur Zeit in einer Privatpraxis in der Viale Strugo befinde: Das Mädchen sei vierzehn Jahre alt, unschuldig, und bis zu ihrem letzten Geburtstag nicht auffällig gewesen, sollte jetzt zum ersten Mal menstruieren und habe, berichtet er, statt der Menses ein männliches Glied gezeigt, das bis dato innerlich verborgen gewesen sei.

Ein merkwürdiger Fall (den wir auf der Stelle untersuchen wollen).

Lieber Kollege, sage ich, Sie beschreiben mir einen Zwitter, eine medizinische Seltenheit – bedauernswerte Wesen nichtsdestoweniger, und ich stutze, sollte ein solcher Fall tatsächlich vorliegen, das wäre außergewöhnlich. Wir haben inzwischen einen dreieckigen Platz erreicht, der unglaublich schmutzig und so dunkel ist, daß er selbst am Tage beleuchtet werden muß. Auf einem von einer Messinghand getragenen Glasglobus lese ich: Obstretico-Ginologo, und beglückwünsche mich im stillen zu der Gelegenheit, einem Kollegen von der anderen Fachrichtung auf die Finger zu sehen. Man hat eine gewisse Vorstellung, die angenehme Stimme, volles Haar, gute Figur. Die Sprechstundenhilfe ist stark geschminkt, das Ordinationszimmer dunkelrot tapeziert, ein gewisser liebenswürdiger Luxus wird vorausgesetzt – den ich mir noch dazu ins Italienische übersteigert denke.

Nun, in diesem Punkt habe ich mich geirrt, wir betreten ein dürftig möbliertes Zimmer, sehr hoch, dunkel, bis auf einen Stuhl und Dreifuß mit Schüssel und Desinfektionsmittel, leer. Und der Doktor Gianni Paggio entspricht auch nicht meinen Erwartungen, ein dicklicher kahler Herr, der uns eine auffallend feuchte Hand reicht. Das Mädchen sitzt schon im Stuhl, wenigstens nehme ich an, daß es sich um die Patientin handelt, um derentwillen wir hergebeten wurden. Sie ist vollständig nackt, über die Schultern hängen zwei dicke Zöpfe, die Situation erscheint mir, wie soll ich sagen, nicht ganz erlaubt.

Vielleicht bin ich voreingenommen.

Wir werden bedeutet, die Hände in die Schüssel zu tauchen, ich erinnere mich, eine lauwarme, stechend riechende Flüssigkeit. Ich frage: Ist das Kind darauf vorbereitet?

Welches Kind.

Sie ist kein Kind mehr, sagt der Kollege vorsichtig.

Davon bin ich überzeugt, nach dem, was hier zu sehen ist, offenbar arbeiten die Drüsen nicht genügend. Oder zu stark. Ist das Mädchen, frage ich, in letzter Zeit so stark geworden? Sie hat, wie ich sehe, Brüste wie Gurken und die Schenkel sind die einer erwachsenen Frau, ich sage: Jetzt geh mal ein paar Schritte, das Gesäß ist stark ausgeprägt, das Fleisch bläulichrosa, nicht kindlich. Lieber Herr Kollege Paggio, sage ich, überzeugt, daß sich der Fall als bloßer Überwuchs herausstellen wird, der Patientin ist eben *alles* ein wenig zu stark ausgewachsen.

Der Patientin?

Ja, sage ich, sie soll sich wieder auf den Stuhl setzen.

Die Patientin? zögert Dr. Gianni Paggio. Wissen wir denn, fragt er vorsichtig, ob es sich um eine Patientin handelt?

Ich erkläre: Herr Kollege, deshalb sind wir ja gekommen, sie oder er, oder *es* soll sich eben auf den Stuhl setzen, denn das wird sich ja durch die Untersuchung herausstellen. Der Kollege hat seine Hände in das Desinfektionsmittel getaucht und nimmt dem Mädchen die Beine auseinander, wie ich bemerke, mit geübtem Griff. Das Mädchen hebt selbsttätig das Gesäß, Dr. Gianni Paggio öffnet mit Daumen und Zeigefinger …

Danke, sage ich, das mache ich schon selbst. Das Scheidengewölbe ist für den eingeführten Finger eben noch erreichbar, entspricht nach Umfang und Ausdehnung dem gebräuchlichen Maß: Die Scheide ist genügend lang und weit, desgleichen sind die Lageverhältnisse von Schambein, Schoßfuge und Sitzbeinknochen, die Situation, wie man sagt, als normal anzusehen. Desgleichen kann bei dieser oder jener Körperhaltung, dieser oder jener Ruhelage oder Beinstellung (grob gemessen von der Daumenbeuge bis zur Fingerspitze) keine Anomalie festgestellt werden. Ich sage: Heb mal das rechte Bein, und das linke Bein, jetzt beide zugleich, na also, es handelt sich um ein gesundes weibliches Organ. Bei dieser Gelegenheit fällt mir übrigens auf, wie leicht sich der Eingang (Introitus) gestaltet, ich frage: Sie haben die Frau mehrfach untersucht?

Dr. Gianni Paggio zögert.

Also, das geht mich nichts an, ich untersuche jetzt die Klitoris (den Kitzler, der allerdings reichlich groß geraten ist), was haben wir denn da, was ist das für ein Ding? Ein etwa halbdaumengroßes Gebilde von mäßig fester Konsistenz, es ist beweglich, tatsächlich nicht gerade sehr, aber es läßt sich hin und her schnappeln. Ich sage: Sie haben recht, es sieht wie ein Penis aus, nur nicht so groß.

Im Augenblick nicht, erwidert Dr. Paggio.

Ich versuche das Glied herauszuziehen.

Dr. Paggio etwas ungeduldig: Sie müssen, sehen Sie, Sie müssen hier ziehen. Mit dem Daumen, sehen Sie …

Danke, Herr Kollege, sage ich, das mache ich schon selbst.

Mir passen seine Methoden weniger, immerhin vergrößert sich das Organ dabei auf gut Zeigefingerlänge, es ist hart, scheint aus zwei Schwellkörpern zu bestehen, die durchaus der Anatomie eines männlichen Penis entsprechen. Ich bin aufs höchste erstaunt, zu alledem glaube ich in der Tiefe auch noch zwei Hoden zu tasten. Das ist erstaunlich, sage ich, zumal diese möglicherweise noch Gelegenheit haben, in einen Hodensack hinabzuwandern (ich spiele hier auf den verborgenen Hoden junger Männer an). Betrachtet man die relativ feste Muskulatur der Dammgegend und den Haaransatz auf der Mittellinie, hat man ein fast normales männliches Organ vor sich. Der Patient mag vielleicht die Funktion des Wasserlassens nicht so praktisch betreiben können, hahaha.

Na, sage ich, der junge Mann weiß schon, was ich meine.

Deshalb werden wir jetzt, sage ich – weil ich sehe, daß Dr. Paggio zögert – den jungen Mann selbst befragen, wem er sich zugehörig fühlt. Junger Freund, sage ich, Sie haben verstanden, daß die ganze Angelegenheit etwas mit Ihrem … hmm … nun zögere ich selber, Ihrem was? Geschlecht zu tun hat, wollen wir es mal so ausdrücken. In diesem Augenblick muß ich wohl die Methode – anders kann ich es mir nicht erklären – genügend lange betrieben haben, denn es stellt sich ein kleiner Samenerguß ein, oder wenigstens zuckt das Organ zwei- oder dreimal und zeigt im Anschluß eine geringe Menge Flüssigkeit. Inwieweit es sich hier um Samen handelt, läßt sich nicht feststellen – man weiß nicht, ob er Kinder gezeugt hat, immerhin weiß man, daß er bartlos geblieben ist.

Also doch.

Ich frage: Möchten Sie lieber, daß meine Kollegen das Zimmer verlassen, da wir jetzt zu einem mehr oder weniger heiklen Thema kommen, nicht? Halten Sie es nicht für notwendig? Also gut, sage ich, da wir frei darüber sprechen wollen: Es handelt sich also um das Gefühl, das Sie empfinden; ist es so, daß Sie lieber eine männliche oder weibliche, wie soll ich sagen – –

ich dachte, daß mir vielleicht einer meiner Kollegen zu Hilfe käme? Der Patient oder die Patientin (wie man es nimmt) ist unter meiner Fragestellung regelrecht erstarrt. Ist es so, frage ich, daß Sie selbst vielleicht das Organ – ich meine das versteifte penisartige Gebilde – in eine weibliche Scheide einführen möchten? Nicht? Oder ist es etwa so, daß Sie umgekehrt ein solches Gebilde möglicherweise in die eigene – hmm – Scheide eingeführt haben möchten. Jetzt scheine ich das arme Wesen gänzlich verwirrt zu haben, denn es schaut hernieder, das Herz klopft, die schweren Zöpfe, und diese Art von Scheu vor dem *eigenen* Geschlecht scheint mir doch wieder sehr mädchenhaft zu sein.

Ich sage: Mädchen, wenn du dich vor diesen Herren schämst, brauchst du mir jetzt keine Antwort zu geben. Immerhin empfinde ich die Zartheit und offensichtlich auch Hilflosigkeit des Geschöpfs als vielleicht den bezeichnendsten Ausdruck seines Wesens, meine Herren, sage ich …

Und da sagt dieses Wesen, man kann den Dialekt im Deutschen gar nicht wiedergeben: Wenn ich könnte, würde ich lieber 'n Mädchen …

Ja! Weiter! Lieber ein Mädchen …

F…, sagt dieses Geschöpf (figa una ragazza), und mit einer Stimme! Also das war ein rauher Baß, so wahr mir Gott helfe, meine Herren, sage ich, klarer läßt es sich wohl nicht mehr ausdrücken.

*

Jedenfalls rufe ich aus, ist damit der Operationsmodus entschieden: Eine Penisplastik, vom ärztlichen Standpunkt unbedingt die glücklichere Lösung, wir werden einen *Mann* machen; ein Eingriff in die Natur? Ja, aber ein glücklicher. Dazu sind die verschiedensten Methoden angegeben worden, u. a. Domenico Nonos «Reposition krummgeschossener oder zum Teil abgehauener männlicher Glieder» (bei Kriegsverletzungen), es sind Halterungen angegeben worden, Druckblasen, Prothesen in aufgerichtetem Zustand etc. Am glücklichsten erscheint mir die Methode von Courvoisier, und ich darf – im Einverständnis mit den anderen Herren – kurz den Operationsgang anführen. In Hochstimmung: Die linke Hand wird an der Innenseite des linken Oberschenkels in aufgekehrter Stellung fixiert, der Zeigefinger an der Basis mit dem zu verlängernden Glied vernäht, dem ganzen erlaubt man vierzehn Tage in dieser Stellung zu verheilen. Dann wird der Zeigefinger von der linken Hand abgetrennt. Sie sagen, der Finger ist zu dünn. Richtig, er wird seinerseits mit der Breitseite an der Innenseite des rechten Oberschenkels vernäht, von welchem ihm – nachdem er angewachsen ist – ein breiter Lappen aufgepflanzt wird. Meine Herren, diese Methode wurde bereits von D. Nono angegeben, ein unerhört kühner Eingriff unter den damaligen Bedingungen, keine Narkose, keine Antiseptika, das flatternde Sanitätszelt, Hornstöße, die den Feind ankündigen.

Meine Herren, rufe ich aus, ich ersuche Sie, sich streng nach Plan zu richten; es werden die einzelnen Zeitabschnitte notiert, die Lage des Dauergipses wird mit dem Jodstift durch schraffierte Felder auf der Innenseite des rechten und des linken Beines und der linken Hand markiert. Ersuche ferner, schon heute das Aufnahmedatum zu bestimmen.

Heute – nachdem ich zwei Tage in Turin war – frage ich Gognole bei der Visite: Was macht denn unser Patient Carla B.

Den (oder die) habe er entlassen, erklärt er.

Ich falle aus allen Wolken: *Was* haben Sie?

Er habe, erklärt er, nach einiger Überlegung – das Ding doch noch abgeschnitten.

*

Dafür habe er mir, erklärt er eines Tages, einen Fall anzubieten, der mich hinreichend entschädigen werde. Den Fall der Silvetta G. Hierbei handele es sich aber keinesfalls um eine zweite Carla B., sondern das Mädchen sei nett und zierlich, ganz reizend, soviel er wisse, und sie habe einen jungen Mann gefunden, den sie dringend heiraten möchte.

Und warum, frage ich, tut sie es nicht?

Das, lieber Kollege, sollen sie an Ort und Stelle feststellen, auf der Taubstummeninsel an der Südostspitze der Stadt, erklärt Gognole, wo eine einsame Villa im Wasser schwimmt. An nebligen Tagen entsteht hier der Eindruck, die Welt sei versunken. Das hört sich sehr poetisch an, sage ich, offen gestanden bin ich aber wenig daran interessiert, ich werde, falls es meine Zeit gestattet, einen gelegentlichen Besuch machen, verspreche mir allerdings wenig von diesem Fall der Silvetta G. Am Sonnabend fragt mich Gognole: Haben Sie das Mädchen gesehen. Ja, erwidere ich. Und was haben Sie gefunden? Nichts.

– – –?

Ich habe *nichts* gefunden.

Außer einem poetischen Erlebnis, das Sie nicht verstehen werden (und ich verstehe es selber kaum). Eine Elegie. Die Wasserfläche ist warm und verhangen, und vor dem schwarzen Bug meines Bootes schält sich die Villa aus dem Nebel. Die gelbgrünen Treppenstufen, die Portici, die Glasdächer, das Schmatzen des Wassers, die rotmäuligen Fische (Kardinäle), die mit dem Bauch nach oben schwimmen, ich habe gerufen: Ist hier jemand? Und was sind das für Initialen – D. N. – über dem Haus, das auf geteerten einen Meter dicken Pfählen steht (je nach Wasserstand wird der Hohlraum unter dem Haus differieren). Man stelle sich meine Erscheinung vor: der dicke Deutsche im Boot, aber mit einer besonderen Begabung?

Haben wir nicht in Italien immer gefunden, was wir suchten, liegt es aber daran, daß wir es immer in *Italien* suchten? Nehmen wir den Fall der Silvetta G., ich betrete einen Saal von prächtiger Ausgestaltung, in der Mitte eine Figurengruppe, die Göttin Kybele und die vier Winde aus rosa und weißem

Marmor. Ich schaue aus dem Fenster, wo Papier vorbeitreibt, daraufhin betrete ich den angrenzenden Saal und entdecke eine weitere Figurengruppe, Neptun und die vier Jahreszeiten aus weingelbem Speckstein. Der Saal ist rund, das Oberlicht zum Teil eingebrochen, ich entdecke Spuren einer weißen Masse. Talkum?

Ich bin gewiß nicht feige, aber wenn jetzt jemand käme, hielte mich für einen Eindringling, rennt mir seinen Degen durch den Leib, und ich sterbe unschön und schmutzig auf dem Boden. Welch ein Tod, rufe ich. Nachdem ich keine Antwort erhalte, trete ich auf eigene Faust in den angrenzenden Saal. Den bisher größten, aber auch dunkelsten. Ich schaue mich um: Der Saal ist leer, nachdem ich mich davon überzeugt habe, entdecke ich eine weitere Figurengruppe, Triton und die Najaden aus graugelbem Labrador. Zwei Türen am Ende der Halle, und welche soll ich wählen, die mit den Köpfen oder die mit den Schnecken, beide verschlossen.

Und was bedeuten sie? Gehe im Geiste noch einmal rückwärts, Triton, die Jahreszeiten, die Göttin Kybele, und haben wir nicht eine besondere Begabung dafür. Ich sage: Ich wähle die Schnecken, und die Tür geht auf, da sitzt auf einem Bett auf einer Terrasse ein wunderschönes Mädchen, weiß und ernst. Aber Mädchen, sage ich, du sitzt hier, rührst dich nicht, bist du stumm? Sie blickt aber ernst auf meinen Mund.

Ich frage: Sind wir stumm? Nein?

Und rühren uns nicht. Wir tragen ein ärmelloses Hemdchen, und wenn wir den Arm heben, ist die Achselhöhle grausig blank, da bin ich aber doch erschrocken. Ich sage: Liebes Kind, willst du mir nicht dein Geheimnis verraten – denn zu diesem Zweck bin ich ja hergekommen –, inzwischen geht die Sonne hinter einer Nebelbank unter, und die Terrasse, die ganze Welt, die ganze Villa ist wie von einem orangefarbenen Segel überdeckt, ist das nicht schön! Ich hole ein Fläschchen Rizinusöl aus der Tasche und fülle das Öl in ein Kristallglas, damit verfolge ich einen bestimmten Zweck: Durch den starken Brechungswinkel erscheint es wie ein Diamant.

Die Untersuchung ist, wie ich zugebe, nicht in jedem Fall angenehm, besonders für eine junge Patientin, und um sie davon abzulenken, erzähle ich ihr zwischendurch den Fall der Maria M.: Eines siebzehnjährigen Geschöpfes, das ich einmal untersuchte, Tochter eines Kollegen, nett, ruhig, blond, sicherlich noch unschuldig – – ich wollte es erst gar nicht glauben, daher meine Gewohnheit, heute immer erst nachzusehen, bevor ich mir ein Urteil bilde. Liebes Kind, sage ich, es ist, als ob man ins Gesicht schaut, jede Regung, Gefühl, Gesundheit, Schönheit, ja auch Schönheit. Es sollte nie zu groß sein, aber auch nicht zu klein, nicht zu dunkel wie Brot, das zu lange gebacken wurde, und hübsch gepolstert sollte es sein, mit zwei feinen Kissen rechts und links, nicht wahr?

Fast habe ich den Eindruck, das Mädchen ist nicht nur stumm, sondern auch taub. Ich sage: Wir wollen doch ein gesundes Mädchen sein, und wenn man noch dazu hübsch aussieht, kann das auch nichts schaden, stimmt's, mein Fräulein. Na also.

Jetzt heben wir mal das Bein, dabei mag der Untersucher ein wenig nachhelfen, indem er die Schulter gegen das Knie drückt. Vom Wasser her kommt ein stiller, zimtartiger Geruch. Ein Vogelschrei. Während ich den Eingang zu finden suche, was mir zunächst nicht gelingen will, ich sage: Das gibt es doch nicht. Ich sage: Das ist mir ja noch nie passiert, ich möchte Sie bitten, fest gegenzuhalten, Mädchen, dabei versuche ich mit der rechten Hand einzugehen, was ist denn das, ich frage: Merken Sie denn nichts, kein Gefühl?

Gar nichts?

Ich bin ehrlich bestürzt (ich kann gar nicht sagen, wie sehr).

Na und – – was haben Sie gefunden?

Was ich gefunden habe? Nichts. Das habe ich ja bereits gesagt, was sich normalerweise bei einer Frau … nun glaube ich fast, man will mich nicht verstehen, also kurz und gut, was sich eben sonst an dieser Stelle befindet, war nicht vorhanden, das Mädchen war vollkommen glatt. Wir haben später einmal durch Verpflanzung eines Stückchens Mastdarm eine künstliche Scheide gebildet; damit kann man sogar Erfolg haben, vorausgesetzt, daß die zugehörigen Nerven und Gefäße mitverpflanzt werden. Aber eines – und daran sollte man sich erinnern – wird man bei aller Kunstfertigkeit nie mitverpflanzen können:

Gefühl und Poesie.

*

Aus dem Nachlaß des Domenico Nono.

3. September 1863.

Heute morgen habe ich, Domenico Nono, die Konsequenz gezogen, sie wog bald soviel wie ich selber. Hätte ich sie vor die Tür werfen sollen, wo das Wasser seicht ist, der Untergrund hell? Ich hätte sie tagelang vor Augen gehabt, Silvetta ohne Haare: Ich zeige dir, was du willst, ich bin dir zu Gefallen, wie auf einem Schauteller.

(Damit meinte Nono wahrscheinlich die Stelle unterhalb der Terrasse.)

Jetzt liegt sie hinten, wo der Mauerschatten auf die See fällt. Ich bin nicht unglücklich, ich bin nicht einmal einsam. Mein Vater war sehr groß und stark und liebte große starke Frauen mit geräuschvollem Atem; ich dagegen liebe sie stumm, ohne Laut, entgegen Brentis* Vorstellung, der sie am liebsten mit Fragen der Philosophie oder der Ethik ausgestattet hätte – nebenbei, es dürfte nicht schwerfallen, zwei oder drei

*Guido Brenti, Florenz 1818–88 (wahrscheinlich ist dieser gemeint), Kunstarm Brentis, dessen Ellenbogengelenk eine irreguläre Kugel bildete, so daß Flexion und Extension, aber auch Pro- und Supination möglich war.

einfache Sätze zu erfinden. Ich habe ihn gefragt: Wollen Sie vielleicht bestimmen, worüber ich mich in meinem eigenen Bett zu unterhalten habe. Vielleicht will er das, er antwortete: Sehen Sie sich die Hüften an, sie sind so zart, daß man den Blutstrom zu sehen glaubt, die Hüften sind warm, fühlen Sie! Genau 36,5 Grad. Na und, fragte ich zurück, soll das einen besonderen Vorzug darstellen? Meinen Sie, 35 Grad wäre für mich unannehmbar?

Erstaunen.

Wenn Sie nichts dagegen haben, sagte ich, liebe ich gerade kühlere Temperaturen, das kühle Gewicht der Gesäßbacken auf dem Gartenstuhl, und als ich ihr hineinkniff, sagte sie laut und deutlich: «Vielen Dank», einer der Späße Brentis. Früher ließ ich fremde Mäntel herumhängen, in der Garderobe standen Schuhe, Stiefel, Schirme, ich ließ Schmutzspuren oft nicht beseitigen – die Spuren der Menschen, in übertragenem Sinn, aber die Menschen selbst? – Oder haben diejenigen recht, die mich für einen Monomanen halten. Heute morgen – leichte helle Luft wehte über meinem Haus – wurde sie von zwei Männern im Boot gebracht. Ich hätte eine Abend- oder Nachtstunde bevorzugt und war gar nicht auf direkte Ansprache vorbereitet. Wir bringen die Silvetta, sagte einer der Männer unnötig laut, wollen Sie unterschreiben. Das will ich (doch ihr sollt mir nicht davonkommen), die beiden sollten später erzählen, ich hätte mich rein zu Tode geschämt: Das war gar kein richtiger Mann, erzählten sie, das war einer, der aussah, als wollte er jeden Augenblick umsinken.

In Wirklichkeit aber sagte ich rauh: Schafft sie hinauf. Ins Schlafzimmer? Ja, wohin denn sonst.

Die Männer kamen mit aufgekrempelten Ärmeln zurück, sprangen ins Boot und ruderten los. Ruderten geradewegs in die Strudel hinein, die ich dort draußen angelegt habe (je zwei Stahlträger im Wasser). Und durch den verwandelten Morgen stieg ich die Treppe hinauf zur Halle, wo seit geraumer Zeit die Quelle, die ich in schönem Bogen habe hindurchlegen lassen, stillsteht; man gräbt sie mir ab. Das Schaufelrad, an dem sonst flink die Zwerge Don und Pedro arbeiten, taucht nur zuweilen klaap klaap ins Wasser. Und klaaap (eine Quelle des Unbehagens).

Wie soll ich unsere erste Begegnung beschreiben, aus Furcht, ich könnte mich (wie eine Fahne) verraten. Ich ging ins Schlafzimmer und oohh, da lag sie auf dem Sofa, Silvetta. Ihre durchscheinenden Nasenflügel, die knorpeligen Ohren und die dünnblauen Adern an der linken Schläfe; sie saß etwas seitlich gedreht und blickte an mir vorbei in die linke hintere Ecke des Zimmers. Ich trat vor sie hin und berührte ihre Hand, die in einem weißen Zwirnhandschuh steckte – Achtung, ich tippte sie nur an, und Silvetta griff sofort zu.

Achtung.

Es ist erstaunlich, wie das Lächerliche oft mit dem Grauen einhergeht; ich denke an den mechanischen

Ehemann, den ich in Paris gesehen habe, grausig, aber wohl für jeden, mit Ausnahme der Witwe, auch lächerlich genug. Silvettas Händedruck erschreckte mich etwas – ich legte meine Hand voll hinein, damit sie besser zufassen konnte – sie schloß die Augen und sagte:

«Ich zeige dir, was du willst. Ich bin dir zu Gefallen.»

Oho. Wenn sie wenigstens gesagt hätte: Machen Sie, was Sie wollen, ich merke sowieso nichts. Die Frisur war auch nicht gut, eine aufgeplusterte blonde Mähne, nicht geschickt. Oder das Parfüm. Für meinen Geschmack *zuviel* Maiglöckchen oder Chypre, was weiß ich, zuwenig Haut, man hätte in diesem Fall ruhig etwas Buttersäure untermischen sollen. Aber die Augen waren schön. Sie blickten blau und empfindungslos, wie zwei tiefe Wasserlöcher, und ich stellte mich vor diese Augen hin und sagte: Wie unendlich dumm und schön, und als ob der Druck der Schallwelle sie erreicht hätte, sagte sie:

«Ich liebe dich. Ich fühle ganz wie du.»

Na gut, sagte ich, dann zeig mir, wie sehr du mich liebst.

«Ich zeige dir, was du willst. Ich bin dir zu Gefallen.»

Logik des Weibes, ich bemerkte, daß sie ein Kittelkleid trug, das sich vorn knöpfen ließ, an den Füßen steckten feine rote Schuhe. – – Jetzt lobe ich mein Schlafzimmer, man stelle sich Silvetta in einem dieser pianofarbenen oder, sprechen wir es aus, sargfarbenen Betten vor, man stelle sich die Nacht vor, Schatten auf den Wangen, ein Polster stützt das Haupt. So aber, im wattierten Rosenbett, lag sie gar nicht spitzig und blaß, sondern sehr lieblich. Atmete? Ja, die Brust hob und senkte sich in regelmäßigen Abständen, und wenn man das Ohr zwischen die beiden federnden Gipfel legte (aha), konnte man im Inneren des Brustkorbes hören: «Ich fühle genau wie du». Die Hüften entsprachen meinem Geschmack, schön rund, sie gaben nach und gaben auch wieder nicht nach, rochen auch gut. Die Knie erwiesen sich als angenehm gepolstert. Ich versuchte, Silvetta auf die Seite zu drehen, sie sagte: «Ich zeige dir, was du willst, ich bin dir zu Gefallen.» Anscheinend vertrug sie aber die seitliche Lage nicht, denn obwohl ich ihr linkes (unteres) Bein als Stütze nach hinten zog, rutschte sie mir doch immer wieder in die Rückenlage. Was, was, dachte ich, drehte sie am Ende ganz auf den Bauch und setzte mich *nachdenklich* auf ihr *gut* gefülltes Hinterteil. In dieser Lage gab sie ein glucksendes Geräusch von sich, einen Unterton (Achtung!), etwas metallisch, drahtig, dann knackte es irgendwo in ihrem Kopf – – Silvetta sagte klar vernehmlich ins Kopfkissen hinein: «Ich liebe dich.»

Nun sind wir offensichtlich soweit, dachte ich, die Schuhe hatte ich ihr nicht ausziehen können, die Handschuhe auch nicht, anscheinend waren sie festgeklebt. Ich stellte mich aufrecht hin – das Zimmer dunkelblau vom Widerschein des Wassers –, hopste im Stehen auf der Matratze, und Silvetta hopste ein wenig mit. Auch ein Problem, wenn sie eigenmächtig arbeiten: Sie wissen nie, wann sie aufhören sollen, es fehlt eben das Gefühl. Ahh, sagte ich, was ist das, ein Dampfschiff? Wie? Kein Respons. Ich drückte ihr mal kräftig auf den Bauch, um sie anzuhalten, das Gefühl in der Hand: Kalbfleisch, so etwa. Meiner Ansicht nach liegt das Problem hauptsächlich darin, daß der Mann ein anderes Reizerlebnis hat als die Frau, bei dieser ist die Kurve flacher, stetiger, weniger dramatisch – beim Mann dagegen steigt sie plötzlich an und fällt ebenso plötzlich ab; dann ist jede Mühe vergebens, aber anscheinend hat darauf noch niemand eine Antwort gefunden, doch: «Ich fühle ganz wie du.» Eben nicht!

Ich mochte zwei oder drei Stunden geschlafen haben, als sie meinen Arm ergriff – ich hatte soeben heftig geträumt –, Sie kennen das: Jemand, der einen so hoch am Oberarm packt, daß man sich nicht wehren kann. Soeben bediente ich mich (im Traum) mit Panama-Kanalzone, blaue Helvetia, Goya zwei Pesetas, da …

«Ich zeige dir, was du willst.»

Ja, mitten in der Nacht. Noch nicht ganz verblaßt, entwandt sie mir bei dieser günstigen Gelegenheit das Briefmarkenalbum, und ich kann versichern, ihr Griff war nicht von schlechten Eltern! Und noch etwas, indem ich mich von der Dame mit Handkantenschlag befreite, bemerkte ich, soeben aufgewacht –, daß unten bei ihr auch nicht alles in Ordnung war: die Beine. Nanu. Sie bewegten sich langsam auf und ab. Und jedesmal, wenn ein Bein in der Hüfte gebeugt war, ertönte ein schnarrendes Geräusch, rachrach, nun bin ich gegen Geräusche sehr empfindlich, zum Beispiel bei Fahrrädern. Ich empfinde in gewisser Weise selbst den Schmerz der Materie, das ist meine Natur. Ich versuchte herauszufinden, wo sich der Fehler verbarg, und legte mein Ohr an die betreffende Stelle, wobei mir jedoch, immer wenn ich glaubte, etwas Genaueres festgestellt zu haben, die auf- und absteigenden Schenkel ins Gesicht fuhren. Wie zwei Pferdebeine. Einmal (als ich besonders genau hinhorchte) hätten sie mir beinahe die Ohren abgeklemmt, ich habe schließlich mein ganzes Gewicht auf die Beine gelegt, aber statt dessen, ück ück, begann Silvetta den Leib zu drehen, eine entsetzliche Sache, Silvetta mit dem weißen bewegten Bauch, als ob ein entsetzlicher Krampf sie erschütterte, ück, ück, öck. –

Der Morgen erhob sich in einem Spalt über dem Horizont, und durch das Fenster, das tief herabreicht, sah ich die spitzen Felseninseln, die den Himmel hielten, sonst war alles noch schwarz. Einige Male versuchte ich, sie durch Schläge auf die Hinterbacken zu beruhigen, was habe ich nicht alles versucht, ich drehte sie wieder auf den Bauch, ich dachte, irgend etwas muß doch helfen, vielleicht eine Lageänderung.

Und Silvetta in Bauchlage – in der krümeligen grauen Dämmerung –, unbeirrt die Schenkel hebend, begann durch das Bett zu *kriechen,* o Schreck, stemmte die Sitzfläche hoch, bohrte den Kopf ins Laken und schließlich, als sie die obere Bettwand erreichte, rammte sie unbeirrt Ruck um Ruck den Kopf gegen das Holz. Meine Silvetta. Strampelte das ganze Bettzeug unter sich fort.

Plötzlich sagte sie:

«Ich zeige dir, was du willst. Ich bin dir zu Gefallen.»

O du Liebe, Gute, schrie ich außer mir, was ist das für eine entsetzliche Sache, die du mir da antust.

«... ich fühle ganz wie du», antwortete sie.

Ich griff mir an den Kopf, denn sowie das letzte Wort ausgesprochen war, ertönte ein Knacks, oder genauer: Das «du» war nur ein «d». Und wer beschreibt mein Entsetzen – es wurde hell im Zimmer, der Himmel hob sich –, nach dem Knacks wurde sie schneller! Schneller, sieh doch nur, wir waren immer schnell gewesen, aber jetzt sind wir schneller geworden, wir fürchten uns.

Die Sonne fiel hart und weiß auf die Haut, so daß die Poren Schatten warfen. So habe ich es *nicht* gewollt. Ich habe Silvetta aus dem Bett gezogen und die Hand als Leitschiene angelegt, sie galoppierte aber auf der Stelle – es ist Polyolenfußboden –, schabte mit den Schuhspitzen vergeblich im Glatten, ich nahm sie in der Körpermitte hoch, in ihrer schlanken Taille, während sie solide Schläge gegen meine Beine führte. Durchs Schlafzimmer trug ich sie mühelos, aber im Herrenzimmer erlahmte ich, und in der Halle fiel sie mir aus der Hand, kroch überraschend schnell ins Wasser zu Füßen der Sitzgruppe (der Bach ohne rechte Bewegung), verlor dort aber ihr Haar, das wie eine messingfarbene Qualle zum Abfluß schwebte – später fand man einen harten Knoten im Pumpwerk. Schließlich war ich total durchnäßt, der Bachgrund gehörig aufgewühlt, alles in Unordnung, Wasserfarne, Sagittaria, Trichogonum. Silvetta selbst so schlüpfrig, daß ich sie noch zwei- oder dreimal auf der Treppe verlor, und noch etwas: Hatte Brenti mir nicht versichert, es seien 36,5 Grad? Nun, es wurden durchaus mehr. Silvetta erhitzte sich mit der Zeit so stark, daß sie regelrecht zu dampfen begann. Als ob ein ungeheures Fieber sich in ihrem Körper ausbreitete.

Ich will mich kurz fassen, ich war am Ende meiner Kräfte. Die Treppe zog ich sie rückwärts hinauf, und noch im Fenster machte sie Schwierigkeiten, stellte sich quer, ruderte in Bauchlage auf dem Fensterbrett, so daß sie nicht hindurchpaßte. Erst hochkant – Silvetta mit aufgerichtetem Oberkörper – gelang es. Sie fiel aber nicht ins Wasser, sondern blieb im Gebüsch hängen, wo sie mir noch vier, fünf Takte lang mit den Beinen zuwinkte. Dann stand sie still und sagte: «… zu Gefallen.» Es war inzwischen fast neun Uhr vormittags geworden. Die Sonne stand schon über dem Sosophos und verlieh ihm ein glänzendes Haupt.

Als die beiden Mechaniker endlich ankamen, wußte ich gleich, daß von ihnen nicht viel zu erwarten war. Sie ruderten ums Haus herum und beobachteten Silvetta in den Büschen. Wenig hilfsbereit.

Sie hätten sie ja nicht runterzuwerfen brauchen, sagte der eine.

So!

Und wo haben Sie denn die Haare gelassen?

– – –

Doch ich will nicht ungerecht sein. Noch am gleichen Nachmittag brachten sie mir als Ersatz Leila ins Haus. Am Spätnachmittag, als die violetten Schatten für einen Empfang günstig waren.

Leila kann nette glucksende Laute von sich geben «tüt» und «pfüt». Sie sagt: «Deine Leila mit der schwanweißen Kehle», zuweilen glaube ich auch ein Knabbern im Innern zu hören, «mit den grünstrotzigen Apfelbrüstchen, der Bauch wollenweich wie gefallener Schnee, prallig ist Leila und fein untersetzt», eine Glocke!

Aber das tönt nicht etwa aus starrem Gesicht, oh nein, wenn sie sagt: «... dein weißes Hühnchen ...», wackelt der Unterkiefer ganz natürlich, und das gefällt mir viel besser, das öffnet mein Herz.

6

Als ob man nie fortgewesen wäre. Vorn am Eingang sparen sie noch immer an der Beleuchtung, Oberpfleger Knauer: N'abend, Herr Doktor. Ja, der Knauer, der kalte Geruch im Treppenhaus, die Gänge mit den Glastüren, das Treppenhaus ist auch schlecht beleuchtet, mir ist das früher nie aufgefallen. Der Fußboden, die Wände steingrau, die gemauerten Treppenstufen. Ich sage: Wenn man in Italien gewesen ist, kann man sich nur über die Bauweise wundern, mein Gott, Knauer, wenn Sie das gesehen hätten! Ja, Sie waren in Italien, sagt er respektvoll, ich winke ab: Nur ein Eindruck, den ich gerade hatte, der Fußboden ist wenigstens sauber.

Möchten Sie noch Abendbrot?

Ach ja, sage ich, irgendwas. Ich sitze in dem Sessel, in dem ich voriges Jahr gesessen habe, die Vorhänge sind rötlich gemustert, ich glaube, ich kann nichts essen. Wer hat denn Dienst, frage ich, Dr. Speyer? Wo ist er denn, in der Ambulanz meldet sich niemand, man sitzt hier untätig herum. Mit einem ganzen Koffer voller Erinnerungen, Schnickschnack aus der Lagunenstadt, Mondschein, geflügelte Löwen, eine Dame aus Glas (aus Murano) mit unanständig großen Brüsten, ach Italien, ... kreisch, hält der Zug unter dem nebeligen Bahnhofsdach, und wir alle sind ein Jahr älter geworden. –

Dr. Speyer ist tatsächlich nicht in der Ambulanz. Augenblick, sage ich, gehe mal auf einen Sprung hinüber, der Kollege muß doch zu finden sein. In der Aufnahme ist er nicht, im Gang, in den Kabinen auch nicht – aber statt dessen, wen finde ich hier? Oberpfleger Knauer – wie ich sehe, hat er soeben eine Tasse Kaffee getrunken.

Ich frage: Wo ist denn Dr. Speyer?

Der sei nicht im Hause.

So? wundere ich mich, wer vertritt ihn denn? Dr. Wegener?

Nein.

Aber wer zum Teufel, sage ich, *hat* denn Nachtdienst, es muß doch jemand greifbar sein, wenigstens für die akuten Fälle. Ach, das mache ich schon, sagt Knauer. Wer, Sie? Das ist ja etwas ganz Neues, Oberpfleger Knauer hat Nachtdienst, wer hat Ihnen denn, frage ich, dazu Anweisung gegeben, Dr. Speyer? Der ist ja nicht da. Das begreife ich überhaupt nicht, *es muß doch ein Arzt im Hause sein!*

An sich ist Dr. Speyer ...

An sich! rufe ich, das wird ja immer schöner, seitdem ich weg bin, scheint hier alles drüber und drunter zu gehen: Ich bin, falls ich benötigt werde, telefonisch auf meinem Zimmer zu erreichen. Also, richten Sie sich danach, Knauer, sage ich, für heute nacht springe ich mal ein. Offen gestanden, habe ich keine besonders große Meinung, die schwierigsten Fälle kommen immer dann, wenn man am wenigsten darauf vorbereitet ist. Inzwischen ist es bei dem Hin und Her zwölf Uhr geworden, ich habe mich etwas langgemacht – und wahrscheinlich eine Weile geschlafen. Gegen ein Uhr fährt draußen ein Wagen vor, ich höre halb im Schlaf die Tür klappen, unten klappt das Portal. Ein Zugang, denke ich wenig erfreut, das fängt ja gut an. Will sehen, daß ich noch ein Auge voll Schlaf kriege, denke ich, bis sie mich holen. –

Als ich wieder aufwache, ist es zwei Uhr, ich lege mich noch mal auf die andere Seite. Als ich wieder … nanu, denke ich, wo ist denn der Zugang geblieben, ich rufe sofort den Pförtner an. Welcher Zugang, zum Donnerwetter, Mann, sage ich, da ist doch ein Zugang gekommen. Ja, vor einer Stunde. Was! Ich rufe sofort die Ambulanz an. Knauer? Er scheint auch geschlafen zu haben, der Zugang, ja, der sei auf Station. *Wie?*

Und warum haben Sie mich nicht gerufen?

Keine Antwort.

Ich sage: Warum haben Sie mich nicht gerufen?

– – –

Auf welcher Station.

– – –

Ich sage: Knauer, ich frage Sie, auf welcher Station befindet sich der Patient?

Es ist kein Patient. Sondern? Eine Patientin, erwidert er, und er sei von Dr. Speyer beauftragt … Oberpfleger Knauer, donnere ich, die Verantwortung trage als diensttuender Arzt immer noch *ich,* haben Sie dazu etwas zu sagen! Ich frage: Was haben Sie mit der Patientin gemacht, eine Eisblase für die Nacht, was heißt das, wozu haben Sie eine Eisblase gegeben? Was heißt, für die Nacht, hat sie Temperatur, ja etwas, Knauer, rufe ich, was heißt *etwas?* Hat sie Schmerzen, ja etwas, im Bauch, wo? Hier!

Krümmt sich auf der Trage.

Herr, donnere ich, das ist ein Blinddarm, und Sie geben ihr eine Eisblase, dafür mach' ich Sie voll verantwortlich – sind Sie sich darüber im klaren, was das heißt (Schmerzen im Unterbauch rechts), haben Sie Leukozyten zählen lassen? Nein, das ist ja eine unglaubliche Schweinerei, haben Sie rektal gemessen? Ich stürze in meine Kleider, auf Station IV ist anscheinend niemand zu Hause, fast hätte ich es mir gedacht. Und nun hätte ich fast noch die Nachtschwester aufgeweckt, die Arme ist vor Schreck ganz durcheinander, ich sage: Schlafen Sie ruhig weiter, wir haben ja bloß einen Zugang. In der Tür steht Oberpfleger Knauer, und ich donnere: Gehen Sie mir aus dem Wege, Mensch! Und als ich eintrete, liegt die Patientin spitz und eingefallen im Bett, vor Angst halb bewußtlos.

*

Wie konnte das geschehen!

Mamma! sage ich erschüttert, was hat man dir getan, um Gottes willen, was hat sich hier – ohne mein

Wissen – zugetragen? Ich sitze an ihrem Bett und halte ihre Hand, ich bin fassungslos: Wie ist es möglich. Irgendeine Frau wird eingeliefert, irgendein Zugang, ein Blinddarm, wenn ich nicht zufällig gerade heute den Nachtdienst übernommen hätte, wenn ich nicht darauf *bestanden* hätte! Nicht auszudenken.

Zufall? Daran glaube ich nicht.

Die Frau ist ungeheuer geschwächt, der Leib mächtig aufgetrieben, das Gesicht schweißnaß, Haare wie eine gelbe Fahne auf dem Kopfkissen. Erkennt sie irgend etwas? Ja, sie lächelt, ich sage: Jetzt werfen wir erst mal die schreckliche Eisblase weg und haben keine Angst mehr, was? Haben wir Angst? Nein, die können wir nicht gebrauchen, ich bin ja selber kaum noch ein Mensch, rufe ich, wo ist denn der Mac Burney, drei Querfinger neben der Mittellinie, der Leib ist wie eine Trommel, haben wir denn Stuhlgang? Ja? Ich sage: Hand drauf, jetzt versprechen wir, eine folgsame Patientin zu sein, und die Sache ist in zehn Minuten vorbei.

Und dann donnere ich: Knauer!

Ich sage: Die Nachtschwester soll eine Eukodal geben, na dann soll sie sich gefälligst aus ihren Decken pellen, zum Donnerwetter. *Ich operiere.*

– – –

Und man kann nur hoffen, daß er nichts dagegen einzuwenden hat.

Eine Blinddarmoperation ist eine Sache von zehn, zwölf, sagen wir fünfzehn Minuten, dazu kommen die Vorbereitungen: Waschen in dem hallenden Operationstrakt, in einem der zwölf Waschbecken, die in einer Reihe stehen; im Vorraum gebe ich der Patentin eine Eunarkon in ihren … wackeln Sie nicht mit Ihrem Podex, hätte ich fast gesagt, mit Ihrem Maximus, sie versteht mich schon, der ist nicht allein zum Sitzen da, gnädige Frau. Und da lacht sie doch wenigstens, so ist es besser. Wenn sie noch ihren Humor hat.

Der OP ist stark überheizt, sehr hell, mit insgesamt zweitausend Watt beleuchtet. Nachdem die Patientin angeschnallt ist, wird sie jodiert und mit einem Tuch bedeckt, das in Höhe des Unterbauches rechts einen Schlitz aufweist. Ich stehe auf der rechten Seite des Tisches und bezeichne das Operationsfeld, etwa zwei Querfinger vom Hüftbeindorn bis zwei Querfinger von der Mittellinie entfernt. Knauer steht am Kopfende und gibt Äthernarkose, gleichzeitig reicht er die Instrumente zu. Ein Blick auf die Uhr: Es ist genau halb vier. Ich beginne.

Der erste Schnitt schräg von außen oben nach innen unten führt bis auf die Sehnenplatte des äußeren Schrägmuskels, dabei gibt es gewöhnlich eine kleinere Blutung, drei oder vier Hautgefäße, die ich abklemme und unterbinde. Ich sage: Tupfer! Ich sage: Narkose ist nicht tief genug, können Sie nicht sehen, daß die Patientin spannt, ich sage: Klemme! Knauer trägt das Mundtuch so, daß man nur die Augen sehen kann, und die sind – also, wer jemals Oberpfleger

Knauers Augen gesehen hat – gelbgrau, nee, knorpelig mit grauen Adern und Flecken und Steinen. Mit seiner Mütze und den Gummigaloschen sieht er ja fast wie ein Operateur aus, mit der Linken soll er die Maske und die Tropfflasche in Position halten und den Halspuls fühlen *und* den Unterkiefer verschieben, damit die Patientin nicht erstickt, und mit der Rechten soll er noch die Instrumente zureichen, bißchen viel, was? Ich sage: Nun geben'se schon das Skalpell her, oder wollen Sie es behalten?

Trotzdem sehe ich, daß wir gute Zeit machen werden, eine schnelle Operation. Ich spalte die Sehnenplatte des äußeren Schrägmuskels, woraufhin – nach Einsetzen stumpfer Haken – der innere Schrägmuskel in Sicht kommt. Und wenn ich jetzt stumpf in Faserrichtung spalte, zeigt sich darunter wie eine Glashaut, das hochempfindliche Bauchfell. Aha, aha.

Statt dessen kommt nun aber eine Muskelschicht zur Darstellung, und zwar wiederum in schräger Richtung, von mir aus gesehen von links oben nach rechts unten verlaufend. Das verstehe ich zunächst nicht, Knauer blickt hoch, na, Knauer, sage ich, wollen Sie Bedenken anmelden? Nein, das wundert mich aber, ich spalte den Muskel in ebenfalls stumpfer Manier, um auf das (hochempfindliche) Bauchfell zu gelangen, und gelange auf eine darunterliegende Schicht, die sich allerdings als eine diesmal querlaufende Sehnenplatte erweist, die ich kurzerhand aufschneide: Darunter ist wieder ein Schrägmuskel.

Nun gut. Ich schwitze etwas unter der Lampe, ich gebe zu, das Bauchfell nicht auf Anhieb getroffen zu haben, vielleicht wird der Eingriff doch etwas länger dauern als geplant.

Knauer? Knauer ist beunruhigt: Wenn Sie nicht genau wissen, Herr Doktor … Was dann? Soll ich wieder zunähen, Menschenskind, sage ich, ich weiß genau, wo ich bin – nur das Bauchfell weiß es anscheinend nicht, na, bin trotzdem ganz zuversichtlich. Ich sage: Wie ist der Puls? Narkose tiefer! Tupfer! Draußen wird es schon hell, nein, ein Auto ist auf den Molkereihof gefahren und leuchtet die Scheibe an. Die Gedanken, die dem Operateur im Kopf umhergehen, hat er Erfolg, wird er fast umgebracht, im übrigen setzen Mißtrauen und unsachgemäße Kritik ein: Von Jakob Gario wird behauptet, er habe einen Neger absichtlich so ungeschickt am Magen operiert, daß er starb, das richtet sich am allerwenigsten gegen die Neger, so, wie man annimmt, daß gewisse Eingriffe nur zu Übungszwecken ausgeführt werden oder daß mit Vorliebe Nadeln, Klemmen, ganze Bauchhaken, Handschuhe und Tücher im offenen Bauchraum vergessen werden. In einem Fall sollen sechs Scheren gefunden worden sein (wahrscheinlich sind Klemmen gemeint), und als man einem fünfundsechzigjährigen Mann den Leib öffnete, soll darin eine Operationslampe gelegen haben, wie sie vor einem halben Jahrhundert in Gebrauch war: Das Bild des Chirurgen zugleich erhellt und verdüstert.

Nun gut. Der Chirurg nimmt das Messer und schneidet und ist nun doch erstaunt: Der Bauch ist offen, Augenblick mal, denkt er, sollte man hier unversehens durchgestoßen sein, befindet sich im freien Bauchraum? Und soll man sich nun gratulieren oder nicht?

*

Ich frage: Wie spät ist es denn? Fünf vor vier – also haben wir nicht mehr als zwanzig Minuten verloren –, der eingeführte Finger tastet jetzt die Lage des Appendix, welcher in der Tiefe mit Daumen und Zeigefinger erfaßt, durch wälzende Bewegungen vorgezogen wird. Häufig ist er brandigrot, entzündet, durch Kirschkerne, Knochen, Fischreste (eingemachten Hummer etc.) verstopft und sieht dann wie ein roter Wurm aus (der Wurmfortsatz). Häufig ist er aber *nicht* an der vorgesehenen Stelle zu finden, etwa hochgeschlagen unter dem Zwerchfell oder sogar linksseitig neben der Niere, man spricht dann von einem situs transversus; in der Regel sitzt dann auch die Bauchspeicheldrüse auf der anderen Seite. Wir werden sehen.

Ich ziehe zunächst den Krummdarm vor, denn um diesen scheint es sich bei dem vorliegenden Darmabschnitt zu handeln, also erst eine Schlinge, dann die nächste, bis ich schließlich den gesamten Krummdarm vor mir auf dem Tablett habe. Und irgendwo müßte sich meines Erachtens der Blinddarm befinden, das heißt dessen Anhang, ich frage: Was ist denn mit Ihnen, Knauer, ist Ihnen nicht gut? Nein. Können Sie so etwas nicht sehen (ich meine das Darmpaket), ich denke, Sie sind Pfleger! Schauen Sie, das ist ein Stück Oberdarm, hören Sie auf, sagt er. Was? Um Gottes willen, Herr Doktor.

– – –

Ich sage: *Was* ist das? – – Wer operiert denn hier?

– – –

Ich sage: Ich ziehe hier ein Stück des sich anschließenden Oberdarms vor, Knauer, sind Sie damit einverstanden! Danke. Ich sage: Sind Sie sich darüber im klaren, daß Sie hier – – sprachlos – – daß Sie sich hier in die Operation einmischen, hier steht ein *Menschenleben* auf dem Spiel, Mann. Keine Antwort. Der Oberdarm ist dünn und lang – etwa dreimal so lang wie der Körper des Menschen – und mit zunehmender Länge gewinne ich eigentlich die Gewißheit, daß sich in dieser Richtung der Appendix *nicht* befindet. Dennoch möchte ich noch den sich anschließenden und etwas dickeren Grimmdarm untersuchen, dessen drei Schlingen ich vor die Bauchwand ziehe, das bietet keine Schwierigkeiten – ich weiß nicht, wie weit die Vorstellung des Laien reicht: Der Grimmdarm hängt an einem sehr beweglichen Mesenterium, er sieht gesund aus, graurosa, und ist angenehm warm. Er riecht, nun, angenehm würde ich sagen: Koli. Und ist seinerseits wieder anderthalb Meter lang, bis er schließlich – und es ist kaum noch Platz auf dem Tablett – an einem bestimmten Punkt nach unten hin fest eingewachsen ist (Panik?).

Und sich auch nicht ohne weiteres lösen läßt.

– – –

Das ist der Ausgang, sagt Knauer.

Das weiß ich, brülle ich.

Die Patientin wacht auf, sagt er.

Ich sehe, daß er eine leere Flasche in der Hand hält, und glaube zu halluzinieren, ich brülle: Haben Sie nichts mehr drin?

Nein.

Dann nehmen Sie gefälligst eine neue Flasche, brülle ich, und passen Sie auf, daß die Frau nicht aufwacht! Die Patientin hustet, Knauer hält ihr die Kinnlade fest. Die Patientin versucht daraufhin, den Kopf zu drehen und die Hand aus der Schlinge zu ziehen, der Herr steh' mir bei, so etwas habe ich noch nicht erlebt, wie soll ich operieren, wenn die Patientin wakkelt, kann mir das jemand verraten! Ich brülle: *Narkosähh!*

Und in dieser Situation, der schwierigsten seit Beginn um halb vier – jetzt ist es halb fünf –, entdecke ich dicht neben meiner Hand, mit der ich die Situation halte, den Appendix, plötzlich dicht neben meinem Zeigefinger, als ob er schon die ganze Zeit dort gelegen hätte: Mein Gott, der Appendix! Puh, lachend, pah, Knauer scheint sich mitzufreuen, und dazu hat er auch allen Grund, ich rufe: Haben wir den Übeltäter! Der weitere Verlauf ist ja klar, Unterbindung und Tabaksbeutelnaht, die darübergelegt wird, ich klemme mit der Stufenzange ab, dann nehme ich das Messer und schneide den Appendix ab, lege das Messer in die Reihe zurück – es sind sieben – und übernähe den Schnitt zweimal. Dann schneide ich den Appendix auf, um den Grad der Entzündung zu studieren: Es ist der Eierstock.

Wie?

Ich sage zu Knauer: Es ist der Eierstock. Der rechte.

Jetzt wird es draußen wirklich hell, ein perlgrauer Schimmer am Fenster. Ich sage: Hören Sie nicht, ich habe den Eierstock abgeschnitten, können Sie nicht reden! Doch.

Knauer, sage ich, dieser Eierstock war hochentzündet, der hätte sowieso herausmüssen, können Sie nicht sehen, daß er brandigrot ist? Ist Ihnen überhaupt der geschwollene Leib dieser Frau aufgefallen, hoffentlich, manche Leute scheinen ja keine Augen im Kopf zu haben. Und bei dieser Gelegenheit fällt mir auf – – täusche ich mich, daß der Eileiter etwa auch gerötet ist, ich sage: Er wird doch nicht …

Ich sage: Das wäre unangenehm.

Unter diesen Umständen müßte ich auch noch den Eileiter absetzen, es bliebe gar keine andere Wahl – mir ist nicht gut, sagt Knauer. Was ist Ihnen, frage ich, dazu habe ich jetzt keine Zeit, ich müßte – –, ich taste den Eileiter ab. Er ist rund, etwas aufgetrieben, Kranz ist glatt, etwas gekerbt, der Kragenkanal ist abgeknickt, ein schlechtes Zeichen. Ich sage: Haben Sie gehört, ein schlechtes Zeichen!

Ogottogott, Herr Doktor.

Ich sage: Halten Sie den Bauchhaken, ich trenne jetzt den Eileiter vom Mutterband ab und gerate in eine Blutung, welche mir die Sicht nimmt. Da haben Sie die Bescherung, rufe ich, können Sie keinen Haken halten, so daß man etwas sieht. Sooo, Mensch, sooo! Das Schlimmste ist, wenn man keine Sicht hat, in solchen Fällen liegt es immer an der Assistenz – – ich denke noch: Ein Verbrechen, wie er den Bauchhaken hält, und rufe noch: Ziehen! Mensch, ziehen! Denn ich habe auch Nerven, *es blutet,* Herr Oberpfleger Knauer, wenn Sie mir gefälligst eine Arterie (Arterienklemme) reichen würden, nicht die! Die! Dann kriege ich das Gefäß vielleicht zu fassen, Herrgott noch mal, man benützt dazu eine gerade, gezähnelte Klemme, die wie eine Schere gebaut ist und bei einem bestimmten Druck einrastet. Ich brülle: Geben Sie mir doch die … ich brülle: Knauer! Aber der ist ohnmächtig geworden, zusammengesackt hängt er halb über der Patientin, in der Hand die Ätherflasche.

Die Patientin atmet tief. Draußen ist es schon hell geworden. Wenn ich jetzt laut um Hilfe riefe, hörte mich vielleicht jemand, eine Schwester vom Frühdienst, irgend jemand, der in der Nähe ist. Ich bin völlig durchnäßt, meine Schürze ist warm, ich blicke auf die schwere Blutung und weiß, daß es jetzt nur noch auf mich und meine Fähigkeiten ankommt. Und dann: Ruhe. – – –

Die ist ganz plötzlich über den Arzt gekommen, plötzlich ist er ganz ruhig geworden (zur Seite seiner Kollegen Herophilos und Erasistratos) – die weißen Kacheln, das starke Licht von der Decke, die hochglänzenden Behälter, die weißlackierten eisernen Galgen –, hat in den dunklen Strom gegriffen, klarsichtig, und hat gesucht. Seine Finger suchen. Denn nun weiß er, *was er zu tun hat.*

*

Er hat es immer gewußt.

Jetzt tretet hin und küßt die Jungfer, und das ist ganz einfach, man muß es nur tun. Mamma, sagt er, ich weiß, daß deine Zeit gekommen ist. Und daß ausgerechnet ich es sein muß, der hier zur Stelle ist, mag vielleicht als Komplikation bezeichnet werden, im Grund ist es ganz einfach.

Es ist jetzt hell draußen. Die Sonne berührt den oberen Rand der Fensterscheibe, jemand ruft nach einer gewissen Leni, und sie antwortet, der Beginn des Arbeitstages. Es gibt eine alte Regel: Bei einer Blutung derartigen Ausmaßes hilft nur noch die Absetzung des betreffenden Organs. Die Totale. Oder sind wir müde (Tasse Kaffee?), wir sind ja schon ganz grün, wenigstens werden wir kein Bild von Schönheit abgegeben haben. Uhrzeit: Achtuhrzehn. Na, Herr Doktor, sage ich zu mir selbst, stehen wir noch fest in den Stiefeln?

Wir schaffen es (die Absetzung des Uteruskörpers).

Aber haben Sie denn, wurde später gefragt, nicht vielleicht den Überblick verloren?

In einer immerhin sehr prekären Situation. Nein eigentlich nicht, wie ich schon sagte, war ich vollkommen ruhig, ich habe den gesamten Körper samt Anhänge und Adnexe in korrekter Weise mobilisiert, isoliert und – so wie er sich darstellte – präpariert, anschließend sauber abgesetzt. Den Körper. – Sie meinen den Gebärmutterkörper?

Jawohl.

Und sind Sie der Meinung, wurde gefragt, daß Sie korrekt vorgegangen sind – nein, die Frage lautet nicht, ob Sie korrekt vorgegangen, sondern ob Sie dieser Meinung sind. Ja, ich bin dieser Meinung. Ich habe mich monatelang auf alle Fangfragen vorbereitet, wann und bei welchen Eingriffen der Chirurg seinem Gewissen, und nur seinem Gewissen, zu folgen hat. Und nun fragt man mich: Wieso stehen Sie hier, ein studierter Mann, ein Arzt, Mann des Wissens und Gewissens. Wieso ich? Sehr bekümmert in diesem Aufzug, der mir eher unstatthaft erscheint, und wissen Sie denn überhaupt, wo Sie sich befinden. Wo ich? Auf welchem Gang. Der seit längerer Zeit abwärts führt, bis man denkt, das ist das Ende, er führt aber immer noch abwärts.

Tum tum.

Da falle ich um, wenn ich gefragt werde, ob ich noch unverändert – Liebe empfinde. Ist Ihnen denn, werde ich gefragt, an ihr (der Mutter) nichts aufgefallen, daß sie außergewöhnlich stark war, doch, das ist mir aufgefallen. Der übermäßige Leibesumfang? Der ist mir auch aufgefallen, gleich als ich ihn sah, ich meine, als ich sie sah, wen? Die Mutter ... Sie meinen die Gebärmutter, ja, als ich hineinging, sind mir gleich die drei Köpfe aufgefallen, ich dachte, was ist denn das? Das haben Sie gedacht. Ja.

Drei Hälse.

Drei Wirbelsäulen.

Drei Herzen mit unterschiedlicher Schlagfolge.

Und Knauer?

Wieso denn Knauer? Ich sage: Knauer, der zu dieser Zeit wieder zu sich kam, hat sich aufgerichtet – er hing ja halb über der Patientin – und hat gerufen: Was ist denn das!

Ernst Augustin im dtv

»Seine Romane sind keine Parabeln,
sondern intellektueller Extremtourismus.«
Jan Bürger in der ›Zeit‹

Die Schule der Nackten
Roman
ISBN 978-3-423-**13344**-9

Ein Jahrhundertsommer in München. Im FKK-Gelände eines Freibades erfüllt sich das Geschick eines älteren Herrn, dessen erstes zaghaftes Betreten der weißen Flecke einer Stadtlandschaft in einem erbitterten Existenzkampf und einem aufregenden Beziehungsdrama mündet …

Mahmud der Bastard
Roman
ISBN 978-3-423-**13590**-0

Afghanistan im Jahr 1000. Mahmud, illegitimer Sohn eines Dorffürsten, zieht mit einer Handvoll Männer über den Khyber-Pass, um ein großes Reich zu zerstören und neu zu errichten.

Eastend
Roman
ISBN 978-3-423-**13653**-2

Der Schriftsteller Almund lässt sich von seiner Frau dazu überreden, mit ihr »in die Gruppe« zu gehen, nicht ahnend, dass solche Gruppenerfahrungen bisweilen Ausmaße griechischer Tragödien annehmen …

Raumlicht: Der Fall der Evelyne B.
Roman
ISBN 978-3-423-**13741**-6

Evelyne B., eine an Schizophrenie leidende Patientin, weckt in ihrem jungen Arzt eine Faszination für diese Krankheit, die ihn fortan nicht mehr loslassen wird.

Der amerikanische Traum
Roman
ISBN 978-3-423-**13802**-4

Privatermittler Steen rächt den Tod eines kleinen Jungen, der, getroffen von den Schüssen gelangweilter US-Bomberpiloten, auf der Straße liegt.

Badehaus Zwei
Roman
ISBN 978-3-423-**13864**-2

Als fantasievolles Gaunerstück erzählt Augustin in drei Varianten die Geschichte vom verlorenen Sohn.

Schönes Abendland
Roman
ISBN 978-3-423-**13973**-1

»Ein so frech wie stilistisch perfekt konstruiertes Märchen.« (NZZ)

Alex Capus im dtv

»Alex Capus ist ein wunderbarer Erzähler, für den alles eine Geschichte hat, für den die Welt lesbar ist.«
Süddeutsche Zeitung

Etwas sehr, sehr Schönes
ISBN 978-3-423-**08224**-2
Vier Erzählungen, mal wehmütig, mal bissig-ironisch, von den kleinen Dingen des Alltags, die plötzlich folgenreiche Veränderungen auslösen können.

Eigermönchundjungfrau
ISBN 978-3-423-**13227**-5
»Erzählungen, in denen die Schweizer Kleinstadt Olten zum Schauplatz einer brillant erzählten Comédie humaine wird. Große Literatur in der Tradition Tschechows.« (Daniel Kehlmann)

Munzinger Pascha
Roman
ISBN 978-3-423-**13076**-9
Die kunstvoll gewobene Geschichte zweier Reisen – die eine führt nach Kairo, die andere in das Innere eines gescheiterten Menschen.

Mein Studium ferner Welten
ISBN 978-3-423-**13065**-3
»Alex Capus sieht im Nichts der uninteressanten Stadt ein Biotop kleiner, halbwegs geglückter oder verunglückter Lebensgeschichten, und wir wollen sofort nach Olten …« (Elke Heidenreich)

Fast ein bißchen Frühling
Roman
ISBN 978-3-423-**13167**-4
Fernweh und Heimweh zugleich – die Geschichte zweier Bankräuber, die 1933 aus Wuppertal nach Indien fliehen wollten, der Liebe wegen aber nur bis Basel kamen.

Glaubst du, daß es Liebe war?
Roman
ISBN 978-3-423-**13295**-4
Die komische Geschichte eines geläuterten Sünders – des Betrügers und Kleinstadt-Casanovas Harry Widmer junior, der sein vom Vater geerbtes Fahrradgeschäft aufgibt und vor seinen Gläubigern nach Mexiko flieht.

13 wahre Geschichten
ISBN 978-3-423-**13470**-5
Augenzwinkernd und ausgesprochen witzig erzählt Capus von skurrilen Helden und abenteuerlichen Wechselfällen eidgenössischer Geschichte.

Herbert Rosendorfer im dtv

»Er ist der Buster Keaton der Literatur.«
Friedrich Torberg

Das Zwergenschloß und sieben andere Erzählungen
ISBN 978-3-423-10310-7

Briefe in die chinesische Vergangenheit
Roman
ISBN 978-3-423-10541-5 und
ISBN 978-3-423-21173-4

Königlich bayerisches Sportbrevier
ISBN 978-3-423-10954-3

Die Frau seines Lebens und andere Geschichten
ISBN 978-3-423-10987-1

Das Messingherz oder Die kurzen Beine der Wahrheit
Roman
ISBN 978-3-423-11292-5

Bayreuth für Anfänger
ISBN 978-3-423-11386-1

Der Ruinenbaumeister
Roman
ISBN 978-3-423-11391-5

Ballmanns Leiden oder Lehrbuch für Konkursrecht
Roman
ISBN 978-3-423-11486-8 und
ISBN 978-3-423-20950-2

Die Nacht der Amazonen
Roman
ISBN 978-3-423-11544-5

Herkulesbad/Skaumo
ISBN 978-3-423-11616-9

Die Erfindung des SommerWinters
ISBN 978-3-423-11782-1

... ich geh zu Fuß nach Bozen und andere persönliche Geschichten
ISBN 978-3-423-11800-2

Ein Liebhaber ungerader Zahlen
Roman
ISBN 978-3-423-12307-5
und dtv großdruck
ISBN 978-3-423-25152-5

Don Ottavio erinnert sich
Unterhaltungen über die richtige Musik
ISBN 978-3-423-12362-4

Die große Umwendung
Neue Briefe in die chinesische Vergangenheit
Roman
ISBN 978-3-423-12694-6

Bitte besuchen Sie uns im Internet: www.dtv.de

Wilhelm Genazino im dtv

»So entschlossen unentschlossen, so gezielt absichtslos, so dauerhaft dem Provisorischen zugeneigt, so hartnäckig dem Beiläufigen verbunden wie Wilhelm Genazino ist kein anderer deutscher Autor.«
Hubert Spiegel in der ›Frankfurter Allgemeinen Zeitung‹

Abschaffel
Roman-Trilogie
ISBN 978-3-423-**13028**-8
Abschaffel, Flaneur und »Workaholic des Nichtstuns«, streift durch eine Metropole der verwalteten Welt und kompensiert mit innerer Fantasietätigkeit die äußere Ereignisöde seines Angestelltendaseins.

Ein Regenschirm für diesen Tag
Roman
ISBN 978-3-423-**13072**-1
Geld verdienen kann man mit den unterschiedlichsten Tätigkeiten. Zum Beispiel, indem einer seinem Bedürfnis nach distanzierter Betrachtung der Welt folgt; als Probeläufer für Luxushalbschuhe.

Eine Frau, eine Wohnung, ein Roman
Roman
ISBN 978-3-423-**13311**-1
Weigand will endlich erwachsen werden und die drei Dinge haben, die es dazu braucht: eine Frau, eine Wohnung und einen selbst geschriebenen Roman.

Fremde Kämpfe
Roman
ISBN 978-3-423-**13314**-2
Da die Aufträge ausbleiben, versucht sich der Werbegrafiker Peschek auf fremdem Terrain: Er lässt sich auf kriminelle Geschäfte ein …

Die Ausschweifung
Roman
ISBN 978-3-423-**13313**-5
›Szenen einer Ehe‹ vom minutiösesten Beobachter deutscher Alltagswirklichkeit.

Die Obdachlosigkeit der Fische
ISBN 978-3-423-**13315**-9
»Auf der Berliner Straße kommt mir der einzige Mann entgegen, der mich je auf Händen getragen hat. Es war vor zwanzig oder einundzwanzig Jahren, und der Mann heißt entweder Arnulf, Arnold oder Albrecht.«
Eine Lehrerin an der Schwelle des Alterns vergewissert sich einer fatal gescheiterten Jugendliebe inmitten einer brisanten Phase ihres Lebens.

Wilhelm Genazino im dtv

»Wilhelm Genazino beschreibt die deutsche Wirklichkeit zum Fürchten gut.«
Iris Radisch in der ›Zeit‹

Achtung Baustelle
ISBN 978-3-423-**13408**-8
Kluge, ironisch-hintersinnige Gedanken über Lesefrüchte aller Art.

Die Liebesblödigkeit
Roman
ISBN 978-3-423-**13540**-5
und dtv großdruck
ISBN 978-3-423-**25284**-3
Ein äußerst heiterer und tiefsinniger Roman über das Altern und den Versuch, die Liebe zu verstehen.

Der gedehnte Blick
ISBN 978-3-423-**13608**-2
Ein Buch über das Beobachten und Lesen, über Schreibabenteuer und Lebensgeschichten, über Fotografen und über das Lachen.

Mittelmäßiges Heimweh
Roman
ISBN 978-3-423-**13724**-9
Schwebend leichter Roman über einen unscheinbaren Angestellten, der erst ein Ohr und dann noch viel mehr verliert.

Das Glück in glücksfernen Zeiten
Roman
ISBN 978-3-423-**13950**-2
Die ironische und brillante Analyse eines Menschen, der am alltäglichen Dasein verzweifelt. »Das Beste, was Genazino bisher geschrieben hat.« (Martin Lüdke in der ›Frankfurter Rundschau‹)

Irene Dische im dtv

»Irene Dische besitzt einen Humor, der nicht den Zeigefinger hebt, sondern angelsächsisch lustig ein Zwinkern vorzieht.«
Rolf Michaelis in der ›Zeit‹

Der Doktor braucht ein Heim
Übers. v. Reinhard Kaiser
ISBN 978-3-423-**13839**-0
Brillante Erzählung, in der die Tochter ihren Vater in ein Altenheim bringt und der betagte Nobelpreisträger sein turbulentes Leben Revue passieren lässt.

Ein Job
Kriminalroman
Übers. v. Reinhard Kaiser
ISBN 978-3-423-**13019**-6
Ein kurdischer Killer in New York – ein Kriminalroman voll grotesker Komik.

Fromme Lügen
Übers. v. Otto Bayer und Monika Elwenspoek
ISBN 978-3-423-**13751**-5
Irene Disches legendäres Debüt: Erzählungen von Außenseitern und Gestrandeten.

Großmama packt aus
Roman
Übers. v. Reinhard Kaiser
ISBN 978-3-423-**13521**-4
und dtv AutorenBibliothek
ISBN 978-3-423-**19134**-0
»›Großmama packt aus‹ zeigt das Gesamtbild bürgerlicher Familienkatastrophen. Unbarmherzig, liebevoll, hinreißend.« (Michael Naumann in der ›Zeit‹)

Loves / Lieben
Übers. v. Reinhard Kaiser
ISBN 978-3-423-**13665**-5
Irene Disches Liebesgeschichten sind eigentlich moralische Erzählungen. Sie suchen nach Gerechtigkeit und finden sie nicht. Denn die Liebe ist zutiefst unfair.

Clarissas empfindsame Reise
Roman
Übers. v. Reinhard Kaiser
ISBN 978-3-423-**13904**-5
Um ihren Liebeskummer zu vergessen, will Clarissa nach New York reisen. Stattdessen landet sie aber in Miami, mitten in einem erhitzten Wahlkampffrühling.

Veränderungen über einen Deutschen oder Ein fremdes Gefühl
Roman
ISBN 978-3-423-**13958**-8
Die Geschichte eines Mannes, der nicht weiß, was Liebe ist – und schließlich so etwas wie die vollkommene Liebe findet.

Edgar Hilsenrath im dtv

»Ein starkes Stück deutscher Gegenwartsliteratur.«
Berliner Zeitung

Der Nazi & der Friseur
Roman
ISBN 978-3-423-**13441**-5
»Hilsenrath gelingt scheinbar Unmögliches – eine Satire über Juden und SS ... Ein blutiger Schelmenroman, grotesk, bizarr und zuweilen von grausamer Lakonik, berichtet von dunkler Zeit mit schwarzem Witz.« (Der Spiegel)

Das Märchen vom letzten Gedanken
Roman
ISBN 978-3-423-**13485**-9
Über das armenische Volk und seine Ausrottung.

Fuck America
Bronskys Geständnis
Roman
ISBN 978-3-423-**13298**-5
Eine böse Satire auf die falschen Versprechungen einer verlogenen Gesellschaft.

Jossel Wassermanns Heimkehr
Roman
ISBN 978-3-423-**13368**-5
»Manche Menschen werden weinen, wenn sie das Buch lesen. Und das ist gut so, denn unsere Zeit braucht Tränen, um nicht zu vergessen.« (Andrzej Szczypiorski im ›Spiegel‹)

Nacht
Roman
ISBN 978-3-423-**13547**-4
Selten wurde so eindringlich vom Leben und Überleben im Ghetto erzählt wie hier.

Berlin ... Endstation
Roman
ISBN 978-3-423-**13783**-6
Von der harten Landung eines jüdischen Schriftstellers im Berliner Westen des Jahres 1975.

Die Abenteuer des Ruben Jablonski
Ein autobiographischer Roman
ISBN 978-3-423-**13840**-6
Die abenteuerliche Suche eines jüdischen Jungen nach einer neuen Heimat.

Zibulsky oder Antenne im Bauch
Satiren
ISBN 978-3-423-**13914**-4
Meisterwerk der Kurzprosa: witzig, böse, punktgenau.

Moskauer Orgasmus
Roman
ISBN 978-3-423-**13947**-2
Bissige Gesellschaftssatire mit Sexappeal.

Thomas Glavinic im dtv

»Erzähler erzählen Geschichten, Erzähler von Rang wie Thomas Glavinic erschaffen Welten, in denen wir uns verlieren.«
Ulrich Weinzierl in der ›Welt‹

Carl Haffners Liebe zum Unentschieden
Roman
ISBN 978-3-423-**13425**-5
Thomas Glavinics hochgelobtes Debüt des 1910 ausgetragenen Schachweltmeisterkampfs zwischen Carl Haffner und dem Philosophen Emanuel Lasker – ein psychologischer Schlagabtausch auf Leben und Tod.

Der Kameramörder
Roman
ISBN 978-3-423-**13546**-7
Das erschütternde Protokoll eines für die Medien arrangierten Doppelmordes und ein ebenso verstörender wie atemberaubender Kriminalroman über die gefährliche Macht des Fernsehens und die Abscheulichkeit von Reality-TV.

Die Arbeit der Nacht
Roman
ISBN 978-3-423-**13694**-5
Wie lebt man in einer menschenleeren Welt? Thomas Glavinic hat einen Albtraum in die literarische Realität geholt. Ein gewagter und suggestiver Roman.

Das bin doch ich
Roman
ISBN 978-3-423-**13845**-1
Ein Mann schreibt einen Roman. Der Mann heißt Thomas Glavinic. Er will, was alle wollen: Erfolg. Ein gnadenlos komischer Roman über einen Schriftsteller.

Wie man leben soll
Roman
ISBN 978-3-423-**13903**-8
»Eine wunderbare Anleitung zum Überleben für alle Zeitgenossen, die gern ungestraft dick wären, am liebsten von Erbtanten leben würden und partout nicht kapieren wollen, warum zur Vollständigkeit des Daseins eine schöne Frau unbedingt dazu gehört.«
(Nürnberger Nachrichten)

Arno Geiger im dtv

»Arno Geiger schreibt große Literatur, mit jonglierender und doch so bodennaher Kunst wie man sie kaum findet im neuen Österreich oder sonst wo.«
Franz Haas in ›Der Standard‹

Schöne Freunde
Roman
ISBN 978-3-423-**13504**-7
Die phantasiereiche Geschichte eines Kindes, das auszieht, erwachsen zu werden. Ein Roman, der die Untiefen der menschlichen Seele berührt und doch durch und durch komisch ist.

Kleine Schule des Karussellfahrens
Roman
ISBN 978-3-423-**13505**-4
Philipp ist ein moderner Taugenichts. Als er der unorthodoxen Lila begegnet, die eine Vorliebe für Pflastersteine und klirrende Fensterscheiben hegt, wird er aus dieser Lethargie jedoch aufgerüttelt. Denn Lila erweist sich als Virtuosin in der Kunst, mit diesem ordentlichen, allzu vorgezeichneten Leben einmal gründlich Karussell zu fahren …

Es geht uns gut
Roman
ISBN 978-3-423-**13562**-7
Philipp Erlach hat das Haus seiner Großmutter in der Wiener Vorstadt geerbt, und die Familiengeschichte, von der er definitiv nichts wissen will, sitzt ihm nun im Nacken. Deutscher Buchpreis 2005.

Irrlichterloh
Roman
ISBN 978-3-423-**13697**-6
Fünf Menschen auf der Suche nach der Liebe und sich selbst – ein wunderbar abgedrehter Liebesroman voll Witz, Drive und lodernder Phantasie.

Anna nicht vergessen
ISBN 978-3-423-**13785**-0
Über Liebesdesaster und Lebensträume, über Menschen, die nicht vergessen werden wollen: Arno Geigers brillante Erzählungen.